中国童话教育丛书

童话大师洪汛涛论童话教育　上册

童话的基本论述

洪汛涛

著

上海教育出版社

图书在版编目（CIP）数据

童话大师洪汛涛论童话教育. 上册，童话的基本论述 / 洪汛涛
著. — 上海:上海教育出版社, 2014.4(2019.4重印)
ISBN 978-7-5444-5370-7

Ⅰ.①童… Ⅱ.①洪… Ⅲ.①童话--影响—儿童教育—研究
Ⅳ.①I058②G61

中国版本图书馆CIP数据核字(2014)第057908号

责任编辑　杨文华　朱丹瑾
封面设计　周　亚

童话大师洪汛涛论童话教育（上册）
——童话的基本论述
洪汛涛　著

出版发行	上海教育出版社有限公司
官　　网	www.seph.com.cn
地　　址	上海市永福路123号
邮　　编	200031
印　　刷	常熟华顺印刷有限公司
开　　本	720×1000　1/16　印张23　插页4
版　　次	2014年4月第1版
印　　次	2019年4月第2次印刷
书　　号	ISBN 978-7-5444-5370-7/G·4327
定　　价	69.00 元

如发现质量问题，读者可向本社调换　电话:021-64377165

目 录
MULU

二　童话艺术思考

三　童话教学评议

洪汛涛:献给中国儿童文学的"一二三四"

(代 序)

王泉根

洪汛涛先生的名字是与上海文学史、中国童话史、中国现当代儿童文学史紧密联系在一起的。

上海是中国现当代文学与儿童文学的大本营和重镇。上海为中国现当代文学与儿童文学贡献了一大批杰出作家与优秀作品。人们一说起上海文学,就会想到茅盾的《子夜》、周而复的《上海的早晨》,想到张乐平的《三毛流浪记》、洪汛涛的《神笔马良》。《神笔马良》已成为上海城市的文学名片之一。在上海的文学旗帜上,大写着洪汛涛的名字。

中国童话深深扎根于五千年由甲骨文传承下来的中华民族文化土壤,以其丰富的艺术性、民族性、现代性自立于世界童话之林。在世界童话的参天树林中,高耸着洪汛涛创作的《神笔马良》。《神笔马良》已成为中国童话走向世界的一个标志。

中国现当代儿童文学的发展历史融汇了数代作家、评论家、编辑家的智慧、心血和无私奉献。当人们回顾中国现当代儿童文学的

百年历史，就会发现洪汛涛在儿童文学创作、理论批评与编辑出版等方面的卓越成就。中国现当代儿童文学史绕不开洪汛涛。或者说，一部中国现当代儿童文学史，如果缺少了洪汛涛的章节，那将是残缺的、不完整的。

洪汛涛先生生前埋头工作，默默耕耘，不事张扬，甚至希望身后沉默。但是，洪汛涛留给中国儿童文学史、留给广大少年儿童的优秀作品与沉甸甸的贡献，是不会也不应沉默的。今天，当人们聚集在上海影城，缅怀他、纪念他，再次阅读他的作品，说明洪汛涛先生的作品不朽，精神长在，他有很多东西值得我们探讨、继承、研究。简而言之，洪汛涛先生对现代中国百年儿童文学的杰出贡献，可以用"一二三"加以概括：

一是艺术形象马良。

艺术形象是作家的思想情感、审美观念和艺术实践的创造性结晶，正如别林斯基所说："诗的本质在于给不具形的思想以生动的、感性的、美丽的形象。"现代百年中国儿童文学真能让人们记住的，为广大少年儿童难以忘怀的艺术形象并不是太多，但其中就有手握神笔的少年马良。马良的形象来自民族文化土壤，具有浓郁的草根性、泥土味与山野风，马良身上体现出一种善良、正义、勇敢、机智、惩恶扬善、自强不息的传统美德，嘲弄邪恶、奸诈、贪婪、虚伪、不义等行径。马良已成为激扬民族文化传统的一个童话典型。在洪汛涛先生的故乡浙江浦江县，人们特地为马良塑起了一尊铜像，最近又在马良小学创设了"洪汛涛纪念馆"。现当代中国作家创造的童话人物，能被塑像长存的，现在好像只有马良这一尊。

二是"两支笔"。

洪汛涛先生的创作精力主要集中于童话，以"文革"为界分为前后两期。前期的作品有《神笔马良》《灵芝草》《宝斧》《灯花》等，倾心于对中国民间文化的开掘与继承，对中华民族传统美德的弘扬，以荣获第二次全国少年儿童文艺评奖一等奖的《神笔马良》（1956年）为代表。洪汛涛的后期童话写于"文革"后的七八十年代，有

《夹竹桃》《破缸记》《鸟语花香》等，以荣获中国作协首届"全国优秀儿童文学奖"的《狼毫笔的来历》（1982 年）为代表，重在反思人性，剖析复杂多面的人生世相与社会文化的深层次根因，热情歌颂忠厚、善良、正直、献身的精神。洪汛涛的"两支笔"已成为中国童话的代表性文本之一。中国童话能够走向世界的，正是那些植根于中国深厚的民族文化土壤之中，独具中国特色、中国性格的作品。中国童话的未来发展前景，应从洪汛涛的"两支笔"中得到有益的启示与借鉴。

三是三种大书。

洪汛涛先生在晚年为中国儿童文学的发展作了三方面的贡献，完成了三种大书。第一种是《童话学》（1986 年）。童话是儿童文学的核心文体，这是一种超现实的、以幻想艺术作为主要审美手段、运用原始思维精神和现代小说创作艺术手法创造的，重在满足和表达人类愿望，特别是儿童愿望的叙事性文学。超现实、幻想性、满足和表达愿望，这是童话的三个关键词。《童话学》是洪汛涛一个人完成的童话学体系建构，集中体现了作为一位优秀童话作家对童话艺术创作实践的丰富经验，以及对建构童话民族性、现代性、审美性、儿童性的深层次思维，是中国童话艺术理论研究的重要收获之一。

第二种是洪汛涛主编的《中国儿童文学十年》（1988 年），这是一部试图全方位、多维度反思、总结"文革"结束以后，进入新时期第一个十年（1977—1987 年）我国儿童文学在拨乱反正、回归正道的非常时期，所经历的儿童文学创作、探索、争鸣、纠结、前行等方方面面的一部重要史实性著作，深刻体现了洪汛涛先生那一代儿童文学家，对新时期儿童文学第一个十年的观察、思考和评价，对于研究中国当代儿童文学史具有十分重要的学术价值和文献价值。

洪汛涛先生的晚年将精力集中投注于海峡两岸儿童文学、世界华文儿童文学的交流与研究，主编出版了《台湾儿童文学》《新加坡儿童文学》《世界华文儿童文学丛刊》。这是洪汛涛的第三种书。可以说，洪汛涛是我国最早投入海峡两岸儿童文学、世界华文儿童文

学交流与研究的先行者、实践者之一，他主编的这些图书深化了两岸文学与世界华文文学的研究，因而在海峡两岸与世界华文儿童文学圈，洪汛涛先生具有很高的声誉。

1991年5月，我曾有幸与洪汛涛先生一起参加首届世界华文儿童文学笔会；1994年5月，又一起赴台湾参加两岸解冻以来的第一次在台湾举行的海峡两岸儿童文学交流研讨会，并作环岛之旅。我亲见亲闻了洪汛涛先生为促进海峡两岸儿童文学与世界华文儿童文学的交流所倾注的心血和远见卓识。他曾在会上大声疾呼，黑头发、黑眼睛、黄皮肤、同文同种同根同源的中国人，应自强于世界民族之林；他提出筹办世界华文儿童文学研究会，创设世界华文儿童文学奖，创办世界华文儿童文学丛刊，出版世界华文儿童文学书系等规划。

虽然海峡两岸儿童文学与世界华文儿童文学的交流，自20世纪90年代以来已有相当的提升，但还有不少遗憾，洪汛涛先生当年提出的愿景还有很多未能实现。愿我们用洪汛涛先生当年的那一股子热情和奉献精神，为繁荣新世纪儿童文学共同努力。

（又记）以上这些文字，是我于2011年9月22日在上海影城召开的"纪念洪汛涛先生逝世十周年暨《中国最美童话》新书发布仪式"上的发言，后以《洪汛涛：献给中国儿童文学的"一二三"》为题，刊发于2011年10月14日上海《文学报》。我十分重视这些文字，因为这些文字表达了我对洪汛涛先生的致敬与评述，是我对中国童话一个方面的观察与见解。当然，这篇短文显然不是对洪汛涛与中国童话关系的全面评价。实际上，洪汛涛先生还在童话创作与理论研究之外做过大量其他工作，特别是在他的晚年，这些工作几乎耗去了他的全部心血与精力，这就是童话文学的阅读推广与学校教育。

资料显示，早在1988年7月，"全国少年儿童金凤凰童话写作大奖赛"第一届评奖大会在湘西凤凰县举行，洪汛涛先生即前往"童话之乡"主持颁奖仪式，呼吁重视利用童话开发和引导少年儿童的幻想力，而"金凤凰童话写作大奖赛"正是洪汛涛先生发起和主持的一项全国性重要赛事。晚年的洪汛涛先生不辞辛劳，四处奔走，进学校、进课堂，倡导"童话阅读""童话引路""童话先导"，提倡孩子自己写童话，让童话进入课堂，进入学校和家庭，为实现"童话育人"的目标而努力。洪汛涛先生长期对口指导的学校就有湖南箭道坪小学、浙江浦阳镇一小、杭州游泳巷小学、上海市实验学校、上海市朱家角中心小学、上海市龚路镇中心小学、上海市临平路小学、苏州胥口中心小学、苏北靖海小学、合肥望江路小学、北京景山学校海口分校等。可以说，洪汛涛先生是我国儿童文学阅读推广的先行者、书香校园的最早点灯人，他在 20 世纪八九十年代的这种理念与实践，实在让人感佩！因此，我的这篇评述洪汛涛与中国童话关系的文章，除了上面所写的"一二三"，还应再加上"四"，这就是"四处奔走"，力倡童话教育、童话育人，将优秀儿童文学作品推向学校与课堂。

　　近年，一个以建设"书香校园""书香童年"为中心的儿童阅读运动正方兴未艾。我认为，儿童阅读的核心应当是小学生的阅读。第一，小学生由被动阅读转为主动阅读，求知欲最旺盛，精力最充沛，是人生阅读的黄金时期；第二，小学生还没有受到应试教学的压力，有大量课外时间可以自由支配，自由阅读；第三，网络、影视、游戏机等多媒体影响带给家长的焦虑，使家长更重视孩子的图书阅读、课外阅读；第四，新一轮语文教学改革提出了加强小学生阅读的具体目标与要求。当此之时，我们再来看洪汛涛先生当年的童话教育理念与实践，童话理论、童话作家作品评析、童话育人的倡导与做法，深感其见识超前与卓越，今天依然有着重要的现实意义与借鉴作用。上海教育出版社正是有感于此，特将洪汛涛先生童话教育方面的论著汇编成集，精印出版，这是很有价值与眼光的一件事。相信《童话大师洪汛涛论童话教育》丛书的出版，必将为新世纪的儿童阅读运动给力加码，为童话育人提供熊熊的正能量。书此以祝，以广传布。

2014 年 2 月 25 日于北京师范大学

（作者为中国儿童文学研究会副会长）

一　童话基本论述

引 言

世界上有人类，就有儿童；有儿童，就一定有童话。

有童话，就必然会有"童话学"。

童话，不是儿童文学的独生子。它有许多兄弟姐妹呢。但是，儿童文学却最喜欢童话这个孩子。因为，童话具有兄弟姐妹们的长处，还具有兄弟姐妹们所完全没有的长处。

童话学，是一门新兴的学科。

它，是在童话创作基础上，随着童话创作的发展，而必然产生的。它，是与童话创作发展相适应的反映，并又反过来促进了童话创作的发展。

这就是说，我们的童话创作发展了，所以也有了童话学。

这，便是童话学的由来。

我们有了童话学，将使我们的童话创作更向前发展了。

这，便是童话学的任务。

既然，童话有了童话学，是一门学科，它就必须有严谨的科学性，必须包括一套完整的、系统的，或比较完整、比较系统的理论。

没有理论，就不成其为学科。

理论，自何处来？理论来自于实践。所以，学科离不开实践。

构成童话学的这一套理论，来自于何处？当然，它必定来自于童话创作的实践，包括前人的、今人的童话创作的实践。它，是从一代又一代众多的人积累的实践中，去汇集，去提取，而得来的。

童话学，是一门来自实践、指导实践的学科。它，具有强烈的实

践性。

童话，是儿童文学中的一种样式。像儿童小说、儿童散文、儿童诗歌、儿童剧本，等等，一个样，它们都必须具备儿童文学所具备的特点。

儿童文学是什么呢？就今天的概念来说，儿童文学应该是：为儿童而写的文学，不仅仅是写儿童的文学，也不应是儿童写的文学。

现阶段，在世界上，有的专家把儿童文学的范围包括得很大，即把儿童所喜欢阅读的成人文学中的那一部分也包括进来了。美国儿童文学家梅格斯（Meigs Cornelia）说："儿童文学在长久的年代以来，儿童们接纳的文学的巨大总体，有的是跟成人共享，有的是他们所独占的。"他们认为"儿童文学"和"文学"并不对立。"儿童文学"位于移向"文学"的连续线，因此在界线的划分上，不可能有一个明确的接点。认为儿童对于文学不仅具有被动地位，同时也要有选择的主动地位。这是一种广义的说法。日本坪田让治的说法，跟我们的观念比较接近，他认为："儿童文学是为儿童而写的文学，虽然儿童们自己写的作文或童诗也是的，但还是以成人写给儿童们的童话、童诗、小说为主。"

至于儿童主动地位和被动地位的问题，作为读者，可以从"儿童文学"中去选择自己所需要所喜爱的作品来读；同时，也可以从"成人文学"中去选择自己爱读能读的作品来读。儿童可以任意去读那些"文学"作品，如爱读《三国演义》；但似乎就不必把《三国演义》也叫作"儿童文学"了吧。为儿童而写的文学，不能说那只是写作者的动机，而应该看到它包含着为儿童所需要所欢迎所能接受这个效果的。如若把为儿童而写，理解为不管效果如何，只讲良好动机，大人强加给儿童，是不对的。

儿童文学应该具有成人给予和儿童索取的一致性。这一致性即是儿童文学需要有儿童特点。

为儿童而写，当然必须注意儿童的特点。要是不注意儿童的特点，怎么能说是为儿童而写呢？

一切儿童文学样式，都应该充分注意读者对象——儿童的特点。

儿童和成人是不同的。成人不是儿童的放大，儿童不是成人的缩小。儿童有儿童的特点。所以，儿童文学和成人文学不同。成人文学不是儿童文学的加深，儿童文学不是成人文学的改浅。儿童文学有儿童文学的特点。

有特点，也并不是两者截然不同，不是两者毫无共同之处。儿童和成人有很多共同的地方。因为儿童和成人，都是人。儿童文学和成人文学有很多共同的地方。因为儿童文学和成人文学，都是文学。

儿童文学是文学这个大范畴中的一部分，它当然必须遵循文学的共有法则。

儿童文学既然是为儿童而写的文学，那么，儿童文学中的一部分——童话，自然也应是为儿童而写的童话。

由于童话只是儿童文学中才有，成人文学中是没有童话这一样式的，所以不必要那样提。但是，童话是为儿童而写，这一点是怎么也改变不了的。

童话是为儿童而写的，它是儿童文学中的一部分，它必须有儿童文学的特点，那也是一定的。

什么是儿童文学的特点呢？可以简单说，儿童文学是儿童的、是文学的。童话是隶属于儿童文学的，也必须具有儿童的、文学的这两个特点。

但是，童话仅仅是儿童文学中的一部分，它，并不是儿童小说，并不是儿童散文，并不是儿童诗歌，并不是儿童戏剧。它是童话，它，必须有童话自己的特点。

童话，有它别于儿童小说、儿童散文、儿童诗歌、儿童戏剧的地方，这就是童话的特点了。

这里，就不去议论：童话和儿童文学，和文学，有什么共同的地方；而着重探讨：童话，在文学中，在儿童文学中，有哪些独特的地方。

童话有显著的独特性，论述童话的童话学也必然具有显著的独特性。

这可以说就是写作本书的宗旨和原则。

第一章　童话的概念

第一节　童话的性质

关于童话的性质，并不是有了"童话"这个名称，就定下来的。它，是在变化，是在发展的。

当我国出现了"童话"这个名称，那时候童话的性质，和我们今天所说的性质，可以说很不相同了。

我国早期的童话理论，认为童话是"原始社会的文学"，是"原始人自己表现的东西"。（《童话评论》，新文化书社 1934 年 1 月版。）是"根据原始思想和礼俗所成的文学"。（张梓生：《论童话》，《妇女杂志》1921 年第七期。）因此，研究童话"当以民俗学为依据"（《童话评论》，新文化书社 1934 年 1 月版。），认为"童话本质与神话、世说实为一体"。（同上）

这，就是那时对于童话性质的解释。

洪汛涛给孩子们讲童话写作

　　那时候，把童话只看成是在原始社会当中，原始人类根据自己的思想和礼俗，所表现的东西。是和神话、世说（即现时所称的民间传说），是同一的东西。这只是看到童话的来源和存在的一方面。

　　这样，研究童话，一定要用民俗学去作为依据了。

　　那时候，还有一种说法，认为"人类从原始进化到半开，从半开进化到文明；和人的从孩提长成到童年，从童年长成到成人"是一样的，（张梓生：《论童话》，《妇女杂志》1921 年第七期。）"非用民俗学和儿童学去比较不可。不明白民俗学，便不能明白童话的真义"。（同上）

　　也就是说，儿童和原始人是等同的，儿童的思想也就是原始思想。这样，研究童话首先要用民俗学。

　　那时候，说得很清楚，"世人往往误会，以为童话仅供儿童的需求，合儿童的心理，可以随意造作，那便弄错了。"（同上）

　　这些都说明，在刚有"童话"这名称时，童话是和民俗学紧紧联系在一起的，把童话看成是民俗学的一部分，是一种凝固了的东西，是一种历史的东西。所以，那时候，童话和神话、世说一样，是不允许去"创作"的。只能从民间口头传说中，去记述和改写、整理一些作品，只能从古代书籍中，去摘录和改写、整理一些作品，拿来供儿童们阅读。

　　童话不是创作的，自然也不存在创作童话的作家。

　　童话早期的那些理论，几乎都表达了这样的观点。这观点，反映了当时人们对童话的性质的看法。

　　随后，经过实践和讨论，人们对童话性质的认识又有了变化，慢慢开始认识到童话和民俗学"两者的范围是不同的，若是只从民俗学去研究汇集的童话集恐怕儿童可看的很少"（《童话评论》，新文化书社 1934 年 1 月版。）。"我对于童话的志趣，便是将童话供给儿童看，"（同上）"因为我觉得世界上的领地，差不多成了成人的……我总觉童话既近于儿童的阅读，便该供给他，不忍去毕生从事科学的归纳，去从童话里研究原始社会，来夺去儿童的良好伴侣……"

（同上）

由此可见，童话在起初，虽然顾名思义，有一个"童"字，但主要是成人的，主要是成人们研究民俗学的材料。

童话应该"供给儿童"，这一观点，是一大进步。

其实，童话，本来就应该是儿童的，应该归还给儿童。

童话归还给儿童，自然隶属于儿童学。研究童话，应当以儿童学为依据。

童话的隶属性变化了，它属于儿童，它不受民俗学的约束，于是创作童话出现了。

童话，开始向创作童话方向转移。它成为一种纯文学的体裁，是为儿童而创作的一种文学体裁。

创作童话的时代开始了，童话作家出现了。

到了今天，童话为儿童所独有，恐怕不再有人反对了吧。

今天，童话已完全从民俗学的范畴中摆脱出来，并形成了自己的范畴，有了自己的概念和体系。

童话也完全和神话、世说分了家。童话和神话、世说，同存于文学领域，虽然，相互有关联、有影响，但各树一帜，各有各的历史，各有各的发展道路。

童话的性质就是这样一步步变化，成了：童话——儿童的文学作品，属于儿童所有。

一个童话的好坏，要从儿童的要求，包括他们是否从中得到教益，是否喜爱和受到感染等方面去衡量。

当然，我们并不排斥民俗学者去研究童话，特别是那些古代的、民间的童话。欢迎他们在这方面继续作出贡献，使我们的童话创作有所借鉴。

这是童话性质的转折——

童话由成人的回归到儿童的。

童话由凝固的改变为发展的。

童话由改编的转化成创作的。

童话由历史的走向了现代的。

此后，童话又跟儿童文学混同了。有人考据"童话"这个词，比"儿童文学"这个词早出现。先有"童话"这个词，后有"儿童文学"这个词。所以那时候，凡是写给儿童看的一切作品，都称之为童话。

是不是真这样，还没有见确凿的文字。但那时把童话当成所有儿童文学的代名词，是事实。这情况，一直到新中国成立以后才算完全改变过来。

可以看到，在有"童话"这个名词时，出现的那些称之为"童话"的作品，确实有的是生活故事，有的是历史故事，等等，和幻想故事掺杂在一起。那时，在理论上，"童话"和"儿童文学"也是混淆不分的。

所以，"童话"和"儿童文学"分家，这是童话性质的又一个转折——

童话由写实的特定为幻想的。

童话，先从民俗学里摆脱出来，又从儿童文学里独立出来，走过了这样一条曲折的道路。

童话的性质；今天已经完全明确下来。它，是儿童的、创作的、幻想的。

第二节　童话的名称

关于"童话"这个名词的来历，当前，许多文章中，一说是清代末年，一说是"五四"前后，就是那些年才有的。有一种说法是，从日本语词汇中引进来的。

这一说法，是根据周作人的一段话。这段话是："童话这个名称，据我知道，是从日本来的。中国唐朝的《诺皋记》里虽然记录着很好的童话，却没有什么特别的名称。18世纪日本小说家山东京传在《骨董集》里才用童话这两个字，曲亭马琴在《燕石杂志》及《玄同放言》中又发表许多童话的考证，于是这名称可说已完全确定了。"（《童话评论》，新文化书社1934年1月版。）

从周作人这段话来看，不是他的推想，而有人名、书名的根据。当然也有可能引证于别人的文字。

周作人说的当时，未见有人提出过相反的意见，也没有人写文章来证实这件事。只是近年来，才有人在一些文字中提及，肯定和否定的意见都有，但都没有充分、有力的依据。

这说法究竟是否可靠呢？现在，从能找到的资料看，都还不能做出绝对肯定或绝对否定。

在日本几本有影响的文学史中，都找不到这件事的记载。

关于山东京传这个人，我们只知道他生于 1761 年，卒于 1816 年。他是江户时代后期的小说家、风俗画家。本名为岩濑醒，通称传藏，别号有醒斋、醒世老人、菊亭等，绘画作品用名有北尾政演、葎斋。18 岁时即为黄表纸著名画家。后兼从事文学工作。24 岁时成为当时知名作家。其作品有《御存商卖物》《江户生艳气桦烧》《通言总篱》《倾城买四十八手》等。1771 年因作品触犯禁令而受罚。从此转向写作复仇类作品，后又尝试取材于剧本与中国小说，写作了《忠臣水浒传》，获得成功。晚年埋头于考证近世风俗，1804 年写下了《近世奇迹考》。1814—1815 年写下《骨董集》。

我们至今未能找到那本《骨董集》。但有的文字中说，《骨董集》问世于 1814 年，但其中并无"童话"一词，而只是"昔话"（むかしばなし）。"昔话"是指从前的故事。不能说是"童话"。

曲亭马琴，生于 1767 年，卒于 1848 年。他也是江户后期的小说家。本姓淹泽，名兴邦，幼年时名春藏、仓藏、左七郎、清石卫门。曲亭马琴是他的号。他的别号还有大荣山人、著作堂主人、蓑笠渔隐等。20 岁时写了俳文集《俳谐古文库》，23 岁时写了《魍魉谈》，27 岁时写了近百篇黄表纸、几百卷读本，另外在洒落本、滑稽本、滑稽戏、净琉璃、随笔、家谱等方面都显示了创作才能。30 岁以后，又写了大量的作品，如《高尾船字文》、《复仇·月冰奇缘》、《奇谭·复仇·稚枝鸠》（五卷）、《浅间富士·三国一夜物语》（五卷）、《三七全传南柯梦》（六卷）、《为朝外传镇西八部·椿说弓张月》（三十三卷）、《南总里见八犬传》（九十八卷）、《朝夷巡呜记》（三十卷）、《近世说美少年录》（五十卷）、《开卷惊奇侠客传》（二十卷）。据说他晚年眼盲，由女儿帮助写作。

有的文字中说，《燕石杂志》问世于 1810 年，其中也没有"童话"一词，而只有"童物语"（わらべものがたり）。"童物语"也就是"儿童的故事"，并不是"童话"。

日本上笙一郎著的《儿童文学引论》（四川少年儿童出版社 1983 年版。），其中说到关于日本最早出现的儿童文学作品究竟是哪一部的问题。他说，目前日本儿童文学史学家们几乎一致认为是 1891 年岩谷小波为博文馆《少年文学》第一册写的《黄金号》，但鸟越信在《日本儿童文学指南》中提出三轮弘忠的《少年之玉》一书，是 1890 年问世的，比《黄金号》要早好几个月。这都是说日本的儿童文学是 1890 年、1891 年才有的，而山东京传和曲亭马琴的作品是在这以前早许多的时间里，更不大可能出现"童话"这个词。

如果，山东京传或曲亭马琴真是第一个提出"童话"这个名称的话，后期写《儿童文学引论》的上笙一郎，必定要提起这件事，但在他的《儿童文学引论》里，却连这两位作家的名字都没有出现。

在《儿童文学引论》中，还说到，岩谷小波他们的幻想故事，称之为"御伽噺"。只有到了大正年代的《赤鸟》杂志出现，才认为是"使明治时代的'御伽噺'演进为童话"。并把《赤鸟》称之为"童话杂志"。

《儿童文学引论》还明白写道："所谓童话，是将现实生活逻辑中绝对不可能有的事情，依照'幻想逻辑'，用散文形式写成的故事。在日本，从大正时代直到近年来，一直都把这种文学样式叫'童话'。"

从这些文字看，应该更加清楚了，日本在过去把那种幻想故事，是称作"御伽噺"的，到大正时代才开始叫"童话"。

大正元年才是 1912 年，那比周作人说的年代要晚得多了。

查日本语的"童话"两字为"どうわ"。日语读音和我们汉语的

"童话"两字的读音，十分相近。

究竟是日本先有"どうわ"，然后我们中国才有"童话"的呢，还是中国先有"童话"这两个字，然后日本才有"どうわ"的呢？

这还是一个悬案。

因为这牵涉到日本第一次用"童话"的时间究竟是何时，中国第一次用"童话"的时间究竟是何时这两个问题。

根据以上所述，如果上笙一郎在《儿童文学引论》中的说法确凿的话，那周作人的说法，就被否定。日本出现"童话"这个词，最早也是 1912 年。

我们中国究竟何时开始出现"童话"这个词的呢？到目前为止，所见到的资料，最早用"童话"这个词的，是孙毓修编撰的《童话》丛书。

孙毓修编撰的《童话》，出版期为 1909 年 3 月，即清末宣统元年。

1909 年，离 1919 年发生的"五四运动"还有十年。

较之日本的大正元年，也早了好几年。

当然，光有这些材料，也不能断定说"童话"这个名称是由中国传到日本去的。但是可以说日本有"童话"这个名称，是由中国传过去的可能性。

因为中国和日本两国，是一衣带水的近邻，在很早的年代里，两国人民就有不断的往来，两国文化就有密切的交流。"童话"这个名称，传过来，传过去，都有可能性。

上笙一郎那本《儿童文学引论》里，还说："由于'童话'这一词同时也作为儿童文学的同义语而使用，为了避免混乱，也可将这种儿童文学的形式称作'幻想故事'。"

的确，日本的"童话"这个词，一直到今天，都有广义和狭义两种解释，内容不同。有很多作品，日本名之曰"童话"，按我们中国当前的概念来说，根本不是童话，而是小说或其他。前面所说的日本童话杂志《赤鸟》，这杂志里，很多称为"童话"的作品，实际上是小说、故事。像小川未明的《一串葡萄》，也被称作童话了。

这情况和我们中国初用"童话"这个词的那些年一样。在那时候，我们的童话和儿童文学也是一个意思。凡是儿童文学作品，统称作"童话"。那时候，童话不但包括小说、故事，还包括剧本、诗歌。这说明，我们汉语"童话"这个词，和日语"童话"这个词，有着一定的关联。

当然，现在不同了。日本与我们同称"童话"，所包含的范围不一样了。日本现在的童话，还有一些是小说、故事的。我们则决不会再把小说、故事也称作童话的了。

其他国家，更是如此。如英语，很难找到和我们"童话"相同的词。我们的译者，所翻译过来的童话作品，在英语中，大多是叫 Fairy Tale 的。其实，这个词，英语中也作神话、传说故事解。如果按字面解释，Fairy 是神仙，Tale 是故事。两者连起来说，则是指神仙故事。Fairy，据说起源于拉丁语的 fatun，意为以妖术迷惑，使人神魂恍惚。Fairy，在汉语中早期曾译为菲丽。

菲丽，据考据，是个小神仙。身躯矮小，其貌却很漂亮。双肩长有薄薄翅翼，在人前，时隐时现。有一种超自然的能力，能周知并支配人间一切事，诸如植物的生长，乃至人们的命运。他是个从神界贬下的天使，爱助人为善，为人谋利，间或也做点可原谅的坏事。他的身躯虽小，但可自由变大。他发怒时，能使人和动物立刻麻痹。他快乐时，爱唱歌。他有一根奇异的棒，此棒一触儿童，儿童能很快睡着，并做愉快的梦。他每天晚上去到孩子家，用棒引导孩子睡觉。总之，欧洲人们很喜欢这个小神仙。他很讲友爱，常常惩恶助善，使善良正直者得好运，使贪婪凶残者陷窘境。(见冯飞:《童话与空想》,《妇女杂志》1922 年第 7、8 期。)

这种 Fairy Tale，多为早期作品。以后，英语中，又出现 Fantasy 这个词，这个词意为幻想。这样又有 Fantasy Tale，即"幻想故事"这个名称了。现在，我们常常把这类幻想故事，译为"童话"。

在英语中，还有个 Fable，即日语的"物语"，现在我们均译作"寓言"，但此词也有译作"童话"和"神话"的。

据了解，世界上许多国家，都没有与我们所认为的"童话"相同概念的词。是我们的译者，按我们汉语的概念，把它称作"童话"的。

如安徒生的作品，他自己称这些作品为 Eventyr，后期他又称自己的作品为 Historier。早期的作品是"富于幻想的故事"，后期的作品就是"故事"。是我们把它全称为"童话"了。

所以，现在，我们中国的所谓"童话"，是我们中国唯一的、独有的概念。我们中国的童话，由于一代一代的童话作家们，用自己的实践，不断创作、研究，形成了今天的一套独特的童话概念。

我们的童话，完全是中国式的，是我们中国所独创的。

再拿"童话"这两个字的字面来说，不管它是从日本搬过来也好，是中国首创也好，这可说完全是中国式的名词。

第一，中国自古即有"童谣"之名，那是韵文体的，散文体的不称"谣"，该叫"话"，有"童谣"，必定有"童话"，童谣、童话，一谣一话，同为儿童之作品，只是韵文、散文的区别。

第二，中国古小说称为"评话"或"话本"，童话，即儿童之评话、话本。

第三，从我国早期那些称作"童话"的作品来看，可说都是沿用宋元评话、话本的写法的，前面有一大段楔子式的评语，而后始进入故事正文。

这恐怕就是"童话"这两个字的来历吧！

第三节　童话的定义

张天翼 20 世纪 60 年代在北京市儿童文学座谈会上，讲过这么一段话："有同志提出什么叫童话？搞清楚了什么叫童话，不一定能写出童话；写出童话的人，不一定能讲清楚童话是怎么一回事。"

作为一个作者来说，他总是按照自己所熟悉的生活，按照社会和读者的需要去写作。至于什么叫小说，什么叫散文，什么叫童话，他可以不管，估计张天翼说的是这种现象。

这段话，决不能理解成：一个童话作者要是搞清楚什么叫童话，那他就写不出童话了；反过来，能写出童话的人，必须是不能讲清楚童话是怎么一回事的人。

张天翼说的是"不一定"，就是说一个童话作者写童话，可以不懂得什么叫童话，当然也可以懂得什么叫童话。

因为写出童话和懂得什么叫童话，不是相互矛盾的。

如果，我们懂得什么叫童话，又能写出童话，这多么好呢？何况，童话是一门学科，还有许多从事研究的人，还有许多不写童话却爱读童话的读者们。我们童话，需要有一个什么叫童话的明白的定义。

可是，这个什么叫童话的定义，确实也真难说清楚。因为前面说过，我们中国现在的关于童话的概念，是我们中国所特创的，是我们中国所独有的。

别的国家，他们或叫"幻想故事"，或叫"奇异故事"，或叫"神仙故事"，或叫"动物故事"等，虽然日本的"どうわ"，俄语的Сказка，和我们的"童话"含义比较接近，但也不完全一样。

我们早期的作家、学者们对于童话的那些解释，因为童话本身发生了很大变化，也无法作为依据。

要用短短几句话，把童话的特征概括出来，确实是不容易的。

我国当代的童话作家们，也写过一些关于论述童话的文字，但似乎没有一位童话作家对童话下过定义。有的只是一大段的说明，童话应该如何如何。有的干脆就不谈童话是什么这个问题。

我国也曾出版过几本儿童文学概论之类的著作，但也没有正面来阐明童话是什么这个童话定义问题。

童话作家可以回避，概论里也可以绕过，但那些辞书，它们是不能不说的。

让我们找一些辞书，按出版时期先后，来看看它们对童话下的定义吧。

中华书局的《中华成语词典》里，"童话"条目的解释是："专备

儿童阅读的故事书"。

那时有权威性的商务印书馆的《辞源》，"童话"条目为："儿童所阅之小说也。依儿童心理，以叙述奇异之事，行文粗浅，有类白话，故曰童话。"

新中国成立前夕，华华书店的《文艺辞典》，"童话"条目是："直接地引动孩子的感情，惹起他们的兴味的故事。"还提出"苏联班台莱耶夫的《表》等，是新兴童话的代表作。"

新中国成立初出版的启明书局的《新词林》，"童话"条目为："为儿童而编的故事读物。"春明出版社出版的《新名词辞典》，"童话"条目为："是写给孩子看的故事。"

新中国成立后初版，一直在重印的商务印书馆《四角号码新词典》，其解释是："按照儿童的心理和需要而编写的故事。"

商务印书馆1960年新编的，一直在印的，专给小学生、初中学生用的《学生字典》，其释义则是"为儿童编写的故事，用最浅明的文字，通过故事的形式，激发儿童的想象，对儿童进行教育。"

1979年版《辞海》，"童话"条目是："儿童文学的一种。通过丰富的想象、幻想和夸张来塑造形象，反映生活，对儿童进行思想教育。一般故事情节神奇曲折，生动浅显，对自然物往往作拟人化的描写，能适应儿童的接受能力。"

这些辞书的编者为"童话"所下的定义，虽然不能很恰切地反映客观存在的童话概念，有的远远落后于童话的发展情况，但是多少可以看出，童话概念的演变。

这演变，大致可以分为前后两期。前期，从有"童话"这个名词开始到中华人民共和国建国这段时期，童话这个名词，是和儿童文学相通的，是和小说、故事相通的，所以童话被称为"故事书"、"故事读物"、"故事"、"小说"等。华华书店的《文艺辞典》，把明显是小说的《表》，也作为"新兴童话的代表作"。虽然，商务印书馆的老《辞源》，提到"叙述奇异之事"，但也明白定为"儿童所阅之小说也"。

那时，上海创办的《童话连丛》，实际上也可以说是个儿童文学丛刊，发表的并不全是童话，还包括了别的儿童文学样式的作品。

童话，在新中国成立后，无论是在内容上，形式上，表现手法上，包括理论上，都有新的创造。童话的概念，自然而然，起了很大的变化。童话，不可能再是儿童文学的同义词和代名词了，而是专指某一类文学作品了。

虽然，新中国成立后，那些辞书中，对于童话的解释，还是一沿其旧，这是编者对童话现状不甚了了，还用老的论调来阐说已经发展了的新童话，但童话的演变、发展，是客观的，一直不断地在沿着新的概念前进着。

当然，过去的童话定义中，也不乏流露了一些轻视童话的观点，如以童话为"行文粗浅"，这恐怕是贬义词了。

新编的《辞海》中，对于"童话"的解释，是向前跨进了一大步的，应该说还比较切合今天童话的客观情况。

自然，《辞海》的这一定义，也有不足和欠妥当的地方。如对童话的目的、功能、手法等的认识，都还可以商榷。总的来说，衍文也太多，过于铺张，像是说明，不像定义。

这些年，台湾的儿童文学界也在作这方面的探索，1981年6月30日出版的《中华儿童百科全书》第五册中，关于"童话"的条目，是："有几本小孩子看的书，像：《木偶奇遇记》，写的是一个会走路、会说话的小木偶的故事；《爱丽思梦游奇境记》，写的是一个小女孩追一只穿礼服的兔子，追进了树洞，在地底下漫游奇境的故事；《拖船小嘟嘟》，写的是海港里有一条勇敢的小拖船，到大海里去救一条大船的故事；《水婴儿》，写的是一个扫烟囱的小男孩，变成鱼一样的水婴儿，生活在水里的故事；《丑小鸭》，写的是一只可怜的小鸭子受尽了欺侮，最后才知道自己是一只美丽的天鹅的故事；《柳林中的风声》，写的是一只鼹鼠，一只水鼠，一只獾，一只蛤蟆，四个好朋友的故事；《小房子》，写的是一间小房子搬家的故事。上面所举的几本书，都不是普通的故事书，这些故事，就叫做'童话'。在'童话'里，小木偶、小拖船、小鸭子、小鼹鼠、蛤蟆、兔子，都像是一个

'人'，会说话，也会想事情。在'童话'里，好的愿望都可以实现。小木偶知道怎样做一个好孩子以后，就变成了一个真正的孩子。在'童话'里，所有有趣的事情都可以发生，例如兔子穿大礼服，而且身上戴着表；蛤蟆很有钱，住在洞边的大房子里，家里有好几条船。'童话'就是写给小孩子看的故事，不过这故事并不是普通的故事，也不是真的事情。这故事是想出来的最可爱的故事。这故事把天底下所有的东西都当作'人'来看待，让所有的东西互相交朋友，让好的愿望能实现，让一切有趣的事情都能发生。19世纪的时候，丹麦有一位作家安徒生，把欧洲小孩子喜欢听的各种'小仙子的故事'写下来。起初写的都是已经流传在民间的故事，后来他自己也想出一些新故事来写。像《坚定的锡兵》《丑小鸭》，都是很新鲜，很有趣的。这就是'自己想故事写给小孩子看'的开始。安徒生把他写的各种故事放在一起，成为一本本的书。这些书，都叫'小仙子故事'，其实安徒生自己想的那许多篇新故事里早就没有小仙子了。安徒生开创了为孩子们想新故事、写新故事的方法。日本人翻译《安徒生小仙子故事集》时，用的就是'童话'这个名词，书名译成《安徒生童话集》。'童话'的意思是'儿童故事'。这个名词，也传到我们中国来。从安徒生以后，西洋作家写自己所想象的故事越来越多，而且都继承安徒生的写法，但是越写越精彩，同时也不再叫'小仙子故事'了，因为故事里根本没有'小仙子'。中国和日本就把这种新想出来的，像安徒生那样写法的故事叫作'童话'。"这是长长的一篇说明，但是说明中也有着一些定义性的文字，有的和我们当前的童话概念相符合，如童话是"写给小孩子看的故事"，"不是真的事情"，"把天底下所有的东西都当作'人'来看待"，"让所有的东西相互交朋友，让好的愿望能实现，让一切有趣的事情都能发生。"当然也有一些说法是和我们的概念不一致的。这可以使我们了解台湾儿童文学界对于童话的理解。

在香港儿童文学界，对童话的定义，也是很关心的。他们在香港1983年儿童文学节儿童图书博览会的会刊上，关于"童话"的解释是："童话是为儿童编写的想象故事，常常带有浓厚的幻想色彩。"这一解释，认为童话是"为儿童编写的"，"常带有浓厚的幻想色彩"，是可以赞同的。但在整个基调上，仅仅强调幻想这一童话特征是不够的。台湾、香港儿童文学界，为童话定义所作的努力，是很有益的。

近年来，各地童话的讨论会多起来了。在会上有不少人对童话的定义产生兴趣，也提过各种各样的见解。这些讨论和建议都是有帮助的。可是直到目前，大家还没有给童话下过一条恰当的定义，见诸公开的文字。

是不是可以将各方面的意见概括一下，提出一条可供讨论的"尝试性"的定义呢？

童话的定义，是不是可以这样来表达："童话——一种以幻想、夸张、拟人为表现特征的儿童文学样式。"

这是一种方案，有待大家进一步讨论。现在已经到应该给童话下定义的时候了。因为童话发展已经有了长长一段历史了，我们的面前也放着一大堆童话作品了。相信不要很久，通过童话界的讨论，一定会很快出现一条大家所同意的、比较完善、恰当的童话定义。愿大家共同努力去探索。

定义这东西，不是谁定下，就不能改的，要求它一无缺陷、十分完整，也是不可能的，所以只能说比较完善、大致恰当，也就可以了。以后，有了好的，随时可以把它推倒，换上新的好的。

同时，童话的定义，不可能定下了就万古不可改变的。童话总是在发展的。今天，根据目前童话的概念，作出了定义；将来，童话发展了，概念也许也发展了，那就可以修改今天作出的定义，使之适合那时童话的实际。

第四节　童话的范围

童话的范围，由于过去和现在童话的概念不相同，所以范围也不相同。

日本的"どらわ"，和我们中国的"童话"相近，日语的"どらわ"的范围是很广的。日本早期儿童文学理论家芦谷重常，所著的《世界童话研究》（1929年）这本书，就分为三部分。第一部分为：古典童话，则包括印度故事、希腊神话、北欧神话、犹太神话、天方夜谭、伊索寓言。第二部分为：口述童话，则包括格林童话、阿斯皮尔孙童话、英格兰童话、克勒特族童话、法国童话、意大利童话、俄国童话。第三部分为：艺术童话，则包括贝洛尔及朵尔诺阿的童话、豪夫的童话、安徒生的童话、克雷洛夫的寓言、托尔斯泰的童话、王尔德的童话。这三部分童话，实际上，第一部分，指的是古代神话；第二部分，指的是民间传说；第三部分指的是创作童话。

过去，因为童话没有归还给儿童，没有承认童话的主人是儿童，童话的范围，并非以儿童所需要、所能接受来考虑划分，而是以民俗学的研究这一角度来决定的。

今天，童话已从民俗学研究中脱离出来，回到了儿童自己的手中，儿童根据自己的要求，可以作出抉择，划分一个范围了。

像前面提到的那些古典童话、口述童话、艺术童话，其中有许多作品，就不必再列入童话的范围。它们可以叫神话，可以叫民间传说，可以叫寓言，或者叫别的什么，但它们不能算童话。

当然，其中有一部分，它们是神话、民间传说、寓言，但也可叫童话的作品。我们可以把它们划在童话的范围里。它们是古典童话、民间童话。

这就得以儿童学来画线了。

也就是按具体作品，用儿童学的标准，来作具体的分析。

如那些归依宗教感化、迷信色彩浓厚的神话，那些充满残酷杀伐、鼓吹复仇的英雄传说，怎么可以作为儿童阅读的童话呢！

即使是像《天方夜谭》那样广泛流传的故事，其中有的描述了轮回报应的，记叙国王和大臣间政务教训的，也不应是给儿童看的作品。

就是我们称之为童话大师的安徒生、王尔德，他们有些带有宗教味的、宣传爱情至上的作品，也并不适宜给儿童看。

我们不能把这样的作品，一律当作童话，收进童话的范围里来。

今天，我们的童话范围，也是分三部分。

第一部分，是古典童话，应包括在我国历代文学作品中，有童话特征的，适合儿童阅读的作品。其中，有一些虽已被称作神话、传奇、小说、寓言、笔记、掌故，或别的什么，但这些作品，也可作童话，收入它的范围。

第二部分，是民间童话，应包括在我国各地广泛流传的，有童话特征的，适合儿童阅读的作品。其中，有一部分已经记录整理成文字的，有一部分还在民间口头传诵，尚未记录整理成文字的。

第三部分，是创作童话，应包括这些年来众多作家们为各个年龄的少年儿童所创作的各种形式、各种风格的童话作品。其中，也应包括那些以神话、民间传说作材料，发展创作而成的新童话，或者仿神话、仿民间传说写成的新作品。本书，主要探索和论述的，就是这部分创作童话。

近年来，又兴起一种叫"科学童话"的作品。于是，童话又分为"文学童话"、"科学童话"两种了。

科学童话，就是借用童话这一形式，以传授知识为主的。所以，也称为"知识童话"。近来，还有什么"数学童话"、"含谜童话"、"益智童话"、"游艺童话"，等等，新创的名目繁多，但都隶属于科学文艺范围。有的恐怕也不是童话，不过是一些文字游戏罢了。

本书所说的童话，自然是指的文学童话。

童话，一般来说，是用散文体写作的。少数，也有人爱用韵文来写作。不过，假如用韵文来写作，而排列分行，那么就是童话诗了。

如果，一个童话写成剧本形式，那是童话剧。剧本拍成电影，那是童话片。拍成电视，那是童话电视剧……

这些，除掉它们的内容、故事、手法，是童话的，符合童话特征和要求，还要符合样式本身，如诗、剧、电影、电视的特征和要求。忽视了一方，就不可能成为一篇好作品。

这些，是童话和另外样式的合成体，是童话的变种。一般来说，它们分别列入诗、剧、电影、电视的范围，而不属于童话的范围。

童话这一样式，很特别，它好像是 O 型的血液，很容易和别种样式相结合。

目下，出现的，还有童话小品、童话散文、童话相声、童话说唱、童话音乐、童话舞蹈、童话图画，将来或者还有更多的各种各样的合成样式、边缘样式出世。

至于散文体的童话，采用章回体、评书体、系列故事体等，可以作各种各样的尝试。

童话有了范围，就该分类。

过去，当童话正停留在民间童话阶段时，童话研究工作者，完全是按照民俗学的分类法来分类的。

当时，有的主张按童话中的人物来分类，如神仙类、恶鬼类、巨人类、国王类、盗贼类等。

有的主张按童话的故事来分类，如动物故事、精灵故事、魔法故事、人物故事等。

有的主张按童话的题材、结构来分类，如灰姑娘型、两兄弟型、季子型、物婚型、呆女婿型等。

这一些分类法，随着童话的演变、发展，早已过时了，现在也没有人去作那样分类了。

新中国成立以来，大家谈得较多的分类法，有这么几种。

一种是依照童话的表现手法来分类的。把童话分成三类。一类是拟人体，就是把物人格化了的童话。一类是超人体，就是主人公具有魔法，或持有魔物的童话。一类是常人体，就是主人公是一些普通的人，但用了些夸张手法的童话。

这种方法，在分析某一篇作品时，加以评述、比较，是完全可以的；但是作为一种分类法来应用，那是有困难的。因为一篇童话，常常是很复杂的，其中有用这种手法，也有用那种手法，或者很难说是哪一种手法的。特别是对于图书馆、书店的工作人员无法把这种分类法应用到工作上去。

近几年，又出现了一种把童话分为热闹体、抒情体的分类法。热闹体大致是指那种快节奏的、闹剧型的讽刺性的童话。抒情体大致是指那种慢节奏的、正剧型的、歌颂性的童话。

这种分类法，也有许多人不赞同。因为"热闹"和"抒情"这条界线太难划分了。并且，把歌颂和讽刺截然分开是不可能的。特别是一些中篇童话、长篇童话，有的章节热闹，有的章节抒情，热闹和抒情都糅在一个作品里，实在不好分。

现在，童话分类，一般是按读者对象的接受程度和年龄特点来分类的。如几岁到几岁的童话；如学龄前儿童童话，学龄儿童童话；如一年级童话、二年级童话、三年级童话……

这样分类，清楚则清楚，书店、图书馆工作也方便，但要把一个童话分到哪一阶段儿童去阅读，就难了。由于各人掌握情况不同，差异幅度很大，也造成了一些麻烦。

当然，每一种分类法，总是有一些弊病的，总有一些不周密不科学的地方。

随着童话创作的发达，童话理论研究的深入，一定会出现一些更合理的更适用的童话科学分类法。

第二章　童话的功用

第一节　童话启导儿童思想

童话的功用观，就是童话为什么能产生、存在和发展，功能和作用是什么。或者说，童话，它有何等价值，目的是什么，有哪些任务。

叫功能也好，叫作用也好，叫价值也好，叫目的也好，叫任务也好，依据是两个：一个是社会的要求，一个是儿童的要求。

社会的要求，就是说，今天我们的社会是一个社会主义的社会，就要以社会主义的要求，去要求童话。这和其他社会的要求就不可能一样。所以，我们的童话，那一定应该是为社会主义的。

儿童的要求，就是说童话是属于儿童的，儿童有他们的喜好和需要，我们的童话必须符合和满足儿童本身的要求。不能符合和满足儿童的要求，那等于儿童没有童话，或者说童话失去读者对象。所以，我们的童话，还一定应该是为儿童的。

为社会，为儿童，两者是并重的，不可偏废的。

为社会，为儿童，两者应该是相统一的，不可矛盾的。

我们来谈童话的功用，就必须从为社会、为儿童出发。

童话要启导儿童思想，让儿童们树立那些好的思想，去掉那些不好的思想。这就是我们常常说的教育，思想教育和道德教育，等等。前些年，"教育"这个词被附加进去一些不恰切的含义，似乎有时候也包括"训斥"、"处分"的意思，那就不太好，范围也过广。童话的功用，范围要小得多，是不是提启发和开导的功用。再说，文学作品和其他的教育手段，也有不同，文学作品总是间接的，借彼说此的，它的作用是潜移默化的，否则不成为文学。它不可灌注，不能是命令、决定，非限时限量执行不可的。

这并不是说在儿童文学中不要提"教育"这个词。教育，当然是要提的。启发思想就是广义教育中的一个部分。

只是，针对教育的含义，希望不作种种错误引申或解释。特别，文学的教育和教育学的教育，也切忌相互等同。

一个儿童的成长，他是在社会这样一个既庞大又复杂的群体里成长的。各种社会信息，无时无刻不在向儿童的大脑传递。在儿童思想这一张白纸上，涂上各种各样的颜色。

这些信息里，有好的信息，有坏的信息，有不好不坏的信息，有好多坏少的信息，也有好少坏多的信息，其中包括有文学艺术的信息。

童话，作为一种儿童文学的样式，必然也要在纷繁的信息中，对儿童的思想发生影响。

我们不可无视或者忽视这种作用。我们每一个成年人都是从儿童时代过来的。我们小时候，听的那些童话故事，很可能现在都还记得，而且在我们生活道路上，起着影响。

譬如，我们小时候，听过关于水晶宫的童话，现在我们来到灯火通明的什么水库工地，我们会觉得仿佛置身于水晶宫，其实水晶宫在哪里，谁也没有去过，那只是听了童话里的描述。

譬如，我们见到那号很会装蒜的坏人，当面笑嘻嘻，背后戳你一刀的家伙，我们往往会想起小时候听过的那个老虎外婆的童话。

譬如，我们小时候，听过许多鬼的童话，现在我们虽然不再相信真有鬼，但当我们在阴森的夜晚走过一块荒凉的坟地，那种唯恐见到鬼的恐惧心理常常还要产生。

所以，今天，我们必须写出一些好的童话，去启发儿童们的思想。

每一个成年人，总是希望自己的孩子一代比自己好。这是一种人类的天性。在资本主义社会里，有钱人总是希望自己的孩子比自己更有钱。因为在资本主义社会里钱多钱少就是好不好的标准。

我们今天的社会，更需要我们的童话根据今天社会主义的标准去要求，去启发我们的下一代：什么是对的，什么是错的，应该怎么样。

所以，一个童话的好坏，就是儿童阅读效果的好坏。

儿童看了，能促使他向上、进步的，是好童话。反之，那就是不

好的童话，或者坏童话。

一个童话，如何来启发儿童向上、进步呢？

它首先要塑造好人物。当然，童话的塑造人物，和小说、传记塑造人物是不相同的。童话应按童话独特的手法去塑造人物。

有人提过，童话可不可以塑造英雄人物呢？在苏联，看到过以童话来描绘列宁、斯大林的作品。中国，也有过描绘领袖的童话作品。这些童话，虽然还不能说是成功的作品，但这种尝试是可能的，说明这条路是可以走的。

在我国的古代神话、民间传说中，不少是塑造英雄形象的。如给人们除害的后羿，如为大伙造福的大禹，如衔木石以填海的精卫，如能和太阳竞走的夸父，如能工巧匠鲁班，如哭倒长城的孟姜女，如多智善谋的姜子牙，如叛逆天庭的孙悟空，等等，这些都是那时人们心目中的英雄人物。既然，古代神话、民间传说中可以（其中有一些作品，也可说是童话），为什么我们今天的童话中，就做不到呢？

童话中，塑造英雄人物形象，应该说是可以的，但是这还有待于人们去努力实践，想必今后一定能看到这一方面的出色成功的作品。

当然，我们不能说，童话必须塑造英雄人物；或者说，童话的主要任务，就是要塑造英雄人物；或者说，童话只有通过英雄人物的塑造，才能教育儿童。（童话也有不注重塑造人物，而着力于故事的。）这样说太极端了。塑造英雄人物，只是童话的一个方面。

童话虽没有提倡写英雄人物，但是历来却很注重写正面人物。我们的许多优秀童话作品，大都是塑造正面人物形象的。当然，这些正面人物，有的是人，有的是动物、植物，或别的什么生物，但它们是拟人化了的物，所以也是人物。如《稻草人》里的稻草人，如《小溪流的歌》里的小溪流，如《金花路》里的佟木匠，如《小公鸡历险记》里的小公鸡，如《小鲤鱼跳龙门》里的小鲤鱼，等等，我们有很多这样的作品，成功地塑造了正义、善良、勇敢、助人、向上的正面形象。这些童话，都以作品所塑造的正面形象，启发了儿童的思想。

　　还有些童话，写了孩子的转变，这转变的孩子算不算正面形象呢？应该算吧，他变好了嘛！这样的童话也不少，像《宝葫芦的秘密》里的王葆，像《"下次开船"港》里的唐小西，等等，都是。通过这些形象，批评了不劳而获、什么都"下一次"那样的错误思想，这也是对儿童思想很好的启发。

　　童话，有的是歌颂性的，有的是规喻性的，还有一种是讽刺性的，讽刺儿童思想上的缺点和错误的。如《一只想飞的猫》，一只猫想飞，但最后是摔在地上爬不起来，以失败告终，结尾是悲剧型的。

　　这些歌颂性的、规喻性的、讽刺性的童话，对儿童都是有益的，都是启发儿童思想向上、进步的，都是好童话。

　　但，有一种论点，把文学作品分成"正面教育"、"反面教育"两种。把歌颂性的童话，列入"正面教育"，把讽刺性的，甚至于把规喻性的，写人物转变的，都列入"反面教育"。而提出个口号，要童话"以正面教育为主"。

　　前几年，大家对"正面教育"、"反面教育"，争论了很多，至今还是各执一词。其实，各人对这两个词的概念，理解并不一样，说来说去，也说不清楚。是不是不用这样的提法为好。

　　看一个童话的好坏，首先应该看这个童话是否能启发儿童思想向上、进步。不要再在前进道路上，人为地去设置障碍，把一些本来简单的事，搞得那么复杂，提出什么"正面教育"、"反面教育"来。

　　启发儿童思想，是童话的重要功用，但只能是童话的一个功用。

　　我们不能把它当作唯一的。

　　前些年，有一种理论，就是把"教育"说成是童话唯一的目的。说，童话是"阶级斗争的工具"，是"教育的工具"。当然，近几年，由于成人文学中已经批评了"文学是阶级斗争的工具"论，大家比较一致认为这个提法是错误的。所以，儿童文学界，也没有再提童话是"阶级斗争的工具"了。可是，却仍热衷地在提童话是"教育的工具"。如果，童话既是"教育的工具"，那它的任务，就是唯一的"教育"。

这种把童话和教育等同起来，也表现在把童话作者和教师等同起来。我们常常听到有人说："你做了那么些年教师，你就可以写童话嘛！"似乎一个教师就是一个童话作者。当然，童话作者是应该熟悉教育工作的，一个教师完全可以去写童话的，但是写童话，除掉熟悉教育以外，还需要其他许多条件。

前些年，这种"工具论"，是十分盛行的。好像什么都是"工具"，连人也被称之为"工具"。那，童话自然是"工具"。拨乱反正，这种"工具论"，在别的领域，都已受到批判，大家已经开始有了新的认识。但在童话界，这种"工具论"，还被有的人奉为圣明经典，不可侵犯。

要是文学和教育是一码事，那就等于取消了文学，要文学干什么呢！如果童话和教育完全等同，那就没有童话了。

这样一说，也不能走向另一个极端，似乎童话和教育应该绝缘，童话和教育毫无关系，这就不是我们讨论的本意了。

启发儿童思想，我们切不能理解成是赤裸裸的说教，耳提面命的训斥。这在前几年，我们已经有了很大的教训。一篇童话，如果就是教师上课时宣读的教案，是收不到预期的启发儿童的效果的。

我们有的编辑同志，常常在童话的审稿单上写"主题鲜明"、"主题突出"来称赞这篇童话。如若，一篇童话，一看开头，就知道它要教训什么，这篇童话不可能会是一篇成功的作品，很可能会是一篇失败的作品。

一篇好的童话，必须引起儿童的联想，因为童话的特殊性，就是常常通过一个截然不同的事物，来说明这个事物，用甲来说乙，用丙来说丁，引不起儿童联想是不行的。

一篇童话必须让儿童读了有回味，促使他去进一步地思索。

所以，这个"主题鲜明"、"主题突出"，有时是褒义，有时也是贬义。

童话的效果，有绝对的效果，也有相对的效果，更多的是相对的效果。譬如，一篇写后母的童话，有后母的儿童读了，和没有后母的儿童读了，效果绝不会相同。有时，效果，可以因时间、地点、对象、条件的差异而异。

童话的启发作用，必须寓于艺术之中，像给孩子吃的药水，要渗于糖浆之中一样。

童话对儿童的启发，必须通过作品中的人物、故事、细节、行动、对话，启发他，开导他。要像蒙蒙春雨渗透土地，不能是倾盆大雨大灌大浇。下一场春雨，幼苗能慢慢吸收，欣欣成长。如果发一场大水，淹了小苗，只能是使幼苗夭折。

童话的启发功用，把它看得太小，低估它，说"童话无用"，是不符合事实的。但也不能任意夸大，说"童话万能"，也是不符合事实的。

现在，对童话的功用，低估者有之，夸大者也有之。

低估者，是看不见童话的功用，要取消童话。

夸大者，有的也是要取消童话。

有时我们从报上见到这类消息，什么一篇童话，一个什么人读了，本来要轻生自杀，后来有了活下去的勇气了。一篇童话救活一条性命。另外，报上又出现了这样一类消息，某某地方，发生几个孩子轻生自杀，说因为这几个孩子读了某某童话。一篇童话害死几个孩子。于是有人把童话看成惹事、引祸的东西，得出结论：不宜提倡，可有而不可多。

把童话说成能救生、能杀人，这都是过分夸大童话的功用。也绝不会是真正的事实。那个人活下去了，那几个孩子死了，一定有别的原因，不会只是读了一篇童话。

童话有它的功用，但没有那么大的功用！这样任意夸大童话的功用，和任意缩小童话的功用一样，都是很有害的。

看一个童话效果的好坏，主要应该看主流，就是主要作用好不好。

儿童文学界，常常听到一种指责："这作品有副作用！"不少童话，被指责为"有副作用"。

什么叫"副作用"呢？各人的说法也不一样。普遍指的是，儿童看了某个作品，效仿其中反面人物的动作、形态、语言。这本不是什么太严重的事，儿童效仿一阵，也就过去了。如果有严重的后果，你加以引导嘛。一个文学作品，总有正面、反面的东西，有积极因素、消极因素。正如任何药物一样，能治病，但对身体的机能多少会有点破坏。人参，是补品，但吃多了，或某个人、某个时期服下去，反而致病，这样的例子不是没有。孩子看了一些战争题材作品，学搏斗，弄伤了同学，这是平时没有引导好，一定要那个写作品的作家负责，也不公平。一个孩子在河里淹死了，是不是整个学校废止游泳？一个孩子用剪刀刺伤人，是不是所有的家庭都不准用剪刀？这怎么行！

如果，这样是"副作用"，那不但童话有，所有的文学作品都有。那个纯之又纯的、并称之为样板戏的《红灯记》，演出后，不是有些孩子就学鸠山的说话嘛！放了《少林寺》电影，确实有孩子离家跑去找少林寺，这就要大家做做工作，宣传宣传，不能叫戏停演，叫电影停映。

我们看一篇童话的作用，一定要看主流，看它主要的作用，是向上呢，还是向下，是进步呢，还是后退。切不可舍本逐末，本末倒置。

启发儿童思想，是童话的一个功用。

第二节　童话陶冶儿童性情

有的孩子，有一个可爱的性格，有一份美好的感情。有的孩子，却没有。

一个孩子性情的形成，有先天的，也有后天的。

譬如一对双胞胎，哥儿俩同一时间出生，同在一个家庭里，同进一个幼儿园，可是两人的性情是不一样的，这是先天的因素。

性情的形成更多是后天的因素。国外有不少科学家作过实地调查，某些地方发现的狼孩、虎子，他初生不久，就给野兽衔走了，在野兽群中过野兽的生活，以后长大了，把他弄回到人群中来生活，他怎么也改不了他那个"兽性"。

我们的童话，是不是能影响儿童的先天，没有作过科学研究，所以不知道。但对儿童的后天，关系却非常之大。

一个儿童后天的影响是多方面的，家庭、学校、社会，文学作品都对他们有影响。我们的童话是其中一个方面，它在起一定的影响，影响着一个儿童的性格和感情。

所以，我们的童话，在启发儿童思想的同时，也要考虑对儿童的性格、感情进行培养。

性格、感情的培养，不像培养一棵树，加点水，施点肥。十年树木，百年树人。培养儿童的性格、感情，不是训一通话，读一本书，它是在潜移默化中渐渐形成的。它形成得不好，要改变它，也要渐渐改变它的。所以，把这个功用叫做"陶冶"。就是说性格和感情的形成和改变，要和烧陶冶铁那样，火候一些一些加高的。

要改变思想，是一件难事，来不得半点性急。要改变性情，更加难了。俗语说："江山好移，本性难改。"难改，不是说不能改，而是不易改。要改变性情只有慢慢地陶冶，其他办法是没有的。

有的家庭，有的父母，很注意孩子性情的陶冶。有的母亲，在十月怀胎的时候，已经开始注意了。她房间里挂起美丽的图画，案头放上精致的塑像，休息的时候，听听悦耳的音乐，读读轻松的故事，尽量做到不忧郁，不烦躁，保持心境宁静、愉快。据说，外向内感，这样可导致未来的孩子有好性情。这在我们中国，叫胎教，古代就提倡。早在二千二百多年前，我国有一部书叫《青史子》，就记载了胎教问题，恐怕这是世界上第一本谈胎教的书。书上说"古者胎教之道……"，足见在这以前就有胎教了。现在国外也很盛行这种说法。当然，有哪些科学根据，并不知道。但作为一个母亲的意愿是可以理解的。

孩子一出世，躺在摇篮里，母亲就哼轻快的摇篮曲，给孩子听。孩子要睡觉，母亲又唱恬静的催眠曲，使孩子安睡。

这些摇篮曲、催眠曲，往往就是童话和诗歌的合成体。如黄庆云写的那篇《摇篮》："蓝天是摇篮，/摇着星宝宝。/白云轻轻飘，/星宝宝睡着了。/大海是摇篮，/摇着鱼宝宝，/浪花轻轻翻，/鱼宝宝睡着了。/花园是摇篮，/摇着花宝宝，/风儿轻轻吹，/花宝宝睡着了。/妈妈的手是摇篮，/摇着小宝宝，/歌儿轻轻唱，/宝宝睡着了。"摇篮在摇，天、海、地都在摇，星星、鱼儿、花都在睡觉，宝宝也该睡着了。这是多么安详、纯净的童话境界！虽然幼小的孩子不懂得摇篮曲的内容，但母亲的感情，孩子是能够感受的。

孩子稍稍长大，便让他抓彩色的玩具。懂一点事，就让他看图画书，让他听音乐，讲故事给他听。

这都不只是取悦孩子，而是在陶冶孩子的性情。

我们有一些年轻人，粗鲁、暴躁，或者抑郁、怯弱，或者自私、孤独，或者冷酷、怪僻，或者浮夸、轻飘，或者空虚、玩世……为什么他的性情变得如此不可爱、不美好呢？这和当年，他们小时候，在"文化大革命"动乱中，所受到的影响大有关系。那时候，人与人斗来斗去，到处是打砸抢，是这些丑恶的东西，玷污了他们，使他们的性情受到了扭曲。那时候，一切文学、艺术都给取消了，童话自然也不可能存在。不能用美好的东西去陶冶他们。

丑恶展览会已经收场，但留在年轻人身上的创伤，是一时治愈不了的。

今天，我们决不能忽视文学艺术的功用，包括童话的功用，要用童话等各种文学艺术作品，去培养新一代儿童可爱的、美好的性情，去改变儿童被丑恶所影响、扭曲的性情。

我们的童话，决不能再贩卖丑恶了。讲凶杀，讲恐怖，讲残忍，讲狂虐，行吗？

我们的童话，不但不能写这些，而且一定要给儿童性情一些可爱的、美好的东西才行。

我们的童话要把陶冶儿童性情的责任担当起来，我们要拿出力量来。

这力量是什么呢？就是美。

童话，必须是美的。

当然，一切文学艺术，都要美，小说、散文、诗歌、电影、戏剧、绘画、音乐都要给读者以美感。童话，应该包括其他文学艺术样式的美，并有它的特殊的美。它的美，是一种幻想美，夸张美，变形美，是一种超现实的文学美。

生活中，我们到了一个什么奇特的名胜地方，总听见一些人说："真美啊，像到了一个童话世界！"

当然，童话美并不等于生活美，童话美和生活美是有区别的。有一篇童话，写一个小仙女的美。其中有几段描述。有一段是："黑黑的长发，大大的眼睛，红红的小嘴，真是美极啦！"有一段是："长长的腿，细细的腰，柔软的手指，灵巧的小脚，简直太美啦！"这些描述是真实的，是生活美。有一段描述是："云姑娘送给她薄纱似的白云做的裙子，虹姑娘扯下一条七色彩虹给她做飘带，春姑娘为她编了一个香气四溢的花环，戴在头上……"这是虚构的，是一种幻想美，是一种童话美。(郭明志:《小仙女》)

童话是和美联系在一起的。童话离不开美，给人以美，这是童话的功用。

童话美，有的人以为只是文字上的问题，有些初写童话的人，只追求美丽的辞藻，殊不知童话美是个综合体，思想、形象、意境、故事、细节、文字都应该美。

童话美，有的人以为只是写环境的问题，有些初写童话的人，只追求把童话的环境写美，尽情去描写那些山山水水，花花草草，以为这就是意境美。当然环境是应该美的，意境美也包括环境美。但意境与环境不同，意境是意的境，应着眼在意字上，是需要有意的深度的。

一篇美的童话，它必然是意和形都美的。内涵和外在，都需要有色彩，有节奏。童话，应包括这一切美的细胞。童话，就是许多许多美的细胞构成的。

请读一篇童话的开头："当圆圆的月亮，微笑地望着大海的时

候，大海感到了它的温柔。当清凉的海风，缓缓地、轻轻地唱起一支古老的摇篮曲的时候，大海感到了微微的倦意。它轻轻地和着海风的节奏摇荡起来，把雪白的浪花推上金黄的沙滩。大海又轻轻地叹了一口气，说：'呵，我真想睡了，看那星星都在眨着眼睛哩。'大海睡着了。月亮披上了白云的薄纱，海风还在唱着轻柔的歌。大海安静地睡熟了。"这童话是很优美的，是大海的一个个美丽的梦幻。读它，真是可以赏心悦目的。(赵冰波:《大海，梦着一个童话》)

再来读一篇写湖的童话吧！其中一段是："萤火虫姑娘身穿绚丽的纱裙，手举明亮的小灯，正在翩翩起舞。她们一会儿围成圈，一会儿排成行，编织出许多美丽的图案，有的像盛开的宝石花，有的像展屏的金孔雀……为她们伴唱的是大森林里的著名歌手——青蛙兄弟，他们的歌声嘹亮而快乐，小睡莲听得浑身都发热了。""突然奇迹出现了。戴着光环，披着水晶衣的星儿们，从茫茫的天穹纷纷降落到湖里。五光十色的星儿，放射出绚烂的光芒，星星湖顿时变了样。湖泊周围葱郁的大榕树，挺拔的棕榈树，娇柔的青藤和各种样奇异的花果，都泛出银白色的光辉。万物仿佛都披上薄薄的珍珠纱，绿得犹如翡翠雕成，花果像是用玉石镂刻。"读这样的作品，是一种享受，美的享受。(张康群:《星星湖》)

童话，有童话的美学，美学里也应该有童话美的一章，童话的美学是值得我们去探索的，这是一种特殊的美学，将来一定会有人专门来研究童话的美学，一定会有人写出童话美学的专著来。

在国外，一个孩子稍稍长大，父母便为他朗读普希金的童话《渔夫和金鱼的故事》、安徒生的童话《海的女儿》，这一些很美的童话作品。

在我们过去的年代里，孩子总是喜欢围着老爷爷、老奶奶，或者在月光明亮的夜晚，或者在炉火熊熊的冬夜，听老人们讲《老虎外婆》《蛇郎》《十兄弟》这一些美的民间童话。

我们今天的孩子，为什么不让他们多听听我们崭新的美的民族童话以及民间童话、外国童话呢！

前些年，我们一讲美，好像那就是资产阶级的，一提童话美，就会受到攻击。其实，美，是人类的一宗宝贵的财富，让它白白地丢掉，多可惜呢！

确实，目前我们有一些童话写得不够美，有的甚至于可以说写得太肮脏了。有一位作者，写了好几个喀嘟虫的连续童话，其中有一个情节是写喀嘟虫做寿，居然大摆筵席请客。有一位作者写了个童话，题目叫《菌国之战》，其中竟然有痰元帅、痰将军、痰王子、痰公主。有位作者写了个猪的童话，猪自己对人说："我的肉红炖白烧，鲜美可口。"也有一位作者写的一个童话，将一个麻脸女人去变作一把喷水壶。也有一位作者的童话里，写一个神奇的医生，把手伸进病人的喉咙里，将心肺肠子一把抓出来清洗……

这样的童话，是不好的，它不美，并且很丑恶，看了叫人感到难受。

当然，有一部分童话是讽刺童话，这类讽刺童话要做一些暴露是可以的，而且是必要的。

这些讽刺童话，要抨击一些东西，要揭露一些东西。这些被抨击的东西，被揭露的东西，自然是丑恶的，不可能是美的。但是，你在写这些丑恶的东西时，不要太过分，要适可而止。决不可展览丑恶，刺激生理，让人难受。

譬如，《皇帝的新装》这个童话，是暴露那个愚蠢而凶残的皇帝的，写了他赤身露体在街上游行已够。要是把他身上的全部器官作了描写，这就过分了，就不合适了。

愿我们儿童走进童话世界，像走进一个美丽的花园。让儿童们常常到这个美丽的童话花园里来散步。让他们感到心旷神怡，培养他们美的欣赏力，使他们的性情受到美的陶冶。

希望他们受到童话的陶冶，成为一个纯真而高尚的、坚强而果断的、聪慧而有远见的人。他们都有可爱的性格，都有丰富的感情。

这应该是童话的又一个重要的功用。

第三节　童话增长儿童知识

大家知道，知识有两种，一种是自然知识，一种是社会知识。自然知识就是让儿童去认识自然，社会知识就是让儿童去认识社会。

一个童话，如果以增进儿童自然知识为主，那是科学童话。我们所说的，是文学童话，文学童话有一个任务，那就是要增长儿童的社会知识。

当然，科学童话和文学童话，也不能绝对的分开。科学童话里也有介绍社会知识的，文学童话里也有介绍自然知识的。所以，是说以何种知识为主。

一个儿童来到这世界上，从小生活在家庭里，后来长大一些，就进了学校。广义来说，家庭、学校都是属于社会的。狭义来说，从学校毕业到了工作岗位，才算是踏进社会。不管广义说、狭义说，一个儿童总是要和社会发生各种各样的关系。每个人，都是社会人。没有谁，说可以离开社会而离群索居。

社会，不论是什么社会，都是个非常复杂的构成体。一个人要在社会上生活，要善于生活。首先要懂得什么是生活，然后才知如何生活。既要适应社会，服务社会，也要促使社会进步。

在社会里生活，有那么两种人。一种是随波逐流，随遇而安，浑浑噩噩过日子。这是生活的奴隶，生活牵着他的鼻子走。一种是充满朝气，激流勇进，过着进取充实的日子。这是生活的主人，他驾驭着生活向前走。

我们认为前一种人的态度是不可取的，是不正常的。我们应该做后一种人。

我们的童话，就要指引儿童去认识社会，去认识人生，从而直面社会，直面人生，做社会的主人，做生活的主人。

这样，才是有意义的。一个人，活在世界上，只是为了打发日子，那不是太悲哀了吗！

如何生活，如何做一个社会人，是一个哲学问题。

童话，有义务，对读者陈以哲理。用哲学犀利的解剖刀，去剖析生活中、社会上的形形色色、千变万化的各种现象。

一提起哲理，就会有人提出异议，怎么能跟孩子去讲哲理呢？似乎哲理都是经院里高深莫测的东西。这把哲理看得太神秘化了。其实，在我们生活中，处处充满着哲理。艾思奇写过一本《大众哲学》，这本书凡识了字的人都可以看得懂。既然有大众哲学，也可以有儿童哲学。

我们为儿童写作，不论是小说、故事、散文、诗歌、剧本，一应都可以说是在给小读者说哲理。

我们的童话，是一种富有象征性的文学。它对于生活，像漫画那样用变形来夸张，像神话那样用虚构来幻想，更应该富有哲理性。

对于儿童的哲学，绝不是让儿童去死背硬记条文式的定义，也不是让儿童去探讨那些深奥、抽象的问题。

如叶圣陶写于 1922 年的童话《稻草人》。作品说一个稻草人在夜里所看见的一切。这一幅天灾人祸的农村破产图，一幅挣扎在死亡线上的妇女流亡图，是 20 世纪 20 年代中国社会的真实写照，为读者提出了社会走向何处？人们应该怎么办？妇女们为什么命运都那样悲惨？这一连串哲理问题。

这些问题，是通过稻草人的见闻提出来的，是童话的作者提出来的，但又是当时的真实生活提出来的。这童话反映了当时的社会风貌，体现了当时的时代精神，揭示了当时的生活本质，是充满知识性的，使儿童看了，对这个社会有了进一步的认识，从而激发起对于社会必须变革的心声，这是一个深刻揭示和剖析现实的可以增长儿童知识的好童话。

再拿张天翼的《大林和小林》《宝葫芦的秘密》这两个童话来说。《大林和小林》这个童话，就是让读者去认识那个尔虞我诈的社会，告诉读者像大林那样是不行的，必须像小林那样，起来反抗、斗争，消灭四四格这些坏东西，才有好日子过。《宝葫芦的秘密》这童话，反映在我们这个依靠自己劳动才幸福的新社会，儿童们应该效

仿王葆的丢掉宝葫芦，丢掉自己头脑里那种贪图不劳而获的依赖思想。作者，通过这两篇不同时期写作的童话，向小读者介绍了两个时期两个社会的本质，向儿童阐说了明白易懂的重要的哲理。

在我们中国早先的童话里，也可以见到很多先例。

如清吴趼人的《俏皮话》中，有一则拟人化的故事，完全是一个很好的童话。它说："昆虫部中，也有一世界。其世界之中，也有朝廷，也有国家，也有郡县，也有官吏，也与别部交涉。昆虫皇帝先是令粪蛆执政，久之国权尽失，国势不振。昆虫皇帝大惧，下诏求贤。怎奈蛆既当国，所汲引者无非是其同类。皇帝不得已，亲拔蠹虫，置于政府，而逐粪蛆。久之，国之腐败如故，萎靡如故。皇帝叹曰：'吾初见蠹虫，出没于书堆之中，以为是饱有学问的。不期试以政事，竟与那吃屎的一般。'"这一篇作品，说的是昆虫世界，写的实是清朝封建统治的昏庸无能，用者无非是粪蛆、蠹虫一类"吃屎"、"蠹书"的蠢材。作者用了嬉笑怒骂的拟人之笔，一针见血地勾勒了当时的政治社会。

我们要把童话交给儿童，也要把哲理交给儿童，让儿童更好地去认识社会和人生。

这就是童话要给儿童增长知识。

第四节　童话丰富儿童生活

在我国文学艺术工作中，近年来已经明确了：文化建设也应当包括健康、愉快、生动、活泼、丰富多彩的群众性娱乐活动，使人民在紧张劳动后的休息中，得到高尚趣味的精神上的享受。·

自然，儿童文学也应该这样，童话也应该这样。

以往，我们的文学艺术都被称作"阶级斗争的工具"，从来也不认为还是一种"娱乐活动"。至于"精神上的享受"，一向认为那是资产阶级的。

在儿童文学中，也没有提过"娱乐"这个词，所提到的娱乐，也只是"寓教育于娱乐之中"，那娱乐不过是借用的躯壳，只是一种手段而已。

娱乐一见到教育来了，总是退避三舍，绝不敢伫立一旁，更没有平起平坐过。

现在，从思想上进行了拨乱反正。娱乐，是文学艺术的一项目的，这已经为大家一致的定见了。

那么，我们的儿童文学还在提"教育唯一"论，"教育工具"论，"教育和文学等同"论，显然是不适宜了。

这不适宜，并不是借成人文学艺术情况的改变，引申到儿童文学领域里来。而是在儿童生活现实上，早已作出的否定。因为，我们过去那样做，是违反事物的客观规律的，是唯心的教义，在儿童生活实际里是行不通的。是我们闭着眼睛不根据实际生活硬下的主观命令。生活并不是这样的。

在现实生活中，一个孩子不肯动脑筋，母亲可以找来童话《不动脑筋的故事》给他看。母亲可能是怀有教育目的给孩子看这个童话的，但这个孩子拿起童话来看，是不可能有接受教育这个动机的，他一定是觉得这童话有趣，抱着一种娱乐目的去看的。当然，这可以叫"寓教育于娱乐之中"。

这说明，一个童话应该有娱乐性，没有娱乐性，光是教育，也不是个好童话。

那么，就是说，一个好童话要有教育性，还要有娱乐性。

有没有光有娱乐，给儿童以快乐、有趣的童话呢？

当然，广义来说，快乐和有趣，高尚的、健康的快乐和有趣，也是一种教育。

譬如，有一些幽默画，看了叫人发笑，如果要说它是光有娱乐性的作品也可以。

童话里，确实也有这样的一些作品。

这些作品，给儿童提供高尚的、健康的笑料，这快乐、有趣，未尝不是教育。你说它是教育性的作品也可以。

一幅幽默画，常常是无题的，有时虽说无题，但看起来仍是有

题。也有这样的情况，甲看了是无题，乙看了是有题。也有这样的情况，丙看了题是这样，丁看了题是那样。题，会因人而异。

在一些童话座谈会上，常常有人提出：童话当然是有主题的，但可不可以有无主题的童话呢？

这和上面说的幽默画的情况相似。那就是说对主题如何理解。是广义的，还是狭义的？

主题，是不是只有政治教育、思想教育、道德教育的才算主题呢？

有趣、快乐，是不是也算主题呢？

如果，这些都不算主题，只有政治、思想、道德教育的算主题，这些就算无主题的作品了。

再举个例子来说。

有个外国童话，说：一个男孩和一个女孩在一起画图。男孩画了一辆汽车，女孩在车轮上画了个洞，车胎漏气了，男孩只好画了一辆吊车来把汽车拖走。女孩画了一个小姑娘，很像自己的小姑娘。男孩画了一只老鼠来吓唬她。她画了一只猫，把老鼠吓走。男孩画了一只狗来咬它，她画了一根肉骨头丢过去，狗就吃肉骨头去了。男孩又画了一头凶猛的狮子，女孩画了一所房子让小姑娘躲到里面去。狮子爬上房顶，从烟囱里伸进爪子去抓小姑娘，小姑娘大叫。女孩画了一支枪，把狮子脚爪打断了。男孩画了一辆坦克车，向女孩进攻。女孩发火了，一下把纸撕成两半，坦克开过去，从纸中间撕开的缝里滚下去了。男孩再画飞机，女孩画机关枪打飞机。男孩画火箭发射器……一个比一个厉害，一不小心，把桌上颜料打翻，黑墨水把整张纸都淌满了。孩子哭了……

你说，这作品有没有主题呢？有人说，只有有趣，没有主题。有人说，有主题，就是有趣。

许多人说有主题，主题是什么，就各有各的说法。有人说，写男孩欺侮女孩不应该。有人说，写了这女孩的聪明。有人说，这作品宣传抵抗精神。有人说，这作品说明孩子间应该团结。有人说，这作品象征战争毁灭一切。也有人说，这作品是知识教育，告诉孩子一些关于汽车、吊车、老鼠、猫、狗、狮子，以及枪、坦克、飞机、机关炮、火箭发射器等的简单知识……

这一篇短短的童话，一下子可以说出几十个"主题"，他们各执一词，谁都有道理，其实，谁都没有错。

"横看成岭侧成峰，远近高低各不同。"主题，就是这么一种东西。

有一些童话小品，有一些幽默童话，都是这么个情况。

有的童话，记录一下儿童生活中充满幻想的生活片断，也很好嘛！

有没有主题，主题是什么，可让儿童读后自己去领会和揣想。

这些作品，主要的，是带给儿童以快乐，有趣，是一种娱乐。

再说一句，当然，娱乐应该是高尚的、健康的，能使儿童精神净化，进入更高精神境界的娱乐。那种低下的、病态的娱乐，不应是我们童话所需要的。如那种嘲笑生理缺陷的，讥讽所谓"下等"职业的，挖苦老人的，等等，我们决不需要这样的娱乐的童话。

我们强调童话的娱乐性，也决不能把娱乐看成是唯一的。英国的儿童文学家达顿（Darton Frederick）认为："儿童读物是为了给儿童获得内心的快乐而推出的印刷品，它绝不是为了教训儿童，也不是只为了指导儿童行善，更不是为了使儿童安静下来的东西。"当然，童话不应该是耳提面命的教训，也不是"使孩子安静下来"的工具，不能把"只为了指导儿童行善"排除出去，单单留下"给儿童获得内心的快乐"。这在我们中国社会也是难以被人们所同意的。我们童话，应该有娱乐性，并不是只有娱乐，去排斥其他。这也要说清楚的。

童话，它是儿童所独有的文学样式。童话中，充满着爱，充满着美，充满着快乐和有趣，它是儿童生活中必不可少的精神食粮，读童话应该是儿童精神上的一种很好的享受。

我们再不能板起脸为儿童写童话了，我们再不能写那种索然无

味的童话了，我们再不能忽视童话的娱乐性了，我们再不能剥夺儿童读童话的精神享受了。

关于娱乐性，我们还应该全面来理解。什么叫娱乐呢？那就是读者和作品两者之间的情感交流。作品把情感通过文字的形象，传给了读者，读者产生了相应的反馈，这就获得了快感，也即是娱乐了。童话中，出现了一些好笑的情节，你看了觉得好笑，你也笑起来了，这时你很高兴，你就得到娱乐了。笑，属于软性情感。有的童话写得很紧张，主人公在做一件冒险的事，使你提心吊胆，惶惶不安，这种硬性情感虽然并不能逗人发笑，只是使你着急、期待，但是你看了这个童话，你也觉得这是一种享受，获得了娱乐。所以，我们所说的娱乐性，不能狭隘地去理解成就是发笑。它，还应包括紧张、惊奇、哀怜、悲伤等各方面的。孩子们不是常常这样吗！不愉快的时候，大哭一场，悲伤得到释放，哭过便愉快了。有时候，读了一个悲剧，得到的却是苦痛的解除，欢乐的到来。

我们需要发笑的童话，也需要紧张的童话、惊奇的童话、哀怜的童话、悲伤的童话……我们的小读者，需要从这些童话中去得到感情的宣泄和交流，去获取娱乐。

童话，给少年儿童以享受，童话丰富了他们的生活。广大少年儿童在丰富的儿童生活中快乐健康地成长。

第五节　童话发展儿童幻想

童话，是儿童文学样式的一种。

童话的功用，与儿童文学有共通的，但是要发展儿童幻想力，这是童话独特的功用。

什么叫幻想呢？

幻想这个词，也是个新名词。在以前辞书中，还查不到这个词。始于何时，并不清楚。大概也是"五四"前后吧！

幻想和童话是紧密联系在一起的。早期，我们中国和日本的童话理论中，都用过"空想"这个词。（1922年7月《妇女杂志》第8卷第7号上，刊有冯飞:《童话与空想》一文。)后来，就一律用"幻想"这个词。

幻想，常常被大家误把它和"想象"这个词，混淆在一起。

想象，在心理学上，是指那种在知觉材料的基础上，经过新的配合，创造出新形象的心理过程。

如果照字面来解释，想象就是人们头脑里想出来种种形象，和幻想差不多。

其实，想象虽然和幻想都是超现实的，但和幻想不同。这不同，也绝不是量的不同，程度的不同。

想象，有跟生活中的真实是不相同的，也有跟生活中的真实是相同的。但幻想，它必须是跟生活中的真实不相同的。如果和生活中的真实相同了，那就不是幻想了。

幻想，幻者，变幻也。变幻，就在这个"变"字上。

任何文学作品，都应该是有想象的，没有想象，就没有文学作品。因为文学作品，不等于生活，不仅仅是生活的复述。

但是，一般的文学作品，却不一定具有幻想。

而童话，是非具有幻想不可的。有幻想，才有童话；没有幻想，就没有童话。

幻想是什么？是作者生活、思想、感情的一种升华。

它，不同于一般的理想。理想，是对于未来事物的想象或希望。

它，也不同于感想、联想、料想、推想、猜想、设想、假想……

照《辞源》解释：假者似真曰幻。它含有变化的意思。所以，幻想，它是"假者"，却又必须"似真"。

因此，一个好童话应该是非假非真、亦假亦真、真真假假、假假真真、真假难分。

幻想，是儿童的一种天赋和本能。一个孩子呱呱坠地，他有了思维，就有种种幻想。

因为孩子的思维是独特的。一个初来的孩子，总是想，世界上的万物，和他自己一样，有生命，有喜怒哀乐，和人一样生活着。他

对世界上的万物，都觉得有感情，都愿意和它们交往，做朋友，去了解它们，认识它们，和它们共同相处。有时候，他们也知道这是假的，却仍然喜欢把它当真。

一个小女孩，玩布娃娃，她明知布娃娃是布做的，不会说话，却喜欢和它聊天。她知道布娃娃不会吃东西和睡觉，却就是喜欢和它办家家。她知道布娃娃不会生病，却就是要给它打针，叫它好好躺下……

这种幻想力是十分重要的。列宁说过："甚至数学也是需要幻想的。没有它，甚至不可能发明微积分。幻想是极其可贵的品质。"

十年"文化大革命"，文化专制主义的统治，大大遏制了儿童的幻想。不少孩子，变得讲实惠，什么社会的前途，国家的明天，世界的未来，好像都与他们毫无相干，都不关心。他们的头脑，刻板、保守、平庸。过一天，算一天，两个半天又一天，糊里糊涂过日子。这样，对社会的进步，国家的建设，都是不利的。

这是"文化大革命"禁锢思想的后遗症，不是一时能治愈的。

平庸，是儿童成长中最可怕的大敌，是一种对儿童精神上、心灵上的戕害。是不能低估的。

幻想力，是创造力的基础。幻想是创造的开端。小时了了，大未必佳。如果一个儿童，他的幻想力很差，将来在工作上很难说会有什么创造性的大成就。

幻想，是任何一门学科的起点。

如果不会幻想，科学家只能一次又一次重复前人的试验。

如果不会幻想，工程师只能按别人画好的图纸装配装配那些机器。

如果不会幻想，医生只能头痛医头、脚痛医脚，开点阿司匹林之类感冒药。

如果不会幻想，你要做文学家、军事家、政治家……都不行。

应该说，我们优秀的中华民族的儿女，是最富有幻想力的。

几千年来，我们的祖先，创造了灿烂的东方文化，有多少伟大的发明，有多少伟大的造就，不论是文学上、科学上……这些伟大的事业，可以说都来自华夏子孙发达的幻想力。

十年浩劫中，痛心的是我们中华民族儿女的幻想力，被引上了歧途，用于人与人之间的角斗。幻想力，硬被按进了"怀疑"的魔盒。

回顾一下，那时不少的"大字报"、"大批判发言"、"专案材料"，幻想力还不丰富吗！

一个普普通通的人，可以"幻想"成为神通广大、本领非凡的"间谍分子"。

一件平平常常的事，可以"幻想"成为错综离奇、变化莫测的"特大案件"。

这是那个时代的"童话"。

从中，可以看到人民群众中蕴藏着如此丰富、巨大的幻想力，也应该惋惜这种丰富、巨大的幻想力，未被应用于为祖国为人民的创造和建设。

当然，幻想和怀疑同是超现实的，本质上却截然不同。

幻想的出发点，是希冀成功。怀疑的出发点，是期盼失败。

幻想是富有建设性的。怀疑是富有破坏性的。

幻想是善意的。怀疑是敌意的。

我们要幻想，不要怀疑。

"文化大革命"结束了，今天我们百废待举。我们的童话，应该发挥它的功用，去唤起广大儿童的幻想力。

要使所有的儿童懂得什么是幻想，如何去幻想。培养和丰富他们的幻想力，并正确地引导他们的幻想力，用于学习、生活、创造、建设，为人类、为世界、为祖国，谋求幸福和进步。

应该指出，当前的某些教育部门，因循过去的陈旧观点，注重儿童适应现实的能力，而忽视儿童的幻想创造力。就拿语文课的作文来说，教师的命题都是重记叙、重写实，如：我的母亲，我的故乡，我最快乐的一天，我难忘的一件事，诸如此类。要儿童写他周围的，或者经历过的实事，这是对的。但是不应忽视儿童除了现实这第一

个世界，还有第二个幻想世界。应该重视儿童的幻想世界，这是儿童的特点，发挥他们爱幻想、善幻想的本能，这是培养他们，也是一种才能的开发，人类的许多知识，是在幻想这个基础上建立的。我们切不可轻视和无视儿童的幻想。

因为，这是一个当前把少年儿童培养成什么样的人的问题。面对起飞的新时代，我们当前培养的少年儿童必须是富于幻想的，有开拓进取精神的人。

儿童的幻想力，历来是和童话休戚相关的，是互为因果的。

如若儿童们的幻想受到摧残、戕害、窒息了，童话也就死亡，没有生命了。

童话苏醒过来了，也应该反过来去唤起儿童们的幻想。

孩子们的幻想丰富了童话，童话启迪孩子们去幻想。

所以，发展儿童的幻想，是童话主要的功用。

今天，我们的童话，还不是很繁荣，这和人们还没有认识到幻想的重要作用大有关系。所以，社会上有一些人，把童话看成可有可无，并有这样那样的误解，其实这是一种愚蠢。

当然，发展幻想，是指健康的幻想，是为人类、为世界、为祖国谋求幸福和进步，有这样具体内容的幻想，而不是抽象的，或者那种荒诞不经的胡思乱想，或者引人颓丧、堕落的非分之想。

上述的童话的五个方面的功用，都是重要的，先说后说，只是为了说时候的方便，绝不是按重要与否安排的次序。

当然，落实在一篇具体的作品里，不可能是五者并列的，每一篇作品，都会有自己的侧重。

上述的童话的五个方面的功用，只是童话的重要的功用，并非它的全部功用。如果再分细来看，还可以说出许多功用来。童话的功用是多元的。

我们的童话功用观，就是这样。

第三章 童话的对象

第一节 婴儿与童话

童话的对象,顾名思义,是儿童。

儿童,是个大范围,儿童是与成人相对而言的。人,除了成人,就是儿童。儿童,从刚刚出世,到进入成人,指的就是这个阶段。儿童文学,就是这个阶段的文学。

成人时期,可分为青年期、壮年期、老年期。而儿童时期,又可划分为儿童期和少年期。

再分得细一点,还可以分成许多阶段。

我们从儿童文学来看,从童话来看,必须分成许多个阶段。因为儿童有不同年龄的儿童,它和成人不一样,不同年龄的儿童,心理状态、接受能力都不相同。一个十三四岁的孩子,和一个三四岁的孩子,都是儿童,但他们之间的差异有多大啊!

1992年8月,洪汛涛主持中国儿童文学研讨会

对童话的要求，不同年龄的儿童，是很不一样的。

你写了个小白鹅爱清洁的情节简单的童话，给十三四岁的孩子看，他感兴趣吗？

你写了个上万字的反对迷信造神的童话，给三四岁的孩子看，他能接受吗？

各个年龄的儿童，有各个年龄儿童的需求，写童话必须根据儿童年龄特征来写。

不顾年龄特征来写，是必然要失败的。

关于儿童阶段的划分，有许多种说法。现参考了儿童生理学、儿童心理学、儿童教育学等的各种说法，根据儿童实际情况的调查、根据儿童文学一般规律的探索，试将童话对象的分期，作一些阐说。

婴儿时期。有的称之为先学时期，就是先学龄前期。有的，还把这时期分为乳儿期和婴儿期。

一个孩子，离开母体之后，起先只有无条件的本能反应，慢慢就有了初步的感觉能力。他的嘴巴接触到母亲的奶头，就会去吮吸。眼睛遇到强烈的光线瞳孔会缩小。身体某部分不舒服，会大声啼哭。他的听觉、视觉等感觉能力，开始渐渐发展。

这段时间，母亲把他抱在怀里，轻轻拍着，或者把他放在摇篮里，轻轻摇着。母亲随着缓慢的节奏，轻轻哼着声音。孩子听着这种有节奏的声音，随着有节奏的动作，会感到舒服，而甜甜地睡着。

再过些时间，他认识了母亲，以及常常抱他的人。他的头、眼睛，会随着熟悉的声音转来转去。对陌生人开始产生畏惧，他不肯和陌生人在一起，陌生人一抱，他就害怕地哭叫起来。

他逐渐认识周围的事物，像奶瓶、水壶、手巾、玩具……学会了一些简单的动作和表情。

他开始不满足母亲哼的"嗯嗯啊啊"了，而喜欢听母亲唱着摇篮曲，安然入睡。

他有点懂事了，对周围的一切，感到既陌生又新鲜。

他的思维能力，已慢慢一点点发展起来，对身边所能见到的东西，会用自己的想法去认识它。

譬如，他感到伤心，在哭泣的时候，看见小狗摇着尾巴走到他身旁来，他会想，小狗同情他。他躺在妈妈身边，听到小猫在叫，他会产生小猫是在找妈妈的想法。有的孩子，自己睡了，爱把布娃娃放在被窝里，跟她一块儿睡觉，当她吃糖果的时候，总要想到布娃娃是不是也饿了，要分一些给布娃娃……

随着孩子思维能力的发展，生活接触面的扩大，同时必然会产生幻想。

有幻想，就有童话了。

他看见月亮，便幻想月亮是位很和蔼慈善的婆婆，和他奶奶一样，很喜欢孩子，他希望月亮婆婆能到他身边来，给他说有趣的故事。

他听见打雷，便幻想有一个很严厉的雷公公，雷公公不开心了，在发脾气，他非常害怕见到雷公公，因他知道自己做了一些不该做的事。

一个孩子哭了，母亲说："你爱哭，不是好宝宝。"他不一定听。母亲说："你哭，爸爸不带你出去玩。"也不一定有用。如果母亲说："瞧，桌子上那只小猫在笑你呢！"虽然他知道那桌上的小猫是布做的，但是却往往奏效，不再哭了。

一个孩子刚学会走路，小凳子绊了他，使他跌痛了，他坐在地板上哭。老奶奶过来，把小凳子拍了几下，说："这都是小凳子不好，站在路当中，也不靠边点。"孩子就咧嘴笑了。

这都是生活中常见的事。可以说是很初级的童话，或者叫童话的胚芽吧！

事实上，在日常生活中，一个孩子还没有完全懂事，童话就已渗进他的心灵了。

这样的童话，作者是父亲母亲，叔叔阿姨，爷爷奶奶们。这是些即兴的童话，当然是很粗糙的，不成熟的。如老奶奶打小凳子那样的教育方法，是不对的。孩子摔跤，怎么怪小凳子呢？如果那位老奶奶，愿意把这个童话说完，应该加上一段：小凳子被打，它生气伤

心地哭了，说："是你们把我放在路当中的，绊着了怎么怪我，打我呢？"这样就好多了。

这些，都说明婴儿需要童话，可是还没有见到给婴儿写的童话。

当然，给婴儿写的童话，不是给婴儿自己阅读的，而要大人看了给他讲的。

从出生，到进入幼儿园，这段时期，是人生道路的起端。人之初，本来是带着空白而来的。智慧初开，外界的影响，对他的将来的一切，影响很大。对他的思想、性格、感情，都是一个决定性的塑造。我们必须用最好的文学作品去熏陶他，使他成为一个有文学素养，有高尚情操，有远大抱负的人。

童话是一个孩子来到世界上最先接触的文学样式，特别是和儿歌相结合的童话儿歌。童话虽然是外界给予他的，但也是他本身思想、生活中的产物。

所以，童话从婴儿的主观上来说，从客观上来说，都是一致需要的。

我们决不要忽视婴儿的童话需要，应该为婴儿写作。

为婴儿写作，题材必须是婴儿所接触能理解的。如常见动物、常见植物，以及他生活中常见的其他事物。有的大主题，可以通过小事物来反映。如爱人类，可以从爱小动物开始，反对那种虐杀小动物的残忍心理。爱社会，爱国家，可以从爱父母，爱树木、花草开始，反对那种只顾自己的自私心理。主题上，也应该切合婴儿的实际。如不要乱花钱，婴儿既无钱，也不会上街去买东西，这主题对婴儿来说就不是太合适了；当然，要节约，不要乱扔掉东西，吃饭不要浪费粮食，这些还是可以的。

为婴儿写作的童话，大致是两种。一种是写出来让大人说的，也可以结合儿歌，让大人朗诵的。这类童话虽然通过大人转达给婴儿，情节还是要很浅显，篇幅还是要很短小，文字还是要很流利。总之，是要婴儿能接受和理解。当然，可以多配一些图画。这种婴儿童话，一些妇女杂志、家庭杂志应该发表一些，出版社也应该出版一些。

还有一种是直接给婴儿看的。这种童话，可以用图画来写。有的可以有少量文字作说明，让大人们辅导时讲解。更多是没有文字的图画童话。这种童话，当然更要注意浅显、短小这些特点。在印刷成书册时，还要切合婴儿生理条件。开本要大，色彩要鲜明，图画不要太复杂。有的用塑料薄膜印，有的用布印，弄脏了可以洗。有的把书角切成圆形，怕书的尖角把婴儿碰伤。有的和玩具结合起来，把书做成立体、能活动的，以引起婴儿的兴趣。现在科学发达，也有会变颜色的，有带香味的，有附录音磁带、唱片的……

为婴儿写童话，看看只有几个字，几张画，但是要合乎婴儿的需要，并不是太容易的，要了解婴儿的生活，熟悉他们的心理，符合教育的要求。

第二节 幼儿与童话

幼儿，是指进幼儿园年龄的儿童。有的称之为学前期，有的称之为儿童早期。

这一阶段的儿童，已经有了一定的语言能力，能跟别人进行语言上的交流。也就是说，可以跟别人进行思想感情上的交流，预示着行动的社会化。他已经开始具有两个世界，一个是内心世界，一个是社会世界。在婴儿时期的自我中心状态，已开始慢慢地和社会、集体相联系。他的思维有了很大的发展，特点是思维具体形象性，就是说思维主要凭借事物的具体形象来进行。他已经能凭借具体形象，产生种种联想。

譬如，他坐过汽车，看见过司机叔叔开汽车，回到家里，他也叠起几只板凳，学着开汽车。他去过牙科医院，医生给他拔过牙，回到家里，他会拿起一把小钳子，给小布熊拔牙齿……

譬如，他在月光底下走路，会想到，月亮在跟着他，追他。他坐火车，会想到，火车没有动，是窗外的树木、庄稼，在向后跑去。

幼儿阶段的思维，有很大的随意性。他看见小碗、小碟，就想办家家，看见大人写字，就想拿笔来涂抹，看见别人去上学，就想背起

个书包走路。

一个正在搭积木的孩子，看见别的孩子们在玩球，他也要去玩球，看见别的孩子在玩"开火车"，他也要挤到"火车"上去做司机。

幼儿园里，一个孩子对老师说："我的爸爸是解放军。"一下会有好几个孩子抢着说："我的爸爸是解放军。"其实，他们的爸爸并不是解放军。

幼儿的幻想力很发达。有个幼儿园里，一个孩子画了一只小鸟，来找老师，要老师去看。老师在跟别的孩子谈话，没有立刻去，他又来催了，说："老师，快去看，小鸟要飞到天上去了。"老师过了一会才去看，这孩子果然用黑颜料把小鸟涂掉，他跟老师说："小鸟飞掉了。"

有个幼儿园里，一个孩子在画画时，把太阳画成了绿颜色。老师跟他说："你去看看，太阳是什么颜色的？对了，太阳是红颜色的。你画的是什么颜色的？是绿颜色的。对吗？"这孩子回答说："老师，天太热了，绿的太阳不是会凉快一些吗？"

有个幼儿园里，老师把孩子们带到花园里，这时正是春天，花都开了，蝴蝶飞来飞去。老师问他们："谁能想个好办法，把蝴蝶逮住呢？"有个孩子想出了一个好办法，说："我用颜料在衣服上画上许多花呀草呀，蝴蝶一看见，就飞到我的身上来，我就把它们都逮住了。"

画的小鸟会飞走，太阳可以变成绿颜色的，花衣服能逮住蝴蝶，孩子们的幻想多丰富！

幼儿的思维，喜爱夸张。常常有这样的情况，有些事物，他们不自觉地，会夸大它的特征和情节。

有一个孩子，星期天爸爸带他去钓鱼。他爸爸钓到一条像铅笔那样长的鱼。第二天，他到幼儿园去，跟别的孩子们说，他爸爸钓到一条大鱼，用手一比画，这鱼有一尺来长。这天晚上，不少孩子回去跟家长说，某某小朋友的爸爸，钓到一条大鱼，有的比画有二尺来长，有的比画有三尺来长，有的比画比他人还长，有的比画和他爸爸一样长……

这些幻想，这些夸张，孩子们并不认为是假的，他们认为真是这样的。

有的孩子，很想到动物园去玩，希望爸爸带他去，爸爸一直没空带他去。他自己就常常凭借幻想想象动物园里的情景：什么河马欺侮小水豚，大象用鼻子喷水给猴子洗澡，孔雀生了只小公鸡，长颈鹿学会了打球……他还把这些幻想去说给幼儿园里小朋友们听，说他爸爸带他去动物园亲眼看见的。连老师问谁去过动物园了，他也会举手回答。他说了以后，很高兴，觉得自己真的跟爸爸去过动物园了。

因为幼儿的幻想能力、夸张能力已经发达，所以最感兴趣的文学作品，必然是童话了。

幼儿阶段的孩子们，爱听童话胜过某些关于真人真事的故事。

给幼儿看的童话，有两种不同的意见。一种意见认为给幼儿看的童话，字要少，加拼音。因为幼儿园里不教认字，教认拼音。让孩子根据拼音自己去念。一种意见认为，幼儿园不教认字，幼儿未识字，幼儿童话都是让家长、老师去念的。文字不妨多一些。同时也可以训练孩子的说话能力。所以，幼儿文学作品字数的多少，有过争论。其实，两种意见都有理，可以兼容并蓄，有一些字少的可以让孩子照着拼音去念。有一些字多的可以让家长、老师去念给孩子听。

这些作品，应该配以更多的插图。有一些可以全是图画的作品。

不过，这些童话图画也好、图画童话也好，都必须具有童话的文学性。因为童话是文学的，给幼儿的童话应该负有从小培养孩子文学素质的任务。

为幼儿写的童话，现在已经有了一些，但是还太少。

现在，由于作品太少，分类没有那么细，常常是把给小学一二年级孩子看的童话，和给幼儿园孩子看的童话，合在一起，统称为低幼童话。其实，还是分出来比较好。

因为，幼儿园的孩子，小学一二年级的孩子，是不同的各有特点的两个阶段。

孩子在进幼儿园之前，除一部分孩子进了托儿所、保育院，大多数是分散在各个家庭里的，是在父亲母亲身边的，或者和爷爷奶奶、

外公外婆在一起，但是一进幼儿园，他由个别的家庭，进入大范围的集体里了，和老师、许多小朋友在一起。他的生活环境起变化了，他的思想也要随之产生飞跃。孩子的生活变了，思想变了，对童话的需求也要变。这就要求我们的童话要和这个变化相适应，具有幼儿童话的特点。

一个幼儿经历了幼儿园的阶段，进入了学校，上了小学一二年级。从幼儿园的孩子，成为一个小学生。这也是一个孩子生活的突变。在幼儿园里，一般来说是以游戏为主，教育也是通过游戏这些轻松的方式来进行的。但上小学不同了。他以学习为主，他必须在课堂里规规矩矩坐下来，摊开课本，面对着黑板，听老师严肃地讲课，一个小学生得老老实实地集中注意力听课。环境变了，生活变了，思想变了。低年级孩子对童话的需求和幼儿园时期又有所不同，有其自己的特点。

因此，幼儿园童话和低年级童话似应分出来为好。

幼儿园里，还有小班、中班、大班之分，也有人主张索性分细一些，分成幼儿园小班童话、幼儿园中班童话、幼儿园大班童话。如果能这样分，当然很好。但是，由于现时我们的童话太少，孩子的智力又很不齐，目前来细分，是有一定困难的。估计，以后是会细分的。

目下给幼儿写的童话，大多是小狗、小猫一些动物的童话。动物童话，是需要的，对幼儿来说是主要的。在童话中，动物童话占的比例是很大的。但要求把动物童话写得更好一些，要不断创新。应该说有的童话是写得拙劣的。有的老一套，现在写的和三十年前写的，甚至于五十年前写的差不多，缺乏新鲜感。一个童话，总得要有今天儿童的新气息。

给幼儿写作的童话，一定要和幼儿的思维能力取得一致。同时，还必须去发展他们的思维能力。所以，给幼儿看的童话，必须有大胆的丰富的幻想和夸张。那种平淡无奇的、枯燥乏味的童话，是不合宜的。

低幼童话，一定要有变化的情节，要有鲜明的形象，语言要活泼，琅琅上口，句子要短，字数要少，一句废话都不该说。

在幼儿园里，童话的作用应该得到充分的发挥。幼儿园应该布置得像一个童话宫，进入幼儿园就应该像是进入一个童话世界。老师都应该理解孩子们的幻想力，应该学会讲童话。幼儿园的教材，应该以童话为主课之一。常常有童话朗诵，童话游戏，童话表演……

幼儿园老师和幼儿家长，一定有切身体会，幼儿对于童话的要求是很高的。如果，你临时瞎编一个，他没听完，就会嚷起来，"没劲，不要听，换一个。"如果，你讲得很精彩，他听了总是要缠着你："再讲一个。"有时候，会没完没了的"还要讲"。

所以，我们的童话要讲数量，还要讲质量。没有数量，我们难以满足他们需要，更无法让不同需要的儿童加以选择。没有质量，他们不会欢迎，选来选去没有选中的，多了也白搭。

幼儿对周围事物的不少认识是模糊的，他们处在正确和错误的十字路口，幼儿童话来不得半点含糊。

为幼儿写童话，很像给孩子烧菜，应该很有讲究。要换新鲜的，要色香味俱全，既要可口好吃，又要有营养，还要容易消化。

把给幼儿写童话说成是哄孩子的方便事，是不对的。

在幼儿童话中，思想性和知识性都要绝对正确，把一些有争议的问题，也拿到幼儿童话中来，是不妥当的。

对幼儿文学本身，可以有不同意见，但具体的幼儿文学作品，不应是学术上的讨论文字。发表幼儿文学作品的报刊，也不是争鸣的园地。

幼儿童话的写作，是一项严肃的工作，一定要认真去做，一定要做好。

第三节　儿童与童话

这里说的儿童期，是指小学一年级至四年级的这个时期，就是小学低年级和中年级时期。小学一二年级称为低年级，又称为学龄

期，或学龄初期。小学三四年级称为中年级。

一个学前儿童，经过了家庭、幼儿园的培育，各方面都有了明显的发展。他进入小学，不再是幼儿，而是一个小学生了。这个变化是很大的，对一个孩子来说，是一个重要的转折。

这一期间，从心理学上来说，他的无意性和具体形象性虽然仍占主导地位，可是有意性和抽象概括性已开始发展。

在学前期，幼儿园里，一个孩子看到别的孩子在玩一件好玩的玩具，他会争着要，有时会激化到哭闹和打架。上了学以后，他看到别的孩子在玩一件好玩的玩具，他心里虽然想要，但是他知道这是别人的，不能随便要，更不能去争，不能哭闹和打架。只能回家要妈妈给他也买一个。

一个幼儿园里的孩子，在幼儿园里，他的心目中，对同学和集体这个概念是淡薄的、模糊的。他的心目中，除了自己，就是天天带领他们游戏的老师。在幼儿园里，回家了，孩子们相互来往是很少的。甚至星期天跟母亲出去的时候，碰见每天一起玩得很要好的小朋友，面对面走过也不招呼，最多跟妈妈说，他叫什么名字，是同一个班里的小朋友。

进了小学以后，同学、集体这个概念，他比较能理解了。学校里除了他，老师，还有许多同学。放学回家，一路走，见着也招呼了。有时还邀请同学到家里来玩，他也要到同学家里去。

幼儿园的主要活动形式是游戏，进了学校，学习是主要活动形式。儿童身体上发展了，心理上也发展了。自然，有许多孩子，还有各种不适应到渐渐习惯的过程。

一个孩子上了学，经过学习，他的视野宽广了，他接触的事物多了，他的知识面丰富了。

他的思维能力也相应发展了。他的理解能力增强了。这些，都使他的幻想力相应大幅度发展。他们便要求有更精彩的童话。他们识了字，便需要在图画的帮助下，自己来阅读童话了。

在一二年级孩子自己阅读的文学作品中，还是应该以童话为主要的。给一二年级孩子看的童话，因为是他才开始读童话，更不能是一些粗糙的东西。要求，是应该严格的。譬如，一二年级的儿童，还不善于控制自己的注意力，更没有能力运用自己的注意力，要他同时去注意几件事，他是做不到的。如果让孩子一面听讲，一面抄写，肯定什么也听不进去，什么也抄不下来。我们的童话，如果头绪太多，几条线并进叙述，是不行的。

有的童话，一句接一句，几个人的对话，也没有张三说、李四说。这样的童话，他们也是欣赏不了的。

这样年龄的儿童，注意力很不稳定。一个课堂里，孩子们坐着听课，门外操场上在比赛踢球，课堂里孩子们的注意力，常常要被门外的踢球比赛所分散，这堂课是怎么也上不好的。我们给一二年级儿童写童话，必须很集中，不能有些枝枝节节，与中心无关的东西。

小学一二年级的儿童，因为随着学习面的扩大，他的记忆范围在迅速扩大，而他的记忆力虽强，但总是跟不上记忆范围的扩大的。要他一次记住许多东西，总是有困难的。老师上课，如果"满堂灌"，像填鸭那样，儿童是接受不了的。所以，我们的童话，内容一定要准确，文字一定要简练。那种时间、空间的跳跃，不能太快，那种时空交叉写法，自然不适用，必须有头有尾，说得清清楚楚，而且要运用多次的重复，加深他的印象，他才能牢牢记住。民间童话中，常常有这样的手法。狮子来了，讲这几句话；老虎来了，讲这几句话；狐狸来了，讲这几句话。重复的目的，就是让孩子有深刻的印象，记住它。

小学一二年级儿童的思维，虽然具有一些抽象概念了，但水平还是相当低的，还是需要大量的直观形象教育。譬如，"真理"这个东西，要他们理解，是比较困难的。如果把它写成是一个很公正的、说话都对的、学问渊博的白胡子老人，也许会比较容易理解一些。

从小学一二年级，升到三四年级，中年级的儿童，在智力和接受能力上，当然比低年级的儿童要发达得多。

过去的说法，一个儿童的理解能力增强了，幻想力相应减小了。其实，也并不尽然。因为，过去总是把幻想放在科学的对立面。认

为幻想是缺乏知识的产物。有了知识了，懂得科学了，幻想力就逐渐消失了。这样的说法，是不符合事实的。

由于这种说法，过去认为学前儿童是爱好童话的，应以童话为主的；小学低年级儿童是爱好童话的，应以童话为主的。中年级，理解力增强了，科学知识丰富了，他们不爱好童话了。

不久前，一个儿童图书馆和一些儿童心理学工作者，作了一次阅读兴趣的调查报告。结果是这样：

三年级的儿童，爱好童话的，占总人数的 63%。

四年级的儿童，爱好童话的，占总人数的 67%。

这比例，都在一半以上，是多数。

调查者，还对四年级的男女生作了阅读爱好的调查，结果是这样：

男同学中，爱好童话的，占总人数的 50%。

女同学中，爱好童话的，占总人数的 82%。

这足以说明，儿童在中年级阶段，他们的幻想力还在发展，对童话的爱好，并不减弱。

中年级的儿童，还是要给他们足够的童话，不然，他们是无法满足的。

当然，这段时期，他们爱好的童话，绝不会像是低年级儿童所爱好的什么守纪律的大雁、爱清洁的白鹅、好劳动的蜜蜂，那样的短小而简单的童话了。

他们要求幻想更为丰富，故事更为复杂的童话。

这时期，有的儿童也开始读起外国名作来，我们应该让他们也去阅读外国的那些著名的童话作品。

可是，我们一向不够重视中年级童话的创作和出版。中年级儿童的童话非常少。这情况是应该尽快改变的。

第四节　少年与童话

少年期，这里指的是孩子上小学五六年级，到初中一二年级这个阶段。

这个阶段，孩子们身体开始发育，知识比以前大大丰富了，理解力更超过了儿童阶段。他们不喜欢别人叫他儿童，他们是少年。他们渴望早日变成成人。许多问题，他们开始敢于独立思考，关心自己的前途。他们从面向集体，开始面向社会。他们的世界观渐渐形成，对未来充满憧憬。要求接受社会的影响，但对复杂的社会和人生，却不甚了了，感到迷惘，渴望获得指导。这个阶段，他们处于半儿童半成人的心理状态，是儿童到成人的过渡期和交接期。

他们很想知道一切，兴趣是无比的广泛，喜欢冒险，喜欢探索，富于幻想，童话仍是他们喜爱的文学样式。

这时期，由于他们的阅读能力大大增强，爱好阅读文学作品，在他们的生活中所占的比重，愈来愈大。没有足够的童话去填充他们的精神生活，是不行的。

这时期，供他们阅读的童话，较之供幼儿期幼儿阅读的童话，较之供儿童期儿童阅读的童话，算是较多的，但比起其他儿童文学样式来说，尤其是根据少年们的人数与需要来说，还是很不够的。

当然，这段时期，他们除了看童话，还要看其他儿童文学样式的作品，如小说、散文、诗歌、剧本，等等。他们还可以从成人文学中找到他们爱看的作品。唯有童话，这一儿童文学中独有的样式，他们从成人文学中是找不到的。所以，童话，则有一篇是一篇，是绝不可少的。

少年们喜爱的童话，已经不只是那些几千字的短篇童话了，他们也要看一些长一点的，几万字的中篇童话，十几万字的长篇童话。

可是，有的人对儿童的这一需求，对于童话这一样式，是缺乏常识的。有位中学语文教师，也是班主任，据说还是什么师范大学中文系毕业的，他公开禁止初中一二年级的学生看童话，说："童话，那是小孩子、娃娃们的东西，你们中学生还看那个，不难为情吗？没出息！"

因为高小、初中的少年们，爱好和兴趣是十分广泛的，什么都

想学，什么都想试试，什么都想知道，所以，给他们看的童话，题材应该是十分广泛的。

他们这年龄阶段，对于人们的种种错综复杂关系，开始感兴趣，对面前光怪陆离的社会，想去探索。他们已不满足那种单一的拟人化的动物童话，他们特别喜欢充满幻想写人的童话。他们要求读接触生活实际，反映社会生活的童话。他们希望童话为他们剖析新奇的社会和人生，像一个哲学家一样，给他们说些哲理。他们要求童话有深度。

他们的感情丰富了，人与人的交往多了，人与自然的交往多了，也很需要有感情有意境的优美的童话。

但是，就目前情况看来，一些标明读者为高小五六年级，初中一二年级少年为对象的文艺刊物，所发表的童话，较多的没有注意对象的年龄特征，普遍的比较浅，其中还有的是适合小学中年级、甚至于低幼儿童的作品。

虽然说，这段时期，他们的兴趣是多样的，题材是广泛的，但也不是所有的题材，他们都感兴趣的。

要是你写一个幼儿园孩子和布娃娃办家家，搭积木，他们会有耐心看吗？这类题材，我们就写给幼儿园的小朋友看嘛，何必一定要写给高小、初中的少年们看呢？

前些年，有位作者写了个漫游长寿国的童话。要知道，他们正以充沛的活力向这个世界走来，对于死亡还不可能感到是威胁，所以，对于长寿，丝毫也引不起他们注意。

年龄特征没有掌握好，是不行的。

在儿童文学中，常常有人要求写出一种"老少咸宜"的作品来，仿佛这是高标准，是在向高标准看齐，也有人对童话提出这样的高要求。

这种好心是可贵的，但这是一种做不到的事。

因为，在儿童文学领域里，婴儿、幼儿、儿童、少年，年龄特征是十分明显的。要做到一篇童话，从出世到进入成人这每一阶段的孩子，都"咸宜"，是不可能的。何况再要加上青年、壮年、老年，要所有阶段的人都喜欢，哪有这样的事！

老少咸宜是一种良好的愿望。不仅做不到，而且也不应这样去要求的。要是儿童，不管婴儿、幼儿、儿童、少年都爱读，说明儿童不存在年龄特征问题，这是违背科学法则的，因此，是没有一种"老少咸宜"的童话的。

第五节　成人与童话

从少年进入青年时期，他已经成人了。他们的兴趣爱好，更加丰富了。有的专攻一门科学，或者进修一门学问，或者学习一门知识。有的一面学习，一面向社会作出贡献。

童话，既叫童话，当然不是为成人而写的。它，是儿童文学中的一种样式，总是隶属于儿童所有的。

在成人文学中，不可能再包括有童话了。

当然，在成人文学中，有类似童话的作品，有的作品也借用了童话的手法。不管怎样，它，不是我们童话作品。这些年，小说、戏剧、电影借用童话手法，来描绘虚幻人物、故事的作品，愈来愈多了。

童话既然是儿童的，就不要有"成人童话"了吧！

但是，没有"成人童话"，绝不是说一个人进入成年，意味着就此向童话告别。

有许多人，到了青年，壮年，老年，仍然十分喜欢童话。

他们仍与童话在一起，童话仍在他的身边。

有一种人，他们从事儿童工作，或者将从事儿童工作，如幼儿园教师、小学教师、中学教师，或者师范、大中院校的学生，他们要从事儿童工作，自然要懂得童话，要读童话。因为要给儿童讲童话，要辅导学生读童话。至于，从事研究童话，写作童话，或者编辑、出版童话的人，自不必说了。

有一种人，由于他的儿童时代、少年时代，是童话的爱好者。虽

然他现在是成人了，但仍保持着这种爱好。他常常爱读童话，觉得这是一种美好的文学享受，能带给他一些童年欢乐的回忆，使自己那颗纯洁的童心永存不泯。童话是他快乐的使者，他永远和童话在一起。

有的人，他们已经有了孩子，或者即将有孩子了，他们希望下一代成为一个有文学教养的、高尚的人，他要孩子从童话中汲取营养，他们便像儿童时期一样，读起童话来。

也有的人，已经进入老年，却变得特别喜欢孩子，爱自己家的孩子，也爱别家的孩子。这样的情况是十分普遍的，可能也是一种人的本性。因为爱孩子，所以也读起童话来。他觉得读童话，就像和孩子在一起一样。据调查，孤老院里，许多没有子女的老人，他们最喜欢读童话，读了童话就不觉得孤独了。

诸如此类，成人爱好童话的人是不少的。

我们知道，大街上许多儿童商店、公园中的儿童游戏场，这些都是为儿童而开设的，但对它发生兴趣，进去的，不但有孩子，也有许多成人。

童话，是属于儿童的，因为儿童离不开成人，成人也离不开儿童，所以成人也离不开儿童的童话。

童话作家，为儿童写童话。

但是，童话作家从来不反对成人读他写的童话。

当然，也有童话作家，他愿意在为儿童写童话的同时，为爱读童话的成人们写写童话。

第四章　童话的特征

第一节　童话的比较

童话的特征，是什么？

这个问题，不少童话作家阐述过，不过大都说得比较简略，有的只从理论上作了些解释，大家说的也不完全一致。

这是个童话的基本问题，必须进一步探讨和研究，以冀求得大家所能同意的符合童话实际的正确答案。

现试用比较的方法来寻求这个答案，不知是否能达到这一目的。

比较，我国古代，称为"格义"。我国历代许多文学家，都运用过格义这一方法，研究过各种文学状况。国外，盛行的"比较文学"学科，其实和我们古代的"格义"差不多。目前，我国"比较文学"也即是格义学的研究，正在兴起。

童话的特征是什么，让我们将童话和其他文学样式作一番比较吧！

看看，童话和别的样式，有什么共同和独异之处，相互间的关系

1987年6月，洪汛涛赴湖南省凤凰县箭道坪小学指导"童话引路"实验

怎样。

这样比较以后，是不是能够找到童话的特征。

一、童话和小说

许多理论文章中，都说"童话是'小说的童年'"，意即童话是早期的小说，小说是由童话演变而来的。这句话，是英国早期一个叫麦加洛克（Macculloch）的文学家说的。

估计麦加洛克所说的"童话"，恐怕并不是现在我们所要说的童话，而是神话、传说这类作品吧！因为前面说过，在英语里是没有"童话"这个专词的，也可以译作神话和传说。

今天有一些人这样提倡，主张"童话小说化"，实际上就成了用小说来代替童话，当然是不能苟同的。这是忽略童话特征的一种倾向。

有人强调，目前世界上，一种学科和另一种学科相结合，产生了边缘学科。科学可以这样，文学也可以这样。小说、童话相结合，就产生了小说、童话的边缘文学的新样式，这就是突破旧框框，是一种大胆的创新。

当然，就一篇具体的作品来说，一个作家写了一篇作品，又像小说，又像童话，这完全是可以的。而且，这样一篇作品，也有可能是一篇优秀的好作品。如秦牧写的那篇《骆驼骨》，可说是一篇以真实的小说笔法写的一个虚构故事。至于包蕾的那篇《霍元乙》，恐怕就是一篇小说了。

作为一种样式来说，有了这样的作品，并不能反过来以此去否定童话。

创造边缘学科是对的，但是创造了边缘学科，并不意味就是否定原来各自独异的学科。

在我国古代，还没有童话这个名词，也没有童话这个文学门类，所以我国早期的童话，和小说是不分家的。像古代的《中山狼传》《白水素女》《聊斋》里的一些故事，实际上应算是童话，那时，都隶属在小说里。

有了"儿童文学"以后，童话也就是儿童文学的别名了。儿童文学也包括小说，也包括现在我们这样概念的童话作品。所以，那时候，小说、童话也是合在一起的。

今天，有人在分类时，也有把童话归入小说类里的。一家成人刊物，它偶尔发篇童话作品，它不能为这篇童话作品单独去列一个栏目，就把童话作品列到小说栏目里去。

随着文学的发展，文学的分类愈来愈细。产生边缘文学，就是分类愈细的一种表现。

童话与诗结合，产生童话诗。童话与剧结合，产生童话剧。童话和相声结合，产生童话相声。童话跟小说结合，可以产生一种童话小说嘛。

但是，这不应妨碍童话的发展，童话和小说一样，有它独自的特征，它要根据它自己的特征去发展。

童话和小说，两者很像，有的确实也难分。

安徒生的《卖火柴的小女孩》，实际上就是一篇生活故事。说它小说，也未尝不可。何况安徒生自己也称之为"故事"，是我们翻译过来的时候，把它称之为"童话"的。现在大家也公认，《卖火柴的小女孩》是一篇童话。大家公认《卖火柴的小女孩》是童话，也因为这篇作品中，有一些幻想。但是，有幻想，就一定是童话吗？不少小说，特别有一种幻想小说，顾名思义，充满了幻想，是不是又算是童话呢？

目前，不少小说，从童话吸取种种手法，幻想、夸张、拟人都用上，那是小说的事，我们不能说这就是童话。正如一个大人爱用孩子的思维方法，我们不能叫他是孩子一样。

还有安徒生的《皇帝的新装》，整个故事，也没有幻想成分，只是把皇帝的愚蠢作了一些夸张。但也不能说，"夸张"的作品就是童话。文学作品也需要夸张，特别一些讽刺小说，夸张成分很大，讽刺小说是不是也算童话呢？

的确，特别是一些幻想小说、讽刺小说，和童话是难分的。这种作品，也有写给孩子看的，有给孩子看的幻想小说、讽刺小说。

对于这类介于两者之间的作品，你说是童话，就叫童话，你说是小说，就叫小说。

童话和小说确有许多共同之处。文学作品是千姿百态的，不能像砍木头那样，一斧砍下去，木头就分成两爿了。

但是，就一般的童话和一般的小说来说，是可以分的。

我们做研究工作，不能说童话等于小说，也不能说小说等于童话，应该找出规律，把它们区分出来。

它们之间，有共性，也有特性，大致上也是分得开来的。

譬如，童话需要有个故事，小说也需要有个故事。

譬如，童话需要塑造形象，小说也需要塑造形象。

这，两者是相同的。

但是，童话对故事的要求，和小说对故事的要求，却是不一样的。

一篇小说，要给读者说的故事，必须是能在生活中真实可以见到的。如《小兵张嘎》里的嘎子，《鸡毛信》里的海娃。这样爱憎分明、聪明机智、大胆果敢的少年，在抗日战争的根据地中，应该都是找得到的。虽然他们不一定叫嘎子，叫海娃，但和嘎子、海娃一模一样。他们在反侵略的斗争环境里，起他们能起的作用。他们的所作所为，应该都是大家所闻所见的事情。文学作品，通过嘎子和海娃这样真实的行为，来反映当时嘎子和海娃这样一批少年的真实行为。这就是小说。

因此说，小说要求的故事，是从真实中求真实。

童话则不同。童话要给读者说的故事，必须是不能在生活中真实可以见到的。如果，生活中能找得到，则不是童话了。像《一只想飞的猫》，这只猫，在生活当中有吗？它会说话，会说人话。真实的生活中是绝没有这样的猫的。它狂妄自大，想飞到天上去，真实生活中会有这样的事吗？绝没有的。但是，童话就是要用这样一件不真实的事，来反映自以为是、骄傲自满、必然失败这个真实。

所以说，童话要求的故事，是从不真实中求真实。

这，两者是不同的。

从不真实中去求真实，也就是要以假为真，从假中去求真。

写童话是有难度的，就是要以假去反映真。我们光要假，这是很方便的，但要这假去反映真，就不容易了。

因此，一个好童话，必须在"假"和"真"上下工夫。

如果没有"假"，不成其为童话，如果没有"真"，也失去童话存在的意义。

童话，必须让小读者明明知道是"假"，却要小读者当成"真"。

童话，一定要处于真假难分这样的境地。

童话对塑造形象的要求，和小说对塑造形象的要求，也是不一样的。

一篇小说，总是要塑造形象的。没有形象，这篇小说是苍白的、平面的。文学即人学，小说是专门写人的，不像散文主要是写事的。《小兵张嘎》塑造了嘎子这样一个形象，《鸡毛信》塑造了海娃这样一个形象，他们是有血有肉的活生生的人物，我们在生活中看到过这样的孩子。他们的一切，包括外表、心理、性格、思想、行动，都是真实的。如果，嘎子长着千里眼，或者长着顺风耳，海娃能腾云驾雾，或者会钻到羊的肚皮里，这就不真实了，就不是一篇小说了。

因此说，小说要求的形象，必须是形似神似。

一篇童话，也要塑造形象。童话如果不塑造形象，也是苍白的、平面的。但是，和小说所要求的形象，恰巧相反。童话中要求的形象，必须是生活中找不到的。如《一只想飞的猫》，生活中哪有这样想飞、能说话的猫。如《不动脑筋的故事》，生活中哪有赵大化这么个孩子，迷糊得连床上搁着个秤砣都不知道。如《"下次开船"港》生活中怎么会有唐小西这样的孩子，能和灰老鼠、绒鸭子这些玩具打起交道来。这些形象都是生活中无法找到的。《一只想飞的猫》里那不可一世的猫大王，是经过拟人化处理的。《不动脑筋的故事》里的赵大化，是经过夸张处理的。《"下次开船"港》里的唐小西，是经

过幻想处理的。他们的形象是被作家"变"了的。可生活中，有没有那号想入非非、以自我为中心的孩子呢？有没有那号万事稀里糊涂、什么都不在乎、怕动脑筋的孩子呢？有没有那号老是下一次、拖拖拉拉、今天等明天、明天等后天的孩子呢？有，还多着呢！恐怕在你的周围，常常可以见到这样的孩子。

所以说，童话要求的形象，必须是形变神似。

这，两者是不同的。

我们写小说的作家，有时把某一段生活，如实写出来，那就是一篇小说。可写童话的作家，有这样的可能吗，说生活中有一段事，如实写出来，就是一篇童话了？童话作家是永远不可能碰上这样的机缘的，绝对不可能的。

生活放在小说作家的手上，经过提炼、概括、集中，可以写出一篇小说。生活放在童话作家的手上，要经过一番处理，把真的变成假的，然后用假的来反映真的。

这就叫做"童话处理"吧！

小说之与生活，像光之直射。

童话之与生活，像光之折射。

像用一支铅笔，插在一只盛满水的玻璃杯里，铅笔是弯曲的。

若用镜子来比喻，小说的生活镜，是平面的。童话的生活镜，则是凹凸形的，如同孩子们喜欢的那种哈哈镜，照出来的人和物，都是变形走样的。

所以说，小说有自然主义的小说。童话却从来没有自然主义的童话，它需要假设、变形，也即需要幻想、夸张，它历来都是浪漫主义的。

童话和小说，各有各的特征，一定要分开来。

二、童话和寓言

寓言，是文学作品中的一种体裁，在英语里叫 Fable，不过这个 Fable，也有译作童话的。说明寓言和童话是难区分的。

寓言，按我国当前通行的解释，是指带有劝谕或讽刺的故事。结构大多简短，主人公可以是人，也可以是生物或无生物，主题都是借此喻彼，借远喻近，借古喻今，借小喻大，寓较深的道理于简单的故事之中。

关于寓言的历史，是如何产生的，又是如何发展起来的，这些都有待大家去探讨。

在国外的学者，一般首推公元前六世纪，古印度出现的《五卷书》，实际上，其中一部分是寓言，有一部分可以说是童话。

还有公元前六世纪，古希腊作家伊索写的《伊索寓言》。

以后，有法国的拉封丹，于1668年至1694年，他死之前的一年，完成了《寓言诗》十二卷。

又有俄国的克雷洛夫，从1806年起，先后写了两百多篇诗歌体的寓言。

其实，我们中国很早就有了寓言。在中国文学史上所介绍的先秦寓言，是非常早的文字记载的寓言作品。

如其中有不少寓言作品的《孟子》，约成书于公元前372—前289年，《庄子》约成书于公元前369—前286年，《韩非子》约成书于公元前280—前233年，《吕氏春秋》约成书于公元前235年前，都是公元前二、三百年间的作品。这些寓言，虽然出自文人的著作中，但应该说很多采撷自民间，所以我国民间有寓言的时间则更久远了。

"寓言"这名称，最早见于《庄子》中的《天下篇》："以天下为沉浊，不可与庄语，以卮言为曼衍，以重言为真，以寓言为广。"

寓言，古代还有各种称呼，如"偶言"、"储说"、"隐言"、"譬喻"、"况义"，等等。

以后各代，文人撰写的寓言、民间流传的寓言，越加发展了。前些年，现代作家魏金枝，曾将这些古籍中的寓言，去芜存菁，选出一些适合少年儿童阅读的，加以改写，出版了多集《中国古代寓言》。他做了件很有意义的工作。

就在这些作品里，如《中山狼传》，有人认为这是个寓言，也有人说这是个童话，莫衷一是。

今人写的《小马过河》，说一匹小马想过河，黄牛说河水很浅，小羊说河水很深，究竟是谁说得对呢，小马自己过了河才知道。这篇作品，童话选里也选了，寓言选里也选了，究竟是童话呢，还是寓言？

因为两者很难分，所以近年来常常把寓言归到童话这一门类里。

有的出版社编童话，往往索性把寓言也捎上，叫做《童话寓言选》。

少年儿童刊物，也经常是把童话和寓言放在一个栏目里，叫"童话·寓言"，有时当中这个圆点间隔号也不一定放。

为什么童话和寓言那么难分呢？

我们暂不说，童话和寓言在发展的历史上，有不可分的关系，它们是一对孪生兄弟。它们之间确有许多共同的东西。

譬如，童话要幻想，寓言也有幻想。童话要夸张，寓言也有夸张。童话要有象征性，寓言也要有象征性。童话要引起联想，寓言也要引起联想。童话有拟人化的，寓言也有拟人化的……

有人认为以长短分，说寓言篇幅短小，童话都比较长。这样从长短来分，也不科学，而且行不通。因为给低幼儿童写的童话，一般都是很短小的，是不是短小就成了寓言呢？今人写的寓言，有的也很长，也有一两千字的，是不是就变成童话了呢！今天，寓言都是短篇的；将来，会不会有中篇寓言、长篇寓言，或者系列寓言呢？

有人说，寓言故事的发展是消极性质的，结尾常常是失败或倒霉告终，童话则反之。寓言虽然有不少是规劝、讽喻的，是暴露的，主人公吃尽苦头，最后弄得狼狈不堪。但是童话也有规劝、讽喻的，也有暴露的，也有主人公吃尽苦头，最后弄得狼狈不堪的。再说，寓言故事的发展也有很积极的，结尾是胜利的，如《愚公移山》，此种精神，何等进取、激昂，也没有以失败告终。所以，故事发展的消极或积极，结尾的失败或胜利，也不能是童话和寓言的分界线。

寓言和童话的不同点，是否在——

寓言，不一定全是给儿童看的，上面所引的《五卷书》中，《伊索寓言》中，我们中国的古寓言中，很多作品，不是儿童文学作品，给儿童看是不合适的，他们也是无法了解的。它的读者对象是成人。所以寓言，是文学样式中的一种，不能说是儿童文学样式中的一种。寓言，作者并不完全是为儿童而写的，只能说其中有一部分，是可以拿来供儿童阅读的。如魏金枝改写的寓言，就是从这些古代寓言作品中选出一部分，拿来当成儿童文学作品的。今人写的寓言，有许多是为儿童写的，是儿童文学作品中的一部分。但是，也有不少，作者不是为儿童写的，如已故作家冯雪峰的《雪峰寓言》，显然是一本成人文学读物，其中虽有一部分可供儿童阅读，但绝大多数是供成人阅读的喻世之作。现在，许多寓言作者，在为儿童写寓言。寓言是孩子们很喜欢的一种文学样式，寓言在儿童文学中的地位是重要的，但也不能有这样的倾向，把凡是寓言，一律都说是为儿童的，这说法不符合客观事实。所以，应该说，寓言，不完全是儿童文学，而是儿童文学中包括寓言这种样式。童话，则应该完全是儿童文学。

寓言有它的特点，它的特点就在这个"寓"字上。它是一种譬喻的扩大。它说一件事，不是直截了当地说的，不直接指其事，而是隐约其词、拐弯抹角说的。拉封丹说过这样一段话，很有意思。他说："一个寓言，可以分作身体与灵魂两部：所述说的故事，好比是身体，所给予人们的教训，好比是灵魂。"就是说，故事是外在的，教训是内涵的。人们接触的是身体，得到的是灵魂。因此，也有一位寓言大师，曾称寓言为"穿着外套的真理"，也就是把真理穿上外套，寓真理于外套之中。童话并不这样，虽然童话也需要含蓄，但它不是"寓"，它说什么事，可以直接指其事，用不着隐约，更用不着拐弯抹角。

童话的教育，它是潜移默化，着重影响、引导、启发、陶冶。而寓言的教育，是在规劝、讽喻，当然不是简单的训斥、直率的面命。陈伯吹在早年的一篇文章《论寓言与儿童文学》中，说寓言"它不是一柄大刀，而是一柄匕首，它不在于一砍两断，而是要一刺见血"。他还说，"寓言对于人的讽劝，是间接而不是直接的，是暗示而不是

提示的，是委婉而不是率直的，是幽默而不是庄重的，是温柔而不是严厉的，是津津有味的诉说而不是唠唠叨叨的训斥，是轻描淡写的印象而不是郑重其事的警告寓言的价值，就奠定在这些上面，也因了这价值而发挥了它的更大的效能"。这是说得很形象的。

　　童话要求塑造形象，它主要是写"人"。写人是需要笔墨的，所以童话常常需要有一些文字去写人的心理活动，衬托人的心理活动的景物，给读者以品德教育、性格教育、美的教育，等等。寓言不要求塑造形象，它主要是写"事"，告诉读者一个道理。没有任务要寓言用人的形象去感染读者，所以寓言不可能花很大笔墨去叙说一个人的心理活动，甚至于不需要去描绘主人公的外表、体形，更不必大段大段去写景物。寓言要求以最经济的笔墨，最短小的篇幅，最精炼的文字，写出一个有寓意的故事。主题先行，在写作别的文学样式时，都是反对的，唯独寓言，作者在写作前，必须有个主题，然后通过故事把主题说出来。

　　童话在发展，寓言也在发展，随着童话和寓言的发展，它们的特征愈来愈鲜明，逐渐逐渐一定会有更清楚的界限来。

　　当然，另一方面，也一定会有一些童话和寓言两者之间的作品，这是一种边缘作品。这种作品，过去有，今天有，以后一定也还会有。

三、童话和神话

　　神话，在英语里叫 Myth，在德语、法语里叫 Mythe，这个词原出于希腊语的 Mythos。但这个词，我们中国过去也有翻译作童话的。

　　所以，有不少人，往往以为童话和神话是一个东西。

　　有的人，凡是一篇作品中出现了神，以为这就是神话了。有一个剧团，他们自己编写了一个童话剧，里面有几个仙女，便自说这是个神话剧，这是不对的。

　　什么叫神话呢？关于神话的定义，有许多专家、学者解释过，根据《辞海》，神话这条目的解释是："反映古代人们对于世界起源、自然现象及社会生活的原始理解，并通过超自然的形象和幻想的形式来表现的故事和传说。"这个定义是不是准确，自然也可以商榷。

世界上几个古老的国家，在古代都有非常丰富的神话流传下来。著名的，如印度神话、希腊神话、北欧神话、埃及神话，等等。希腊神话、印度神话，几乎可以说非常完整地保存下来，今天我们都能读到它。

我们中国，是一个文明古国，神话自然也是非常丰富的，由于我们中国几千年的封建统治，独重儒学，讲究实用，神话或被贬为异端邪说，或被篡改成伪历史，可说散失不少，十分可惜。但从保留下来的这些神话来看，的确是非常珍贵和有重大价值的。如十八卷《山海经》，可能是在战国时期所记录和整理的当时流传在民间的口头作品。

还有《楚辞》和先秦诸子的著作中，以及其他一些杂著中，也记下了不少当时口头流传的神话作品。

如今天大家所熟稔的《盘古开天》《女娲造人》《后羿射日》《精卫填海》《鲧盗息壤》等。

从民俗学的观点来说，这些才是真正的神话。

至于以后在民间流传的那些故事，如《白蛇与许仙》《孟姜女》《梁祝化蝶》，这些算不算神话，就有种种不同的意见了。

有人把它列为"神话"，有人认为应称作"民间传说"。

有人认为民间传说就包括神话，即神话是民间传说中的一部分。

有人说民间传说是由神话演变过来的，神话是民间传说的童年。

有人把神话和民间传说看成是一码事，统称作"神话传说"。

至于，在后世历代创作中，模拟神话来反映现实，讽喻现实的作品，可不可以称为神话，更是有争议的。

大家比较一致的意见是：即神话是古代人类对于世界、自然、社会的原始理解，神话是那个时代的产物，后来文化发达了，科学发达了，就不再产生神话了。神话是有限的，就是那么一些，不是无限的，后世是不会再产生的。

这些论争情况，本书不可能涉及，更不能任意来论断这些见解的正误。

我们介绍这些，是为了让读者对神话有个大概的了解，为了进一步将神话和童话作比较。

关于童话和神话，有两种说法，是不能同意的。

一种说法，童话和神话是一个东西。即前面说过的，童话等于神话，神话等于童话。

又一种说法，即童话是由神话演变而来的，是发展先后的渊源关系。

童话是不是由神话演变而来？这问题，因为不属比较范围，放在后边写童话发展历史时，再来详说。

童话，在古代，它和神话纠集在一起，是难以分清楚的。但是童话发展到今天，还是和神话缠绕在一起，分不开来，就不应该了。

童话和神话，究竟区别在哪里呢？

过去有人提出，童话和神话的区别，在于神话有明确的时和地，童话则没有明确的时和地。

这说法，似乎缺乏根据。神话中，那些人名、地名，何以会是真的？比如《精卫填海》里的女娃，故事本身是幻想产物，其中名字"女娃"怎么会是真的呢？在童话里，先拿民间童话《蛇郎》来说，蛇郎不也是名字吗？京城、东海不也是地名吗！现在的童话，名字更多了，王葆、唐小西，故事发生在北京、上海，都有姓名、地点。

童话与神话的区别，应该在于——

神话，有一部分可以供儿童阅读，但不是说神话都可以供儿童阅读。

诸如，部分神话中，把太阳说成是一只金乌鸦，说月亮里面有一只玉兔。把风、雨、雷、电拟人化为风师、雨伯、雷公、电母。这些神话，适合儿童看的，我们可以称之为童话。但有一些神话，如说一个叫姜嫄的女人，照着巨人的脚印走，便怀孕了，还有那些兄妹结婚的神话，等等，是不适合给儿童看的。这部分作品，是神话，但不能说是童话了。

反过来，童话中也并不都是神话。

所以，可以这样说——

神话中有一部分是童话。

童话中有一部分是神话。

但是，童话决不等于神话，神话也决不等于童话。

神话、童话，两者都是"话"，但神话主要说"神"，童话主要在"童"。

神话中，有说给儿童听的神话，这部分也叫童话。

童话中，有说神的，所以童话中也有神话。

关于"神"，神话中有一部分是带有宗教色彩的，也有宣传迷信的，如十殿轮回、因果报应之类。

古代，宗教与神话，往往有因果关系。当时，神话有一些确是宣扬了宗教，宗教也借用神话来为它作宣传，神话宣传了宗教，宗教也推进了神话发展。

神话中，出现了各式各样的神，不管千变万化，这些神都是按照人的意志设计出来的。

所以，不论是仙山还是地府中的各式神、鬼，都是"人"。

神话中的神仙世界，鬼怪世界，天堂、地狱，都是按照当时社会来模拟的。

我们试看看神话中的那个天堂吧！全是和当时世上的封建王朝一模一样。

世上有皇帝，天上有玉皇大帝。世上有管宗教的法师，天上也有一个佛法无边的如来佛祖。玉皇大帝的身边和属下，有王母娘娘，有西王母，也有太监、宫女，金童、玉女，有掌管财政的财神，有管文化的文昌君，还有办考试人员魁星，管医疗卫生有药王，管火力有火德星君，治水有四海龙王。城有城隍，山有山神，保甲有各方土地。男女婚姻有月下老人，生儿育女有送子观音。分工之细，地地道道是人间王朝那一套。所以，那个神界，实际上就是人间。

这些神的故事，确有一些只能供民俗学、社会学、人类学、历史学等各种学科研究之用，作为儿童欣赏是不甚适宜的。

但，童话有时也写神，作品中也出现神仙，甚至于鬼怪。可是，童话中的神仙鬼怪，它不应是世界的主宰。而应是人的化身，是某种理想、希望、意志的化身。

至于鬼的问题，其实，鬼和神本质上并没有什么区别。

在神话中，出现鬼魂，是不少的。但在童话中好像有个约定俗成的规矩，就是不可以出现鬼。似乎神是神话，鬼就是迷信。这是不够公平的。其实，神和鬼都可以宣传迷信，也可以不宣传迷信。成人戏中的《钟馗嫁女》《李慧娘》，都不应该看作迷信的。而像《目连救母》《探阴山》，才是宣传迷信的。

有人说，神并不恐怖，鬼出现是恐怖的，因此，不应在童话中出现鬼。这说法太绝对。神有恐怖的神，鬼也有可爱的鬼。有人以貌取鬼神。其实，貌丑如钟馗，却叫人爱戴、崇敬，相貌堂堂的玉皇大帝却叫人感冒、厌恶。如孙悟空、猪八戒、沙和尚，也都丑陋不堪，却赢得了孩子的喜欢、亲近。

实际上，安徒生的《海的女儿》里，那女儿死后化成精灵升天而去，精灵就是鬼魂，这鬼魂多么美丽，这是一种为爱情作出牺牲的崇高精神的化身。

还有不少歌颂死去的英雄的诗篇，常常有人写他还活着，如写黄继光在祖国的前哨站岗，如写雷锋走在国庆节游行的队伍里。这也是鬼魂，这鬼魂是英雄人物不死的伟大精神的化身。

童话中既可以写神，也允许写鬼。鬼，不是不能写，而是如何写。童话中出现鬼，和出现神一样，决不可是宣传迷信的，制造恐怖的，而应该是健康的，积极向上的。

当然，这样说，不是在童话中提倡写鬼，而是说，童话中可以写鬼。

当前，童话中常常出现的妖精、怪物，实际上也是神鬼的变种。

童话和神话不同，主要是由于内容不同，而使对象不同。

童话和神话也相互包容，神话中有可以给儿童阅读的神话，童话中，有一些是神话。

这是童话和神话的关系。

四、童话和民间故事

民间故事，在早期英语中叫 Lesend，这个单词也有译作童话的。民间故事和童话的确有很密切的关系，所以两者是很容易混淆的。一些刊物，常常把民间故事和童话放在一个栏目里，当然，一个刊物栏目不能太多，把童话、民间故事、寓言放在一栏里，自然是可以的，但不能把童话和民间故事等同起来。

我们在研究童话的特征时，也必须把童话和民间故事的相同处和不同处找出来。

什么叫民间故事呢？

民间故事，是指在民间口头流传的，富于幻想和夸张的某些事或人的记述故事。有的是以真的事或人作为基础，夸张而成。有的更属是幻想虚构而成。

有一种说法，认为民间故事只是历史的产物，今天不可能产生，我们对待民间故事就是对待前人的遗产，只能搜集和整理。持这种观点的，大多是一些民俗学的研究者。

目前，不少人是不同意这一观点的。他们认为今天还在继续产生新的民间故事，民间故事的历史还在延续和发展。除了搜集、整理外，还需要加工。持这种观点，大多是一些通俗文学工作者。

民间故事，不全是给儿童的。它有两部分，一部分是给成人看的，一部分是给儿童看的。

给儿童看的这部分，又可称之为童话，但应冠以"民间"两字，叫"民间童话"。

所以，民间故事不能等同于童话。

反过来说，我们的童话，也分成两部分，一部分是本书所探索的，创作的童话，另一部分就是民间的童话——民间故事中属于儿童的这一部分。

创作童话和民间童话，都是童话，都是以幻想和夸张为表现手

法的，都是以儿童为对象的。而且，两者有亲缘关系。民间童话是创作童话的前身，创作童话是在民间童话这个传统上发展起来的。现在，相互丰富着。

民间故事和童话的不同地方，在——

前面说过，民间故事不是全部给儿童看的，有很大一部分，是不适宜于给儿童看的。像有些呆女婿故事，嘲笑生理缺陷的故事，姐夫看中小姨子的故事，有些创世界的故事，有些不健康的爱情故事。而童话是专门为儿童而创作的故事，从内容到形式、文字，完全是应该属于儿童的。

民间故事的作者是集体性的，是许多无名氏的创作。当然，最先编成故事的，或许是某一个人，但是在流传中，经过许多人的补充、修改，不断丰富而成。所以，我们不知道作者是谁。现在，有的出版社出版的"民间故事"作品，却赫然署名是某某作者"著"或"写"，这是不妥当的。民间故事，既为"民间"，决不能署上一个作者名字，要署名，也应该署上搜集者、整理者、改写者的名字。有的文末还应注明搜集于何地，讲述者的姓名、性别、年龄、职业。创作童话，是个人创作的，应该是有作者的，如《小溪流之歌》是严文井写的，《小公鸡历险记》是贺宜写的。有的出版社向作者约稿："请为我们写一个民间故事"，或者有的作者告诉出版社："我最近写了一个民间故事"，这都是不对的。

民间故事，必须是经过民间口头流传的。童话是个人创作的作品，不要求经过流传就可承认它。有的人看不起民间故事，似乎民间故事低于童话。其实，一个民间故事，要流传，经过流传保存下来，发展起来，这是何等的不易。一个故事的流传，正如沙里淘金，是要在不断地淘汰中，经过无数次的选择，才能流传下来。是要多少群众的批准啊！一个民间故事的流传，不知要比创作一篇童话难多少。当然，一个创作童话，如果它的确不错，受到大家的欢迎，将来也有可能流传下去，成为一个民间故事的。但有很多童话经不起流传的考验，很快就湮没无闻了。

民间故事，大都是写古时候，从前的。当然也有一些在民间新流传的新民间故事，是说现在的。童话，也可以写从前的事，特别有一些童话，采用的就是民间故事体，或者叫民间故事型的童话。像贺宜的《鸡窝里飞出了金凤凰》，金近的《骗子骗自己》，写得很像一个民间故事，实际上它是一个创作的童话。童话可以写从前，但主要是写现在，当然还可以写未来，甚至于虚拟的时间。

民间故事的整理工作，必须是很慎重的。现在发表的民间故事，有一些实际上是伪民间故事，不是真正在民间流传的作品，而是他个人自己编出来的。这样的作品，是不应该发表的，你一定要发表，就不要说是民间故事嘛。民间故事的整理，由于目的不同，整理的要求也不相同。如若拿民间故事作为民俗学、人类学、社会学、伦理学各种各样研究用的，那必须严格地忠实于口述，不能随意增删或改动，愈是接近原始记录愈好。但是给儿童看的民间故事，因为目的主要供儿童以教益和欣赏，允许在保持原来面貌的基础上，作适当的加工。这一工作，在我国，有很多同志，取得了成功的经验。如《渔童》的作者张士杰，《一幅壮锦》的作者肖甘牛，《龙王公主》的作者陈玮君，还有董均伦、江源等。这一工作，在国外非常受重视。如苏联巴若夫的《孔雀石箱》，受到了列宁的称赞。

至于，在民间故事的基础上，加以再创作，那是另外一件事了。如包蕾的《三个和尚》、金近的《鲤鱼跳龙门》，都是。在国外，如格林的《灰姑娘》、安徒生的《海的女儿》、普希金的《渔夫和金鱼的故事》、卡达耶夫的《七色花》，等等，可以枚举很多这一类作品。这些世界名作，都是在民间故事的基础上写成童话的。这已经不是民间故事了，和原来的民间故事已大相径庭了。

五、童话和报告文学

报告文学是散文的一种，是文学性的通讯、速写、特写等的总称，直接取材于生活中的真人真事。

报告文学和童话，差别较大，界限好划，绝没有人会把一篇报

告文学作品说成童话，也绝没有人会把一篇童话作品说成报告文学，即使小学三四年级的学生也辨别得出来，绝不会弄错，但怎么还要把童话和报告文学作比较呢？

的确，按理是不用去比较的。可是，在我们童话创作中，却真有些人把童话当报告文学来写的。

有这样一种情况，很多人认为有童话的意境，就可以写成童话。意境是重要的，但不是唯一的。因为童话是需要有童话意境的，但有童话意境不等于就是一篇童话。构成一篇童话，除掉意境外，还需要很多因素和条件。我们常常听到这样的说法，一个大水电站建成了，水电站开始放电，周围顿时一片灯火辉煌，当然这是很感人的壮观，于是有人说："这真是一个童话世界，那么漂亮，你们写童话的人，写个童话吧！"于是，有的作者就写起童话来，反映这个水电站的建设。有一个农场，利用了太阳能，建造了一个花卉的温室，成功了，所有的花卉同时都开放，这是一件了不起的事，于是有人说："这童话题材太好了，真是奇迹，快请写童话的人将它写成个童话吧！"于是，有的作者就写起童话来，介绍了这个农场的太阳能温室。

实际上，反映水电站建设，介绍太阳能温室，应该让报告文学作者，去写一篇报告文学。因为这都是报告文学的事，我们的童话作者，就不必硬要挤进去插手，把不属于自己的活揽过来。

童话是写人的，是写人的思想的，当然它是为我们建设事业服务的，但它不应该是反映某一项具体的工程建设的。

这样的作品，在我国刮浮夸风那几年，特别地多，这是一种"大跃进"式童话。

有人说，这种童话是从苏联传过来的。苏联有个童话作品，叫《春天的故事》，写的是一群鸟，春天飞回来，找不到原来的故居，借以说明城市建设发展速度之快。

当时，凡是苏联的作品，我们不分青红皂白，一律奉为"经典"，把《春天的故事》看成是一种方向。说童话可以反映祖国建设，是童话的新创造和新发展，于是大家一窝蜂地去效仿、学习，去大写反映祖国建设的童话了。

万变不离其宗，大家不外乎弄个泥娃娃、布公鸡之类玩具，或别的什么小动物，或者索性用孙悟空、猪八戒之类，像一个牵线木偶似的，要它一路去游水库，过大桥，逛工厂，走农村，穿插点小故事，让它出点洋相，受受教育，最后让这些木偶来说说"意想不到啊""巨大的成就啊"这类惊讶、感叹的话，用以来介绍水库、大桥、工厂、农村的建设面貌。

再跨前一步，敷衍开来，尽是些建设新城，燕子迷路；开发山沟，野兔搬家；砍伐森林，啄木鸟失业……

一群燕子，去年来到这山边，只是稀疏的几个小村落，又低又矮的泥房，今年重来这里，楼房高耸，车水马龙，已经变成一个新城市，燕子眼花缭乱，再也找不到旧居的主人了，它迷了路啦。

一只野兔，世世代代住在这山沟里，过着十分安逸的生活。一天开进来许多人，用炸药炸开山峡，要在这里修铁路，野兔一家在这里待不下去，只好搬家。搬到那边山沟里，住了没几天，也来了一帮人，推土机推平山头，要在这里建造厂房，野兔一家又只好搬家。如此搬来搬去，到处都在闹建设，最后只好住进国家的动物园。

一座原始大森林，荒无人烟，害虫常常在这里作恶、啮啃树木。一只老啄木鸟在这里开医院，工作很忙，日夜不停地为树木治病捉虫。一天，来了一大群人，要开发森林资源，把树木砍伐下来运出去。树木们快活地和啄木鸟告别。森林愈砍伐愈小，啄木鸟的工作地域也愈来愈小。最后森林砍完了，啄木鸟开始失业了。它想去学唱歌，也想去海里抓鱼，可是它都学不会，它惆怅了……

这样一些像一个模子里印出来的童话，竟风行一时，有的作品被大家推崇，有的作品还给了奖，所以这股风得以一直刮下去。

后来，竟然有人提出，要童话直接配合写具体的某一项政策，写政治运动的全过程，写生活中的真的英雄模范人物历史。

这些任务，今后，就让游记、特写、传记这种种报告文学的样式去担负吧！童话再不要一马当先，去抢夺别的样式的任务了。

让泥娃娃、布公鸡、燕子、野兔、啄木鸟，都回到自己应该去的童话世界里去吧！

六、童话和科学文艺

过去，只有"知识故事"、"知识小品"这类作品，好像这类作品和文学关系不大，相互之间没有什么纠葛。近年来，有了"科学文艺"这名词，出现了许多这方面的作品，社会上又加以提倡，已成了一种作品的门类。

于是，争论就来了。"科学文艺"，隶属于文学，还是隶属于科学，它姓"科"，还是姓"文"，一直争不出一个结果来。

这争论也蔓延到童话里来了。因为科学文艺中有"科学童话"这一品种。

这样，童话与科学童话也发生了纠葛。

童话就得加上"文学"两字，成为"文学童话"，以示与科学童话相区别。

前些年，童话界刮过一阵风，因为社会上提倡科学童话，不少作者就去写科学童话了。他们写出了许多科学童话作品，其中有一些是很不错的。

科学童话领域涌现了一大批有才华、也有成就的科学童话作家。他们勤奋地在写作科学童话，在科学童话的道路上探索。

近来，由于科学文艺上争论很多，可能创作上也遇到一些挫折，现在一大批科学童话作者，又开始倒转过来写文学童话了。

这样，出现了一种不可避免的情况，文学童话和科学童话被混同起来了。

有些科学童话作者，写出了一篇篇的作品，明显是科学童话，却硬不承认这是科学童话，一定要说自己写的是文学童话。好像说自己的作品是文学童话，就比科学童话高出一筹似的。别人说他的作品仍是科学童话，他会非常不高兴，似乎别人是在贬低他。实际上，是自己轻视了科学童话。科学童话，和文学童话一样，都是为小读者提供美好的精神食粮，使小读者能从这些作品中有所得益，是不能分高低的。

想不到，竟还出现了这样的理论，说科学童话和文学童话根本没有什么区别，根本不需要提科学童话、文学童话，都是童话，童话就是一种童话。

也有的人，承认文学童话、科学童话有别，但是却说现在已经合流，无须分开了。因为写科学童话的作者比写文学童话的作者要多得多。当前，在一些报刊上出现的很多实际上是科学童话，却把它当成文学童话的作品。

这种情况，也有来自国外的影响。我们打开一些国外的儿童杂志，几乎满目都是些身穿铠甲似的机器人，或者是一些面目狰狞恐怖的奇形怪状的天外人。

当然，机器人、外星人，以及现今的科学技术，都可以写进童话。童话的题材范围是广泛的。可以写过去的王子、公主，可以写今天有科学头脑的少年儿童，也可以写虚构的机器人、天外人。但是童话，文学童话，毕竟应该是以思想教育、品德教育为主的。这里面自然也有科学教育，这科学教育，主要也是指社会科学教育，让少年儿童去正确地认识社会和生活。以自然科学教育为主的，应该说是科学童话。明明是科学童话，叫科学童话为什么不好呢？文学形式，每一种都是重要的，是没有贵贱、高低之分的。

文学童话和科学童话的任务、目的都不一样，分开来，有什么不好呢？

文学童话和科学童话以分开来为好，合起来不好。

但这不是说文学童话与科学就没有关系。

童话和科学是有密切关系的。童话的逻辑，决不能是科学的反叛。

龟兔赛跑，乌龟和兔子能赛跑，这是符合科学的，所以这是童话的逻辑。如果叫一根柱子和一块石碑去赛跑，总是不行的，因为这不符合科学，柱子和石碑自己是不会走路的，这也违背童话的逻辑性。

有个电影，写雪人提了一桶水去救火，有个剧本写冰魔王不怕火却害怕钟声，这样的写法，总是令人难以同意的。

童话的幻想和夸张，需要科学的依据，并不等于要求童话的幻想和夸张，就是明天能实现的科学。

童话的幻想和夸张，毕竟不是科学的假设，不是明天科学设计的蓝图。童话作家毕竟不是科学家，不是要预言明天的科学将如何如何。

常常有人这样来批评童话："今天，你们的童话落后了，科学走到童话的前面去了。"

这样的要求也是不对的，因为童话作家所写的童话作品，不是用来和科学做比赛的。

常常有人这样为童话惋惜："今天科学昌盛，已使童话黯然失色。"

一个童话有无光彩，多大亮度，并不是同科学的发展作比较得出的，而取决于童话本身，是不是反映了时代的精神。

童话，可以写科学新产品。我们生活中有电视机、录音机、洗衣机、电冰箱、机械手、电脑，童话里可以写进这些东西，但不是必须写进这些东西。因为，童话的好坏、新旧，是看这个童话所反映的思想，是不是揭示了当前的重要的问题，深刻的程度如何。如果以童话中出现的科学产品的新旧，来判别童话作品好坏，那还是科学童话的标准？

譬如，《聊斋》里的崂山道士，他一念咒语，能够从墙里钻过去，如果是文学童话，那就用不着解释是什么科学原理，将来能不能实现。

还有，一个人能从墙里钻过去，这是新科学，还是旧科学，如果这是个科学童话，就要从这些方面去提问。

人上月球了，《吴刚伐桂》《嫦娥奔月》的故事，人们还是很喜爱的。在月球上种起桂树，吴刚站在树下用斧砍伐，嫦娥可以不穿宇航服，也不乘坐登月火箭而飘浮飞上月球，这是旧科学还是新科学？

现在，有汽车，有火车，时速极快，是不是不要"快靴"故事了？现在，有飞机，有人造卫星，是不是不要"飞毡"故事了？

不，绝不是这样。

因为，童话不是科学的补充。

七、童话和其他

童话和上面所述的那些文学样式都有关系，除此之外，童话还和许多文学样式合作，譬如童话和诗合作，就是童话诗。

童话诗，有人问："童话诗算童话还是算诗？"其实，顾名思义，童话诗，既是童话，又是诗。《童话》丛刊，也刊登童话诗，因为它是一种诗体的童话。《诗刊》里也刊登童话诗，因为它是写童话的诗。

从目前所读到的童话诗来看，我们的童话诗，几乎很大一部分是民间童话诗，用诗体叙说了一个优美动人的民间童话，这类成功的童话诗是不少的。如阮章竞的《金色的海螺》《马猴祖先的故事》，贺宜的《海的王子》，金近的《冬天的玫瑰》，李季的《借刀》，熊塞声的《马莲花》，柏叶的《洗衣姑娘》等。也有一小部分是拟人化的童话诗，用诗体叙说了一个有趣味有意义的动植物童话，这类童话诗，有影响的不是太多。大家所熟悉的有：贺宜的《狐狸的妙计》《小铅笔历险记》，金近的《春姑娘和雪爷爷》，胡昭的《雁哨》，于之的《小麋鹿学本领》等。至于反映现实儿童生活的童话诗，可以说非常之少，也举不出什么例子来。我们还没有专门写作童话诗的作家，这方面，诗歌界和童话界，都必须加以合作和提倡。

和童话诗情况相近的，还有童话剧，童话电影，童话电视。童话剧，也是这样，以民间童话为题材的多，如老舍的《宝船》《青蛙骑手》，张天翼的《大灰狼》，任德耀的《马兰花》，乔羽的《果园姐妹》等。动植物拟人化的童话也较少，受到儿童欢迎的，有熊塞声的《骄傲的小燕子》，李钦的《姐姐》，柏叶的《金苹果》等。有些学校里孩子们自己编排的节目中，可以看到一些短小的拟人化的童话剧。反映现实儿童生活的童话剧，可以说并没有。这也是由于童话剧需要特技，在舞台上不易表现，条件受限制的缘故，所以无法大力发展。童话剧，比起童话诗来说，也略逊一些。

既然，舞台剧表现童话题材有困难，受限制，那么电影、电视，情况应该好得多。事实上，除了一些美术片外，电影、电视部门拍摄的童话电影、电视更为稀少。主要是这些部门对童话还不熟悉，缺乏能编能导童话题材的编剧和导演。他们这些年虽然改编了一些童话为电影，如《宝葫芦的秘密》《"下次开船"港》等，但是都不理想。其实，电影和电视，是最适宜表现童话题材的作品，我们的孩子，没有能看到可以满足他们的童话剧、童话片，的确非常可惜。

此外，童话与其他样式的合成体，还有很多，有的已经在尝试了。恐怕将来还会有其他一些新的合成体出现。

第二节　童话与幻想

童话，必须具有幻想性。

我们常常把童话比喻为在天上飞行的鸟，把幻想比喻为鸟的翅膀。这比喻是很恰当的。童话是要飞行的，要飞行就得靠幻想这对翅膀。童话如果没有幻想的翅膀，它就飞不起来了。没有翅膀就不成其为鸟，没有幻想就不成童话。幻想，对童话太为重要了。

幻想，是一种虚幻的想法。它，虽然难以捉摸，是人们头脑里的东西，但这是人们生下来就有的，是一种人的本能。

幻想力，每一个人并不相同。它，因人而异。有的人比较发达，有的人不那么发达。有的人对这一事物发达，对那一事物不发达；有的人对那一事物发达，对这一事物不发达。有的人这时期发达，那时期不发达；有的人那时期发达，这时期不发达。总之，存在着差别和变异。

我们的童话，就是借助于孩子的幻想，顺着孩子的幻想，发展孩子的幻想，而写出来的作品。

所以，幻想是童话的依据，童话是附在幻想上，而充分运用幻想的一种文体。

有的童话作家说，幻想是童话的核心；有的童话作家说，幻想是童话的基础；有的童话作家说，幻想是童话的灵魂；有的童话作家说，幻想是童话的根本；有的童话作家说，幻想是童话的要素……不管大家怎样说，说法不一样，有十种，二十种，都是对的，因为意思是一个，就是幻想对于童话是重要的。

童话是幻想的产物，童话又丰富和发展了幻想。所以，童话可以说是幻想的手段，也可以说幻想是童话的手段。它们两者不等同，却是相依相靠，相辅相成，互为因果，谁也不能离开谁。

幻想对童话的作用是什么呢？

一个童话，因为它具有幻想性，可以更集中更概括地反映生活。

幻想，本身就是一种不存在，就是一种虚构，或者说是一种假设，一种象征，一种比喻……所以，一个童话所描述的，也是一种不存在，一种虚构，或者说是一种假设，一种象征，一种比喻……

而我们就是要用这种不存在，来反映存在，要用虚构来反映真实。

"弄虚作假"，在一般的生活中，是一个贬义词。但在童话中，却不是。因为童话就是一种弄"虚"作"假"的文学，弄虚作假得愈高明愈好。

所以，童话的学问就是在这个假字上，童话学，也是一种假学。

这个"假"字，好得很，有两种解释，都用得上，一种就是虚假之假，一种就是假借之假。童话是虚假的，又是一种假借的艺术。一个假字，道出了童话的含义和作用。

童话作家们，尽情去"弄虚作假"吧！

用假来反映真，这是一种艺术手段，是一种艺术上的法则和规律。

在《稻草人》这样一篇特定题材的作品中，用作者的"我"来反映当时苦难农村的现实，和用稻草人的"我"来反映当时苦难农村的现实，效果是不相同的。用稻草人的"我"，比之用作者的"我"，要有力得多，有感染力得多。因为作者的"我"，是应该具有正义感的，看到农村中种种苦难，理应作出强烈的反应。而稻草人，是木然无知的，连这样木然无知的稻草人，都感到不平和愤懑，这说明情况何等严重。这在读者心坎里引起的反响，就不一样了。

跟孩子说不劳而获是不对的道理，是一件很困难的事，可是《宝葫芦的秘密》用了宝葫芦这样一个幻想性的故事，就说清楚了，恐怕还比其他的种种说法，要有效得多。

《渔夫和金鱼的故事》是讽刺贪得无厌的，作者用了一个幻想性的故事，则更生动地反映了老渔夫妻子那贪婪可耻的心理。

所以，幻想的目的，是为了更好地反映真实生活。这就是幻想之存在的价值。

童话这一文学样式的特殊和重要也就在这里：具有幻想性。

人，都具有这种幻想能力。但这种幻想能力，必是和生活同在。人一出世，进入生活，他有了思维，就有了幻想能力。

幻想力有大有小，却是人人所有，而幻想的内容，则是因人的生活不同而不同的。

生活在古代的孩子，与生活在今天的孩子，幻想的内容不同。生活在海边的孩子，与生活在山区的孩子，幻想的内容不同。男孩子和女孩子，大孩子和小孩子，等等，幻想的内容都不同。

关于幻想，有几种说法，是值得商榷的。

一种，认为今天孩子的幻想，与原始时代的孩子的幻想，是完全一样的。我们说，从孩子幻想力的增长、发展过程来看，都是从无知到有知，是一样的。但是，幻想力的强弱，反应的快慢，是不同的。原始人的大脑，远远没有现代人大脑发达，生活在荒漠的大自然中的原始人孩子，和生活在科学发达、物质文明社会中的现代人孩子，目见耳闻，所接触的生活是不相同的，所以他们幻想的内容也决不可同语。如若把幻想说成古今一般，永无变化，那么我们的童话，就无须不断更新。只要有那么一些童话，一代一代的儿童都可以满足。没有新陈代谢，也不用发展进步了。

一种，认为今天的儿童，随着年龄的增长，知识的丰富，幻想力会愈来愈发达的。这和前面那种说法有某些共同之处，将幻想力和幻想内容混为一起，并作了机械的理解。如果说，一个人的幻想力，是随着他的年龄、知识直线上升的，那么，愈到老年，岂不是幻想力愈强了？随着年龄增长，知识丰富，幻想内容在不断变化，因为他生活中接触的事物多，幻想的内容也变得更多，这是对的。可是幻想力，这人的本能，到了一定的年龄，却是要慢慢地消退的。往往有这样的情况，一个小学毕业班学生，他的幻想力竟不如才进小学的一年级学生。幻想力对一个孩子来说，也是因人因时而异，有很多变化。但以为年龄愈大，幻想力愈强，幻想力同年龄的增长成正比，这是不符合实际的。

我们常常在一些理论文字中看到，说今天的世界科学如何发达，我们的孩子的幻想力，也大大增强了。这和上面说法大同小异，也是把幻想力和幻想内容等同起来了。有不少人把我们童话的幻想，去跟科学发展比速度。这种观点的延伸，就是小狗、小猫的童话可以取消，神仙、宝物的童话可以取消，大家都去写机器人、宇宙人，满纸原子、电脑、科学博士、智慧老人，好像这才是符合时代科学、现代化的新童话，其他都是幻想贫乏、太实的旧童话。这也是不对的。

前些年，《铁臂阿童木》这个童话（日本的电影系列片，其实也不是童话片），被介绍到中国来以后，大大助长了童话成为"科幻组合魔方"的倾向，阿童木式的"童话"，已经充斥了我们的童话园地。

现在有那么一些不伦不类的科学故事，把一些新科学东西，像魔方一般，今天这样组合，明天那样组合，凑成一篇篇故事，作为"童话"新作品，挤进我们中国文学童话中来，而且像寄生藤似的，生长在童话大树的边上，绕着大树向上爬，愈爬愈高，愈爬愈多，长此以往，童话这株大树很有可能会被绞死缠倒的。

童话的幻想，不同于科学的幻想。这是两码事，不能混在一起，一定要分清楚，说明白。

当然，童话的幻想，不能违背科学的那些基本法则。

童话里一杯水可以转化成一种神奇的药物，却不能无缘无故让它变成一块硬邦邦的铁。

童话里，一个人可以穿上快靴，一天行千里，却不能毫无道理让他倒立用手走二三十分钟。

幻想，还得要有一定的科学依据。

童话，不是写科学，不是宣传科学。当然，也不能和科学闹矛盾，唱对台戏。

童话要顺着科学的性子，按照它所铺设的道路走。童话是科学的好朋友。

但是，童话绝不是科学叫它怎么做，就怎么做，它有它强烈的个性，有自己的主见和习惯……

童话所做的事情，不是在科学上做得到的事情。因为幻想，不需要它在明天、后天能实现。

童话的幻想，从来没有也不需要去想明天、后天会不会成为事实。

并且，可以反过来这样说：凡是明天、后天，能成为事实的，就不是童话的幻想，自然就不是童话。

童话所写的"事实"，应该是永远，而且是绝对不可能成为事实的。

这是童话还是非童话的区别的重要的检验标准。

能实现的，那是小说，是科幻故事，或是别的什么体裁，绝不是童话。

当然，马是四只脚的，但不能说凡四只脚的都是马。我们不能说，凡不能实现的都是童话。

我们只是说，凡童话，都是不可能实现的。因为它，是假的，是一种不存在。

稻草人是永远不可能说话的，世界上也永远没有那种宝葫芦。

动物会说人的话吗？动物有动物的语言，将来人可能听懂动物的语言，但要动物都会说人话，那是永远也不可能的。动物会帮助人做事，拉车、送信，这些是可能的。但要动物来帮助人抄笔记、写作文那是永远也不可能的。童话和科学的关系，就是这样。

譬如，有篇童话叫《寻找位置的小星星》，写的是星星们的故事，说一颗小星星不安于位，要寻找一个好位置，结果在大气层中烧毁了。这童话教育孩子要安心、踏实地学习。星星能够移动位置，会在大气层中燃烧，这是真实的。星星有思想，会说话，那是幻想。这篇作品还写到金星、北极星、彗星，是符合科学的。这篇作品是童话，但没有违反科学，两者不是结合得很好吗？

下面再来说幻想和生活的关系。

现在常常听见有人这样说，我和孩子接触少，不熟悉孩子的生活，写小说不行，所以改来写写童话吧！

也确实有一些作者，他们是认为不需要熟悉儿童生活就可以写作童话的。

他们以为童话的幻想，是凭脑袋瓜子聪明，苦思冥想出来的。

他们以为幻想是一种与生活无关的思维。他们说，反正是童话嘛，你爱怎么幻想，就怎么幻想。

这是一种对童话幻想的曲解。可以说，带着这种想法来写童话的人，十个有十个是要失败的。

前面说过，童话中的动物，实际上是人，植物是人，神仙是人，魔鬼是人，一切都是人，都是人的化身。

有人把童话作家比作魔术师，叫童话作家为"生活的魔术师"。一个魔术师，能够点石成金，指鹿为马，缘木求鱼……

魔术师在台上变戏法，如果他没有真的金，能点石成金吗？如果他没有真的马，能指鹿为马吗？如果没有真的鱼，能缘木求鱼吗……

一个再高明的魔术大师，要是没有真金、真马、真鱼，他怎么也变不出这些东西来。

童话的作家就是这样。

因为童话的幻想，来之于生活，反过来还要表现生活。

幻想，它是生活的投影。

没有生活，就失去幻想的基础。那产生的不是幻想，而是瞎想……

主张为幻想而幻想来写童话的人，不是没有。他们不要生活，靠自己凭空去胡思乱想。这种胡思乱想，既不来之于生活，也不需

要表现生活，也无法表现生活。

这种唯心主义的胡思乱想，是出不了好作品的。

童话的幻想，必须植根生活，从生活中去产生幻想。

譬如我们写动物，要了解生活中的动物。牛是勤劳的，猪是懒惰的，猴是聪明的，熊是笨拙的，象是温驯的，狮是暴躁的，虎是凶残的，狐狸是狡猾的，狼是阴险的……当然，这不是说要一成不变，一定得照这个定论去写，这是说我们应该去细细观察动物的习性。

有人提出问题，长颈鹿是没有声带的，不会发声，在童话里可不可以也让它说话。长颈鹿虽然没有声带，但总有它表达的方法，如用动作呀，用目光呀，等等。如果这个童话里，需要它说话，可以说话嘛，不过，在童话里，要是把长颈鹿拟成一个哑巴，岂非更好吗？

你写一只羊，你把它写成很凶猛，想吃人，这就违反生活了。

写植物，也一样。比如含羞草，一碰它，叶子就闭上，那就应该是一个腼腆害羞的女孩子，如果你把它写成粗野、鲁莽、泼辣、大胆的妇女，就不符合生活特征了。

要写含羞草，既要是含羞草，又要是人，这都要熟悉生活。

写神仙鬼怪，幻想到哪儿去找生活依据呢？

前面说过，神仙也好，鬼怪也好，都是人的化身，还得去熟悉人的生活。

当然除掉人的生活，还得去熟悉神仙鬼怪的各种掌故、传说。如果你叫观音大士去做月下老人，叫老寿仙翁去代送子娘娘，那是不行的。

幻想，和生活是分不开的。

幻想，可以说是这个作品的思想、感情、形象、事件、情节的升华。

用来自真实的虚构来表现最大的真实——这就是童话幻想的功用。

童话的艺术成败在这里，写作童话的高难度也在这里。

童话的幻想，应该是整个作品的幻想，绝不是作品某个局部的幻想。

我们有的童话，幻想是其中割裂开来的一部分，所以，这个童话，幻想像贴在身体上的膏药，缝在衣服上的补丁，看上去不舒服。

幻想必须密布和渗透于一个童话的全部。从开头到结尾，从人物到故事，从结构到布局，从用句到措辞，应是幻想处理的。

一个好童话，必须是无数个童话细胞构成的。这童话细胞，就是现在说的幻想。

童话这座大厦，是由幻想的砖石所砌叠而成的。

如果你不会幻想，缺乏幻想，你是个徒想造座高房子，而没有建筑材料的人，你是无法建造童话大厦的。

一个初学写童话的人，常常提出这样的问题：幻想如何和现实结合呢？

幻想来之于现实，反过来又为现实服务，这个关系，大家是明白了的。但是，一些活真的现实，怎么能一下子变成虚假的幻想呢？这作品中，真真假假，实实虚虚，怎么个安排法呢？

这个问题，就是一个如何提炼生活，如何使生活幻想化的问题。

幻想要生活化，生活要幻想化，这是童话必须遵循的规律。

一个童话，所反映的现实，必须经过童话处理——幻想化才行。

我们拿最近电视里放映的三个哑剧来作例子说明。

第一个哑剧，是《淋浴》。一个人，在浴室里脱去衣服，去转动莲蓬头开关，从莲蓬头里喷出的水，一会儿全是冷水，冻得他受不了；一会儿全是热水，差点把他烫伤了；一会儿一点水也喷不出来，他浑身涂满肥皂，只好在旁边急等……这些情节，完全是真实的，是在生活中可以遇见的，只是把冷水、烫水、无水集中在一起。这可算之是"概括"。

第二个哑剧，是《煎蛋》。一个男人，妻子没有回来，想吃饭，没有菜，只好自己来煎蛋。他打开煤气灶，在锅里倒下油，开始煎荷包蛋。蛋快熟了，他正要盛起来吃时，也可能是由于锅里油太多了，煎蛋爆了起来，爆得太高了，竟碰上天花板，粘在天花板上了。后来，

煎蛋掉下来，恰好落在他头顶上，他就把蛋拿来吃了……这些情节，生活中是可以发生的，如煎蛋，蛋可能从锅子里爆出来。但绝不会爆得那么高，竟然粘在天花板上，这把蛋爆出来的高度增加了，这可算之是"夸张"。

第三个哑剧，是《看电视》。一对年轻夫妻，晚上看电视，男的要看足球比赛，女的要看京剧演出。男的把电视机开到播放足球比赛的频道，女的又把电视机开到播放京剧演出的频道……两个人谁也不让，我开去，你开来，我开来，你开去，争个不休。最后，夫妻两人，想出个办法，把电视机一锯为二，一人半个，各看各的，一个看足球比赛，一个看京剧演出，两人都很快乐……一架大电视机去卖掉，再买两架小电视机，这是有的，但是不可能把电视机一锯为二，把电视机锯成两半，还能看吗？而这对年轻夫妻却看得津津有味呢！这是不真实的。这不真实（电视机一锯为二），是来之于真实（电视机可以卖掉换成两架），又是反映了真实（电视机可以一人一架），这情节可算是"幻想"了。

由此可见，幻想一定要来之于生活，却并非生活，但又要表现生活。

如我们众所周知的《嫦娥奔月》，月可奔，这是真实的。但是吃了一种药，身体就轻盈了，能够飘飘忽忽地飞向月球，这是不真实的。（如果写嫦娥制造一种工具，乘坐一种工具，到月球上去，那是科学幻想。）这种不真实，却反映了人可以到月球上去这个真实。

20世纪50年代，作家欧阳山写过一个作品，叫《慧眼》，引起了一场争论。《慧眼》写一个孩子有一对神奇的眼睛。孩子跟环境是很真实的，他1954年生，父亲是合作社生产队长。周围的人物也是真实的，有公社社务委员，有青年突击队队员，等等。大家的意见，认为这作品幻想和现实格格不入，糅不到一块去，看起来幻想归幻想，现实归现实，两者像油水之不相容。

有个童话剧，叫《鸟类审判会》，是写保护鸟类的。一个孩子打死了小鸟，小鸟组织了审判会来审判他。其实，这可以构成一个很富于幻想的故事。可是这个作者，没有把生活幻想化，按鸟类的特点，来组织鸟类的审判会，却是把我国不久前新颁布的那一套审判机构、组织、方法、程序，来审判这个孩子。结果，人们看了说，这在宣传怎样诉讼，怎样开庭，怎样宣判，成了法制教育的图解。这个童话剧失败了，是因为幻想和现实两者没有结合好。

如张天翼的《宝葫芦的秘密》这个长篇童话，他写的也是我们现在的学校，现在的孩子。主人公王葆和周围的背景，也完全是真实的。但这个童话，一开始，就创造了幻想境界，就有了浓厚的童话气氛。这个宝葫芦的出场，事先做了许多铺垫。让奶奶给他讲故事，通过奶奶讲的故事，把宝葫芦一点点介绍出来，先讲"撞见了一位神仙，得了一个宝葫芦"；再讲"游到了龙宫，得到了一个宝葫芦"；又讲"得的一个宝葫芦——那是掘地掘来的"。最后，是王葆，"格咕噜"一声，从河里，用钓竿钓上来的。这作品中，幻想和现实，结合得天衣无缝，融为一体，一气呵成，贯穿在整个作品中，何等自然、服帖。

当然，我们要求把幻想满布、渗透、贯穿、融合于整篇作品之中，要求生活幻想化，并不在一个童话中，每出现的物，每出现的事，都要"幻想"，都要生活中所没有的。这样，通篇幻想，通篇神奇，通篇是假话，也不妥当。如果一篇童话里，主人公是个幻想化的人物，于是他穿的鞋，必是幻想化的神鞋，他吃饭用的碗，必是幻想化的神碗，他住的屋子，必是幻想化的神屋，他门前的树，必是幻想化的神树，他家里养的狗，必是幻想化的神狗，天上飘着神云，空中吹起神风，地上长出神草，水里游的神鱼……

这样机械地理解童话的幻想化，其实也还是贴膏药，不过是贴了许多许多膏药，也还是缝补丁，不过是缝了许多许多补丁。

童话的公式，不能是"幻想＋现实＝童话"。

幻想和现实，两者的关系，不是油和水，油浮于水，水托着油。而是水和乳，水和乳交融于一起，水中有乳，乳中有水，也分不出何是水，何是乳。

它们之间的作用，不是物理作用，机械地拼凑，而是化学作用，自然地合成。

童话绝不是幻想和现实结婚，而是它们结婚生下来的孩子。

幻想要生活化，就是幻想要有童话的逻辑性。幻想来之于生活，它必须符合生活，反映生活，但又不等于生活。生活与幻想的关系中，有一些不是作者随意可转移的规律，这规律就是童话的逻辑性。

童话的逻辑性，来之于生活的逻辑，但又不等同生活的逻辑，这正如我们前面举的锯电视机一例，电视机可以一分为二，这是生活的真实，电视机可以用锯来锯成两半，这也是生活的真实，但是锯成两半的电视机能播放节目，这就不等同于生活了。两个电视机，一人各看一个，这又是生活的真实。通过锯电视机，分成两个，来反映两人各看一个电视机的真实，这就是童话的逻辑。

所以，童话逻辑可以这样说，它，来之于生活逻辑，但又不能是生活逻辑，就是要运用这样的非生活逻辑，来反映生活逻辑的逻辑。

有人把童话的逻辑，说成就是孩子思维的反映。童话逻辑，要适应孩子的思维，这是对的，我们的童话逻辑是不能脱离孩子的思维的。错的是，孩子的思维本身也有个逻辑化的问题。孩子有非分之想，有胡思乱想，这种思维是不符合逻辑的，我们的童话作者，是不是也跟着孩子混乱的思维，去写作童话呢？

有位童话作者说：孩子怎么想，我就怎么写，这就是童话逻辑。有位作者写了一篇理论，中心意思是：凡符合儿童心理的，就符合童话逻辑。把儿童想法、儿童心理和童话逻辑等同起来，实际上等于否定和取消童话逻辑。这都是不行的。因为童话是文学作品。它，不能只是儿童思维的追随，还应是儿童思维的引导。我们追随它，某种意义上说也是为了引导它。当然，更不能是等同。

因为儿童思维，有的是幻想，但不等于童话的幻想，更不等于童话作品。

要是我们把童话降低为儿童思维活动的记录，那就没有童话了。

所以，童话的幻想，必须高于孩子的思维，甚至于必须高于孩子的幻想。童话的幻想，必须有所抉择。

我们必须讲童话逻辑，讲幻想的逻辑性。

你可以叫一辆汽车，长出翅膀，开到天上去。但不可无缘无故叫汽车变成一条鲸鱼，在海里游。

你可以叫月亮变成一座宫殿，让孩子们去居住。但不可无缘无故把月亮当成海龙王的家。

德国有本书叫《敏豪生奇游记》，是一个个连续性的系列童话。它里面的那些故事，幻想是非常奇特的，但是每一个故事、每一个故事的每一个细节，都是符合逻辑的。

如其中《奇妙的行猎》这个故事，说敏豪生用一块生猪油，缚在长长的绳子上，把它丢到湖水里，去钓野鸭子。结果，一只野鸭子把生猪油吃下去，就从肛门里滑出来。第二只又是这样，第三只又是这样，第四只又是这样……把湖上所有的野鸭子都串在他这条绳子上了。

这种事情，生活中是不可能会有的，却符合童话的逻辑，因为真实的生猪油，确实是非常滑的。

幻想，决不能是胡思乱想，我爱怎么想就怎么想，一定要符合幻想的逻辑。

幻想，是童话的特征。童话，必须是幻想的。没有幻想，就没有童话，幻想对于童话，真是太重要了。

目前所见的童话中，有的作者，不善于去幻想，或者不敢去幻想。作品写得很实，像一篇真实的小说。这种作品，大致是一些本来是写小说的，现在来改写童话的人，他们不懂得如何幻想，还是用写作小说的办法来写作童话。也有的人，是在有意提倡童话小说化，提倡"真实的童话"，那必然出现童话幻想的贫乏。幻想是童话的翅膀，如果翅膀太小，无力，它是飞不起来的。当然，我们也不赞成，童话的好坏，取决于幻想幅度的大小。有的童话幻想是大幅度的，有的童话幻想是小幅度的，犹如有的国画，用浓墨大泼大抹，有的国画，用淡墨疏疏几笔，浓墨、淡墨，只要画出精神来，那就是好

画。有的鸟，爱在高空翱翔，有的鸟，爱在低空盘旋。当然，只会在地上爬行，那不是鸟，没有幻想，就不是童话。童话一定是要有幻想的。

另一种情况恰好相反，胡乱幻想。他们作品里的幻想，不仅太虚，而且太玄。爱怎么想就怎么写，不讲什么幻想的逻辑性。幻想不着边际，也不按故事情节是否需要，是否合理，逗乐一阵，取笑一阵，胡闹一阵，孩子读后不能得到一点益处。这样一些作者，大多是脱离儿童生活的人，他们陷在为幻想而幻想、为童话而童话的唯心主义的泥坑里。

这两种倾向，对童话的发展和繁荣都是不利的。

我们一定要坚持健康和正当的幻想，发展这种健康和正当的幻想，使童话不断繁荣，使少年儿童从童话中得到更多的教益。

第三节　童话的手法

一、童话的借替

童话在它的表现手法上，有它的独特处。

童话常用的表现手法，有一种叫借替。

童话和一切文学一样，都可称之人学，都是以写人为主的。其他文学样式写人，则往往直接写人，写人的生活如何如何。

可童话写人，有时不直接写。它往往借替于别的什么物来写人。

因为这种手法，对宇宙间除人以外的一切，都可以借替。不管是动物，鸟兽虫鱼；不管是植物，树木花草；不管是非生物，山川土石；不管是自然现象，风雨雷电，包括人们头脑里的某种思维意念，等等，都可以借替，都可以把它们当成人。赋予它们人的性格，让它们有人的感情，会思想，会动作，会与外界交流。

这种手法，也就是过去所称的"人格化"，现在大家都叫"拟人化"了。

拟人化、人格化的名词，始于何时？是怎么来的？还没有人作过考证。

有人说，这种拟人化手法是从日本传来的，因为中国过去曾把这类拟人化故事称之为"物语"。其实，物语在日文中，早期原是指的说唱文学，后来含义衍化为故事，现今又移作指寓言了。

我们中国把这类故事，称之为"物语"的时间是不长的，很快就改称为"鸟言兽语"或"动物故事"了，后来就叫做"人格化"、"拟人化"的童话。

其实，不管"拟人化"这一名词始于何时，来之何处？可以肯定中国有"拟人化"的作品，时间是很早的。

这在我国的古籍中，可以找到很多。

如《庄子》里的《坎井之蛙》《干沟之鱼》《狙公养狙》，《战国策》里的《狐假虎威》《鹬蚌相争》，《说苑》里的《猫头鹰搬家》《土偶人与桃梗》，等等，把动物、植物，甚至是非生物，都赋予它以思想、感情、语言、行动。

这是"拟人化"的早期的文字记载。

如若说"拟人化"起源，恐怕应推到更早的原始时期。

可说，人类的开始，就是拟人的开始。

那时，人类在自然界生活，他对于周围世界上的万物，是无知的。他凭借自己的想法，认为自然界的一切，都有思维和感情，和人一样。

那时候，人不是自然的主人。自然界的毒蛇猛兽，甚至于微小的蜂蝇虮蝎之类，都可以威胁人们的生存，山石、泥沼、草泽，以及狂风、暴雨、酷热、严寒，都能够置人于死地。人们认为这些都是通人性的，和人一样，有喜怒哀乐，能与人为善，也能与人为恶。

在科学上，人们的这种想法，统称为"拟人观"。

由于"拟人观"的开始，"神"和"怪"的假想，慢慢出现了。如有的地方，崇奉一物，当作图腾，产生拜物，成为迷信，便发展为宗教。

这种拟人观，陆续便有发展，在哲学上出现了"泛灵论"，即"万

物有灵论"，认为各种自然物都具有灵性，人难以和自然界相抗争。出现了"泛心论"，即"万有精神论"，认为宇宙万物都具有精神或心理活动，如感觉和情绪等，不过在有些事物中精神不是明显地，而是潜在地存在着，宣称动物，特别是高等动物的意识、心灵、灵魂比较清楚，植物次之，无机物更次之。出现了"物活论"，即"万物有生论"，认为自然界所有物体，包括无机物，都具有生命、精神活动能力，有机物和无机物之间是无质的区别的，等等。

这种拟人观，一部分发展成为各种文学作品，出现了拟人化的童话、拟人化的寓言，也出现了拟人化的神话。

在古代的神话中，被人们所崇拜的神，很大一部分，是动物的"拟人"。

如我们奉为华夏之祖先的黄帝，在《山海经·西次三经》中，说："天上有神鸟，其状如黄囊，赤如丹火，六足四翼，浑沌无面目，是识歌舞，实为帝江也。"帝江就是帝鸿，又叫混沌，后被人们当作是中央上帝的黄帝。最早的说法，黄帝原是一只鸟。

还有那个称之为西方天帝的少昊，他竟然在归墟这个地方，建立了一个鸟的王国，他的官员都是鸟类。《左传·昭十七年》中，说："凤鸟氏，历正也；玄鸟氏，司分者也；伯赵氏，司至者也；青鸟氏，司启者也；丹鸟氏，司闭者也；祝鸠氏，司徒也；雎鸠氏，司马也；鸤鸠氏，司空也；爽鸠氏，司寇也；鹘鸠氏，司事也；五鸠，鸠民者也；五雉，为五工正，利器用，正度量，夷民者也；九扈，为九农正，扈民无淫者也。"

在古代文学作品中，拟人化作品，一支为神仙，又一支为精怪。

关于精怪，是拟人化的变种，可称之为"变人化"。

中国的文学史上，有不少的志怪小说，笔记小说，传奇，说部，其中有不少是拟人化的作品。

如《西游记》，把一只猴子，拟成为孙悟空这么个人物。这个孙悟空是一个人，他会思想，有感情，懂得上西天取经是一件好事，他对唐僧很尊重。他很聪明，能用智慧和本领战胜妖魔鬼怪。孙悟空是一个正直、勇敢、顽强、乐观的人。但是孙悟空也不完全是人，他的身上，还有猴性，具有猴子的本能，如他飞腾使的筋斗云，一筋斗行十万八千里；他开打时爱拔几根猴毛，变成两三百个小猴；他在天上做了齐天大圣，掌管蟠桃园，却爬上桃树，擅自偷吃受用；他和二郎神斗法时化作土地庙儿，却把尾巴变成旗杆，竖在庙后。甚至于在如来佛手掌上，还放肆地撒了一泡猴尿，这又都是一只猴子的所作所为。

那个孩子们最喜欢的猪八戒，他是一个人，能侍候师父，能求缘化斋，也能拿起钉耙跟妖怪斗几下。但他蒲扇耳朵、耙子嘴巴、长着黑毛的大肚子，一副猪相，他懒惰，整天想打盹睡觉、嘴馋贪吃、干事笨手笨脚，他憨厚、善良、纯朴，这都是猪的本性。猪八戒是人又是猪，所以他是一个成功的童话形象。

如《聊斋志异》里，有那么一些狐狸，被幻化成人间美女。

在民间传说里更多了。《白蛇传》里，一条蛇化成了善良多情的少女白素贞。《老虎外婆》里，老虎会化装成孩子的外婆。

这些作品里，有许多拟人，拟得很好，既是人，又是动物，或其他物。人性和物性相结合，运用和发挥得非常成功。

也有一些作品中，本来是一物，摇身一变，后来化成了人，那叫变精、变怪。一物化成了精怪，完全是一个人，没有原物的物性，那不是"拟"，那是"变"，就不是"拟人化"，而是"变人化"了。

即使在《西游记》这样一些作品里，也有这么一些精怪，它们化成了人，却没有一点原物的物性。这种情况在民间童话里也不少，如《田螺姑娘》，那个由田螺变的姑娘，会做饭，能与少年成亲养孩子，只是最后仍回到田螺壳里去，其他都是一个人了。如《马莲花》中的那个蛇郎，他是蛇变的，但没有一点蛇的特性，也完全是一个人了。

所以，"变人化"的精怪，虽然不能说拟人化，但它可以说也是童话中的一种手法。

还有一些作品，如《山海经·北次三经》中，说炎帝的女儿女娃淹死在东海，变成了一只鸟，衔树枝和石子去填东海。

如《梁山伯祝英台》中，梁山伯与祝英台这一对恋人，死后合并，同化为蝴蝶。

女娲之化为鸟，梁祝之化为蝶，这鸟和蝶都是有灵性的，是人的化身，都是比喻精神不死。这是一种反拟人化，也可说是一种借替。在我们童话里，也有不少写人变成物的。如《望娘滩》中的青年，后幻化为一条巨龙。

这种把人变成物的童话，古今中外都有。有把孩子变成蚯蚓的，有把孩子变成猴子的，等等。这种种人变的物，往往只是赋予人以物的外形，但多数保持着人性，他仍然有着人的思想感情。有人把这种手法叫拟物化。其实，细细分析一下，是不一样的。物的拟人，主体还是物，首先它是物，外形也是物，是给了它以人性，这叫拟。人成为物，这是变物，而不是拟物，因为虽然主体还是人，而他的形状是物了。所以，叫拟物化，也不恰当，还不如就叫"变物化"吧！这也是借替手法的一种。

在目前的童话创作中，拟人化的借替童话，可说是数量最多的。

叶圣陶的《稻草人》，借替稻草人，说了作者对那个苦难社会的不满。

张天翼的《宝葫芦的秘密》，竟然把"不劳而获"这一观念的代表葫芦拟人化了。

严文井的《小溪流的歌》，将一条从山谷里奔出来的河流，当成一个快乐、坚强的孩子来描写。

陈伯吹的《骆驼寻宝记》，他通过骆驼，写了负重道远、默默工作着、前进着的老人。

贺宜的《鸡毛小不点儿》，居然把小小的鸡毛写得活生生的。

金近的《想过冬的苍蝇》，写了两只想躲过严寒的小苍蝇。

葛翠琳的《翻跟头的小木偶》，写了一个受骗上当最后觉醒过来的小木偶。

他们笔下的这些动物、植物、非生物，都是人，又是物，是人和物的合成。

为什么童话要通过借替的拟人化这一手法呢？

这是符合儿童的思维要求的。因为在儿童的心目中，一切鸟兽虫鱼、山川草木、日月星辰，无一不是有生命的。这是儿童的幻想，是儿童对于世界的求知。因为符合儿童的思维特征，儿童读来，最有兴味。

这样更能收到教育效果。文学是一种间接教育。儿童文学更不能耳提面命。一个孩子不肯洗脸洗手，你说一个张小明不爱清洁的故事，他一定说："这是讲我，不要听！"如果你说一个小白兔爱清洁的故事，情况就不一样了。他说："小白兔那么爱清洁，我要比小白兔更爱清洁！"他就主动去洗脸洗手了。这就是童话的有效性，童话通过借替，更能达到教育的目的。

这也体现了艺术的法则。无论哪一种艺术，它的表现体与被表现体，材料愈是不同，愈是有艺术感染力。譬如，大家看到马路上，那么多人骑自行车，这有什么稀奇，如果换成小熊骑自行车，那就不一样了。孩子多么喜欢到动物园去，看海豚顶球，看大象吹口琴，看小狗做算术。要是换成一个人顶球、吹口琴、做算术，孩子们要看吗？

这就是童话为什么要用借替、拟人化手法的主要原因。

有的人，对童话的借替，产生过种种误解。

他们说："童话尽写小狗、小猫，没意思！"其实，童话哪里是尽写小狗、小猫呢？借替的范围是很广阔的，宇宙间除掉人之外的一切物和事，都可以借替、拟人。当然，也包括小狗、小猫。而且，即使写小狗、小猫，又有什么不好呢？当然，小狗、小猫不能写得老一套，要写得好，要创新。小狗、小猫写得好，也是很有意思的。

他们说："今天的儿童，怎么要去向动物学习呢？"有人写了个好乌龟，就说："不能让孩子去向乌龟学习！"自然，也不能向小狗学习，更不能向老鼠学习！从生物学的观点来说，各种动物，都有它的长处，人要向它学习。如蜜蜂的勤奋，大雁的守纪律，公鸡的准时，骆驼的负重，白鹅的爱清洁，等等。现在有门科学，叫仿生学，不是让人向动物学嘛！更不同的，这是童话中借替的动物，它虽然是动

物，实际上已经拟人处理，它是人了。向拟人化了的动物学习，就是向人学习，学习人的种种优秀品质和高尚的情操。

童话的借替，是无限的。童话的拟人，范围是广阔的。这大千世界，这浩渺宇宙，什么都可以借替，什么都可以拟人。但是，借替什么，如何拟人，并不可以随心所欲，乱来一气。它，是有限的。

借替、拟人，有一定的规律性。犹之天体，天体之大，你可以自由遨游，但是遨游，也得需要一定的条件，必须遵循一定的路线，否则，你怎么个遨游法？

所以，童话的借替和拟人，是自由的，又是不自由的。绝对的自由是没有的，自由只是相对的。否则，就不是科学的态度，也是达不到目的的。

借替的规律是什么？什么是拟人的条件呢？

这就是前面一再提到过的物性。

现在，有人提出，童话是写给孩子看的，孩子根本不懂什么叫物性，写童话不必要讲物性。有的甚至于说童话讲物性，是框框，是束缚，要突破，要松绑。有的索性以童话新潮流自居，说：童话讲物性是陈腐的观点，今天的新童话新就新在不讲物性。

其实，这是对童话借替、拟人所讲的物性，并不理解。至少，对物性的概念理解错了。

以为，讲物性，就是讲生活的绝对真实，绝对的科学化。

以为，如果写牛，只能四脚走路，只能吃草反刍，只能犁田耕地，和生活中的牛一模一样，不能逾越科学一步。

童话写牛是一种借替，绝不是写真的牛，是经过拟人处理的，怎么可以这样呢？

那么，什么叫做物性？

物性，是童话逻辑性中的逻辑之一。遵循物性，是童话借替的艺术规律之一。它是指拟人化被拟物的本性，是必须和拟人的人的人性相结合的。它是童话艺术有效手段的一种。

举例来说，你把鱼拟为水上运动会的一个运动员，你让它跳高、跳远，完全可以。因为鱼能够在水面上跳，有时也跳得很高，有时也跳得很远。让鱼作为一个运动员，这是拟人化的人性，就是把这鱼借替为一个人了。但是这鱼不完全是一个人，它还是鱼，鱼能够跳得很高，也能跳得很远，但是它离不开水，这是鱼的本性，也就是鱼的物性。这样写，是符合物性的，它又和人性相结合。所以，这样的写法是符合童话的借替规律的。当然，这只是一种写法，不能是唯一的写法。只要符合物性和人性的要求，物性和人性能结合，可以有多种多样的写法。但是，如果你把一条鱼，写成陆地上运动会的运动员，就不行了。尽管你是把它拟人化了，却不符合物性。因为没有一种鱼，能离开水而生活的（除非两栖类）。你让一条鱼，在陆上运动会中跑步、掷铅球，怎么行？

有一个童话，写道："萤火虫是这座林子里的摄影记者，她的身上装了发着亮光的灯，一闪一亮，把燕子矫健的体操，黄莺美妙的舞姿拍摄在她嘴里含吮的露珠上，一滴滴晶莹的露珠，就是她拍的一幅幅照片。"把萤火虫拟为一个摄影记者非常好，因为她尾部的荧光，确实很像摄影机的闪光灯，她又爱飞来飞去，这是运用了萤火虫的物性。把一滴滴露珠说成就是她拍的照片，也非常好，因为露珠是可以照出影子来的。但是说萤火虫嘴里含吮着露珠，就觉得比较勉强了。因为作者想不出比这更好的办法来。（钟子芒：《绿色的啄木鸟》）

有个不错的童话，故事是说棋子小卒从棋盘里出来，滚到了地上，受到种种教育后，它又回到棋盘上。但这童话其中有一个细节，就是老奶奶把棋子垫在桌腿底下，"沉重的桌子腿压在小卒腰上"，可棋子"拿出全身力气，东扭西扭，蹭破了脊梁皮，才逃出来"，这就过分了，一颗小棋子，怎么能从桌腿的重压下挣扎出来呢！这一违反物性的小细节，出现在这样一个童话里，可说是非常可惜。（韩静霆：《棋盘国的"小卒"》）

叶圣陶的《稻草人》里，这个稻草人是拟人化的，它有思维，能看见东西，能听见声音，富有同情心。但是，我们的童话大师，并没

有让稻草人走来走去，去替农妇捉虫，去帮渔妇煮茶，去搭救寻死的女子……既然，这稻草人拟人化了，稻草人已经是一个人，为什么不让它这样做？因为童话大师考虑到稻草人是物，虽然拟人化了，还有个物性问题。

请看，童话大师是如何写稻草人的？

他写道："他的骨架子是竹园里的细竹枝，他的肌肉、皮肤是隔年的黄稻草。破竹篮子、残荷叶都可以做他的帽子；帽子下面的脸平板板的，分不清哪里是鼻子，哪里是眼睛。他的手没有手指，却拿着一柄破扇子——其实也不能说拿，不过用线拴住扇柄，挂在手上罢了。他的骨架子长得很，脚底下还有一段，农人把这一段插在田地中间的泥土里，他就整天整夜站在那里了。""他不吃饭，也不睡觉，就是坐下歇一歇也不肯，总是直挺挺地站在那里。""扇子摇得更勤了。扇子常常碰在身体上，发出啪啪的声音。他不会叫喊，这是唯一的警告主人的法子了。""他的身体本来是瘦弱的，现在怀着愁闷，更显得憔悴了，连站直的劲儿也不再有，只是斜着肩，弯着腰，成了个病人的样子。"……写得何等有分寸！稻草人愈是不能动，愈是着急，读者愈是动感情。童话大师笔下的稻草人，不仅完全符合物性，而且充分运用了物性这一艺术特征，发挥了物的作用，使这篇作品的感染力大大增加了。

当然，这不是说，凡写稻草人，一定要按《稻草人》这样的规范去写。

美国作家莱曼·弗兰克·鲍姆的童话《绿野仙踪》里，也写了个稻草人。这个稻草人，是这样描述的："他的头是一口小布袋，塞满了稻草，上面画着眼睛、鼻子和嘴巴，装成了一个脸儿。""用一根竹竿戳入他的背部，这家伙就被高高吊起在稻田上面了。"稻草人要求小女孩多萝茜："因为竹竿儿插在我的背里。如果你替我抽掉它，我将大大地感谢你了。"多萝茜"把他举起来离开了竹竿"，就看着稻草人"靠着自己的力量在旁边走动"。他"伸展着他的肢体，并且打了几个呵欠"。当多萝茜问他什么，他都回答不出，他说："我什么也不知道。你知道，我是用稻草填塞的，所以我没有脑子。"他继续说："我不在乎一双腿，一双手，以及臂和身体，它们都是用稻草填塞的，因此我不会受伤。如果不论谁践踏我的脚趾，或者拿针刺着我的身体，那也不打紧，因为我不会觉得痛的。"他说："在这个世界上，只有一件东西使我害怕。""是一根燃烧着的火柴。"这又是另一个稻草人。这个稻草人虽然会走路，但是他没有知觉不怕痛，没有脑子不会想什么，很害怕火烧他。这也是符合物性的，而且运用并发挥了物性的作用。

所以，我们切忌把物性看成僵化了的、一成不变的戒规。

当然，现在国外有一些作品，并不是太注重物性的。譬如让一群水果、蔬菜，它们走来走去，一起开会，一起罢工，一起打仗，看起来叫人不舒服。因为，在国外，许多国家本来就没有童话这个词。我们也不能以我们中国现代的童话概念去要求这一类作品。

美国有个儿童系列片叫《芝麻街》，里面有一只大鸟，能说人话，做人事，但是除掉外形是鸟外，没有一点鸟的物性。这样的一个故事，是否可以称之为童话呢？要是一定要称之为童话，大鸟的塑造是失败的。我们不能去效仿，更不应该拿这些作品来作为取消物性的依据。

前些年，俄罗斯有位心理学家做了个有趣的试验。他把一个墨水瓶拟人化了，叫它做一个看守人，来了一帮强盗，于是墨水瓶就喊叫起来了，这时候，孩子就发表意见了，说："墨水瓶不要叫，还是让它喷墨水吧！"这例子也是说，墨水瓶拟人化为看守人，喊叫自然是可以的，但是不如喷墨水的好，因为喷墨水是发挥它的物性了。

所以，拟人化者，不但要考虑符合物性要求，还要考虑如何更好地运用和发挥物性。

有的初写童话的人，以为就是把一个人物的故事，换成动物的故事，就是借替，就是拟人化了。这样的童话，只是把张卫国、王小红、李学军、赵志工、孙乐农，改换了一下名字，叫小黑猫、小白兔、小黄狗、小花鸡、小灰鸭而已。这样的童话，你说它违反物性吗？倒

也没有违反。但是它不是一个好的拟人化童话，因为没有运用和发挥这拟人物的物性。

我国古代有一本书叫做《草木春秋》，这本书里，把中草药都当成人来写，分为好人坏人两大阵营，互相打来打去。因为这本书，这些人物，只是用了中草药的药名来作为人名，却没有好好根据中草药的形状和性能，来写这些人物的性格和作用，所以这本书没有被孩子当成童话来读，也没有被大夫们当作药物常识课本来教授学生们，所以这本书不受人们注意，是一部失败的作品。它失败的原因，就在于没有运用和发挥药物的物性，它缺乏艺术感染力，不能吸引住读者们。

童话的借替，千万不能理解成是代替。借替和代替是有区别的。前面所举的这些作品，就是失败在用的弋替，不是借替。

一篇好的拟人化的童话，必定是充分运用和发挥拟人物的物性的。

实际上，所谓充分运用和发挥物性，就是我们前面所提到的，物性和人性的相结合。

物性和人性结合，是童话中特有的手法，是借替的艺术。

一个童话好不好，艺术性如何？这物性和人性的结合是非常重要的。

譬如有一篇童话，把一只螃蟹拟人化为理发师。作者把螃蟹的两只大钳，写成是两把推剪，把它两边的四条腿，写成是两把梳子，螃蟹嘴上不住地吐泡沫，写成是洗头的肥皂泡沫。这是最恰当也没有了。把河蚌写成理发师，把青蛙写成理发师，都没有螃蟹那样恰当。把螃蟹写成邮递员，写成建筑匠，都不如理发师来得恰当。它的物性和人性充分结合了，就是说它的物性充分运用和发挥了。

有个童话是写植物们开运动会的。动物开运动会，很好办，马跑步，猫爬树，青蛙游泳，老鼠钻圈。可植物都是不动的，怎么开运动会？运动会是要动的。要玫瑰花去跳高，让松树去竞走，不符合物性，玫瑰花怎么能跳高呢？松树怎么能竞走呢？但这个童话，处理得很好。作者让石榴树参加举重比赛，石榴树的枝丫上，挂着一个个沉甸甸的大石榴，多像是一个举重运动员啊！让向日葵做转体体操运动员，因为向日葵是随着太阳，早上花环朝东，傍晚花环朝西，多像一个转体体操的运动员啊！让牵牛花做登高运动员，牵牛花的藤蔓，扶摇直上，一直可以爬得很高，多像一个登高运动员啊！这童话，物性运用和发挥得非常好，物性和人物结合得叫人称绝！

由此足见，童话的拟人化，符合物性，运用和发挥物性，是非常重要的。我们的童话《老虎外婆》，可以写成狼外婆和熊外婆，但决不能写成羊外婆和鸡外婆。道理就是这样。

有人说，既把物拟人了，那就是人嘛，就按人来写就是了。

这是把这个"拟"字给忘了。如果把物写成完全就是一个人，那应该是"人化"，而把那个"拟"字少掉了。"拟人"者，还不就是人，它还没有完全离开原来那个物，而应是处于亦人亦物的奥妙结合之中。

现在也有一种作品，一物拟人了，但是读来只有物性，却没有人性，也不行。这也不能算"拟人"。"拟人"除本来的物性，还得要有人性。如果写一物，只有物性，那算不了拟人。那样的作品，如果写动物，恐怕应算作动物故事，如果写植物，那恐怕应算作植物故事，写别的什么物，那就算别的什么故事了。并不能算是童话，而是另外一种样式的作品。在知识故事中，写动物故事的作家是很多的，国内外都有一些很好的作品。国外有不少专写这种故事的作家，如法布尔、比安基、西顿、黎达、椋鸠十等。眼下，中国的动物故事也正在兴起，出现了专写这方面作品的作家。

所以，我们在强调物性的同时，也决不能没有人性。两者都是不可缺少的。

如果，可以立一个公式，那就是物性和人性相加，等于拟人化。当然，这个相加不是机械的，一块石头加另一块石头，而是融合的，一杯水加另一杯水。

关于拟人化，还要注意一个分寸问题。

不是说，一个拟人化的童话，所有故事里出现的物，都要拟人化。

当然，一个童话可以是许多同一的拟人化的物，动物，或植物，或其他物，集合在一起，构成一个故事。如，这个童话全是拟人化的动物，写动物间的故事。那个童话全是拟人化的植物，写植物间的故事。

也可以是不同物集合在一起，构成一个个故事。如这个童话有拟人化的动物，也有拟人化的植物，集合在一起。

也可以是拟人化的物和人集合在一起，构成的一个故事。如这个童话有拟人化的动物，或拟人化的植物，也有人，集合在一起。

这种拟人化的动物和人在一起，是不是一定要把人写成比动物高大呢？当然，可以是人比动物高大，也不一定都这样。

因为这种拟人化的动物和人在一起，如果把动物写好了，或者把人写坏了，就有一些人出来指责："难道人还不如动物吗？""人的价值，人的尊严到哪里去了？"

其实，这动物既是拟人了，它就是人，是人的借替，既然动物就是人，就不存在人不如动物，就不存在人的价值、人的尊严这些问题了。

这种情况，在民间故事、民间童话中，早已有例可循。

如《白蛇传》中的白素贞，她是蛇变的，她对爱情的坚贞，是许仙这个人所不及的，法海这个人更是个险恶残暴的坏家伙。是不是有人会觉得人不如蛇呢？是不是有人会觉得贬了人的价值、有失人的尊严呢？

如《贪心不足蛇吞相》这个童话里那个贪得无厌的宰相，向蛇要这要那，给蛇一口吞下肚去了，人确不如蛇。

如《渔夫和金鱼的故事》这个童话里的那个贪心不足的老渔妇，向鱼要这要那，最后鱼什么也没有给她，难道也是给人丢面子吗？

当然，这不是说，凡这类童话，一定要尊物而贬人，决不能理解为这样。

至于，什么作品应该是同一的拟人物，什么作品应该是不同的拟人物，什么作品应该是人和拟人物在一起，等等，那是要根据作品本身的要求，变化是多端的，决不可划一。

但是，有一点是必须注意的，就是拟人化一定要有节制，不能一个童话里什么都拟人化，去提倡什么大幅度拟人化。

要是一个作品里，什么都拟人化，行吗？有个作品，写一只狐狸做了坏事，它一出门，它的窝拟人化，生气地自动坍塌。它脚下的路拟人化，生气地不准它踏上。它面前的空气拟人化，生气地不让它呼吸。头顶的太阳、天上的云、四周的树木花草，都拟人化，一齐生气地作弄它。后来，甚至于它的毛也拟人化，它的牙齿也拟人化，它的眼睛也拟人化，全都生气地离开它。这样，把一切都随心所欲地拟人化了，这还成为一个作品吗？

拟人化还有一个问题，就是害鸟害兽的问题。譬如，在民间童话中，有个很有名的童话，叫《老鼠嫁女》。美国也有个很风行的米老鼠。但是，能不能把老鼠作为"正面形象"呢？这在某些人的头脑，一直是个问题。

在某些人的头脑里，岂止是老鼠，凡虎、狐狸、蛇，这类所谓"害鸟害兽"，是决不容许拟人化为"正面形象"的。

更为突出的，是麻雀。一会说是"害鸟"，不准它在童话中出现，一会说是"益鸟"，又允许它在童话中出现。

在民间作品中，把虎、狐狸、蛇这类动物写成"正面形象"是很多的。《一只鞋》中的虎，《聊斋志异》中的狐狸，《白蛇传》中的蛇，都是"正面形象"。

再说，鸟兽的有益有害，不都是绝对的。有的鸟兽，有的种类有益，有的种类有害。有的鸟兽，在甲地有益，在乙地有害。有的鸟兽，在某时有益，在某时有害。有的鸟兽，现时我们对它还没有正确的认识，或者科学上还有争议，我们怎么能把它绝对地定死，有益或有害，并作为写童话的法定依据呢！

主要的，前面说过，我们把动物拟人化了，那就不完全是动物了，怎么可以还用"老眼光"来看它呢？

所以，我们决不能把童话中拟人化的动物，去和生活中的动物等同起来。

为生活中的动物作鉴定，做结论，孰是孰非，那是动物学家的事。

而童话作家笔下的拟人化了的动物，虽然具有物性，但它已经是拟人了，读者是把它当人看的，是一个人的故事。

当然，童话作家也不是用童话去替某一种动物翻案，因为这不是童话作家们的事，所以童话作家们不会为翻案去写某一种动物的。

当然，童话作家写童话，也要考虑当时环境。如果你那里正在大张旗鼓灭鼠，你去写个好老鼠的童话，人们会指责你的童话起了不好的影响。当然，也没有那样的童话作家，故意去做那样的傻事。至于童话作家以前写的好老鼠的童话，也不必去否定它，让它存在也没有什么关系吧！

还有，童话的借替，也切不可误认为是影射。有的人一看见童话，就爱问，这狗代表什么？这猫又是指谁？似乎童话中拟人化的物，都是可以对号入座的。这可说是"文化大革命"中，人们养成的不良习惯。

因为"文化大革命"中，把童话都说成是含沙射影，恶毒攻击，全部列为应铲除的"毒草"。

其实，借替和影射是绝不相同的。借替是用某种物来表现某一类人，影射是用某一种物来代表某一个人。

童话是提倡借替的，反对影射的。童话的拟人，是拟某一类人，绝不是代表某一个人。

作为一个童话作家，必须杜绝那种影射的做法。作为读者，也应改去"文化大革命"期间养成的那种不良习惯。

但是，童话反对影射，却不排斥联想。而且，童话应该引起读者联想，因为童话的效果，很多是通过联想才产生的。这和影射不同。联想，有时也使某些人会去对号入座，这不是坏事情。这在国外也有这样的情况。英国有位作家乔治·奥伟尔写过一部畅销书叫《1984》。这部小说是1948年写的，是一部政治讽刺幻想小说，是作者在 1948 年幻想 1984 年世界政治形势的。作者死后拍成电影。意想不到的是，这电影在首映后，反响很大，十分卖座，很受欢迎。许多国家购买它的发行权。但是也有许多国家不满。这就是这一作品收到强烈的效果了。

拟人化是最常用的童话手法，这是童话很重要的表现手法。在童话中，拟人化的童话比重是很大的。优秀的拟人化的作品，是很多的。拟人化的手法，和童话一样，必定要永远存在的。

并且，拟人化的手法，一定还会随着今后的不断实践而取得发展。

许多人写童话都是从写拟人化的童话开始的。许多人认识童话也是从拟人化的童话开始的。

但是，当前也有人把拟人化说成是过时了的老手法，凡拟人化的童话都斥为旧童话。也有人把写拟人化童话，说成是"低层次阶段"，要写拟人化童话的作者"向高层次阶段发展"。他们推崇写人的童话是可以的，但否定拟人化的童话就不当了。

有一些拟人化的童话，落入俗套，写得不好，引不起孩子的兴趣，这状况是有的。但拟人化的童话，成为世界名作的也不少。看问题，不能太绝对化。

也有人说，拟人化的小狗、小猫、小白兔、大象、骆驼，这些孩子们都看腻了，厌烦了，而且反映不了现实生活，缺乏时代感。他们提倡写拟人化的机器狗、电子猫、玻璃兔、塑料象、瓷骆驼。殊不知一个童话新不新，主要决定于作品的内容反映了什么，其次是表现手法，绝不是写了拟人化小狗就是旧童话，写了拟人化机器狗就是新童话。这是形而上学的说法。拟人化的小狗、小猫写得好，有新意，也是可以反映时代、反映现实的。

借替手法，在童话中是用得较多的手法，但不是唯一的手法，还有其他。

二、童话的假定

童话的手法，常用的还有一种叫假定。

什么是假定。假定，望文生义来说，它是真有的反义，就是说，它在真实的生活中，是没有的。

童话上所说的假定，和科学上的假定，含义并不都相同。有相同，也有不相同。

在科学上，已经成为事实的，就不能说是假定。在童话上也是这样，生活中存在的，发生的一切，就不是假定了。

在科学上，假定是必须根据科学实践的成功经验，在这个无误的现实基础上，加以合乎规律的推理，来作出假定的。在童话上，假定也必须以真实的生活，作为假定的基础，从真实生活基础上，依照童话逻辑，作出假定来。

在科学上，假定是可望付诸实现的。在童话上，假定却是不望实现的。

这就是童话与科幻故事的不同之处。

如童话中所假定的千里眼。人的肉眼永远也不可能看见千里之外的东西。要能看见，是要借用望远镜、电视、雷达这些科学器械设备的，那是另外一种情况。如童话中所假定的宝葫芦，能真的出现这种会说话，要它做什么就能做什么的宝葫芦吗？将来科学发达，计算机、机器人，也许能做到，但那是另外一件事。

所以，童话中所说的假定，应该是来之于真实生活，但生活中所没有，甚至于将来也没有的假定。

因为它是超于生活的，超于常人的，是神奇怪异的，常常以一种魔法形式出现。所以，假定手法的童话，有时也被叫做超真体、超常体、神异体、魔法体等。

假定，具体表现在童话中，大致有下列几类：

第一类，是异人。赋予人身体某一部分，具有超人的魔力。如民间童话《十兄弟》中，千里眼的眼睛能看见很远的东西，顺风耳的耳朵能听见很远的声音，长手的手要多长就能多长，大脚的脚要多大就能多大。严文井的《南南和胡子伯伯》里面那个胡子伯伯，他可以用手杖教训狼听话，他的嘴巴会变小变大，他还能从大袍里取出个戏园子来。葛翠琳的《金花路》，里面那个智慧超人，技艺异常的佟木匠，竟能在深山的水潭里，修起了一座神奇的水晶宫。这些人物，有的具有魔体，有的具有魔力，这都是假定的异人。

第二类，是异物。赋予一物具有某一种超物的魔力。如民间童话《神缸》里的神缸，投进一个元宝，能变出无数的元宝，官老爷的爸爸掉进去，于是拉出来许多许多爸爸。贺宜的《神奇的锤子》，那个年轻叔叔送给小喜的小锤子，小锤子在地上敲三下，井里的水就往外漫出来了。金近的《会唱歌的碗》，说大强在水库劳动，从地下挖出一个蓝花粗碗，这碗盛饭，特别香，奇怪的是它还会唱好听的歌。这些物，不是拟人化的物，因为它没有人性，也没有物性，锤子能使井水漫出来，碗能唱歌，都不是物性，这类东西，超人又超物，应该说是一种假定的异物。当然，拟人化的物，也是一种超人超物的假定异物。

第三类，是异事。假定的不可能发生的事。如金近的《一出好险的戏》，一群同学正在看电视，电视里放的《三打白骨精》，那个白骨精竟然从电视机里跑出来了，孙悟空也从电视里追了出来。能有这号事吗？如任溶溶的《"没头脑"和"不高兴"》，其中那两个叫"没头脑"和"不高兴"的孩子，一下子一个变成演员，一个变成工程师。一个设计的九百多层的高楼，却没有电梯，上楼得背上干粮和寝具。一个演出的不是武松打虎，而是虎打武松。任大霖的《罗明明的嘴巴》，因为罗明明经常用嘴巴说脏话，竟然把嘴巴也气丢了，后来他在报上登了个找寻嘴巴的启事，在派出所里领回他的嘴巴。这也是生活中不可能有的，这都是我们童话假定的异事。

第四类，是异地。这地是假定的，是现实中无法找到的地方。如严文井的《"下次开船"港》，这真是个特别的地方，船只却一动不动停着，天空上的云彩是凝固的，花儿也要到下次开放，这里没有时间、日子和钟点。葛翠琳的《采药姑娘》，所写的仙境，则是七层云的上边，从地上看，云像棉絮那样轻软，在云里走，像迎着翻腾的海浪。神仙轻轻把药草籽撒进云海里，清风送种籽到山崖谷底，在那

里生根发芽。这样的异地也是世界上找不到的，是一种童话假定的异地。

不论异人、异物、异事、异地，都是童话作家假定的。

童话作家是根据现实的生活来假定的。异人，总还是人；异物，总还是物；异事，总还是事；异地，总还是地。这异人、异物、异事、异地，所依照的还是现实生活中的人、物、事、地。这是假定的基础。

假定也绝不是无目的的，更不是为假定而假定。假定的异人、异物、异事、异地，目的是为了更好地反映真实的人、物、事、地。

譬如，《金花路》中的那个佟木匠。他是根据世界上最有本事的木匠这个真实基础上，假定出来的。通过佟木匠，是要更好地反映真实生活中木匠技艺之精巧。

譬如，《神缸》里的神缸，这一异物原就是贪得无厌的化身。它是从难填的欲壑这一真实基础上假定出来的。通过神缸这一异物，更好地反映了生活中某些人贪心不足的丑恶心理。

譬如，《"没头脑"和"不高兴"》中的两个孩子的事，它是从有的孩子不肯动脑筋，有的孩子做事只凭兴趣这个真实基础上而假定的。通过这些事，更好地反映了不肯动脑筋、做事只凭兴趣的害处。

譬如，《"下次开船"港》中那个什么都不动的港口，那是根据有的孩子什么事都要下一次这一真实基础，而作出的假定。通过这样一个地方，更好地反映了那种干什么都拖拖拉拉的毛病，是必须改掉的。

一个童话，有的单写异人，有的单写异物，有的单写异事，有的单写异地，也有几种一起写的。所以，假定，也有单体假定，也有复体假定。

像严文井的《"下次开船"港》，就是既有异人，也有异物，既写异事，也写异地，交错、综合在一起，难以分清楚。这当然是复体假定了。

这种假定的起源，也是很早的。

世界上从有人以来，人们对于天上、地下、山山、水水，很难理解。他们总觉得有什么一种力量在主宰。他们假定世界的开始，一定有盘古这样一个巨大的能人，托起了天穹，使天地分开。天上五色的云霞，则是有女娲这样一个能人，炼就了神奇的五色土，补在天空上的。这种手法，后来一直在文学作品中被沿用。如《封神演义》里的杨戬的三只眼，土行孙的土遁术等都是。

那时候，人们在与自然相抗争中，总是希望有一种力量能帮助他战胜自然。于是，他们就假定有种种异物，能有出奇的作用。如他们觉得步行太慢，还赶不上鸟兽们，他们就假定出能不能在脚下装上轮子，或更好的办法。于是就出现哪吒脚下的风火轮，还有像《水浒传》中的神行太保戴宗，脚上拴上一种甲马，可日行八百里。

因为在当时人们的心目中，已经有了很多的异人异物，加上世界上许多发生的事，他们不好理解，于是就出现了许多假定的异事。如月亮里那些火山的黑影，他们便假定为月亮上有一株桂花树，树下有一个叫吴刚的老人，持斧在那里斫伐，桂花树裂口随砍随合，所以吴刚永远斫伐下去，没完没了。如海水为什么是咸的，就假定海底有一副能出盐的石磨，一直在那里磨出盐来，所以海水一直很咸很咸。

古代人，没有交通工具，上不了高山，过不了大海，但他们对山上海外充满神秘感，总觉得那些去不了的地方，都有一些神异的事物。于是，他们按他们的假定，设想了奇事异地。一部《山海经》，不知写了多少各种各样假定的国。后期的《镜花缘》也是这样，假定了什么君子国、女儿国，等等。

生活上的假定，自然发展到了文学上的假定。这种假定法，一直为文学作家们所沿用。

当然，这些生活中的假定，后来就跟迷信、宗教纠缠在一起。文学上也出现了一大批宗教迷信的故事，有的成为佛经故事。

这些文学作品，有的是宗教迷信，但有的虽然写神，而这神是人的理想和意志的化身。这种故事是健康的，是应推崇的。

我们的童话，所要继承的是积极的假定传统，而不能是迷信的

糟粕。

在写神时，我们要写出神是人的力量的变体，人是世界的主宰。

为什么我们的童话必须有这种假定呢？

我们的儿童，对于世间的人、物、事、地，他们有他们的想法，他们是按照他们幼稚、天真的想法，来看待世间的人、物、事、地的。他们这种幼稚、天真的想法，出之于他们对于这个世间一切的认识和见解。他们对于这一切是新鲜的，又是陌生的，是固定的，又是疑惑的。他们企图证明他们看法的正确，但是又往往否定自己的种种看法，他们的思想充满着矛盾。他们的思想在矛盾中发展着。

譬如，他们看见天上的云彩，要是只知道它是白的，红的，灰的，只知道有时停留不动，有时随风飘流，是不满足的。他们想的要多得多，那黄的像一只狮子，会是一只狮子吗？是一只真的狮子。狮子它在干什么呢？一定是在干什么。前面那紫色的云像一个紫色的球，那是一个紫色的球。狮子想要玩那个紫色的球吗？狮子是想要玩那个紫色的球。它就要扑过去了，它的前脚已经提起来了，它……

这就是孩子的假定。他把一片云彩，假定为一只狮子，一只想玩球的狮子。他对云彩的假定，是按照生活中，他在动物园见到的真实狮子为依据来假定的。假定的狮子在干什么呢？他继续想到狮子要玩球，这又进一步作出了假定。

这就是童话的初步，孩子头脑中的假定。

我们的童话，就是依据和选择孩子们头脑中这种发达的假定思维，进一步发展它，引导这种思维，写成了文学作品，来满足孩子们的需要。

假定虽然来之于生活，但它本身是不真实的。人是永远不可能长出要多长有多长能伸缩的手来，但是双手万能却是真实的，因为我们这个世界就是人们用双手创造起来的。要表达这样一个主题，可以有多种多样的文学表现方法，但归纳起来，是两种。一种是真实的方法，写人们用双手创造着一切；另一种是用假定的方法，就是我们童话所用的手法。如说有一个人，他的手很长很长，做什么事都行，用假定的手法来表达双手万能这个主题。这对孩子来说，用假定的方法，比之其他的方法更为合适，更有灵效。

写一个佟木匠在深潭水底造起了一座精巧的水晶宫，比写多少个真实的巧木匠，要好得多。写一个"下次开船"港，比写多少个真实的今天的事今天完的好孩子，更有效验。

孩子是喜欢那些假定手法的故事的。假定的故事对他们来说太需要了。

当前，对待童话的假定，也有这么两种倾向。

一种是假定的限制，一种是假定的任意。

假定当然是有限制的，但有的限制是不对的。

前面说过假定来之于生活，它是建筑于真实基础上的，但是有的人，就要求假定必须是能实现的。他们认为假定必须是明天的真实。

如果，假定必须是明天的真实，前面已经说过，那是对科幻作品的要求。即使是科幻，也不一定百分之百的假定能够实现的。预言总是预言嘛！

童话有科学性，它不能抵悖科学，但它毕竟不是以介绍科学为主要目的的。

它，以假定反映真实，但假定不能就是真实。

如果，要求童话的假定，必须是明天的真实。那等于取消童话，因为世界上明天是不可能有那样的一些异人、异物、异事、异地的，不仅明天没有，永远也不可能有。

要是有一个童话，写一些孩子在太空的卫星城市里遨游，那里有太空花园，有太空剧院，有太空图书馆，等等，那不是童话，因为这些假定是能够实现的。

这种假定，就不是我们童话所需要的假定。对于假定，如若作必须实现的规定，那是一定要突破的。

我们在童话创作中，不能设下这样的限制。

另一种倾向，则是任意，假定的任意。

有一个作品，写一个年轻人，他的女友，给妖龙抢去了，他要去救她，就带着干粮，出门去找妖龙了。

他来到一座石桥上，见到一个老人病倒在地，他扶起他，老人说要治好他的病，必须服饮一种百花山百花仙子的百花露。

他就到百花山去找百花仙子要百花露了。

到了百花山，百花仙子受风怪的侵袭，吹得她们一个个都受不了。说要他到南山顶上南山仙翁那里去借那颗定风珠。

他就到南山顶上南山仙翁那里，去借定风珠了。

到了南山顶上，南山仙翁被翻腾的海水搅得无法睡觉，要他到北海龙王那里取镇海锁来一用……

这故事，找这找那，要这要那，拖得很长，大概作者写得太乏力，要舒口气，就打住了。拿到那宝物，倒过来，一个帮一个解决困难，最后，桥上那生病老人原是个神仙，送给他三支神箭。

他射死妖龙，救出女友，故事算完了。

这个作品，结构拖沓，可以没完没了源源不断地写下去。有很多不合理的地方。这些仙翁、仙子，俱是有法力的，自己不去取宝，为什么偏偏要这个凡夫俗子去取这借那呢？而且，这个老人的病非要服什么百花露不可，百花仙子非要定风珠不可，南山仙翁非要镇海锁不可，虽然作品里说，这是仙人们对于这个年轻人的考验，但实际上都是作者任意在安排。

这个作品的假定是任意的，许多是说不通的，必须加上许多注解才行。这种作品，虽然作者花了工夫，使作品中主人公得到神力、异物、魔法，战胜了作者所安排的主人公的对手，但是作者却没有办法说服作品的读者，读者是不会满意的。

也有这么一个作品，写一个孩子，眼睛像 x 光，能看见别人脑子里在想什么。他的手可以长短伸缩。他的腿也要多长就能多长。他出气的鼻孔，有时可喷滚烫的沸水，也可喷结冰的冷气。连他的头发也是可以变得粗粗，直伸上天空，把天上的云片托住。天上的飞机一进他的头发里，像鸟飞进大森林，竟然迷了路……反正需要他有什么，他就有什么，需要他做什么，他就能做什么。

这样一个神法无边的万能的孩子，专门帮助别人。而他帮助的人，也不是凡人，也都是有神法的。他为了帮助人，去和妖怪斗，妖怪也都是有法术的，也是需要什么，就有什么的。

这作品，是个永远写不完的系列故事，通篇神法、妖法，要飞就飞，要遁能遁，需要火火到，需要水水来，斗来斗去，没个结果。

因为这作品，全是法，也就等于无法。

一部《西游记》，如果孙悟空法力大到可以一脚踢翻老君炉，一手扭断头上的金箍，一棍打断如来佛的五指，那么这一部书只消三四千字就可以结束。这样的《西游记》还有人要看吗？

所以，童话的假定，切不可任意，胡来是不行的。所以，假定还要有个边，有个限制。

这个限制，就是假定的来源和假定目的的限制。

离开生活之源，离开生活之目的，为假定而假定，是不行的。

两种倾向，都能使童话走上歧途，不可不加注意。

假定必须恰到好处，这就是童话的逻辑规律，也就是童话的技巧和艺术。

一个童话作者，必须掌握这种艺术技巧，才能写出好童话作品。

三、童话的夸张

童话还有一种常用的手法，是夸张。

其实，夸张这个词，还不能很恰切地表达这一童话手法的原意。但又没有更合适的词，只得还是仍用夸张了。

因为，在许多文学门类中，都有夸张。所以，我们用之于童话，含义上应该有所不同。

一般的文学作品，它的夸张，主要是集中、概括的意思，就是把生活中的某一部分放大开来。但童话的夸张，应该是夸张的夸张，是一种生活的超夸张，不仅是把生活中的某一部分放大开来，而且

是到了变形的地步。

有篇童话描写："有一个孩子，姓圆名圆，长着圆圆的眼睛，圆圆的嘴巴，圆圆的脑袋，圆圆的肚瓜。他身子又矮又胖，也圆滚滚的，奔跑起来，就像踢了一脚的皮球！"这样的孩子生活中是找不到的，但生活中有胖孩子。这里描述的就是童话的形象。它是按照生活夸张而成的，是变了形的形象。（袁银波：《圆圆"国王"》）

这样的夸张描写，在一般文学作品中是不可以的，而在童话中，不仅可以，并且必须如此，甚至于可过之而不及。所以，在一般文学作品中的夸张，与童话中的夸张，不是相同的。

那么，是不是童话的这种手法，可以叫做变形手法呢？

变形，是一个美术学上的名词，它是绘画手法的一种。如漫画，把人物的样子都改变了。因为它是绘画，变形能变意，一个大脑袋的形，即可以传富有智慧之神。

而童话与绘画不同，它是文字的东西，光改形是不行的，变形必须同时变意，形意同变。

因此，童话借用变形这个名词，有时易引起误解，必须作一些说明。

童话的夸张，达到变形的地步。这犹之于戏剧中的歌剧（包括戏曲）。拿戏剧中的话剧与歌剧（包括戏曲）来比较：话剧是生活在舞台上的再现。它是经过夸张处理的，它的说话、动作，是经过提炼和净化的，并不是某一段生活的截取。歌剧（包括戏曲）较之话剧不同，话剧的说话，在歌剧（包括戏曲）则变为歌唱了。话剧的动作，在歌剧（包括戏曲）则变成舞蹈了。请问生活中哪有一个人，整天到处这么唱着、舞着生活的。这是夸张了。

再说绘画上，素描、速写，这些一般都是按原物的比例画的。但是有的画不这样，国画、油画不少是夸张的。有的山水国画，就是黑墨泼上去的。有的风景油画，就是颜料堆上去的。生活中哪有这样的山水、风景。漫画更是了，有的大头，有的矮脚，生活中是没有这样的人的，是经过夸张的。

童话更为夸张了。

如张天翼的《不动脑筋的故事》，那个孩子赵大化，自己几岁得问他妹妹，床上搁着个秤砣，当自己腰疼有毛病，双脚套在一只裤管里，却嚷道自己少了一条腿，自己刚放下的钓竿，一定说是别人遗失的，最后竟然把自己的家都忘记去敲人家的门，而且连自己的妹妹也当成别家的人……这真是够夸张的了。

安徒生的《皇帝的新装》，那个皇帝上了两个骗子的当，赤身露体地在街上游行，却以为自己穿着一身华丽的新装，把他的愚蠢也夸张到了极点。

夸张，和前面所说的借替、假定，是有区别的。

虽然，借替、假定、夸张，同属于童话的幻想特征，这种种手法，都是由幻想这个基本的特征而产生的，但它们还是有区别的。它们的区别可用比喻来说明。

例如，一棵大树，要是将它当成一个老人，赋予它以生命、智慧、感情，这是拟人化，或者人格化，是借替手法。

要是把这株大树，说成是一根擎天柱，是它支撑着天穹，才使天穹不至于落下，就可称之为假定。

若是把这株大树，写成尖尖刺着太阳，白云在它桠杈之间穿来穿去，则就是这里说的夸张。

一只茶杯，有生命能说话，这是借替。一只茶杯，变成了船只，这是假定。一只茶杯装得下一江水，这是夸张。

这种以夸张为手法的作品，在民间文学中，也把它称为生活故事，或世俗故事。

因为它说的大多是一些生活中常人的故事，也有人称之为常人体的。

它不是写拟人化了的什么物，也不是写神力非凡的仙人或宝物，而是一个个完全可以发生在平凡生活中的人。

像《不动脑筋的故事》中的赵大化，他不是一个借替的拟人化了的物，他不是神仙和妖精，没有一点魔力，他也没有居住在一个奇异

的地方，他是一个很普通的孩子，一个九月一日满十四岁的真孩子。

像《皇帝的新装》也是，那个皇帝，是许多年以前的一个皇帝，他也不是一个中了魔法，或被妖怪迷住的异人，他是一个欢喜炫耀新衣服的凡人。那两个骗子，只是自称是织工，并没有什么神异的法术，也是两个凡人。

《不动脑筋的故事》和《皇帝的新装》之所以是童话，因为它运用了夸张这样的手法。

《不动脑筋的故事》，把赵大化这孩子的不动脑筋，夸张了。

《皇帝的新装》，把皇帝的愚蠢，夸张了。

正因为这夸张，才使这些写常人实事的故事，不是小说，而成了童话作品。

区别，在于这种夸张——童话的夸张。

我们民间童话中，有不少这一类的童话。

如巧媳妇，就是要将这个媳妇写得非常非常之聪明，把所有聪明的例子，集中在这个媳妇身上发生还不够，还要虚构一些聪明的情节，加在这个媳妇身上。

如呆女婿，那这个女婿一定是笨得不能再笨，什么笨拙的事，都是他干的，而且还要虚构一些傻事，也加在他身上。

这样的小说是没有的，因为它不真实，生活中不可能把聪明或笨拙集中于一身，在真实的生活中是找不到这样的巧媳妇，也找不到这样的呆女婿的。

这种手法，就不光是小说的概括了。因为它岂止概括，而是比概括更概括，较之概括更为进一步，那就是童话的夸张。当然，至今也有小说借用童话的这种夸张手法的。

世界上，粗心健忘的孩子是不少的，但是像《不动脑筋的故事》中的赵大化，生活中是找不到的。世界上，愚蠢、荒唐的皇帝是不少的，但是像《皇帝的新装》中的皇帝，生活中是找不到的。

这类童话，与小说的区别，在于小说是对生活的概括，而童话是对生活的夸张。

这区别，并不是程度的不同，而是由于程度的不同，起了质的变化。前者的夸张，是生活中可能发生的。后者的夸张，则是生活中不可能发生的。是一般的文学夸张呢，还是童话的夸张，这是很重要的一条区别界限。

夸张的手法，有用之于歌颂和赞扬的，也有用之于讽刺和嘲笑的，也有用之于揭露和抨击的。

如巧媳妇的故事，就是歌颂和赞扬我们的半边天妇女的。

如呆女婿的故事，就是讽刺和嘲笑那种笨拙不堪的男人的。

如《皇帝的新装》，就是揭露和抨击那种专横又愚蠢的统治者的。

金近的《一篇没有烂的童话》，写一个老太婆，疑心病非常重，老是怀疑别人在骂她。后来竟然怀疑自己的呼吸也在骂她，把自己闷死了。

在我们生活中，真有老是怀疑别人在骂她的老太婆，的确我们见到过。但是，安排她怀疑自己的呼吸，这是作者运用的夸张的手法。

贺宜的《胆小鬼》，写一个死了父亲的宝贝儿子，他要出门去投亲。他出门去，一坐上船，怕船翻。一坐上车，怕车子散架。一骑上马，怕马掀。他只得步行。要过桥，又怕桥断，只得去涉水。他走累坐下休息，看见一只蚂蚁，马上想到有蛇来咬他。一阵风吹过，当作老虎来吃他。他爬上了树，怕树折断，就在腰间系上一条绳，一头拴在树干上。来了一只小蜜蜂，他怕得从树上栽下来，像蜘蛛那样挂在树干上。最后，他也不去投亲了，只得回家。

在生活中，在我们的周围，真有那些怕这怕那的胆小鬼。但是，怕坐船，怕坐车，怕骑马，怕过桥，怕蚂蚁，怕蜜蜂，最后自己把自己挂在树上，这是作者运用的夸张手法。

这些童话都是成功的，因为这些童话很好地运用了夸张的手法。

为什么夸张的童话，孩子们是这样喜欢呢？

因为夸张，是孩子们所习惯的思维方式。孩子对于面前的世界是新奇的，但是他们的知识是有限的，是逐渐逐渐在增加的。他们

看到一点什么，要他们正确反映出来是做不到的。天下细雨，他往往认为是下大雨了。妹妹摔跤手上擦破了皮，他往往认为是受重伤了。他拾到一分钱归还给失主，他往往认为自己很了不起了。

所以，可以说夸张，是孩子的天性。

因为他们常常运用夸张去思维，爱夸张，所以，对于一个平淡无奇的生活故事，他们是不爱听的。但是经过夸张的生活故事，他们就喜欢听了。

孩子的记忆力比较好，但是他的注意力却比较差，特别思想不易集中起来，如果一件事，你给他说一遍，没有引起他的注意，他的记忆力再强也没有用，因为这印象没有被收入他的记忆之库。你必须把这事物夸张一下，突出地强调一下，他才能注意，才能把它记住。孩子听故事也一样，一般生活故事，他听过不一定记住，如看一幅淡淡的写实的水彩画，他不可能留下深刻的印象，所以给孩子们看的画，常常必须加深颜色，用大红，或大绿，夸张一下，他的印象就深刻了。

所以，夸张，是为了使这个作品，给孩子们更鲜明、深刻的印象。

这类夸张的童话，有的有很多趣味和笑料，像《不动脑筋的故事》中的赵大化，《皇帝的新装》中的皇帝，《一篇没有烂的童话》中的老太婆，《胆小鬼》中的胆小鬼，他们的所作所为，孩子们看了谁都忍不住要哈哈大笑。这些都是夸张童话受孩子欢迎的原因。

夸张，仅仅是因为孩子们喜爱吗？不是，那是作者经过周密构思的，夸张也是为了使读者更能认识作品反映的生活的本质。

《不动脑筋的故事》把赵大化不动脑筋所出的洋相集中起来，也是夸张了，使儿童看了，认识到像赵大化那样不动脑筋是不好的。

《胆小鬼》的夸张，使孩子们读了，觉得胆小是没有用的，愈胆小愈不行，结果一事无成，必须大胆地去生活。

如有一个童话描述布置的作业之多，说："每天晚上写的作业，第二天都要用麻袋装了背到学校去。""他的铅笔一支就有一米长。要不然，老换铅笔，多麻烦呀！""妈妈给儿子拉来了一卡车作业本。""右手写累了换左手写（他已经练会了左手写字），坐累了站着写……"同一作者的另一篇童话形容一位教师为教学生，费心操劳，"脸一天天瘦下去，眼镜都戴不住了，只好在眼镜腿和脸之间塞了好多层纸。"这样的夸张很有孩子的情趣，也加深了孩子的印象。前者突出反映了学生作业多的生活，后者更好地塑造了这位教师的形象。（郑渊洁：《皮皮鲁全传》）

夸张，有人认为这是胡说八道，是瞎三话四，是吹牛皮，是夸大口，这样信口开河说大话，谁都会。

这是对童话夸张的误解。

夸张，在童话创作上，是一种很重要的艺术手段。

何者该夸张，如何夸张，夸张到何种程度，不是随手拈来便成的。

有个民间童话，说一个财主带儿子出门去要债，父子俩一路步行。来到大河边，财主舍不得花钱坐渡船，他先去过河试试，谁知走到河中间，水已没顶，财主不识水性，进已不能，退又不能，就要淹死，叫人捞救又怕要钱。临死前，他从水面伸出一指，对岸上儿子说：家里点灯，只准用一根灯草。

生活中的财主真会这样吗？这是夸张的。但是生活中的财主，为人吝啬刻薄，爱钱如命，要钱不要命的情况是真实的。这一民间童话，通过夸张，反映了财主贪财守财的本质。

安徒生的《豌豆上的公主》，写一个公主睡在二十床垫子、二十床鸭绒被上面，可是她还睡得很不舒服，因为她觉得床垫子和鸭绒被下面，有一个很硬的东西，把她的身上磕出青紫块来了。原来，这是老皇后为了试试这公主是真的是假的，故意在床榻上放了一粒小小的豌豆。

任何一个人睡在二十床垫子、二十床鸭绒被上面，能发觉底下一颗小豌豆吗？显然这是不可能的，是夸张了的。

但是这一个夸张的细节，来说明这个公主的娇生惯养，是最好不过了。因为，公主是皇帝的女儿，生长在皇宫里，不经风雨，皮肤一定非常娇嫩，她睡的床，一定是最软和最舒适的，也绝不会有人在

她床榻上放上一颗豌豆，那是真实的。

由此可见，这些童话，这些情节的夸张并不是凭空编造的，而是来之于生活，反映了生活。

夸张植根于生活，一切夸张必须以生活为依据，绝不是为夸张而夸张。

我们反对那种缩手缩脚，不敢夸张的保守看法。因为有人把夸张看成是歪曲生活，这是对童话的无知。如果一篇作品，和生活一模一样，那就不叫童话了。当然，我们在运用夸张手法时，毫无道理地把一个孩子一会变大，一会变小，随心所欲地夸张，也必须反对。我们所提倡的夸张，只有反映了生活，决不会歪曲生活的。

有一个童话，写一只小兔，射出一箭，赶紧跑向对面，并在头顶放上一个苹果。它一站定，箭射过来，正好穿进头顶的苹果。这是不真实的，兔子跑，怎么会比射出的箭还快呢？但是，这一夸张，却是有依据的。我们常常说，动如脱兔，兔子是跑得很快的。我们也常常用比箭还快，来形容速度，这就是比箭还快嘛！所以，这一夸张，反映了兔子跑得很快，极好反映了生活，绝不是歪曲了生活。

请童话作者们，大胆去夸张吧！

在法国18世纪的《敏豪生奇游记》里，那些夸张多好啊！譬如有一节，写敏豪生到俄国去，为了写那里的雪大，作者作了极度的夸张，说敏豪生到了一个地方，天晚了，想找个地方过夜，但一路上找不到村庄，也没有一棵大树可以拴马，后来找到一个突出在雪地里的小木桩，就把马拴在小木桩上，自己躺在雪地上睡觉。他醒来时，发觉自己却睡在一个小镇里，四周是房屋，只见他的马拴在钟楼屋顶的十字架上。这一夜间融化的雪，可真大呀！譬如还有一节，写敏豪生有一次作战，他为了探明敌人城堡中的虚实，就骑在发射出去的炮弹上，向敌人城堡飞去。到了那里上空，迅速地记下了敌人的大炮数目。正在担心回不来时，恰好敌人打来一颗炮弹，从他骑的炮弹边上擦过，他就跳上敌人那颗炮弹飞回自己的阵地来。这样的夸张，可说是绝妙的。《敏豪生奇游记》这本书里，全用的夸张手法，运用得非常好。书里没有用借替手法，也没有用假定手法，作品里的动物、植物、其他物都没有拟人化，敏豪生和其他人也都是一些普通的人，不是一些神奇的人，通篇没有魔法，只是对于这些人和物都作了夸张。

有不少作品，借替、假定、夸张三种手法，是交错、综合在一起运用的。也有不少作品，是其中某两种手法交错、综合运用的。但是不管三种手法一起运用，或两种手法一起运用，往往是其中一种手法作为主要的。

这三种手法是很难分开的，特别是假定和夸张。假定是生活中的不存在，夸张则是生活中的并不如此，都是生活的变异。

假定是生活中的不存在，是按照生活的推理虚构的。夸张是生活中的并不如此，是在生活的基础上放大的。可以说，它们之间既有质的不同，也有量的不同。

还必须再次说明，童话的借替、假定、夸张，绝不能有重要或不重要之分，更没有新和旧之分。有的人认为只有写人的童话才是现代的新童话，这是不对的。如果童话只有写人的童话，只用假定的手法，那会使童话走向魔幻小说的道路。如果只用夸张的手法，那会使童话走向讽刺小说的道路。当然，只用动物拟人化的借替手法，那会使童话走向动物小说的道路。这种种做法的必然结果，将使童话片面走向单调和衰亡，是不能走的路。

借替也好，假定也好，夸张也好，在特定的童话的幻想这个概念里，都是隶属于幻想的范畴，都是幻想的表现和表现手法。

也可以说，童话的借替、假定、夸张构成了幻想这个童话的特征。

童话的表现手法，大体可以归纳为这样三种。

但童话是生活的万花筒，生活是千变万化的，童话也应该是千姿百态的。童话有许多许多具体的表现手法。

我们要写出童话究竟有多少具体的手法，是不可能的。一个创作者，也尽可不管什么手法，就按照生活去构思，该怎么表达就怎么表达，这样才能写出新鲜的、独异的好作品来。如果，拘泥于去套用

何种手法，往往受到局限，落入俗套，导致作品的公式化、一般化。

而作为童话的研究工作，却不能回避这些问题。

所以，只能选择一些具体的常常采用的手法，作一些介绍。

反复法。这是民间童话中常常采用的，现今也有不少作品沿用。因为，这样反复几次，可以加深儿童的印象。如黄衣青的《小公鸡学吹喇叭》，写一只小公鸡去学吹喇叭，第一次去学不成，第二次去又学不成，第三次学成了。这种反复法，往往是用三次，一件事重复三次，一句话重复三次。所以又叫三段法。

循环法。这也是民间童话的传说手法。甲帮助了乙，乙帮助了丙，丙帮助了丁，而丁又帮助了甲，这样循环了一圈。如方轶群的《萝卜回来了》，写小白兔挖到了一个大萝卜，送去给小猴，小猴又送去给小鹿，小鹿又送去给小熊，小熊又送去给小白兔，萝卜循环了一圈，仍回到小白兔家里。

对比法。在民间童话中，那些两兄弟的故事，都是用的这种对比法。一个心肠好，一个心肠坏，心肠好的做了许多好事，心肠坏的做了许多坏事，最后，心肠好的得到好报，心肠坏的得到坏报，两者作了强烈的对比，好人，坏人，截然分明。张天翼的《大林和小林》，就是用的这对比法。

烘托法。就是用一件件最极端的事来烘托，使这件事更为突出。如朱家栋的《珍珍的童话》，写一个女孩子因为挑食而瘦弱，作者用了蚂蚁可以抬起她，来表现她的体重之轻，用了蚊子和她比赛唱歌，来表现她的声音之弱，用了钓鱼被鱼钓走，来表现她的气力之小。这样，这女孩的瘦弱就很形象了。

推进法。要写一个人某一特征，把这一特征，更推进一步。如民间童话里写一个女人的懒，她丈夫出门了，给她做了个大饼，围在她脖子上，但丈夫回来，这女人饿死了，她只咬了嘴边的一口，连转过头去吃饼也懒得不肯。如郑渊洁的《哭鼻子比赛》，就是集中了哭鼻子大全，把所有爱哭的表现都汇聚起来，索性来举行一次哭鼻子的比赛。

拟境法。把某一类事，凑合在一个虚构的地方。什么说谎岛，什么幸福城，什么慢吞吞国。罗大里的《假话国历险记》，就是虚构了一个全讲假话的国家，这国家里，把墨水说成面包，把早上说成晚上，把花说成草，一切都是七颠八倒的。葛翠琳的《半边城》，就是虚构一个只注意半边的地方。

惩罚法。常常是一个孩子做了坏事，让他受点教训，转变过来。这种童话是很多的，像吴宏修的《一辆不听话的小汽车》，那辆小汽车，在马路上不听指挥，乱冲乱撞，结果碰上一辆大卡车，受了重伤，进了汽车医院，得到了教训。

自叙法。用一物来介绍自己或环境，这种写法也很多。如叶圣陶的《稻草人》就是属于这一类手法的。

其他，还有不少。

如，用梦境来表现的梦幻法，造个误会来制造情节的误会法，以一个偶然巧合来发展故事的巧合法，从现成故事衍生出新故事来的引申法，如反其道行之的反道法，等等。

如果汇集起来，各种手法，也是洋洋可观的。可见童话创作手法的繁多。

童话作家，自然可以用传统的，或者常用的手法来写作，更希望多多创造新的手法来写作。

童话应该是万紫千红、争奇斗艳的。

童话不应是停留在旧框框里，永远不变的。

童话和别的文学样式一样，不能主题先行，也不能手法先行。先有了一种手法，然后根据手法去写人物和故事，是必定要失败的。

像上述的有一些手法，也不能说是童话所专有的。如误会法、巧合法等，在小说、戏剧里，也常常被运用。

所以，我们还应该向别的文学样式去学习新手法。当然，不是照搬，而是有选择、有变通，按童话的需要来运用。

二　童话艺术思考

童 话 的 名 称

问："童话"这个名称是从哪里来的？外国有"童话"这个名称吗？"童话"介绍到国外去怎么称呼？

（一位儿童图书馆工作者的来信）

童话，也可以说是"童"和"话"的相加。因为，有儿童，有语言，就有了童话。当然，这童话，是口头的，是口头童话。

但是，有童话，不等于有童话名称。

中国有"童话"名称，根据现有文字资料，始自1909年，就是清末宣统元年。

有人认为"童话"这个名称，是从日本传过来的。

日本的"でうわ"一词，读音和中国的"童话"相同。

音相同，不足以说明中国的"童话"从日本的"でうわ"音译过来，因为也可以说明日本的"でうわ"从中国的"童话"音译过去。

我们和日本是一衣带水的近邻，两国之间文化上有许多交流，"童话"一词，由日本传过来，由中国传过去，都很有可能。

但是日本的"でうわ"一词，和我们中国现在的"童话"，概念是

不相同的。他们的"でうわ"和我们过去的"童话"概念一样，是儿童文学的总称，包括小说、散文、剧本、诗歌和童话。我们则早已不是了。

"童话"这个词，虽然没有什么依据，证明是由中国传到日本去。但这是一个中国式的词，是可以肯定的。当然也有可能日本先有"でうわ"，我们中国翻译过来，称为"童话"的。即使这样，我以为"童话"这个词，翻译得极好，音和意都与日文"でうわ"相同。

我说"童话"这个词，是中国式的，依据是三条：

一、中国文体分为韵文体、散文体两类。中国自古即有"童谣"之名，那是韵文体的。散文体的不叫"谣"，而叫"话"。有"童谣"，便可有"童话"，一谣一话，同为儿童之文学作品，只是韵文、散文的区别。

二、中国古小说称"评话"、"话本"。童话，即儿童之评话、话本。

三、我国最早那些称作"童话"的作品，几乎都是沿用宋元评话、话本的写法。前面全有长长一大段楔子式的论述文字，而后始进入故事的正文。

根据这些，也非常有可能，日文的"でうわ"是中国"童话"两字的音译。再说，日文的"でうわ"，除音译中国的"童话"外，似别无其他的用意和解释。

在英语里，是没有"童话"这个词的。他们有个"Fairy Tale"，我们把凡叫"Fairy Tale"的故事，统统称作"童话"，当作童话翻译过来。这个"Fairy Tale"，如果拆开直译的话，"Fairy"是神仙，"Tale"是故事，整个意思是神仙故事。

我们的童话，虽然其中有出现神仙的，但童话不能就是神仙故事。

英语中，也出现过"Fantasy Tale"这个词，意为幻变故事。我们也把这类故事，译为童话。

英语中，还有个"Fable"，这个词有时我们也译作童话，有时也译作神话、寓言，其实是译作寓言较为恰当。

还有的，叫奇异故事、魔法故事、动物故事。

因为在国外，神仙故事、幻变故事、奇异故事、魔法故事、动物故事，名称繁多，我们一股脑儿翻过来都叫"童话"了。

也有，他们把神话、传说、民间故事、寓言搅在一起。如英语的"Myth"，可译作神话，我们有时也作童话译了。如英语"Legend"，可译作传说、民间故事，我们常常当作童话译过来。

他们没有童话这一个门类，所以也没有一个很恰切的名称，更没有和我们的童话相同的概念。

俄罗斯的"Сказка"，虽然和我们的童话概念接近，还不能说等同。

外国和我们中国早期一样，没有童话这个名称、门类，但不能说他们没有童话作品，他们这一类作品是不少的。

我们现代童话的概念，是我们中国所独有的。应该可以说：童话是中国的。

近年来，我们中国的童话，常常翻译成各种外文，介绍到国外去。也有许多外国报刊、出版社，把中国童话翻译成他们的文字发表、出版。

我作了一番了解，关于"童话"这个名词的翻译，各种文字都很困难，因为各种文字中都没有那么一个对口的恰切的名词可用，所以十分混乱，也很欠妥当。

我们把"童话"译成英语，几乎都仍用"Fairy Tale"。我们的现代童话，有动物、植物和各种物拟人的故事，有现实生活的故事，有人和动物、植物和各种物写在一起的故事，再叫"神仙故事"怎么行呢？

再说，我们中国"童话"是个总称，还有民间童话、古童话、科学童话、低幼童话，分门别类，名目繁多，统叫"神仙故事"，则更风马牛不相及了。

现在，外译中的情况，也是混淆不清。如我们近年出版的《希腊童话》《法兰西童话》《意大利童话》，实际上都是民间童话，书名应该作《希腊民间童话》《法兰西民间童话》《意大利民间童话》较为合适。有的，也不是民间童话，而是供成人阅读的民间故事。

　　我们的翻译工作者，请对中国童话的名称、分类、概念，作一些了解，不要把"民间童话"、"民间故事"，甚至于"动物故事"、"科幻故事"、"神话"、"寓言"，一锅儿往"童话"里端。

　　请多把外国那些和我们童话的概念相合的作品，作为童话翻译过来。外国有不少和我们童话的概念柜合的作品，我们太需要看到外国的这一类作品了。这几年，我们在各少年儿童报刊中见到标为"童话"的作品，可以说绝大多数是那些国家的"民间童话"作品。希望翻译界的同志们，能多翻译一些各个国家的，现代的、创作的童话作品。

　　至于，中国的童话介绍到外国去，是不是不要再用"Fairy Tale"了，这个词太古老陈旧，太不恰切了。

　　词不达意，是很不好的。"神仙故事"这个名称，不能反映我们中国的现代的创作的童话概念了。既然找不到一个恰当的词，那么，我们就用"童话"两字的汉语拼音"Tong-Hua"吧！中国童话就用"Chinese Tonghua"吧！

　　我们中国文字中有许多外来语，外国文字中也有外来语。我想应该是可以的吧！

　　日本一向用中国"童话"的音译"でうわ"，这不是给了我们很大的启发。

　　中国的"Tonghua"一定能走向全世界。

童话的定义

问：你在《童话学》中，为童话下的 21 字定义，是否可请你解释解释，说明一下：为什么要这样定？为什么不那样定？你定的时候是怎样考虑的？

（一位在师范学校开儿童文学课教师的来信）

童话是什么？不少专门家作了解释，但那是说明，长长的一大篇，不能说是定义。要问定义，只有去查辞书，因为辞书里总得要有"童话"这条词目，并且不会说得很长。虽然它不说是定义，但它也应该是接近定义的解释了。

可是，我找了许多辞书，各个时期，各个地区的，各种各样的辞书。不少辞书中，都有"童话"这一词目，却没有一条是"实副其名"的。当然，这不能责备辞书的编写者，因为世界上知识科目繁多，要辞书的编写者，门门都有深刻的研究，这是不可能的。他们都是某方面的专家，但对童话是很不熟悉的。童话又没有什么文字资料可作依据参考，只能凭借自己头脑里的印象和概念来编写，自然不可能会那么准确，那是完全可以理解的。

关于童话的定义，虽然在近年来的几次童话讨论会上，都有人提过一些建议，但那也只是即兴的发言，没有经过深思熟虑，也不曾写成过文字。

目前，我们儿童文学界正在编纂《儿童文学辞典》，"童话"一词如何恰切解释，它是不能回避的了。并且，也不能随便写上几句，或作长篇说明。

因为要写《童话学》，这下童话定义的事，我非得去做周密的思考不可。要用最少的字数，来说清楚童话这一艺术样式的特征，是相当困难的。

我根据童话创作的客体资料和童话理论的客体资料，以自己的主观判别，试着作了种种的提炼和概括。

我不知写出过多少种文字，但一次次自己把它推翻了。几番上手，几番停下。有时把句子倒装顺装，都觉不合适。有时填进一些附加语，后来仍把它去掉。

最后，检出了一条，一字一字斟酌、琢磨，留下 21 个字。这 21 个字是——

一种以幻想、夸张、拟人为表现特征的儿童文学样式。

我认为童话首先是"一种""儿童文学样式"。因为，童话隶属于儿童所独有。它是包括在"儿童文学"中的许多门类中的"一种"门类。当然，门类太广泛，而用了"样式"这个词。它不能是一种"文学样式"，它的对象应规定在"儿童"范围内。这用意是说，童话，它是"儿童"的，是"文学"的。说在一起，是"儿童文学"的。

那么，它是一种什么样的"儿童文学样式"呢？它不同于小说、散文、诗歌、剧本和其他。这种种"儿童文学样式"的不同，区别何在？我认为主要在于它们之间的表现生活的方法、手段、形式的不同。这不同，应该就是童话的"表现特征"了。

童话的"表现特征"又是什么呢？用哪几个词来概括它呢？

本来，我想过就用"幻想"这一个词来概括。因为"幻想"，在童话艺术这一特定样式范畴中，它包括"借替"、"假定"、"夸张"这三种表现方法。这些，我在《童话学》中，已作了比较详尽的叙述。但考虑到，所谓定义，不是仅供童话界同行们用的，它还有向社会介绍童话的任务，它必须具有一定的社会性。所以，我必得考虑社会上的历史习惯，照过去约定俗成的说法，"幻想"作为表现的特征之一，并把"幻想"中的"夸张"列上，"拟人"也从"幻想"中单独列出来，"幻想、夸张、拟人"三项并列作为童话的"表现特征"。我想，这样较为大家所能理解，所能接受。

虽然，马是四条腿的，四条腿的不都是马，但我想，一个定义，如果既适用于童话，要尽可能避免适用于别的什么样式。

我拿神话、传说、寓言、科幻故事来套用过，虽然有一些近似，有一些相通，但与它们是有区别的。首先一点，它们都不是"一种儿童文学的样式"。童话是儿童的，神话、传说、寓言、科幻故事，只能说其中有一部分是儿童的，它们基本上是成人的。

至于童话诗、童话剧、童话影片，它是童话艺术和诗艺术、童话艺术和戏剧艺术、童话艺术和电影艺术的合成，它虽然是童话的，也运用"幻想、夸张、拟人"的"表现手法"，可在后面，得改为"一种儿童的诗体"，或者"一种以儿童为对象的戏剧"，或者"一种以儿童为对象的影片"此类。

至于那种荒僻小说、神魔故事，它就更不是"一种儿童文学样式"了。

这21个字的定义，我虽然曾在许多场合听取过许多人的意见，得到大家的赞成和肯定，所以写进了《童话学》；但我绝没有说，这定义就是结论，以后就不能改动。

我很希望有更多的童话理论研究者，来探讨童话的定义。

童话的任务

　　问：你说童话的任务可以概括为五个方面，其中关于"发展儿童幻想"方面，请你详细解释一下，好吗？

（讲课时传递上来的字条）

　　童话任务，也可以叫做童话功能吧！

　　我看主要是这五个方面。前面几个：启导儿童思想，陶冶儿童性情，增长儿童知识，丰富儿童生活，也适用于儿童文学其他艺术样式。儿童小说是、儿童散文是、儿童诗是、儿童剧是、儿童电影也是。唯有发展儿童幻想，是童话这一门艺术的独有的功能和任务。儿童文学其他样式，可说没有这样的功能和任务。

　　所以，这里着重谈谈童话艺术所特有的这方面的功能和它的任务。

　　这是一个和儿童心理学密切相关的问题。

　　幻想，是孩子的天性。

　　孩子们都具有幻想思维的能力，这种幻想力，一个正常的儿童，虽然有强有弱，各有差异，但可以说是人人有的。它是一种智力。

这种幻想智力，中外许多心理学家作过各种各样的测定。

我也曾多次作过试验。有一次，我在黑板上画了一个圆圈，我问成人们，他们的回答，几乎是一致的："圆圈。"有的回答得非常之准确，"白色的圆圈"，"白粉笔画在黑板上的圆圈"，"直径二十厘米左右的白粉笔画的圆圆"，"白粉笔顺时钟方向画在黑板左上角的圆圈"……

然后，我又到一个幼儿园，找许多孩子来问，这一下，答案就多了。有的说"皮球"，有的说"气球"，有的说"太阳"，有的说"月亮"，有的说"镜子"，有的说"车轮"，有的说"盘子"，有的说"饼干"，有的说"蛋糕"……就是没有一个说"圆圈"的，他们按他们的特有思维，把他们生活中所接触的圆形物都联系上了。

这说明，孩子的思维和成人的思维，显然不相同。但是，我对他们的回答是不满意的，他们的回答，只是思维浅层的联想，没有用深层思维的幻想来回答。于是，我说："小朋友们，你们回答的皮球、气球、太阳、月亮、镜子、车轮、盘子、饼干、蛋糕……都很像，但是我画的并不是。你们再动动脑筋，想一想，你们一定会想得出来。有谁能回答，请举手。"一下，大家又都举起手来，抢着要回答。

经过启发，他们开始进入幻想了，一些奇特的想法都出来了。有人说"布娃娃的脸"，有人说"老师的眼睛"，有人说"妈妈的裙子"，有人说"太阳戴的帽子"，有人说"外星人的飞碟"，有人说"大红花"，有人说"天上的云"，有人说"大象下的蛋"，有人说"大炮的炮弹"，有人说"大海"，有人说"黄浦江"，有人说"爸爸骑自行车上班的路"……

他们嘻嘻哈哈，乐开了。有的不举手也大声叫喊，有的做起鬼脸，有的索性走到黑板前瞄一瞄……他们的幻想力得到发挥，情绪极为活跃。

最后，教室里乱成一气，我就让他们安静坐下，我问那个说是"大炮的炮弹"的孩子："为什么大炮的炮弹是这样的呢？"他侃侃地回答："大炮把炮弹打出去，要是那里没有坏人，不是白打了吗？圆

的炮弹，会滚，那里没有坏人，就往有坏人的地方滚。滚呀，滚呀，滚到坏人背后，轰——！坏人就被炸死了。"

有个小朋友插嘴："坏人不会逃跑吗？"

他认真地回答："坏人没有看见。后来，坏人看见了，跑，炮弹会滚。坏人跑得快，炮弹滚得快。"

我又问那个说是"黄浦江"的孩子。那孩子回答得很快，说："地球是圆的，黄浦江也是圆的。"

小朋友们都笑了，他却严肃地又说："是妈妈带我去的。我看见过，黄浦江是圆的。我们坐船兜了一圈，还拍过照片。"

我又问说是"爸爸骑自行车上班的路"的孩子。他也是一本正经地回答，说："我爸爸每天一早骑自行车去上班，傍晚又骑自行车回家来。如果路不是圆的，我爸爸怎么从家里出去又回得到家里来呢？"

这些孩子，他们奇特的幻想，不是信口雌黄，胡编乱说，他们都是有"根据"的。这根据就是他们幻想思维的逻辑。

我觉得孩子们的这种幻想力是很重要的，很珍贵的，我们应该去开发它，不应该去束缚它，这是一种少年儿童时期的特有智力。

可是，我们孩子头脑里的这种幻想智力，长时期以来，并不被重视。

我在那个幼儿园做实验时，陪着我的老师，一次一次纠正那个把黄浦江说成是圆的孩子，说："黄浦江不是圆的，是长的。"还发动其他的孩子一起来纠正他，他问其他的小朋友："黄浦江是圆的，对不对？"小朋友们划一地回答："不对。"老师又问："黄浦江不是圆的，那么是什么样的？"小朋友们划一地回答："长的。"

这个孩子幻想中的黄浦江是圆的，当然不是事实。但这事实，他到一定的年龄，能够看上海的地图，或者能够沿黄浦江去走上一段，他自己会说，黄浦江不是圆的，而是长的。我们不能以为，好像他这么一说，黄浦江真要变成圆的了。不用担忧，这孩子不可能一辈子把黄浦江当作圆的。这孩子说黄浦江圆，也决不会影响所有的孩子都把黄浦江说成圆的。

还有一回，有一个幼儿园老师让孩子们做填色作业。其中，有一个孩子，把太阳涂成了蓝颜色。老师问她了："太阳是什么颜色的？"她回答："太阳是红颜色的。"老师说："那么，你涂的是什么颜色？"她回答："蓝颜色。"老师纠正她："太阳是红颜色的，你为什么要涂上蓝颜色呢！"她回答得好极了，她说："天是很蓝很蓝的。刚才下了一场雨，天不蓝了，蓝颜色都褪到太阳上去了。"我觉得这回答得太好了，问她为什么会有这样的想法，她说，昨天她爸爸把自己的蓝裤子和她的白衬衣放在一起洗，结果爸爸裤子上的蓝颜色褪到她的白衬衣上了。她想，天是蓝的，一下雨，也要褪颜色，把太阳也染成蓝的了。

而这位老师又在谆谆教育孩子了，她讲了关于太阳和地球的距离，太阳为什么是红的和天为什么是蓝的道理。其实，孩子们无法理解。

天怎么也不会褪色的，太阳永远是红颜色的。我们的老师忧心忡忡，却不知这样操之过急，会束缚孩子们可贵的幻想力，遏止孩子们那颗天真的童心去作无边无际的幻想。

我们的教师是好心的，但是他们并不了解孩子，不了解孩子们的幻想智力的作用。

他们说："一个进过幼儿园的孩子，竟然画出了蓝太阳，连太阳是红的这个概念都不明白，还要我们这些老师干什么？家长们把孩子送到幼儿园里来干什么？"其实，孩子说得很清楚，她知道太阳是红的，染上蓝颜色是她根据生活中蓝衣服遇水要褪色这一现象而产生的幻想。

老师不理解幻想的重要性，这不能怪一个老师，两个老师。我们要看到，这是由于我们中国几千年来崇实的教育思想所决定的。几千年来，我们的教育思想，一向以孔孟为代表的儒家思想为基础。提倡知天命、安现状，以不变应万变的保守教育。它培养的人，要求只是能够安身立命，处世有方，对环境有适应力。

可是，时代在飞速发展，当前的时代，我们所要培养的是进取

的、探索的、开拓的、创造的一代新人。

如果看不到这一点，我们的民族，我们的国家，都要落后于时代，落后于世界。我们期求小康，却无法改变贫穷。

所以，我们在文学上、教育上都要有所改革。不改革，我们就难以富裕，难以发达。

童话是一门艺术，一种幻想的体裁。它是孩子们幻想思维的产物，却又反过来启迪和开发孩子们的幻想力。

幻想力，是一切创造力的前端，它能够像火箭顶着宇宙航天器一样，顶着创造力起飞。是一种极为可贵的智力。

每个孩子的幻想智力都有他的到达高峰，是有期限的。各人也不同，有的时间长，有的时间短。每个孩子都有那么一段幻想智力的黄金期，我们要珍惜他们的这段黄金期，去开发它，发扬它。

我们应该紧紧抓住他们这一段宝贵的时期，让他们多和童话接触，谈童话，写童话。让孩子们的幻想智力得到充分的发展和发挥。希望他们永久保持这种旺盛的幻想智力。以利于社会、国家、世界、人类的建设。

儿童需要童话，时代需要童话。我们要为儿童写作童话，我们要为时代写作童话。

让童话为造福显示它的威力吧！

童 话 的 性 质

问：童话和科幻故事，有什么不同？有人说，科幻故事就是童话。有人说，童话正在向科幻故事方向发展。有人说，童话已经和科幻故事合成一体，成为一种新童话。有人说，今天的童话，就是应该写天外来客、宇宙飞行、机器人、科学博士，还有各式各样的什么机，什么器，这种种新科学。这样一些说法，你以为对吗？

（一位新童话作者的来信）

这牵扯到我们童话的性质问题。

有张少年儿童报纸，出了个《我希望……》这样的题目，让孩子来回答。听说，孩子们来稿很多，大家对这个题目非常有兴趣。后来，挑选了一些，发了一大版。

其中，有一组是关于房屋的。因为上海住房很紧张，大都狭小拥挤，学习、工作、生活都有困难。孩子们的"希望"，完全都是出于内心对于房屋渴求的迫切。

有一个孩子写道："我希望我家的房屋是泡沫塑料做的。人再多，挤一挤，也不会破。"

有一个孩子写道："我希望有一种能够隔音的薄纸，把我们的房间分隔开来。奶奶看电视，不会影响我做作业。我朗读课文，不会吵扰我做夜班的妈妈睡觉。"

有一个孩子写道："我希望房屋下面有轮子，汽车一拉就能拖跑。暑假里，我们的房子拉到海滨，可以天天捡贝壳、游泳、抓鱼。寒假里，拉到外婆家隔壁，可以和外婆、舅舅、阿姨一起过新年。开学了，就拉到学校的对面，晚上可以到学校里做功课，节省上学乘车的时间。"

这几个孩子的"希望"，写得都不错，想象很丰富。

最后一个孩子，他写道："房子实在太小了，我希望我们家里的人，一个一个都变小，那么我们的房子就宽敞了。"

我觉得，最后一个孩子，写得最精彩。我说他写得精彩，并不是他这几句话带有嘲讽的味道，或者抒发了心里的牢骚。我说他精彩，是着眼于他不是以说房子来说房子，而是以说人来说房子。以说房子来说房子，这不算什么奇特，以说人来说房子，就显得内涵深刻了。这就是表现艺术。

如果，从童话的幻想来说，这最后一个孩子所写的希望，就是我们童话的幻想了。

前面几个孩子所写的希望，恐怕那属于科学的幻想，不是文学的童话的幻想。

科学幻想和文学幻想，区别何在呢？首先一点，前者，是可以实现的，或者已经实现了，或者即将实现。至少也是道理上可以实现的。

譬如，泡沫塑料房子是可以造的，现在不是已经有了充气房屋了。譬如，隔音板，消音板，好像都早有了，隔音纸将来可能也会有，至于厚薄是很难说的。譬如，活动房屋，可以拉来拉去，似乎也已成为事实了。这种种希望，实际上都是着眼于"科学"，是一种可以作科学解释的科学幻想。

最后那个孩子的希望，他没有从科学上去考虑房子如何改变，而转过来写人，写人的改变，这就巧妙了。人变小，是不能用科学来解释的，因为人是决不会变小的。当然，多少多少年以后，地球上的人种或许会有变化，但不会因房屋变成小人。这在我们童话里完全可以，因为童话中的情节是不需要用科学来解释的，不是因为有科学根据才安排的。并且恰好相反，凡是可以用科学解释的，就不是童话幻想了。

我注意一下，我们有的儿童文学工作者，包括童话界的同志，对什么是童话幻想，不甚了了。

不少人，对童话的文学幻想和科学幻想，混为一谈。正如把童话和科幻故事混同起来一样。

我很注意报纸上登的那被称作"童话"的短小的"幻想"作品。

如有的写："我希望发明一种裤子，有弹力，爸爸打我屁股，我一点不痛。"

如有的写："我希望有一种笔，笔尖上能装上小灯泡，晚上不用亮光就可以写字。"

如有的写："我希望有一种枕头，到了早上该起床的时候，会摇醒我。"

如有的写："我希望有一种衣服，永远不会肮脏，因为我最怕洗衣服。"

如有的写："我希望有一种自行车，可以折叠起来，放进书包里。"

这些，我认为都不能作为童话的幻想，因为这些，孩子们都是从"科学"逻辑思维去假设的。

当然，这种科学逻辑思维，是很需要的。但是，我们所说的童话的"幻想"，并不是这一种。

一个不懂得平上去入声调的人，是写不好古诗词的。

一个写童话的人，如果不能区别童话幻想、科学幻想，也是不可能写好童话的。

特别是童话的编辑，更要懂得，不要童话幻想、科学幻想一锅煮。童话幻想和科学幻想的区分，应该是一个童话编辑的常识。

这一点，希望引起童话界作者和编辑的注意。

还有，除了科幻故事，有一些作品，称作科学童话。

童话和科学童话，也要分清楚。童话和科学童话，不是一码事。科学童话是为了给孩子以知识，引起孩子阅读兴趣，而借用童话形式写的一种作品。

这类科学童话也是孩子们很需要的艺术样式，绝不可轻视这种样式。

我也决没有说科学童话不要有文学性，科学童话有许多文学性很强的好作品。但科学童话，和童话的要求、目的都不一样。

我希望科学童话不要和文学的童话重叠在一起。

不久前，我到一所学校去，一位教师告诉我，他也在鼓励孩子们写童话，发动孩子们写了许多童话作文。他拿了一大沓作文本子给我看。竟然大多是一些《细菌的自述》《血液的秘密》《铅笔的亲友们》《小露珠到哪里去了》《雾是从什么地方钻出来的》《长颈鹿是个哑巴》《地球公公讲故事》……可以说都是一些科学童话。原来这位老师本人就是一位科普工作者。

科学童话，是成人写给孩子看的作品。作者应该是成人，孩子是读者。这是科学童话本身的目的所决定的。让孩子来写科学童话，似乎不那么合适。

科学童话和科幻故事，又是两回事。但合称为"科学文艺"。科幻故事，一般来说，写的是未来。科学童话，一般来说，写的是过去和现在。

孩子可以写作科幻故事，不必提倡写科学童话。当然，个别孩子特别有兴趣，愿意写，那也未始不可以。

写科学童话，并非一件易事。作者要有充分的科学知识，还需要有一定的童话的表达能力。如果要求高一些，他应该是一个科学家、又是一个文学家。我不赞成像现时有的作品那样把一般的童话里加点科学知识，或者科学介绍里加点文学色彩，便算是科学童话了。

童话是童话，科幻故事是科幻故事，科学童话是科学童话，是可以分得开的，也是应该分开的。

因为，它们各自的性质不一样。

童话的规律

问：童话是一门艺术，我想它应该有它的规律。它的主要规律是什么呢？你能给我说说吗？

（一位初学童话写作者的来信）

问：我听见有人说，过去的童话旧规律，都被冲破了。现在童话又有了崭新的规律。请问过去童话有哪些旧规律，今天又有哪些新规律？

（一位初学童话写作者的来信）

童话是一门艺术，凡艺术总有许多艺术的规律。这些规律不是谁创造出来，也不是某几个人制订的。它，是客观存在。所以，童话规律无旧规律新规律之分。

规律也是一种制约，你必得按这制约去做。

世界，宇宙，天体，都有它的规律，有它的制约。十大行星总是绕着太阳转。地球上有春夏秋冬。飞机总得按一定的航线飞行。人都有生老病死……

任何一种艺术，都有规律的制约，所以才有艺术质量，才有艺术

1989年5月，洪汛涛（左一）、蒋风（左二）在全国童话书展上和小读者见面

价值。

如果有人说："童话就是瞎写写，你爱怎么写就怎么写。"这是对童话的误解。

好像童话是没有什么规律的，可以不受任何约束，这是大大的错误。

因为，童话学是一门新兴的学科。我们童话的理论研究工作还很薄弱，其中，许多方面，只看见种种现象，而未能从中去发现它所具有的规律。

不过，我们童话前辈作家们，他们从心得和经验的积累中，也发现了许多很重要的规律。如童话的逻辑性，如拟人化的人性物性等都是。

近年来，我在研究什么是童话，什么不是童话，这一系列问题时，我发现凡是童话，必有一条内涵的规律。不符合这条内涵规律的，就不能算是童话。

我把这条童话的内涵规律，列作一个简单的公式，那就是——
真→假→真。

这怎么解释呢？

　　前面那个"真"字，那就是从真实的生活出发。这可说是任何一个童话的基础。凡童话，必得来之于生活，它是以真实生活为基础的。有人说："童话来之幻想"。幻想何来？幻想也应是来之生活，不过它是一种折射式的反映。有人说："童话来之意念。"意念也是从生活而来的，没有生活实际，哪还有什么意念呢？生活是一切艺术的基础，童话决不例外。我们看一篇作品，它是不是童话，是不是一个好童话，首先要以这个"真"字来检验，也就是以真实生活为准则，看这篇作品，是不是来自生活，是不是有真实生活这个基础。

　　当中那个"假"字，是说童话是一种幻想的艺术，幻想是假的，必须是假的。这个"假"字是童话唯一的独有的艺术处理手段。其他文学样式，都不用也没有这一手段。一个作品是不是童话，成功与否，关键就在这个"假"字上。"假"字是童话与非童话的试金石。童话必须是"假"的，不"假"就不是童话。一个好童话，它就是要"假"得好。所以童话艺术处理手段，一定要这个"假"字。不信，你去检验任何一个童话，它的幻想必是不可能实现的，现在不可能实现，以后不可能实现，永远不可能实现，是"假"的。可以实现的，那不是童话，而是小说或其他了。作了科学解释的，那是科幻故事了。举些具体的作品来说吧！叶圣陶《稻草人》中的稻草人真能思维、有感情、会说话吗？假的。张天翼《宝葫芦的秘密》中的要什么能有什么的宝葫芦真有吗？假的。严文井的《小溪流的歌》中的小溪流真能和树桩、鸟类、沉船对话吗？假的。如果，把稻草人换成真的人，那是小说了。如果，把宝葫芦换成真的电脑，那是科幻故事了。如果，把小溪流写成"好像他在说"、"仿佛他在说"，那是散文了。童话与非童话之别，就是假、真之别。即使像"巧媳妇"、"呆女婿"那样的童话，把世界上的最巧最巧都堆在一个媳妇身上，把天底下的最呆最呆都安在一个女婿身上，也是一种"假"。"假"就是童话艺术的特征。童话，必须童话处理，就是幻想处理，就是假处理。所以，我们可以把童话称之为"假"的艺术。但是，这

"假"绝不是可以随心所欲的假。要知道，这"假"字的前后还有两个"真"字，"假"字是夹在两个"真"字的中间。这"假"是受"真"的制约的。

后面那个"真"字，便是目的了。动机、手段，最后还得从是不是达到目的来检验。一个童话作品，它必须在"真"的真实生活基础上，通过"假"的童话幻想的艺术处理，最终反映"真"的真实的生活，它的艺术创作过程，才算真正的完成。一个童话作品，如果不能很好地反映真实的生活，恐怕不能算为童话，或者说不能算童话。任何文学样式，都是要反映生活的，如果不反映生活，就失去存在的价值。当然，最后一个"真"字，各种文学样式，要求、标准是不一样的。童话是通过"假"处理来反映真实生活的，它是一种折光式的，不是反射式的反映真实生活。它所反映的生活，在表面上，似乎并不像真实的生活，而它的内在却揭示了真实生活最本质的深层。它应该使真实的生活得到更大限度的升华。

这就是这一规律的大概了。

凡是规律，是应该经得起检验的。

要是我们把这规律改动一下：

真→真→真。

从真实的生活出发，通过真实的艺术处理，达到反映真实生活的目的，那就是小说、散文、诗歌（童话诗除外）、戏剧（童话剧除外），或别的样式。

要是改成：

假→假→假。

不从真实的生活出发，这"假"缘何而来？它是无根之木、无土之花，就无从"假"起。达不到反映真实生活这个目的，"假"有何意义呢？为假而假，盲目地假，都是不行的。

至于其他的改动：

真→假→假。

假→假→真。

真→真→假。

假→真→真。

假→真→假。

恐怕都不好解释，无法说通的。所以，也不去逐一分析了。

真→假→真。

这三个字是相关联着的，构成了童话创作艺术的一条完整的规律。

当然，这是一条从童话里发现的艺术规律，是不是童话所独有，就不清楚了。

我也想过，是不是某些"神话"也适用？某些"传说"也适用？某些"寓言"也适用？这就请这方面的研究工作者去考虑了。

如果它是规律，那就是客观存在，你发现它也好，不发现它也好，你承认它也好，不承认它也好，它总是在起着作用，童话就是依照种种艺术规律，按艺术规律所指定的路线、轨迹发展着。

我听说，有人提出要写"真实的童话"、"传记童话"、"报告童话"，那都是不成的，即使写成了，也是另外一种东西，而并非童话。

凡是规律，是不可能改变的，也是突不破的。

有童话在，就有童话规律在。人们创造了童话，童话创造了规律。

我希望更多的同志，通过不断的实践，去发现童话中种种未发现的艺术规律，使这些艺术规律为我们所掌握，为我们所运用，使童话这一少年儿童所最喜爱的文学样式，迅速顺利地走向发达和繁荣。

童话的手法

问：你刚才发言中说："童话的手法就是弄虚作假"。你还说："童话在生活中进出走的是'歪门邪道'。"我觉得这些提法颇为新鲜，很感兴趣，是否请你详细谈谈。

（一位报社记者提问）

在生活中，谁"弄虚作假"，就会受到批评。谁走"歪门邪道"，恐怕还要处罚。

可是，在童话特定的范围里，这两个词，就不是贬义的了。这是童话这一特殊的艺术形式所决定的。

先说"弄虚作假"吧！

因为童话就是一种"虚"的"假"的文学。"虚"和"假"是童话的艺术手段，如果不"虚"不"假"，那就不是童话。

"虚"和"实"，"假"和"真"是一种截然的对立，但童话就是要以"虚"去反映"实"，要以"假"去反映"真"，要以对立的一面去反映对立的另一面，这的确非常之难。

但，艺术就是要难，难就是艺术，如果信口开河就是一篇童话，

洪汛涛参加《作文周刊》举办的"全国小作家夏令营"活动

随手拈来就是一篇童话，童话还能是一种艺术吗？童话作家还能称为大师吗？

譬如贺宜的《鸡毛小不点儿》，作家用了"虚"的"假"的许多鸡毛，来反映"实"的"真"的生活中的芸芸众生相。"实"的"真"的生活中的芸芸众生相，按理作者应该写"实"的"真"的人，以"实"的"真"的人来反映，可是作家偏偏要难的，用"虚"的"假"的鸡毛们来反映，并且，取得了巨大的成功。这就是作家的"弄虚作假"弄得好，作得好。

在童话范围里，这"弄虚作假"的"弄"和"作"，是一门学问。它，必须有深厚的生活根基和艺术根基。

我们童话界有许多大师，他们都是"弄虚作假"的行家高手。他们如何弄的"虚"，如何作的"假"，我们可以从他们的作品中学习到。

童话艺术以虚为实，以实为虚，以真为假，以假为真，这虚虚实实，假假真真，奥妙得很，要弄得好，作得好，诚大不易！童话艺术的高难度在此，童话艺术的高价值在此。

再说说"歪门邪道"吧！

任何一种艺术，必是生活的反映。任何一种艺术，必是从生活中来，又回到生活中去。

童话艺术也是这样，它一定要在生活中进进出出。

既然要在生活中进出，那必得穿门走道。生活是一座无穷大的高楼大厦。你是从正门大道进进出出呢？还是从边门小道进进出出？

按一般的艺术，它可以走正门大道。譬如绘画，它可以直面生活，直接把生活反映到画面上。譬如戏剧，它可以直面生活，直接把生活反映到舞台上。

而童话，它不是直接反映生活，生活不能直接反映到童话上，必须通过另外的一扇门，另外的一条道，经过变形的（借替、假定、夸张）幻想处理，进入生活，或者从生活中出来。这一扇门，这一条道，非得是"歪门邪道"不可了。

举例来说，《皇帝的新装》这个童话，古今中外的皇帝，无一不是尊严无上的化身。巍巍皇宫，庄严肃穆，如果从正门大道进去，所见到的皇帝，当然是仪表堂堂、气象万千、威严无比，如果要写他，必是以历史的真实去描绘他。可是童话，它通过"歪门邪道"所看见的皇帝就完全不一样，他贪婪、自信、昏庸、愚蠢。《皇帝的新装》中，两个普通的骗子，几句谎话，就能使他上当，脱光衣服，赤身裸体上街游行出丑。童话不仅从"歪门邪道"进去看到这些，还把皇帝从"歪门邪道"里拉出来，放在世世代代广大读者面前示众。这就是"歪门邪道"的好处。

因为童话，它总是在生活的"歪门邪道"进出，所以它具有特异的摄取力、选择力、解剖力、表达力。这种种力，往往是别种文学样式所无法具有的。

"弄虚作假"、"歪门邪道"不论在哪本辞书里，都是贬义词。

我们童话，为了形象有效地说清楚它所特有的艺术手法，借用了这两个词。根据特定的对象、范围、用途，变动了一下这两个词的词义。当然，我丝毫没有认为辞书上对这两个词的词义，要作一点任何修改的意思。

童话的逻辑

问：许多童话作家都说"童话逻辑"如何如何，但究竟什么是"童话逻辑"呢？能划定个范围，订出几条来吗？我们初学童话写作者，对"童话逻辑"的看法，不太一致，有的反对，有的赞同，有的觉得无所谓，总之大家思想上很混乱。

（一位大学文学社的社员来信）

童话逻辑，是童话这门艺术的规律。任何一种艺术，都有它的特殊规律。无规矩，不能成方圆，无规律不能成为艺术。

童话，必须有童话逻辑。如果没有童话逻辑，那就没有童话这门艺术了。

童话逻辑，它是一种客观存在，是内涵于童话本身而起着作用的东西。童话作家，只能去运用它，而无法去否定它。因为童话逻辑，不是某个人说，它限制了童话，我要取消它，它就会被取消的。

童话逻辑，是什么呢？

童话逻辑，是一个童话写作时作者舍取材料、结构故事、发展情节的一种根据。

童话是一种幻想的体裁。童话艺术是幻想的艺术。童话处理就是幻想处理。所以，童话逻辑，也就是幻想逻辑。

我想，如果有人要写一部《童话结构学》，将也是一部《童话逻辑学》。

这是一门很重要的、很有趣的，大有讲究的学问。确实需要童话界的同志们去寻求，去探索。

童话逻辑，虽然有许多门门道道，但也不是玄之又玄，毫无边际，难以捉摸的东西。

它，基于生活逻辑。人，都在生活着。生活中的种种逻辑，虽然还没有一本《生活逻辑学》，但通过生活的实践，人认识了种种生活逻辑，生活着。

童话逻辑也是这样。一个有童话创作实践的作家，虽然不一定懂得他是在按童话逻辑写作童话，甚至于反对有童话逻辑，但他在写作童话时，总是依照童话逻辑的约束和轨迹在写着童话。

当然，这是指一个有功底的童话作家，因为只有按童话逻辑去写作，才能写出一个好童话来。

有的童话作者，他还不具备一般的功底，他写童话，可能是自觉的，或不自觉的，也是按着他头脑里潜意识的童话逻辑轨迹在写作着。如果他运用童话逻辑很得当，他写的童话可能会是个好童话。如果他运用童话逻辑不得当，他写的童话一定不会那么好。

童话逻辑，不是以作者意志为转移，而是在客观地起着作用。

童话逻辑来源于生活逻辑。生活逻辑是千变万化的。童话逻辑也是千变万化的。

特别是童话逻辑不仅来源于生活逻辑，而且还是一种超生活逻辑。有的和生活逻辑相一致，有的和生活逻辑相对立。所以，生活逻辑是复杂的，童话逻辑更其复杂。

但，这不打紧，人们没有一部《生活逻辑学》，通过生活实践，能够慢慢掌握生活的逻辑。写作童话的人，我们也还没有一部《童话逻辑学》，我们通过写作的实践，也能够慢慢掌握童话的逻辑。

　　说了这么多，恐怕还没说清楚，童话逻辑究竟是什么。因为从理论到理论来抽象地解释童话逻辑，是个很笨拙的办法，还是举些作品例子来说明吧！

　　比如说，我们走在太阳（或者月亮、灯光）下，都有一个连着我们身体的黑影。根据童话逻辑，可以让影子拟人。让影子成为一个能有思想感情，能说话和行动的独立体。这在生活里是没有的，所以这不符合生活逻辑。但是在童话里却完全可以。这就是童话和生活的不一致，童话逻辑和生活逻辑的不一致。影子拟人的童话是很多的。影子不听人的话，和人闹矛盾，有的写影子不好，有的写人不好，这类作品见得很多。有的童话，因为影子和人吵了架，影子悻悻地离开人。有的人讨厌影子的存在，用刀把影子割下来。这都违反生活逻辑，却符合童话逻辑。

　　但我看到有一个童话，写人错怪了影子，影子一气之下离开了人，这都符合童话逻辑。但后面，这个童话写道，影子一离开人，这人回到家里一看，桌上自己照片上的人影子也没有了，只留下背景和一块人模样的空白。他打开照相簿一看，所有的照片上，都没有自己的人影子。这就违反童话逻辑，也违反生活逻辑了。

　　人在光下的"影子"和在照片上的"人影"，虽然都是影，但此影非彼影。光下的"影子"气走了，和照片上的"人影"完全是两码事。你可以写光下人影子离去，但不可叫所有照片上的影子同时都没有。反过来，你可以写所有照片上的影子因故而离去，但不能叫光下的人影子也跟着一块走。一是光投下的黑影，一是摄在照片上的人影，性质上，形状上，都不一样，怎么可以连在一起呢！这个作品，逻辑就混乱了。

　　当然，黑影可以说话，可以生气跑掉，但不能叫黑影无缘无故变成一只斑斓大虎向你猛扑过来，或让黑影变成一座硬邦邦的石头雕像。

　　童话逻辑和生活逻辑关系是极为密切的，有很多作品，既违反童话逻辑，又违反生活逻辑，而且首先是违反生活逻辑的。

前不久，我看到一个童话，写的是峨眉山，说峨眉山有只狐狸，它从山沟里挖到一坛金币。峨眉山在中国，中国的山沟里怎么会挖出一坛外国的金币来呢？

我问那位发稿的编辑，他解释说：中国的山沟里为什么不可以有外国的金币呢？峨眉山是风光秀丽的名山，外国人来游览的很多，或者是归国华侨埋下的。

若是一个童话需要注解："外国旅游者或归国华侨留下的。"岂不笑话。

再说，这注解，还需要再注解的，因为读者还有疑问，外国旅游者或归国华侨，为什么要在峨眉山埋下一坛金币呢？这又得编出一大段故事来，才能自圆其说。

这个童话，狐狸在峨眉山挖出一坛金币，是不违背童话逻辑的，但是却违反生活逻辑，因为中国不流通使用金币。

并且，这个童话里有狐狸，有狼狗，有豹子，有黑熊，都是"拟人"的。它们会思考，能说话，这是符合童话逻辑的。它们发现狐狸挖到一坛金币，有的来讨，有的来骗，有的来争，有的来夺，这也是符合童话逻辑的。但这个童话里，这些"拟人"的动物，它们仍居住于原始森林的洞穴，以抓小动物茹毛饮血为生，这里并无街市、商店、人们，动物之间不通用金币，更不可能用金子去制成首饰，或变成果腹的美味食品，如此拼出性命打斗抢夺金币，也是毫无道理的。这也是违反生活逻辑的。

一个童话，它总是有它的童话逻辑和生活逻辑约束着，起着种种作用，不是可以随意写作的。

童话逻辑，它是包罗万象的，不是划个范围，订上几条，可以概括得了的。

可是，如果一违反它，就非常的明显。童话一违反童话逻辑，读的人一眼就可以看出来。

请写童话的人一定要注意这"童话逻辑"。

童 话 的 物 性

　　问：你是很注重童话物性的，在你的《童话学》里，非常强调这一点。关于童话的物性，我听到有人有不同意见，认为这是旧框框，应该冲破，不知你听见过没有？

　　　　　　　　　　　　　　　（一位出版社编辑的来信）

　　童话的物性，大家有些不同意见，这也是很正常的。很多人给我写过信，反映这些不同意见。

　　物性，是童话逻辑性中的一种，就是拟人化童话中的拟人物，是不是应具有原来物的特性问题。

　　拟人化童话中的拟人物，譬如一只羊，拟成了人，它应该既具有羊的物性（如素食，温顺，长胡子等），又具有人性（如能说话，有感情，会思考等）。物性和人性相结合。这结合，决不能说是一半对一半，或三七开四六开。这要看具体作品的需要。

　　持不同意见者，认为物性可以打破，羊拟人了就是人，何必要素食等。

　　他们的一个论据，就是"外国现代新童话"都不讲物性，例子就

163

1995年12月21日，洪汛涛出席浙江杭州游泳巷小学
"马良童话社"成立大会，并受聘为顾问

是米老鼠。

米老鼠似乎不应说是老鼠的"拟人"，它完全是一个孩子，可说从外表到内在都看不到老鼠的哪一方面的"物性"。

其实，这问题是很好解释清楚的。米老鼠是"卡通（动画）形象"，不是"童话形象"，米老鼠是六十来年前问世的，也不是现代"新"童话作品。

现在，的确有不少人，一提米老鼠就认为是"童话形象"，有的画面上还把它作为世界名著童话形象和海的女儿、快乐王子、皮诺曹等放在一起，这是错误的。

卡通片（动画片）和童话，是两码事。卡通片（动画片）是"绘画"的，童话是"文字"的。

海的女儿是安徒生童话《海的女儿》中的主人公；快乐王子是王尔德童话《快乐王子》中的主人公；皮诺曹是科洛迪童话《木偶奇遇记》中的主人公。都是有书有作家的。米老鼠至今没有人将它写成过"童话"，作者迪士尼却是一位"画家"。

尽管米老鼠风行六十余年，在世界儿童中间已家喻户晓，它的知名度已大大超过有些"童话形象"，可是它绝不是"童话形象"，也从来没有人会把迪士尼称作"童话作家"的。

所以，把米老鼠拿来作为取消物性的依据，是不甚合适的。

现在，社会各界，对童话了解太少了。常常有人把不是"童话形象"的形象，拉来充作"童话形象"。如阿童木、一休、好兵帅克，以及中国的孙悟空，还有那个三毛。阿童木是科幻卡通形象，一休也是卡通形象，好兵帅克则是小说人物形象，孙悟空是古典小说人物形象，三毛是漫画形象。怎么可以随便拉来，充作"童话形象"呢？

我读过外国有些作品，也确实不讲物性。那种乱七八糟、随心所欲的作品也有。但是，洋为中用，我们也应该有所选择。

再说，外国尚无童话这一门类，作家们没有相互交流的条件，各归各写，也没有专家从事这类作品的研究，没有人写这方面的理论作为指导。所以，许多国家虽然有童话作品，有的也非常不错，但童话总不是那么发达。

拿近邻俄罗斯、日本来说，这些年这方面的优秀作品也是不多的。台湾地区、香港地区，童话创作也并不那么景气，繁荣。

没有研究，没有讨论，各人爱怎么写就怎么写，所以在外国就不可能突出这个物性问题。

中国是一个童话古国，我们的前人为童话开辟了路径，已经走出一条宽阔的道路。现在我们有一支童话写作队伍，有专门的童话报刊，出版了大量的童话单行本，以及各种童话丛书、选本，童话理论工作也在积极开展。所以，中国的童话，将会影响全世界。

我们的童话理论日趋系统化，而且有越来越多的童话学专有名词，如物性。我想在外国的任何辞典里，恐怕是查不到"物性"这个词的吧。

童话是中国的，所以物性这一童话艺术法则，也是中国的童话艺术家发现和总结出来的。

其实，不管有没有"物性"这个词，而物性总是客观存在的。古今中外，凡拟人的作品，都有物性这一法则在起作用。

譬如民间童话《老虎外婆》，有的地方叫《狼外婆》《熊外婆》，把老虎换成狼，换成熊。我看还可以换上狐狸，叫《狐狸外婆》。但是无论如何不能换成《鸡外婆》《兔外婆》《狗外婆》《猫外婆》。我看甚至于换成《马外婆》《牛外婆》都不行。

为什么不行呢？任何一个孩子都可以回答。其中没有什么深奥的道理。

有的人会说：我偏要写一个《鸡外婆》看看，信不信？我相信，一定要写《鸡外婆》当然也行，把两个孩子换成什么小虫嘛。可是，一个正常的人，一个没有别的目的的人，决不会去写《鸡外婆》的。再说，你这个强词夺理写出来的《鸡外婆》，有多少孩子愿意读，能够和《老虎外婆》这故事相比衡，一代一代传下去呢？

前面我说羊有素食的物性，有人偏来写一个羊荤食，也未始不可。不过，可以让羊吃荤，但是无论如何不能写羊吃人。羊不可能吃人，这就是物性法则的作用。

物性，不只我们童话要讲物性，凡文学作品拟人都讲物性。

前不久，我在一处看到一副对联，抄了下来。这副对联是：

绿水本无忧因风皱面

青山常不老为雪白头

这对联，绿水能皱面，青山会白头。可说把绿水、青山拟人了。因为有风吹，水起波浪了；下雪了，山头变白了。这对联，很讲物性。要是不讲物性，把它颠倒过来：

绿水常不老因雪皱面

青山本无忧为风白头

那是不行的，水怎么因雪皱面呢，山怎么为风白头呢。或者改为：

绿水常不老为风白头

青山本无忧因雪皱面

那也不行的。水怎么为风白头呢，山怎么因风皱面呢。你怎么改，都不行。为什么，因为这有个物性问题。

最近，看到有人提出要"淡化物性"。我想，可能是这样，说取消物性，怕人说"偏激"，说尊重物性，怕人说"保守"，于是想出个"淡化物性"来。不过，要不，讲物性，要不，不讲物性，物性怎么个"淡化"法呢？

物性，是不能不讲的。物性，不只是所有拟人童话必须遵循的艺术法则，而且还是拟人童话的有效有力的艺术手段。我们要运用并发挥物性这一艺术手段，借以创造出更多更好的拟人童话来。

《老虎外婆》的选择老虎，是多少代人的智慧选择而定的，选得太好了。

那副对联，选物，取情，也很巧妙，把环境、天时、气象、感情、哲理，融合一体，准确地发挥物性，我认为作者也是精心构思的，对联未落款，也不知出自何人手笔。

现在，还有人在反对物性，我看过他们的创作作品，他们倒是很注重物性的。

我想，他们很可能是把物性概念理解错了，和现在大家对物性的概念，不是一个东西。如果把物性说成是一成不变，僵死的东西，要绝对的真实、科学，我也不会赞成。可现在大家所说的物性，并不是这样。

如果有人理解的物性，和大家所说的物性概念不同，争下去也无益，而且不可能有什么结果。

我认为拟人童话拟人物是不是应该有物性的问题，不要再讨论下去了。如果还有人觉得不同意，可以写出几个取消物性的拟人童话来，以证明物性乃是多余之框框，可以突破。

如果并非这样，而是为反对物性而反对物性，或者你说有物性我偏要反对物性，似乎这就更无讨论的必要了。

童话的传统

问：前几天遇到一位编辑，我问他们发不发童话。他说，他们不要"旧童话"，要"新童话"。我问怎样叫"旧童话"，怎样叫"新童话"，他说了一通，也没有说清楚。知道你在做童话的理论研究工作，想听听你的意见。

（一位老年童话作者的来信）

"文化大革命"前夕，上海《文汇报》开展过"新童话"讨论，不少童话作家都写过文章。那是在过去的童话都被否定，古人不准写，动物不准写，民间故事型的、拟人化的童话一概不行，而一定要童话去写工农兵，写生产建设，写阶级斗争这一形势下，为童话寻找一条新出路而开展的讨论。

实际上，这哪算得上说是讨论呢？因为童话的"传统"已彻底被否定，谁也不准"翻这个案"；写工农兵，写生产建设，写阶级斗争，这是明文规定的，是谁也不许"篡改"的大方向。童话不执行，不行。可怎么做？怎么也做不到。这是一种强童话所难的倒行逆施，讨论来讨论去，没个结果，到"文化大革命"一开始，童话就彻底消亡告终。

近年来，这股"旧童话"，"新童话"的风又刮起来了。有的人虽不提"旧童话"、"新童话"，而提今天的童话"与传统迥异"，说今天的童话"和过去的童话完全不一样"。其实，意思还是"旧童话""新童话"。

我问过爱提"新童话"、"旧童话"的几位同志，问他们旧童话旧在哪里？新童话新在哪里？界限何在？与传统迥异，异在何处？有何不同？也是说不清楚，其实只是随便说说，也没有好好去思考过。

我是不赞成把童话分成"旧童话"、"新童话"的。这不只是过去有过教训，并且很不合理，很不科学。

因为童话是一种艺术，艺术只有优劣之分，没有新旧之分的。有人说，如果艺术分新旧，那么希腊神话是旧艺术还是新艺术？中国的敦煌壁画是旧艺术还是新艺术？至于安徒生的童话，照此推论，都应该称之为旧童话了。

如果，旧童话新童话以作者的年龄分，老年作者写的都是旧童话，青年作者写的都是新童话，则更加荒唐了。

大家记忆犹新，"文化大革命"期间，口号是"彻底砸烂旧文化"，过去的古迹、文物、书册、作品，一概"横扫"无遗，童话全部作为"旧文化"统统被批判。如果，今天要再来一次和"旧童话"的"决裂"，岂不成了"文化大革命"的重复吗？

我们中国的传统文化，在"文化大革命"中遭到那样的大摧残，大破坏，这惨痛的教训，应该牢牢记取。

"文化大革命"期间，有句话，叫"从《国际歌》到样板戏，中间是一大片空白"。那时候，还肯定一个《国际歌》和几个样板戏，现在有的人，对传统是全部否定，一个不留。据说，外地有一家报上，就说中国过去没有童话，童话是从今天开始。竟然报上发得出这样的文章。

当然，也不能说，凡传统都是完美无缺的。我们的童话传统中，确有不少的糟粕。有的童话，是政治的图解，旅游的说明，科学的演

绎，课堂的教案。有的童话，艺术质量极为低劣，只是把孩子的故事换成动物的故事，或者逻辑混乱，不讲物性，是些不伦不类的下乘之作。这类作品，在无情的历史中，已被洗刷，涤荡，这是很公正的。这些作品，有的是无名作者的初作，也有知名作家的作品。

但是，童话的传统，主流是很好的。我们许多作家，当年写的童话作品，今天的确还可以重印（有的修改后可重印），不论从内容上、艺术上来说，都是佼佼上品。这些童话，当时是闪光之作，今天它们还熠熠照人。如果要举例，可以举出许多许多。

如若童话传统真是"一堆垃圾"，那童话就不可能有今天的发展，早被清扫无存。我想，历史是公正的、无情的，读者是清醒的、明智的。

今天，童话能受到社会的重视，受到读者的欢迎，正因为童话有这么个很好的传统。

我们童话要发展，完全可以从童话传统的基础上去发展嘛！干吗要把传统推倒，从零开始，从我开始呢？

现在，有人热衷于讽刺童话的写作，强调作品的趣味，这些人的执著追求，非常好。

但是，这方面，我们的童话传统，有很多好作品，许多作家都有这方面很有成就的典范之作。

已经谢世的张天翼，他的讽刺童话就写得非常好，他善于运用幻想的极度夸张，讽刺入木三分，他的童话，都是趣味洋溢，使小读者捧腹大笑，但又绝无庸俗低级的插科打诨，格调很高。今天一些讽刺童话，恐怕都还不能出其右，没有谁能赶上这位大手笔。他的《大林和小林》《秃秃大王》的艺术成就，今人所写的讽刺童话，似乎还难以与之相比拟。我们正是应该在这个好传统上，去研究它，学习它，在高基础上去发展和提高，写出可以比过、超出《大林和小林》《秃秃大王》的讽刺童话来。

讽刺童话，叶圣陶、严文井、陈伯吹、贺宜、金近、葛翠琳都有一些很好的作品。都是我们童话的优秀传统。我们可以举出一大批作品的名字来。

我看，在文化上，"与传统迥异"，那是一个贬义词。标榜自己的童话"与传统迥异"，并不是那么光彩的事。

请写童话的同志，读一读童话的历史，读一读过去的作品，了解一些传统，对写作童话，是有好处的。

如果，不了解童话传统，就在那里提什么"旧童话"、"新童话"，提什么"与传统迥异"，是无益的。

提传统，决不可理解为倒退和保守。提传统，是为了在高起点上更好地前进。

没有过去，就没有现在。

没有童话传统，就没有童话创新。

童话创新的勇士们，在童话传统的接力点位上起跑，你将取得更优异的名次。

童话的美学

问：童话是美的，但究竟什么是"童话美学"呢？你对当前西方美学与童话的关系如何？能谈谈你的看法吗？

（一位选修儿童文学课的大学生提问）

一篇童话，在某些读者中，以为甚好；但在某些读者中，以为极差。这种欣赏趣味和鉴别能力，不仅在小读者中，孩子与孩子存在差别。在儿童文学工作者中，甚至于作家、编辑之间，也往往有各个不同的看法。

作家总是以为"童话是自己的好"，不然他不会拿出来发表。可是常常有这样的情况，甲报退了稿，在乙报作为重点稿发出来了。或者甲报作为重点稿发的，却是乙报退的作品。

这种情况，其他儿童文学样式，如小说、散文、诗歌，虽也有，但不那么多。而童话，可举之例，比比皆是。

当然，一篇稿的用或不用，退或不退，还有许多主客观的因素。但童话何以如此之特别？看法何以为此之悬殊呢？

这说明，人们对于童话的鉴别力、欣赏力，大有差异。何者为

洪汛涛在杂技排练场，指导孩子们写作

美，何者为丑，难分清楚。

虽然，美和丑，是相对的，又有绝对的。世界上没有一个凝固的、不变的美和丑的标准。但有个求同的问题，就是有个提高欣赏、鉴别能力的问题。

这就要说到"美学"问题上来了。

小说、散文、诗歌，是人们多少年来日常所接触的文学样式，耳濡目染，在人们的头脑中已经存在着一些以生活为依据的美学的基本的传统的习以为常的观念。

而对童话，人们还没有这种观念。如果说有，也是相当的模糊和混乱，或者说是很朴素的。因为它是超生活的。虽然它也以生活为依据，但表现出来却是生活的夸张和变形。

童话中有美，童话中有美学，犹如自然中、生活中、社会中、世界中、天体中有美，有美学。

美在童话中，人们可以有直觉的感知。而美学在童话中，还如我们许多童话的规律蕴藏在繁多难以计数的童话中，没有被发现，没有能驾驭一样。

譬如，孩子写的字，歪歪斜斜，直不直，横不横，一边轻，一边

重，很不规则，我们要教他们如何运笔，如何结构，等等。但孩子写的字，具有一种童贞美，有的书籍，封面就采用孩子写的字。因为它美，才把它印在封面上。人们把这种字，称之为童体。我们的许多书法家，他们的书法艺术在达到登峰造极的地步时，往往在他们的作品中会出现这种童贞美。

为什么孩子写的字有这种美呢？是不是所有的孩子写的字都有这种美呢？怎样的字才有这种美呢？

这就要以美学去解释这些问题了。

美学，究竟是什么？

"美学"这个名词，是近代从外国传过来的。但不能说中国古代无"美学"之名，中国古代无美学。

中国古代许多文学作品，诗词歌赋，还有种种艺术，无一不涉及美学。虽然，美学的起源，有的认为始自劳动，有的认为始自生活，有的认为自有人类开始，也有的认为还要更早一些……各有各的说法。

因为，美有客观的，有主观的，或主客观相结合的。

天体、世界、自然、社会、人类、生活、情感、劳动……美无处不在，无时不在。

中国古代无"美学"这个名词，但在古代许多文论中，都提到"美"。

我们这个"美"字，就是"大羊"的意思。许慎的《说文解字》中解释"美"，字义就是"甘"。也有一种解释，"美"就是"羊肉的羹"。总之，这个字起始于味的感觉。

西方"美学"这个词，最早始见于1750年，德国启蒙哲学家鲍姆加登（Baumgarten）写了一本书叫《Asthetik》（埃斯特惕卡）。以后就把这个词正式作为"美学"的名词了。鲍姆加登被人们称作"美学之父"。这是"美学"这个名词的来历。

当然，美学思想，不论是西方东方，早在二千多年前就萌发了。只是从鲍姆加登以后，成为一门学科，得到发展。

西方美学数百年来兴盛不衰，论述美学的著作非常多，可说诸子百家，各有各的观念和说法。大有莫衷一是之感。

虽然，美学是从哲学派生的，但它主要对象是文学艺术。它和其他社会科学、自然科学，诸如生理学、心理学、社会学、伦理学、医学，等等，都有密切的关系。但当前西方流行的那些美学流派：完形心理学美学、心理分析美学、自然主义美学、实用主义美学、新自然主义美学、表现论美学、现象学美学、新实证主义美学、分析美学、符号论美学，等等，我觉得很大一部分是从本学科的方位来论美学，本学科和美学纠缠在一起，虽然颇具创见，但还没有像有的学科已形成系统的完整的理论。其中有的还停留在抽象的概念上兜圈子。这些别的什么学科的科学家，兼美学理论家，各在文学艺术领域里作了精辟的论析，在文学艺术事业上有很大的影响和贡献，但毕竟不是文学艺术家在文学艺术实践的基础上所作出的论述，总受到一定的局限。

西方美学是繁荣发达的，对西方文学艺术创作起了很大作用。对我国文学艺术也在发生着影响。

我国美学理论的研究工作还刚刚起步。西方的美学，如何结合中国的文学艺术创作实际？人们正在做种种探索。我们中国古代的美学思想，还有待于总结和继承，写出一整套的理论来。我国已出现了一批对美学发生兴趣和有研究的理论工作者，他们写过一些关于美学的论文和专著，有相当的成就。特别在一些高等学府里，美学已作为一门学科来修读。美学理论研究工作，一定会很快发展起来。

至于我们童话，如何向西方美学接受借鉴，如何从古代美学思想继承传统，只能说还没有起步。我们还没有看见关于童话美学的论述文字发表。不知道是不是有人在专门从事童话美学的研究。

我们童话，应该有童话美学，否则我们的童话创作就不能很好地繁荣。

我们的童话美学如何建立呢？我认为应该从我国古代美学思想继承中、西方美学的借鉴下，以儿童美学、文学美学为基础，以我们自己的童话艺术创作的实践为材料，来建立我们的童话美学。

我以为，童话美学即是幻想美学。

按当前西方美学宣称，美来之于人的视、听、嗅、味、触。后来，五官以外，又有人增加了运动感官、筋肉感官。

我以为视、听、嗅、味、触之外，还应该增加一项"想"。想，指"幻想"。

幻想，当然跟视、听、嗅、味、触有密切关联，由视、听、嗅、味、触，而产生种种幻想。

但幻想，本身就是一种美。一个孩子，他坐在课堂里，对着黑板、教师、枯燥乏味填鸭式的教学法，头脑在"开小差"，在无边无际的神奇世界里遨游。他不一定有目的地去想，却得到很大的快乐。当然，我们并不赞成孩子这样做，上课头脑不可"开小差"。但不能不承认，幻想是一种美。

幻想，是美的。

童话艺术是一种幻想的艺术，童话艺术本身就是一种美。

西方美学，对于幻想非常强调。在西文中"幻想"（Fantasy）和"形象思维"（Illiaginatioil），是同义语。

西方"心理分析美学"学派的代表人物西格蒙德·弗洛伊德（Sigmund Freud），认为艺术的满足是由幻觉来获得的。艺术家借助于一定的艺术形式使幻觉变成了一种有形的现实，因为有了这种形式，幻想凝固为一种可供鉴赏的对象，从而与一般日常生活中的梦幻相区别。

当然，弗洛伊德说的艺术是泛指，不是指童话。但童话却真是这样。童话，是通过幻想来获得艺术的满足的。童话作家，借助于童话这一艺术形式使幻觉变成一种有形的现实。（虽然它是变形的，但它却以变形来反映不变形的现实，变形也是有形的。）因为有童话这种艺术形式，幻想凝固为一种可供鉴赏的对象。童话自然不同于一般日常生活中的梦幻。

我没有读到那些西方美学的原文本，不知道他们对于"幻想"这个词，在两种文字转换时（西文转换成中文），有没有差异。

自然，弗洛伊德不了解童话，他所说的"幻想"的概念，和我们中国今天的童话的"幻想"的概念，不一定会完全相同，但也不排斥也许会有那样的相同巧合。

不过，我知道西方对于科学名词的运用，是很严格的。比如，"幻想"和"幻觉"，他们是分得很清楚的。是两个互有联系，但不相同的概念。

我们有的人，就是"幻想"、"幻觉"不分。"幻觉"是潜意识的闪念，而"幻想"则是有意识的复杂的思维。是应该有区别的。

我们有的人，不但"幻想"、"幻觉"不分，而且"幻想"和"想象"也不分。有的童话理论文章里，时而"幻想"，时而"想象"，好像"幻想"、"想象"就是一个东西。概念混乱，这是写理论文字的大忌，做研究工作的大忌。

童话艺术，它是儿童的，是文学的，尤其，它是幻想的。它不是所有的一般的作家，包括一般的文学艺术理论家，都懂得的。要一般的美学理论家，来谈"童话美学"，是不可能的。童话美学，看来必得"自己的事自己做"，要由我们童话的理论研究工作者来做。

另外一位"心理分析美学"学派的代表人物，瑞士的 C.G. 融恩（C.G.Jung），在他的《分析心理学》一书中说道：幻想式的创作则因为供给艺术家表现的素材是潜藏于艺术家心灵深处的幻想，它是一种深不可测的原始经验的曲折分析反映，所以不容易解释。

C.G. 融恩的这番话，虽然不是对着童话说的。但童话确是一种幻想式的创作，供给童话作家表现的素材正是蕴藏于童话作家心灵深处的幻想。它可以说是一种原始经验的曲折分析反映。

但是，我们的童话，今天已拥有众多的作家和作品，我们手上已有了一把犀利的经验和理论的解剖刀，可以剖析童话的种种难题，童话已不是"深不可测"、"不容易解释"的了，已到了我们去"测"去"解释"的时候了。

童话，不是不可知的。童话的幻想，不是不可知的。

童话美学，是特殊的美学。但也不是特殊得和所有美学都毫无关系。

童话美学，是美学整体的一部分，一个章节。

美学论述的自然美、社会美、生活美、艺术美，和童话美学都有密切的关联，都有共同性。

遗憾的是我翻看了许多美学的专著，却没有一本论述过童话美，没有一本有童话美学的章节。

在西方美学中，有一种"移情说"，也译作"感情移入说"，还有叫"情感对象化"、"情感客体化"。

这移情说，有的赞成，有的反对，大家的概念也不一样，所以一直有争论。

移情，西文名词是 Einfuhlung。移情作用，又称观念联想。就是说人在全神贯注地观照一个对象（自然或者是艺术作品）的时候，忘记自己是我是物，达到的一种物我一体的感觉，把自己的生命投射或移注到对象里去，使本无生命和感情的物，好像有了人的生命和感情。

弗洛伊德认为：借助于转移，他就能使他的幻想变成一种持久的，甚至于永垂不朽的作品。事实上也只有一条小径才能使幻想重新回到现实，那就是艺术。

这移情说，和我们童话艺术中的"拟人作用"是很相吻合的。

童话，常常要写一些动物、植物、无生物。这类童话的特点，就是把自己糅合进去，赋予动物、植物、无生物以生命和感情。把人性、物性结合为一体。它是动物、植物、无生物，但又有人性，有喜怒哀乐，会用话来表达感情。

这种人物"移情"的童话是很多。

当然，"移情"在一般的文学艺术作品里也有。如一些诗歌中，散文中，我们常常看到"移情"的运用。诸如：风在吼，海在叫，鸟在语，花在笑。诸如：天在哭，云在逃，月光抚摸人的头发，秋虫在嘈杂地说话……

当然，我们童话不仅是"移情"，而是物人合一的"拟人"了。

以上说的几乎都是西方美学与我们童话的关系。

当然，我们要谈童话美学，更多要从中国传统的文学艺术的美学思想中去汲取东西。

就拿我们京剧里的打仗来作为例子吧。

打仗就是战争，战争要死人，它是残酷的。但战争有美和丑的两面。侵略的一面是丑的，反侵略的战争是美的。所以，我们中国京剧的艺术祖先们，他们在舞台上表现的战争，竟是那样的美。舞台上，充满着美的身段，美的舞蹈，刀光剑影，五彩缤纷，富于艺术技巧。

我们常常看的《白蛇传》，白娘娘取仙草，和天兵天将开打，剑拨刀枪，脚踢刀枪，那天花乱坠，扑朔迷离，闪电般的动作，何等优美。

《三岔口》中刘利华、焦光普的摸黑打斗，在桌底下钻来钻去，在椅子上滚来滚去，那滑稽唐突、妙趣横生的动作，使人百看不厌。

《罗成叫关》里罗成因马陷淤泥河而死，死得何其漂亮。《挑滑车》里高宠挑到第十二辆车时被压死，也死得十分潇洒。

战争、打斗、死人，真会这样吗？京剧的老祖宗们根据美学的审美观，把这些都美化了。

如果以政治机械论来看，那可是不得了。"美化战争"岂不反动透顶吗？其实，这些戏演了多少年，人们看了戏，会变成"好战分子"吗？

童话，是美的。不知大家注意没有，有一些童话大家写的童话，不但正面人物写得很美，环境美，结构美，节奏美，语言美，连反面人物写得也很美。比如有个童话，写一个皇帝，写他长着拖地的长胡子，一走路，脚踏在长胡子上，就摔跤，摔跤了，就大哭。有个童话，写一个敌人的大元帅，口袋里还带着香烟牌，一空下来就玩香烟牌，还瞒着老婆偷偷攒一点体己钱。这是童话的特殊手法，把反面人物儿童化，写得有趣好笑，以美来丑化。这在别的文学样式中，恐怕是没有的，也可算是童话美学的一个方面吧！

童话，是儿童的文学。儿童，特别是低年龄的儿童，他们幼稚，幼稚也是一种美。

不是吗，刚会说话的孩子，牙牙学语，说出几句不合语法的话，多好听。

孩子们画画，他们不懂透视，不懂章法，那直来直去的线条，涂得不准确的颜色，有的嘴巴要占半个脸，有的双手长在脖子上，难道不美吗？

我们在电视荧屏上，看孩子唱歌表演，有的缺几颗门牙，唱起来漏风，咿咿呀呀，是很有趣的。可有的孩子，被成人一遍一遍"导演"，稚气全消，显得做作，多不舒服。

童话，特别是幼儿童话，必须具有那种幼稚美。

因为童话是儿童的，儿童不专心，什么事都容易忘记，所以有的童话，常常重复一次，两次，三次，具有那种重复美。

童话的语言，应该是很美的。许多童话大家写童话，是像写诗那样来写童话的，诗意浓郁，琅琅上口，铿锵有声，有的还是有律有韵的文字。有的童话，语言十分做作，一副洋里洋气的文艺八股腔，或者一副故作憨态的娃娃腔，或者连篇成语的冬烘腔，也有拗口难懂的怪味腔，这就不美了。

近年来，童话美太不讲究了。前几天我看到一个童话，写一个孩子嫌吃饭麻烦，请医生在肚皮上装了一条拉链，饥饿了，就把拉链拉开，把菜把饭倒进去。这童话美吗？不但不美，我觉得叫人读了恶心。有这样写童话的吗？

童话必须是美的，童话有童话美学。

我想，我们的童话美学，太需要了，它应该出世了。

童 话 的 探 索

问：我看见报上登了几篇"探索童话"，很感兴趣，买回来一读，可总是读不懂。后来，我问我们的语文老师，他也读不懂。我也问过我爸爸、妈妈，我爸爸是高级工程师，我妈妈是大学历史系讲师，都说不懂。只好写信请教你这位童话专家，这样的"探索童话"好不好？你对"探索童话"的看法怎么样？

（一位中学生的来信）

我是提倡探索的。当前，是个探索的时代。"文化大革命"结束后十年，这十年，我认为是儿童文学的恢复期，从现在开始，我们将进入一个儿童文学的探索期。我们已完成从恢复到探索的过渡。这一论断，是我在贵州黄果树举行的儿童文学新趋向讨论会上提出的，童话也是这样，我们面对着童话探索的时代。

我认为，凡是艺术创作，它的创作过程，就应该是一个探索的过程。

这和前面的说法并不矛盾。前面是就时代这个宏观来说的，后面是从具体的艺术创作这个微观来说的。

1989年5月，洪汛涛（中）出席中国儿童文学研究会
在韶关举办的全国童话研讨会

　　我们每写一篇新作品，总是希望有所发展，有所进步。如果，每写一篇作品，只是在重复自己，或者重复别人，这哪能算是艺术创作呢！

　　当然，创作会有停步不前，或者失误倒退，但一个作家的主观上，总是想在某一方面、某一角度，对自己有所突破，有所跨越。哪怕是一点点。

　　后者，这是"探索"成功，前者，可以说是"探索"失败。

　　探索自然有成功，也有失败。但不论成功或失败，都应该称之为"探索"。

　　我们从事于艺术创作的人，都有这样的经验，创作创作，立意就在这个"创"字上。

　　创者，开始也，就是一种探索的意思。

　　所以，我以为凡艺术创作，都是探索。凡创作出来的作品，都是"探索作品"。

我们创作童话，也都是探索，我们创作出来的童话，都是"探索童话"。

我们的报刊上所发表的每一篇创作童话作品，都可以说是"探索童话"。

既然，报刊上每一篇创作童话都是探索童话，那就没有必要在每一篇童话作品上，冠以"探索童话"的名目了。

现在，有的报刊上，把某一篇或几篇童话冠上"探索童话"的名目，这不好。这样一冠，好像只有这一篇或几篇童话是"探索童话"，其他的童话都不是探索的。有的人会想得很多，没有冠"探索童话"的作品，也许会是一些因循守旧的、墨守成规的低档作品。这说不通，而且会产生一些人为的消极因素。

所以，我是不赞成在报刊上单独列出一些作品，冠出"探索童话"这个名目来。

我认为，童话都是童话，凡创作都是探索，不必要再将一些作品列作"探索童话"。

因为眼下，在成人文学的某些报刊上，还有"探索作品"的栏目，所以儿童文学的某些报刊上的"探索童话"一举，暂时还会继续下去。

但，童话不设"探索童话"名目，决不可认为童话不要探索。

童话创作的发展，历史是不长的，而且国外还没有童话这一文学门类，基础不是很扎实，一切都有待于开拓和建树。

童话作为一门艺术，也只能说初具规模，还不能说已经很成熟。

因此，童话艺术，十分需要大家去从事探索。

探索是多方面的。对于童话的性质、定义、功能、范围、分类、特征、手法……我们的理论还不是很完善。特别是我们还没有童话心理学、童话教育学、童话美学、童话逻辑学、童话语言学等方面的专论专著，我们多么需要有更多的有志者去作种种的探索。

在创作上，童话的民族化和现代化的问题、童话的幻想和现实的问题、童话逻辑问题、童话物性问题……也都需要作家们去探索。

在翻译上，把外国童话吸收过来，如何取舍，如何为我们所用？

还有把中国童话介绍到外国去，中国童话如何走向世界？诸如此类，都亟须探索。

至于成人文学中的"现代派"手法，在童话中如何运用，也不是不可作探索的。

当然，探索，是童话的探索，童话的对象是广大的少年儿童，我们要明确是为广大少年儿童而探索。这是大前提。

也就是说，我们童话的探索，首要的，应该明确是为少年儿童而探索，少年儿童所能接受。

我向来主张，儿童文学作品，应介于读者对象的懂与不懂之间，这样可使小读者产生一种思考、求索的愿望。不要一目了然、一览无遗。道理很简单，让孩子跳一跳，把果子采下来。

但是，我们不能过分。果子高得很，孩子怎么跳也采不到，这样，他就索性不去跳，你的童话作品就收不到应有的效果了。

我们不能把孩子这个对象丢开。我爱怎么写便怎么写，就不好了。

我们现在有的挂上"探索童话"名目的作品，也还不是上面所说的那种情况，而是一种"故弄玄虚"，摆出架势，借以唬人。前不久，有个报上发了一篇"探索童话"，一位童话作家寄来给我看看，她说她看不懂，问我如何？她知道我在写童话评论文字，要我评论一下。委实，我也看不懂。评论文字我没有写，却打了个电话给那位发这篇稿子的编辑。编辑也说不出名堂，最后承认他也看不懂，但他说因为觉得新鲜、奇怪，会引起大家注意，所以发了这篇稿子。现在，确实有这样的人，故意把童话写得前言不对后语，文句不通，意思不明，颠三倒四，拉掉几个标点符号，自己注上"探索童话"字样，投到报刊编辑部去，钻编辑的空子。这就不是什么探索了。

当然，有的人爱把童话写得过于含蓄一些，我想也是可以的。因为含蓄也是一种美。这种童话，时下称之为蒙眬童话、模糊童话。但怎么含蓄，也应该让孩子能够捉摸，它说的是什么，故事情节也要连得起来。

近来，许多孩子、教师、家长，还有作者、编辑，向我反映过，说："你们那种探索童话看不懂。"

探索和"看不懂"联系在一起，"看不懂"成了探索的代名词，可不是好话啊！

就拿当前新兴的"接受美学"的理论来说，文学作品的存在是作品和读者的相互交融。作品只相对于阅读它的读者而存在。如若一个童话，读者都看不懂，那就不是童话，只是在白纸上印着一行行乱七八糟黑字的东西。

探索是一件好事，而且还要大大探索下去，请有关方面注意一下"探索"的声誉，如果再这样下去，以后"探索"这个词，就不大好使用了。

探索，应该是多渠道的，应该有各个方面，多种多样的探索。现在，那些"探索作品"几乎清一色，都是那一种。那么许多探索者，大家挤在那一条小道上"探索"，干什么呀？能那样"探索"的吗？

探索，应该是一种独立性的创造性的探索，不能是许多人挤在一起故作姿态赶时髦。

探索，不需要你吹我唱的热闹，而应该是冷冷静静地思考。

它，必须是脚踏实地的，讲求效果的。

我希望我们的童话能繁荣起来，就必须在童话创作上更多地探索，更好地探索。

我写这篇短文，也可以说是一种"探索"，是为"探索"而探索的探索。

童话的幻想

问：听说你反对童话写"做梦"，不知是什么意思。做梦，是不是幻想？

（一位专写幼儿童话的作者来信）

问：我爱做梦，我也爱童话。我有时做的梦，很像一个美丽的童话。我想，如果我把它记下来，可以算童话吗？

（一位十三岁女孩子的来信）

就从做梦说起吧！

大概是"文化大革命"刚结束那几年，我曾经在一个会上说：现在社会上对童话还很不理解。童话是幻想性的作品，它必须通过变形来反映生活。一个童话出来，总有一些人提出责问："我们的生活难道是这样的吗？"或者直截了当地指出："这歪曲了今天的生活。"确实，童话中所描述的事，是生活中所没有的。任何一个童话作者要写童话，必得要这样去"歪曲"生活。因为那时"文革"刚过去，大家心有余悸，是必然的。所以童话作者在写完童话以后，往往要加上一根尾巴，说这是主人公做的一个梦。因为是做梦，别人就不

1987年洪汛涛在无锡创作《童话艺术思考》

好以生活真实来要求了。我是就这种情况，来分析当时童话作者心理和一些童话作品的，介绍这种现象，把事情说穿。其实，我说话的意思，是同情作者，说他们这样加上一根做梦尾巴也是不得已，是为了避免种种麻烦。因为那时社会上"文革"遗风，还颇炽烈，对童话总是横加猜疑，有的读者来信上纲上线写得挺厉害的。

我记得几年以前，东北童话作家吴梦起写的那篇名作《老鼠看下棋》的童话，结尾也是加了一个说明。我理解作者的苦心，所以有不少编辑要删掉它，我是一向主张让它保留的。所以，这篇童话，凡是经过我的手转载或编入集子，都保留着这一说明。

我觉得童话最易被曲解，有时作者希望加个说明，加个注，应该同意他。有时作者想说几句话，而这几句话在作品中又说不进去，让他在文末说明一下也好。

就是这样，后来落得个"反对童话写做梦"的冤枉。这可能是传话的人，当时记录太简略，传错了。

童话是可以写做梦的，有时必须做梦就做梦，不需要做梦，就不

要为做梦而做梦。看需要，做个好梦。

把梦记下来，是不是就是一个童话呢？

确实，有的梦，记下来，加工一下，可能会是一个童话。

梦，也是一种生活的反映。日有所思，夜有所梦。记得在"文化大革命"期间，谁都朝不保夕，不知明天会怎么样，终日提心吊胆，惶惶不安，情绪极度紧张。夜里，这种恐怖，索性成为"事实"，一齐向你袭来，使你一次一次从梦中惊醒，彻夜不得安宁。

因为这种种恐怖在生活中发生了，所以在梦中得到反映。

梦，也有梦的轨迹。生活中没有的事，它不会在梦里出现。譬如飞，我想谁都做过飞的梦吧！年轻时做，到了老年有时也会梦见自己飞。这是因为生活中有飞的鸟，有飞机，所以做梦人也会飞。但是从来没听说有人做梦在海底飞，在地下飞的。因为飞，需要空间。海底有水，没有空间，只能游，不好飞。地下也没有空间，不能飞。做梦，好像不会违背这一规矩似的。

梦虽然也有它的规律性可循，但不是所有的梦都是童话。梦决不等于童话。

梦也有超生活的，像人的飞行，出现鬼怪，动物变成人，死去的人复活，但一般来说，都是实际生活为多。童话则很注重幻想，必得是超生活的。

童话，有现在的，有过去的，有未来的。但梦，则不能，它都是现在，进行着，发生着……

童话，有纯客观的，不是所有的童话中，都出现我。但梦，这我，自始至终，是梦的中心。离开我，就没有梦。

童话是一种艺术创作，它是主动的，有目的的。梦有它的随意性，不是你想要怎么做就怎么做的。它毫无目的。梦不是创作，更不是艺术。童话艺术，有它一整套完整的要求、条件、规律。它不是在梦中所能完成的，需要很清醒的头脑，从生活中觅取题材，要经过一番艰苦的艺术劳动的。

现在，有的人把梦写成童话，也有把童话当作梦那样来写，恐怕，那不会是童话，而是梦话。

童话和梦，不可以同语。

梦是大脑皮层在白天所经受刺激的自我反映，只能说是一种幻觉。人没有主动性。大脑处于被动状态，不能指挥梦该如何发展。所以，谁也不能说，今晚上我一定要做一个好梦，或者说，今晚上千万别再做噩梦了，更不能说，我昨晚的梦很有趣，今晚上接下去做吧！所以，梦不是童话。

幻想完全不同。幻想，人是主动的，可以通过大脑去控制并展开幻想。幻想是人从生活获得的印象的变形和发展。譬如，一个孩子，在海滩上嬉戏，海浪打过来时，把他的一只鞋漂走了。这孩子可以把那只鞋幻想成一只船，变大又变大，他坐上船到海里去捉大鱼了。这种例子是很多的。譬如孩子们的游戏，早年间，一个孩子拣到一根竹竿，他可以幻想成一匹马，跨上竹竿，走了一圈，他说是从南京到北京了。现在的孩子，几把小椅子接起来，他可以幻想为火车，嘴上嘟嘟叫了几声，他说到了天安门。梦就不能了，梦不由己，幻想却完全由自己安排。幻想是一种思维，梦就不能说是思维了。幻想，孩子们具有一种幻想力，它是一种智力，梦就没有什么力可谈了。

幻想经过整理和改造，它可以成为童话。

梦则和童话是两码事。

童话的人物

问：我孩子订的一本儿童刊物，我每期都看。发现一个问题，就是那些童话作品的人物，还有鸡、狗、猫、兔，统统都是起的外国名字，我觉得很不好，是不是可在你们报上批评一下？

（报社转来一位家长的信）

童话作品中，人物或拟人物，起个什么名，本来不是大问题。

一篇好童话，并不完全取决于那些人物或拟人物起的什么名。

当然，一篇童话，往往会因为人物或拟人物的名字起得不好，而影响到全篇作品。

有时候，也有这样的情况，一篇童话的人物或拟人物名字起得非常好，使这篇童话相得益彰，添色不少。

我们的许多著名的古典文学作品，如《水浒》中的人物，那一百零八将，他们的名字，连绰号，起得都大有讲究。一听他们那些名字，好像一条条性格不同、形象各异的英雄好汉虎然如生地挺立在你的面前。名字，可说是人物塑造的组成部分。一部《红楼梦》，众多人物，众多名字，一个个都是经过精心设计的。名字中有的镶嵌着人物的身世，有的透露了人物的命运，有的以物借替，有的以声谐字，却大有学问。

所以，今天有人专门研究姓名，而且已有了一门姓名学。起名，也是一种创作，一种艺术，忽视不得。

我早期写那篇《神笔马良》的时候，主人公的名字，是经过许多斟酌，听取各种意见后定下的。它不只要求叫得响、记得住，要与人物恰如其分，要和人物有某种内涵的联系，并发挥名字有助于塑造人物的作用。当时，我想过从"笔"从"画"有关的词汇中去觅取。记得我从"梦笔生花"典故中，从有五彩笔的江郎故事中，从黄鹤楼的诗句中，起过许多名字。还把这些名字都写出来，请教师和孩子们去投过票。

最后，定下叫"马良"，果然，马良这名字，一下就在孩子中传开了。

当时，我也听到一个同行说过："你这故事写得不怎么样，就是'马良'这名字起得好！"

这说明，《神笔马良》后来能受到广大孩子欢迎，与"马良"这名字，不是没有关系的。

所以我在写作时，为人物起名字，是要花去一番工夫的。我搜集有各种时代各种职业的各种人物名单。这些名单，对我写作起名很有帮助。

起名是作家塑造人物的第一笔，也是基本的一笔，切勿等闲视之。

我觉得起名，虽然要跟具体人物有某方面的联系，但也不可脸谱化。

当时，有一些文艺作品，凡地主资本家，一律叫"钱富"、"金贵"、"莫善人"、"刁剥皮"；凡劳动人民孩子，大都是"苦丫"、"苦娃"、"苦孩"、"苦伢子"、"苦妹子"。

现在，我们童话界，有人在提"非主题"、"非人物"、"非故事"、"非情节"，也有提"非姓名"的。

这"非姓名"不是不要姓名，说的是："姓名嘛，不过是个符号，

叫什么都可以，你爱叫什么就叫什么嘛！不要那么多框框了，连起个什么名，也还要那么些规矩吗？"其实，他们也并不是叫什么都可以，也是处心积虑，经过选择的。

而且，选择了一些洋名字。不但童话中人物用洋名字，连童话中拟人化的动物也都用上洋名字。

有位读者很气愤，给我来信说："为什么中国的狗，猫，鸡，兔，都不及外国的狗，猫，鸡，兔那么有趣了！"

打开有的刊物看看，那些童话，几乎都是些小狗比克、灰猫伊丽特、母鸡哈尼、黑兔拉斯，还有狐狸露丝、黑熊卡贝、狮子布洛、大象弗里普……

为这事，我曾到学校去做过调查，把一年级到六年级的几个班级学生名册找来，我发现只有极个别女生的名字中，带个"玛"、"妮"、"娜"这类有点洋味的字眼，没有一个叫比克、哈尼、拉斯之类洋名字的。我想，小学的孩子是前些年出生起名的，也许这股风还没有刮到。我又到过幼儿园和托儿所调查，情况和小学相同。我可以完全肯定地说："我们中国孩子的名字，没有洋化。"

我们文学作品中的人物，都来之于现实生活。文学作品中人物的名字也应来之于现实生活。大家记得吗？新中国成立前，那些文学作品中写到国民党军队士兵，名字很多叫"张得胜"、"李得标"的，因为当时生活中当兵的确实有许许多多的张得胜、李得标。

抗日战争胜利那年生的孩子，有许多起名叫"王胜利"、"张胜利"。建国那年生的孩子，有许多叫"周建国"、"赵建国"。朝鲜战争那几年生的孩子，很多叫"李抗美"、"孙抗美"。"文化大革命"期间生的孩子，很多叫"向东"、"向红"、"学工"、"学军"、"学农"。所以，孩子的名字，是和生活有密切关联的。

我们的孩子姓名没有洋化，为什么我们童话却走得那么远呢？

我不反对，个别的童话中老鼠叫米加。外国老鼠可以到中国童话里来，但是不能凡老鼠都要到外国去"引进"，把那些洋老鼠"引进"来干什么呢？我们的童话是要"开放"的，但开放不是"引进"

一些外国名字。

近来，确实有的童话作者，不用外国名字，就写不成"童话"了。好像这就是一种"风格"似的。有一个作者，写了个童话，连中国传说中的龙、凤，也叫作"恩普雷斯"、"埃林格丽娜"了。

我觉得太可怜了，一个写童话的作者，竟连童话中人物的名字都不会起，这是一种悲哀。

眼下，童话中的人物拟人物一窝蜂地都用外国名字，情况是严重的，使得童话显得太枯竭和单调。我在各种场合，说过好多次，请作者编辑们注意一下这个问题。可是有位编辑还是想不通，说："我们发的童话，新就新在这里。用外国名字有趣，孩子喜欢。"我记得就是这位编辑、前几年提出"拟人化的童话是旧童话"。现在，可能他觉得找到一条新路，"拟人化童话里用外国名字就是新童话。"看来童话界刮起这股外国名字风，和一些编辑的关系很大。

起名字对童话塑造人物是很重要的一种艺术手段，请不要忽略这手段，努力正确地去使用和发挥这一手段。

童话是要从各个方面，使用和发挥各种手段，来塑造人物的。

但请写好这第一笔。

童 话 的 形 象

　　问：我们班级里有一个童话文学小组，最近办了一个刊物，刊名叫《小跳蚤》。同学们说他们给你写过信，得到你的支持。可教师里面，有的很赞成，有的很反对。我们在班主任会议上，语文教研组会议上，争论了好几次，也没有结果，学校领导说，让我给你写封信，听听你的意见。

（一位中学教师来信）

　　记得大约半年前，有位中学生寄来一篇叫《小跳蚤》的童话，要我看一下。故事我记不全了，大概是写一只小跳蚤，骄傲得很，它说做什么都行，它去航过海，差一点淹死，它去上学，却老是坐不住，干了很多行，都不成。后来谁叫它要发挥自己的特长，它去学跳高，结果在运动会上拿到金牌，成为一个优秀的运动员。我觉得这个童话，写得还可以，写过一封回信给他，肯定了他这篇《小跳蚤》。大概情况就是这样。至于他们文学社团要办个刊物刊名叫《小跳蚤》的事，我不知道。

　　关于童话刊物刊名，在过去似乎没有成为问题的，不知近来为何弄得意见纷纭？关于这个问题，我收到过好几封信，对一些童话刊物的刊名有意见。

这问题，是一个童话中的形象问题。

在"文化大革命"前夕，童话界曾经有过一次声势很大的"老鼠能不能在童话中作为正面形象出现"的争端。北京、上海不少作家都发表过文章，阐述了各自的看法。

大家比较一致的意见，童话中的动物，应该和生活中的动物区别开来。

这不是这次讨论的新见解，而是古今中外屡见不鲜的事实。

生活当中的老鼠，是个坏东西，形象也很丑恶，叫人憎厌。真是"老鼠过街，人人喊打"。我看任何一个人都不会喜欢老鼠。

但是外国却有《拔萝卜》《聪明的小耗子》这样一些把老鼠写成正面形象的童话。

美国卡通形象米老鼠，也大受欢迎。美国还有个迪士尼乐园，中心形象就是米老鼠。在美国街头，米老鼠的形象到处可见，很多商店用它来做广告，招徕顾客。听说，米老鼠在商店柜窗里一出现，就得付出一大笔钱，但是老板们还是很愿意。

无独有偶，中国也有《老鼠金巴》《老鼠嫁女》的民间童话。我记得早年"老鼠嫁女"有幅很好看的年画。那老鼠女儿穿红衣红裙红鞋，打扮得花枝招展，坐在花轿里，形象煞是可爱。一群老鼠，抬轿的抬轿，吹打的吹打，捧礼物的捧礼物，洋洋喜气，一派欢乐。一些农民很愿意把它买回去，贴在墙上，好像是图个什么吉利。

我觉得这些老鼠是艺术家笔下的形象，是经加工重新创作过的艺术形象，虽然它还保留老鼠的名称、老鼠的样子，但不是生活中的老鼠了。

两者分开来，就好说了。

现在上海有的里弄，谁抓到一只老鼠，奖励几毛钱，我想要是奖励一包米老鼠糖，也不矛盾。画家不会去画漫画，说这是绝妙的对照，就是画了，我看也是一张很好的幽默画。

我认为把生活中的老鼠和艺术中的老鼠分开来，这是一种高水平的文明表现。

相反，把生活中的老鼠形象和艺术中的老鼠形象纠缠在一起，好不好这样，好不好那样，搅混不清，却是显得多么幼稚和无知。

过去，有段时期，在文艺作品里，老鼠作为正面形象不行，作为反面形象也不行，总之不让文艺作品中出现老鼠的形象。

在生活中，要消灭老鼠，谁都很赞成。可要把文艺作品里的老鼠消灭掉，谁也不会同意。

当然，当社会上正大张旗鼓，要除四害，在开展灭鼠宣传时，你去写一篇好老鼠的童话，你的动机，就很难说清楚了。

当然，我们写老鼠，也是必须写老鼠，非用老鼠形象不可时，才写老鼠的。

如果你们说老鼠不能成为正面形象，我偏要写个好老鼠给你看看。这种写作法，也是不好的，不是一个搞艺术的作家的态度。

以上说的是老鼠，我是借说老鼠来说跳蚤。因为跳蚤的情况和老鼠差不多。

我肯定那位中学生的《小跳蚤》的童话，也就是已把生活中的跳蚤和童话中的跳蚤分了开来。前者是生活中的一种有害的小虫，后者是借跳蚤的身体创作为文学作品中的艺术形象，两者是不同的。

当然，我肯定这篇童话，不是希望大家都来写跳蚤，更不是希望大家尽去找那些人们所憎恨、讨厌的动物、昆虫来写。因为童话有一个美的要求。生活中，动物，昆虫多得很，一本动物大词典、一本昆虫大词典，包括多少动物和昆虫，尽可以去找别的动物、昆虫来写，何必偏要找害兽害虫来写呢！

为害兽害虫翻案吗，那不是我们童话作家的职责。

关于做刊名的问题。

我认为老鼠可以写成正面形象，但如果有人说，拿《小老鼠》作为刊物名，可不可以呢？

我知道当年俄罗斯有一个很有名的讽刺性的漫画刊物，刊名叫

《鳄鱼画报》，我对鳄鱼的模样是憎恶的，如果叫我办一本画报，我决不会将"鳄鱼"来作为刊名。不知别人以为如何。这有个民族习惯问题，不知那时的俄罗斯人是不是很喜欢鳄鱼这动物。

一个刊名和一篇作品名是有区别的。一篇作品，它有一些故事、情节可以给读者以这个小老鼠是好的印象。作为刊名，是不是得每期都出现一篇好老鼠的作品呢？否则，光是刊名，这"小老鼠"没有从生活形象变成艺术形象，怎么能叫读者喜欢它呢？

作为一个刊名，还有影响问题。因为刊名是一种提倡，是一种鼓励。

你们办个《小老鼠》，我们办个《小跳蚤》，他们办个《小蚊子》、办个《小臭虫》，还有《小白虫》《小苍蝇》都一齐来了，怎么办？

所以，《小老鼠》这个先例不宜开，这个头不宜带。不要为突破而突破，更不要为"赌气"而突破。

你要赌气办个《小老鼠》，我看"跳蚤"、"白虫"、"蚊子"、"苍蝇"都来了，那真是"四害闹童话"，把童话界搞得乌烟瘴气一团糟，读者会原谅你吗？

还是那句话，动物、昆虫多得很，刊名尽可以起个好的，何必"凡是大家说坏的我就偏说好，凡是大家说好的我就偏说坏"，专门去找老鼠、跳蚤、苍蝇、蚊子呢？

以《小老鼠》《小跳蚤》为刊名，不是"可不可"的问题，而是"好不好"的问题。

尽可能去觅取最好的形象来作为一个刊名吧！

这是我对童话形象的一点思考和建议。

童 话 的 意 境

　　问：常常听人说，童话的意境如何如何，什么叫"童话意境"呢？是不是可请举例说明之。

（一位初学童话写作者的来信）

　　童话，应有"童话意境"。

　　所谓"意境"，顾名思义，是"意"和"境"的相加。

　　那么，什么是"意"，什么是"境"呢？

　　"意"，是人的主观，一种头脑里的想法，或者就说是一种感情吧！拿我们文学创作来说，是作者自己的感情，通过作品中人物的感情，去感染读者的感情。这作者、作品人物、读者三位结合一体的感情。

　　"境"，是客观的环境，也即是事的发生时间和地点。具体来说，包括天、时、地、物。天是气候，时是时间，地是处所，物是景物。

　　我们说的"意境"，是"意"和"境"的相结合。不能是"想法"、"感情"和"处所"、"环境"的割裂。

　　这是一般文学作品的"意境"，那么，童话的"童话意境"呢？

我想，很多人去过各种各样的溶洞吧！

在那些溶洞中，不同成分的钟乳石，有的如柱子，有的如竹笋，有的如珊瑚，有的如遮伞，有的如钟鼓，有的如栏杆，有的如亭台，有的如宝塔，千姿百态。有的乳白，有的墨黑，有的蜡黄，有的绯红，有的碧绿，有的靛青，五彩缤纷。有的透明，有的光洁，有的细腻，有的粗糙，有的巍然庞大，有的小巧精致，有的自然发光，有的扪之作声，变化无穷。真是天工造物，何奇不有。进到洞里，拂人凉意，沁人肺腑。环视这奇观景象，真是美不胜收，应接不暇。有时行走于蜿蜒小道，前面尽是峭壁，疑已尽头，无路可通，可一转身，跨过一个小洞，又豁然开朗，竟是一个可容万人的大厅。俯身穿过一条长廊，又是一架登天般的云梯，到达云梯顶点，几番羊肠小道迂回，拾级而下，又来到一个地下低谷。洞内，滴水有声，也有溪河，水清见鱼。陆路既尽，登上小舟，由水道而出……许多人流连忘返，不想离开这人间的神仙洞府。在这洞天里，人们无不感到松舒，超脱，陶醉，忘情。美和乐在心里交融，许多人赞叹："啊，这真是个

洪汛涛塑造的童话人物
"神笔马良"铜像坐落在
洪汛涛故乡浙江省浦江县

　　我们来到一个地方，偶然听到有人说，他们那里，一个小偷偷了别人的东西，他反诬被偷的人偷了他的东西，把被偷的人打了一顿，捆了起来。人们也把小偷当成了抓小偷的英雄，称颂他，写了表扬信，送到他的工作单位，工作单位把他评为先进，加上工资，还颁发了奖状和奖金。那个被偷的人，被送到了公安机关，因为认罪态度不好，说是对抗审查，判了刑。我们听到这种颠倒是非的事情，心里一定会觉得太荒唐，愤愤不平，会说："真要这样，那简直成了'童话世界'！"

　　前者是说，环境之优美，已非真实的世界所能有，美得人间所无，成为神仙世界。

　　后者是说，事物之颠倒，已非真实的世界所能发生，荒唐得人间所无，成为虚幻世界。

　　这是一种由境生意。

　　有一个孩子，接连遇到了许多非常快乐的事。学校里考试得了满分，在全校同学面前受到了表扬。正好是生日的前夕，收到一份从海外寄来的十分珍贵的礼物。他写了一篇散文，在一家刊物上被登了出来。他奔回家去，告诉爸爸、妈妈。这一路上，他见到的，树枝上的小鸟在向他道喜，家门口跑出来的小狗在欢迎他，他觉得老奶奶今天特别年轻，窗户里透进来的阳光格外柔和，今天窗台上的花异常的香。觉得一切都变得很美好，似乎在叙说着一个欢乐的童话。

　　另外有一个孩子，他和同学打了架。同学抢走了他的作业本，还逼着他磕头道歉，他不肯，就挨了一拳头。他去报告值班老师，值班老师却听信那同学的话，说是他打他，受到老师的批评。放学走出大门时，那同学找来几个大同学，扬言要和他比"武艺"。他赶紧跑回家。走过大街，迎面的汽车、自行车，揿着喇叭，响着铃，他感觉到汽车和自行车都在威胁他。一个行人擦着他身体，他认为是有意向他寻事挑衅。院子里的乌鸦呱呱叫，是在嘲弄他。眼皮也在跳，灾祸要来到。他回家要经过的小巷，变得那么阴暗，似乎地面会开裂，喷出火焰，整个世界要烧起来。他觉得一切都叫人失望，好像掉进了一个恐怖的童话。

前者是说，人物心情之快乐，已非真实的世界所能获得，幸运得似乎世界已变成一块乐土。后者是说，人物心情之愤懑，已非真实的世界所能遭遇，不幸得世界似乎已变成一个噩梦。

这是一种由意变境。

当然，由境生意也好，由意变境也好，在一个童话里，往往是错综的、交替的。

在美学界有个常常举的例子，说有座建筑，四面都是柱子，上面是大屋顶。有人，或有时，看见这屋子和柱子，觉得这屋顶重重压在柱子上，柱子已经支撑不住了，快要折断了。有人，或有时，看见这屋子和柱子，觉得这柱子有力地撑着屋顶，屋顶虽重，想压垮它，但它已无以为力了。

这是由境生意，也是由意变境。

童话之境，引来童话的意；童话的意，构成童话之境，相辅相成，合为一体，是为"童话意境"。

我在"文化大革命"期间，备受精神、肉体之折磨，对于倒行逆施、祸国殃民的"四人帮"，愤懑已到极点。传来周总理逝世的噩耗，得悉北京人民齐集天安门广场，写下许多悼念周总理、抨击"四人帮"、忧国忧民的诗意。

我远在上海这块"四人帮"的"根据地"里，周围爪牙多得很，我的喉头是被扼着的，无法表达我的心绪。

于是，我就写童话了，像天安门广场的人们写诗一样，我写了一个《花圈雨》的童话。

这个童话的"意境"，我是这样描述的：

"这是一个很冷很冷的夜晚，四周的空气似乎像水珠子那样，一颗一颗都凝聚住了。

焦急，像是一只手在不停地抓挠着她的胸口。

天，黑乎乎的绷着脸，重重压盖在城市的上空。空中，飞扬着

哭泣的眼泪化成的雪片。风，打着寒噤，大声地号叫着。路两旁的房屋，所有的窗户，都痛苦地阖上了眼皮。人行道上惨绿的路灯，湿漉漉地，噙着泪水。街心花园里成排的红梅，朵朵像哭肿的眼睛，充满着血丝。远方往常喷着火星的烟囱，屏住呼吸，没有大口大口地喘气。平时爱大叫大嚷的汽笛，也都哑了喉咙……"

我虽然写的是一个小女孩的感觉和心情，实际上完全是我自己当时的感觉和心情。

我虽然写的是那个小女孩所处的环境，实际上完全是我自己当时所处的环境。

我当时所处的时和地，确实是一个空气会像水珠子那样可以冻结起来的大冷天。我的心被焦急抓得难受。会绷脸的天，会哭泣的雪片，会打寒噤的风，会阖上眼皮的窗户，会泪水汪汪的路灯，会充满着血丝的梅花，会屏住呼吸的烟囱，会嘶哑了的汽笛……我周围的一切景物都和我一同悲伤、愤怒。

我的悲伤、愤怒的意，构成了悲伤、愤怒的境。悲伤、愤怒的境，引来了我悲伤、愤怒的意。悲伤、愤怒的意，悲伤、愤怒的境，错综、交替于一体，也就是这篇童话的悲伤、愤怒的"童话意境"。

这是童话艺术手法所表现的意境。因为在真实的生活中，哪有这样的空气、天、雪片、风、窗户、路灯、红梅、烟囱、汽笛？它是被幻想处理的，是夸张的，是拟人的。

写实小说是不会也不能用这样的表现手法去写意境的。当然，有的荒诞小说，也许需要借用童话艺术的这种表现手法，那是另外一件事了。至于境表现意，意融入境，是所有艺术通用的法则，不能说是童话所独有的法则。

童话，是有童话的"童话意境"的，"童话意境"是超生活的。它基于真实生活，又不是真实生活。

童话的构思

问：我很想学着写童话，但是我不知该如何"构思"。我问过一位编辑同志，他说："你觉得怎样构思好，就怎样构思吧！"我要是懂得如何构思，就不会去问他们了。你说呢？

（一位刚从师范学校毕业的小学教师来信）

过去，有一些专给报纸写连载小说的作家，他们写作一个长篇，不一定事先想到一个完整的故事，只是列了个人物表，按人物的发展规律，每天写上一段，就送去发表一段，下一段该怎么写，人物的命运怎样，结局如何，不一定去想过。下一段怎样写，只是在写下一段的时候，把前面登出的故事，再细心读几遍，顺着过去的故事，发展出下一段故事来。

这样写作的作家，新中国成立前在上海、北平、天津这些大城市中都有一些，今天的香港、澳门，也有不少这样写作的作家。

这样的写作方法，新中国成立后，我们的文学界，是持否定态度的。认为这是"爬格子"，"稻粱谋"，意思是卖文混饭，不是搞艺术。而提倡全部想好，写出一个完整的故事梗概。不少出版社约稿时，

要先看过作者的作品故事梗概，而且要许多人看过，领导审批过，通过了，才订入选题计划，让作者去写出来。这样全部想好再写，也是一种写作法，一位作者欢喜这样全部想好再写，谁也不会去否定他。因为这样写作的作家，出来过许多好作品。

前面说的想一段写一段的作者中，自然有一些是为了养家糊口的作文匠，并不是在搞艺术，出来的作品，粗制滥造、质量低下的不少。当然，其中也不乏精品和成功之作。

我提这两种写作法，无意来判别写作法的高下，不是提倡何种写作法。

因为我这篇短文，不是写作方法的论述，我只是从写作法谈起，说目下有的人写作，先定好一个"结局"，然后用种种人为的、不从生活规律出发的细节，去证实和促成这个结局的实现。

我们看有些作品，譬如，作品的主人公完全没有必要，而且非常不可能，要去跳海自杀。但是，作者为了既定的"结局"是主人公跳海自杀，便千方百计，胡乱填充一些情节进去，硬要主人公去跳海自杀。

结局先行，其实就是主题先行，造成了作品的图解化、概念化。

我们有的童话作者，写作童话，也有这个毛病：结局先行。

譬如，写一个孩子懒惰的童话，作者让他最后的结局是变为一个勤快的人，于是就在这开头和结局的中间，填进了大量的让这个孩子吃点懒惰的苦头，或虚构一个懒惰国，或虚构一个勤劳城，让他进去受受教育，最后达到转变成勤快孩子的结局。

这种结局先行，然后通过一些人为的手段，拼凑上一些勉强的细节，再添上一些无关的笑料，然后达到预定的结局，这是当前童话创作的通病。

我觉得前面说的那一种写作法，也有好处，那就是说，人物命运的安排，故事情节的发展，必须是在前面生活的基础上，按照人物、故事的必然趋向，去安排人物的最后命运，去发展故事的最后结局。

我们的许多童话，质量太差，作者以为童话是幻想的，就可以不按生活规律，我要怎样写，就怎样写，人为的味道太重，勉强的成分太多。

写作童话，决不能随心所欲。决不能靠自己的一点小聪明，去作故事开端和结尾中间的生活空白的填充。

最近，见到有个童话，叫《馒头山》。写一个孩子，他邻居的老爷爷病了，他去请了一位医生来看病。医生看了老爷爷的病，却说："要治好老爷爷的病，必须吃村外路边那棵梅子树上的梅子。"而且"一定要第三天的早上吃"。

为什么要吃梅子？为什么一定要吃村外路边那棵梅树上的梅子？为什么要在第三天的早上吃？吃桃子行吗？市上买的梅子行吗？第四天的早上吃行吗？

这就是费解了。是医生的故弄玄虚、卖弄关子吗？是医生蓄意刁难、恐吓病人吗？是神仙下世、帮助凡人的吗？其实，这是作者不高明的安排。

下边，作者继续写道："那棵梅子树，有九万九千九百九十九米高，谁也上不去。"

为什么这棵树是九万九千九百九十九米高呢？人都上不去，怎么量的？难道那时候，已经有人用现代科学方法来测量过了？而米又是现代才通行的长度测量单位。

按理，要攀上这样高的树去，总得要想个巧妙点的神奇点的办法。可是作者让童话中的主人公想出了这样一个笨办法：

"动员了全村人"，"从各人家里拉来一车车的白面粉和发酵粉"。"又挑来一桶桶的水，七手八脚在梅子树的底下和起面来，揉成一个像山那样高的大面团。"作者已忘记，这个村里，"家家揭不开锅，有了上顿没下顿。"老爷爷"饥寒交迫"，"满头白发还替财主打短工，累得生了一场大病。"大家怎么拿得出这么多的面粉？七手八脚能做得起一个"山样大的馒头"吗？

面团揉成了，"孩子爬到面团上面去。太阳一晒，面团愈长愈高，成了一个和梅子树一样高的大馒头。"孩子"把梅子采下来了"。

怎么下来呢?"孩子跳一跳,人就陷进了馒头里。""跳一跳,陷进馒头更深了。"他就是"这样不停地跳,跳到了九万九千九百九十九米深的馒头底下"。这孩子又没有魔力,可以不停地跳,从那么高的地方陷进馒头里。

到了馒头底下,还是出不来,作者没有更好的办法,只好让"孩子不住地吃",才算"啃穿了馒头山"。时间正是"第三天的早上"。孩子把梅子送给老爷爷吃。当然,"老爷爷吃了梅子,病好了。""大家都夸这孩子,是个好宝宝。"

这完全是作者关起门来,在那里"瞎编"。整个童话在写什么呢? 给人的印象是:一群愚蠢的大人在受一个孩子的折腾和戏弄。

我觉得,这位作者,从面粉发酵后,太阳一晒,会胀大,着眼于这一有趣的生活中的科学,并把它用到童话中来,这是好的,可以构思成一个很精彩的童话。

但是哪能这样来构思呢? 给安排一个老爷爷生病,最后结局是老爷爷病好了,其中,要写一个孩子来"帮助"老人,所以又加了一个医生开的奇怪的药方,制造困难,由孩子去解决。于是这样编出了这个《馒头山》的故事来。

现在不少人,以为童话的构思,就是给童话中的人物,制造了一个莫名其妙的"困难",然后,由一个聪明的大人或孩子去想出一个奇怪一点的办法,解决"困难",帮助前面的人物,达到目的。

这篇《馒头山》,作者安排那位医生开的只是一味药,一个困难,要是开两味药、三味药,就是一个中篇,要是开七味药、十味药,那就是个长篇。如果再开三十六味药、七十二味药,那就可以无穷无尽地写下去……

确实我们有的系列童话,就是这样一难、两难、三难……没完没了的"困难",一直写到自己不愿意再写。

有一位初写童话的年轻人,拿着一篇童话来找我。我一看,这篇作品就是罗列了三个人为的困难,最后结局三个困难解决了。他告诉我,他是向《西游记》学的,因为《西游记》写唐僧上西天取经,历经九十九难。

我想，《西游记》确实是写唐僧他们一路上遇到许多困难，一个个解决，最后到了西天。

我告诉他，第一，《西游记》虽然是一种神怪小说，但它充满着生活气息。作者写了天上、人间，实际上都是人间。大闹天宫，火焰山借扇，高老庄招亲，三打白骨精，都是人间生活的描述。一难复一难，这么许多难，读来毫无重复之感。整个故事，起起伏伏，十分自然，毫无人为做作的虚假感觉。第二，《西游记》的构思，是创造性的，是新颖的。《西游记》的故事虽然在成书前已流行，但成为文学巨著的只有这部《西游记》。要是有一个后人，采用《西游记》的构思，再写唐僧西天取经，遇上众多困难，这些困难一个个都换成新的，不和《西游记》一样，这部小说出来，我看恐怕是没有人要看的。

所以，构思，一要基于生活，二要新鲜。

我们写童话，应该各有各的"构思"。决不能弄出一些"套子"来，大家按模具去填充。

对于构思，有的人说：我们写作童话，我想怎么写就怎么写，根本不必去考虑如何"构思"。好像童话写作就不需要"构思"。这是不对的。任何一个童话，作者写作时都应该是经过"构思"的。为什么要这样开头，某一人物什么时候出场，何处用何样的细节，哪些材料可以删去，故事怎样进展，写到什么地方结束，整个故事说明什么，等等，都要好好考虑一番，这就是"构思"。当然，我们的构思，应该按照人物情节的发展去编排下边的故事，绝不是按既定的故事去添设情节。一篇童话，没有很好地去"构思"过，信手写来，即使很有才华的作家，也是不行的。一个作家是不是有才华，很重要的一点，他要有构思的才华。创作艺术，可以说是一种"构思"的艺术。我们的童话创作也是这样。如果一个童话作家不善于"构思"，他肯定是写不出好童话来的。

也有人说，"构思"这么重要，是不是请哪位童话作家，写一本童话如何"构思"的书，列出一些条条款款来，大家一条条一款款把

它背出来，总会"构思"了吧！前面说过，"构思"切不能变成套子模式，让大家来模仿。"构思"来之生活，你如何取舍，如何剪裁，如何表达，都是各个不同，千变万化的。再说，"构思"不能照搬。童话写作就是一种创造，就要自己去创造。依照生活去创造。那么，如何去创造呢？我想基本措施有两条，一条是多读，读古今中外的优秀的童话作品，多读，就会得到比较，得到对照，得到启发。哪一篇童话，作家是这样构思的，哪一篇童话，作家是那样构思的，慢慢读多了，你不但能欣赏它，而且能剖析它，你可以辨别，这样构思很好，那样构思不好。一条是多写，不怕失败，不停地练习写。练习写，学着"构思"。写好了，或者请人看，也可以读给孩子听，自己也多读几遍，看看自己这篇作品，构思得好不好。有时候，一篇作品写完了，自己觉得构思很不错，但也别忙拿出去，放上几天，有时往往过几天一看，自己也觉得太差劲，不能再投寄给报刊了。

前面说的，可以说是一般的"构思"，但这一般的"构思"，童话也是适用的。

当然，童话的构思，还有特殊的要求。这特殊的要求，就是童话有它的一些特殊的规律，如童话逻辑、童话拟人、童话物性、童话夸张，等等。

好在，你多读童话，多写童话，一个好童话，在"构思"时，都是很注意这些特殊的要求的。你会像发现奥秘似的，发现这些东西。

构思，是我们童话艺术的基本功，多读，多写，我们会提高自己的童话艺术的构思能力的。

童话的鉴赏

问：我的弟弟，他非常爱童话，一回家就读童话。凡是童话书，他买得到的都看过。他最近弄到了一套《济公传》，有三十几本，看得昏昏沉沉，还学那济公疯疯癫癫的样子。学习成绩门门下降，父亲骂过他，他也不听。他自称是爱胡思乱想的"童话迷"，说要去参加一个"童话迷"协会，听他说各地童话迷都要组织起来，并要成立全国中心，选举童话迷大王。他一门心思想做"童话迷大王"，书也不想念了。不知你们了解这些情况吗？我总觉他这样下去不好，但没有办法说服他。你们能出出主意吗？

（报社转来一位小学高年级学生来信）

孩子们喜欢童话，这是好事。

有的孩子太喜欢童话，叫他"童话迷"也未尝不可。

但是，近来忽然"童话迷"成风了。一些孩子自称是爱胡思乱想的"童话迷"，好像"童话迷"光荣得很。有的学校，甚至于有的地区，成立起"童话迷"协会，搞什么"童话迷"串联、"童话迷"擂台赛活动。听说，还准备在全国成立"童话迷"中心。这样，未免有点

过头了，该引起童话界、教育界，以及社会各界的注意了。

社会上，也确有一些"球迷"、"影迷"、"戏迷"。如果都组织起什么"球迷协会"、"球迷中心"，选举出"球迷大王"来，是会影响社会安定团结的。不但是我们中国不允许，世界各地都不会允许的。我们的童话，不要出来带这个头，不要走得太远了。

上海有一个地方戏剧种，着实红过一时。不少著名的演员，各人都有一批女工、女学生、家庭妇女崇拜者，这些崇拜者自称某某迷。这些某某迷，虽然还没有组织"协会"，搞什么"中心"，但她们之间大抵相互认识，也有一些联系。每次演出，甲演员上台，一批甲迷，凡甲演员一唱一白，都要报以热烈掌声，喝彩声。乙演员上台，一批乙迷，热烈鼓掌，喝彩。开始则各自捧场，后来发展到相互喝倒彩，弄得台上戏演不下去。后来竟发展到在剧场里相互谩骂、围攻、扭打，弄得秩序大乱。这些戏迷，也处理过一些，但她们被罚款、拘留，也毫无怨言，可说沉湎已深，迷而至信了。这情况反映到剧团本身，一些年轻演员则不是根据自己条件去创造发展表演艺术，只是一味去模仿某一演员唱腔调门，乐于自称是某派嫡宗传人，借以博得这批某某迷的拥护和捧场。这样，弄得这一剧种日趋衰落，艺术地位大大降低。

我们童话，恐怕亦应以此作为借鉴。特别是我们的对象还是处于身心成长阶段的少年儿童。

对于这些年轻的童话爱好者，我们应该培养他们的艺术兴趣和修养，提高他们的艺术鉴别能力和欣赏水平，怎么可以光让他们入迷、着迷呢？

因为童话，有优有劣，特别是当前，珠砂混杂，大有优劣。何者为优，优在哪里；何者为劣，劣在何处？如果不从提高他们的欣赏力、识别力、判断力着手，让他们成为一个连什么是童话，什么不是童话也分不清的"迷"，怎么能以正确的健康的态度，去领受崇高的童话艺术？

他们必然是不分皂白，凡"童话"一律囫囵吞下，连旧本的《济公传》也误当童话来读。这不是坑害他们吗？

我们童话需要的，是清醒的读者，而不是那种浑浑噩噩的"童话迷"。

我们要开拓少年儿童的幻想智力，却反对提倡少年儿童无稽的胡思乱想。

再说，我们也不要搞"大王"那一套。现在儿童文学界，有许多刊物，叫"大王"。有两个刊物，为争"大王"还闹起矛盾。因为，如果只有一个"大王"还没有什么，那么多的"大王"就不好了。"大王"毕竟是一种封建意识，有的刊物，内容尽登些"布洛"、"卡克"这样的洋东西，无怪有人很有意见，说："这不成了一块半封建半殖民地！"

须知作为一个童话的读者，是高尚的，作为一个"童话迷"，是不光彩的。

如果真有一些孩子已成为"童话迷"，我们也应该积极帮助他们从迷津返航，摆脱迷惑，成为一个清醒的童话读者。

既有一些孩子成了"童话迷"，就应该让他们迷途知返，怎么可以还要去成立什么"童话迷"协会，筹备全国"童话迷"中心，再大量灌迷汤，要他们一直执迷下去，哪能这样干的。

"童话迷"的支持者，把童话的幻想看成就是胡思乱想，把童话职能贬低为一种庸俗的取乐，童话只是满足孩子的兴趣，认为孩子能够"迷"上，就是童话的目的，童话的成功。

我们有些人，写文章爱写上什么"科学迷"、"革新迷"，但这是一个夸奖词，如果真正迷住了，他能做科学实验吗？他能大胆革新吗？"童话迷"是孩子，他一迷上，真是着了魔似的，你要摆脱这个"迷"也还着实不容易呢！

我想对孩子来说，"迷"总是贬义的，不是一件好事儿。

有那么几个孩子成了"童话迷"，还不要紧，经过老师开导，同学帮助，他能清醒过来。而今天，不是几个"童话迷"的问题，是有计划地要在孩子们中间造就一大批"童话迷"，并组织起来，有协会，有中心，竭力在这个"迷"字上做工夫，事情就严重了。

童话，决不能有"童话迷"。

我们应该迅速写出童话艺术鉴赏的书来，引导广大少年儿童和童话爱好者能正常地去阅读童话，成为一个健康的童话读者。

童话的读者

问：我早已经是一个大人了，而且快要做妈妈，可是我还是很爱读童话。我们厂里的一个小姐妹说，童话是娃娃们看的，读童话会使人变得幼稚，快别看了。真会是这样吗？

（一家妇女杂志社转来一位女青年的信）

童话的读者对象，顾名思义是儿童。不然，它不叫童话。它是儿童文学样式的一种，成人文学里是没有童话这一门类的。

现在，童话的对象，已从零岁开始，就是孩子一生下来，就要让他接触童话。然后，是托儿所、幼儿园、小学低年级、小学中年级、小学高年级、初中一二年级。以后，便和青年文学接上了。因为少年到青年，没有一个明显的交接点，所以，不少初中三年级学生、高中学生也爱看童话。

这对象的划分，是童话性质所决定的。只是说，童话是为这么一些阶段的少年儿童准备的，丝毫也没有排斥成人去阅读童话的意思。

因为，童话虽然属于少年儿童，但不是与成人无关，正如成人和少年儿童的关系一样，是无法分开的。

下面，我特意要说说成人与童话的关系。就从未来的妈妈，和在母体里的孩子说起吧！

当一个孩子的小生命开始孕育在母体里，做母亲的，除了在营养上供给体内的胎儿，还自然而然地在培育着体内胎儿的性格。如果有意在这样做，这就叫"胎教"。虽然，胎教的科学解释，我们还没有见到什么可靠的数据。但是关于胎教的论证，古代和今天已有不少文字发表了。在邻邦日本，近年来还出现了胎教的专家，写出很多研究文章。

我想，我们应该看到这样的事实。"文化大革命"年代，怀孕的母亲，日夜担惊受怕，生活于烦躁不安之中，这一时期出生的婴儿，不少以后作风粗鲁、性格野蛮，这是从母胎时期就被扭曲、糟蹋了的一代。常听人说，这孩子先天不足，"先天"看来还是很重要的。如果先天不足，后天失调，这孩子便无希望了。

我们童话，给少年儿童调理"后天"，这是很明白的，那么跟"先

1955年3月，童话《神笔马良》首次发表于《新观察》杂志第三期，由张光宇绘图

天"有什么关系呢？

我们的女同胞们，当你怀着小生命时，你们不但要进摄钙片、维生素C、牛奶、鸡蛋这些营养补品，我还要建议你们去挑选一些童话来读。挑选那些恬静的、优美的、富于诗情画意的、文字上刻意雕琢的，或充满自然情调的童话来读。

你在明静的室内，拉上乳白薄纱窗帘，使光线显得格外柔和，茶几上插几株素雅的散发着芳香的花枝，你安详地坐在舒适的沙发里，翻开童话书，一页一页细细读来。你不只是看故事，应该把自己沉浸在故事的氛围里，成为故事中的一员，倾注你女性细腻的柔情，去和主人公一起进入无边无际的艺术幻想世界，尽情去汲取，尽情去吮吸，尽情去采撷世界上这至纯至真的爱和美。

这是多好的时刻，你和你丈夫的血肉结晶——你们未来的孩子在一起，一起享受这美好的童话。我想，你会感到很充实，你是一个富有者。

这不只是使你的精神境界得到净化，你的艺术修养和素质得到提高，而且你的母亲的爱也会显得更深沉，你会相信自己变得崇高起来。

更主要的，你的孩子美好的性格，在这不知不觉的、无声无息地自然陶冶中，淡淡的美和爱的交流中，会得到哺育，得到塑造。

为了母体中的孩子，也为了母亲，我要向怀孕的女同胞们，推荐大家多去读童话。

我们的社会，有责任要保护妇女儿童，我想，提倡孕妇们读童话应该是其中工作的一项。

十月怀胎，我们的妇女应该从柴米油盐中挤出时间来，从家庭的杂务纷繁禁锢中解放出来，排开生活中的种种不快和烦恼，让她们能有一些时间来读童话。

读童话，是一种有效而高尚的排解。因为童话本身具有一种女性般的美和爱的诱人魅力。读着读着，会使你的注意力，你的情绪，高度的贯注和集中。

当然，你也可以看图画，听音乐，练书法，读诗，读小说，读散文，看戏，看电影，领略种种艺术。但读童话，是很重要的，因为童话是最能使母亲和孩子的情感相沟通的。

如果有条件，我倒是很想为未来的母亲们，专门从古今中外的童话名著中，选出一些最优美的童话，配上最优美的插图和装帧，来献给所有的明天的母亲们。

童话是为孩子们写作的，也应该是为母亲们所准备的。如果只有前面一句，是不完整的，必须加上后面这一句。

愿天下所有的女同胞，在你出嫁的时候，都带上童话，这是你最富有的嫁妆。有人给你送礼，最好的礼物是童话，这包含着最吉利最珍贵的幸福祝愿。新房里放上几本童话，这是最美的装饰，它象征着未来、希望，向来宾们诉说着高雅的理想。

更愿凡怀孕的妇女，都有权利读童话。

那么，也应该给作为丈夫的男子汉说几句话。当你妻子在读童话时，你如果显得那么木然乏味，不对劲，不耐烦，那太不合适了。你不但应该和妻子一起到书店去挑选满意的童话，在你妻子读童话时，你应该靠在她身边，和她一起读，一起进入美和爱的世界。让父亲和母亲的感情交织成的爱流，随着童话故事情节的开展，缓缓注入妻子怀着的小生命。

十月过去了，小生命顺利来到了世上。慢慢长大了，从懂事开始，你就要按部就班，常常给他讲童话。

有的父亲，口袋里空空，没有童话的储存，过去听过的童话都忘掉了，只好去买一本童话书，按书上的童话讲。讲的时候，自然要添枝加叶，有所增删，这也是创作。有的就自己编。有的编得很好，可算是一篇即兴体童话。有的自然是瞎编，乱七八糟说一通，这是有害的。有的就花点钱，到外面去买几盘磁带来，孩子要听童话了，打开录音机就放。

这不光是对做父亲说的，母亲也应该是这样。一个好父亲，一个好母亲，都应该是童话创作家，至少也应该是童话讲述家。

也有更无知的父母，什么童话也不会讲，觉得孩子只要吃得胖胖的，无病无痛，便算尽完父母责任。还要关童话什么事！殊不知一个孩子除了吃饭喝水以外，还要有精神食粮的。

我也很不赞成，有的父母，为了自己省事方便，孩子要听童话，买磁带来放的做法。

父母给孩子讲童话，是一种父母和孩子感情的交流。这样一个多么珍贵的共叙天伦、融会感情的机会，给白白错过，多可惜！

随着孩子的长大，他们的要求愈来愈高。一天讲一个，还不行，要"再来一个"，多次的"再来一个"才罢休。如果父母没有足够的童话储存量，这日子也是很不好过的。

孩子上学了，识字了，你们就要给孩子买童话书，选择好童话，引导他如何读童话。

等你们孩子长大成人了，你想松一口气，可不要太久，你们的第三代很快要来到人间，爷爷奶奶，或者是外公外婆，还是跟童话在一起，童话离不开你们，你们也离不开童话。

这是说有子女的家庭。我到好几个养老院去参观过，发现他们的阅览室中，备有许多童话。而且一翻，凡封面最旧最破的必是童话。我一询问，原来那些无儿无女的老人，都爱读童话。有的说，读童话好像让自己回到了儿童时代，重温起那些往事来，似乎自己一下年轻起来了。有的说，读童话好像感觉自己跟孩子们在一起生活，显得不冷清、不寂寞，那种孤独感给驱走了。

童话是儿童的，但是成人也离不开童话。正如世界上没有孩子不行。

童话是儿童的，也是成人的，是我们大家的。

童话的流派

问：有人说：童话分成"热闹"、"抒情"两大派。现在以"热闹派"居优势，所以有一些人称自己是"热闹派"。请你说说你对"热闹派"的看法。

（一位报社的编辑来信）

问：童话界一会出现一个"小老虎派"，一会出现一个"热闹派"，现在听说又出现一个"新潮派"。这是怎么一回事，你了解吗？听说一些童话作家对此都沉默，这有什么不好说的呢？你说说吧！

（一位写文学评论的作家来信）

关于"热闹"和"抒情"，近来成为童话界常常议论的话题。不但是口头议论，而且见诸文字。

这"热闹"和"抒情"，是1982年夏天文化部在成都举办西南、西北地区儿童文学讲习班时，一位儿童文学翻译家在一个学员座谈会上即兴发言，随意讲的。当时，另外一位翻译家和几位儿童文学作家也并不同意这说法。不想，一下传开来了。有人便认为，当前童话分为"热闹派"、"抒情派"两大派。还有人开了个名单，把所有

写童话的年轻人都圈进"热闹派"。我想，这些年轻人可能有的承认，有的自己还不知道，知道了也不一定会承认。开始，说"热闹派"是张天翼的作品，后来又不承认张天翼是"热闹派"了。说他们的"热闹派"童话与过去所有的童话"迥异"，有的甚至说，过去没有童话，童话是从"热闹派"开始。这种种说法，的确前一阵颇为"热闹"。

于是，我去问那位最早提出"抒情""热闹"的翻译家。他说："现在他们说的'热闹派'，和我说的'热闹'完全是两回事，一无关系。"

那么，我想试就"热闹"、"抒情"来谈一点我粗浅的看法吧！

第一，我认为，我们的生活是千变万化的，少年儿童的生活是丰富多彩的。如果承认我们的童话，是生活的反映，是儿童生活的写真，那么，我们的童话也应该是千变万化的、丰富多彩的。生活绝不是只有"热闹"、"抒情"这两种，我们的童话怎么可以只有"热闹"、"抒情"这两种呢！就说只有这两种，那么为什么又要扬"热闹"而抑"抒情"呢？我们的童话，应该反映千姿百态的万花筒般变化着的生活，就要百花齐放，我们怎么可以归纳为两种，再抑一种，成为一花独放呢！要是我们的童话，只有"热闹"一种，能反映千变万化的生活吗？只有"热闹"一种，孩子们不是会感到单调、乏味吗？

第二，如果说，我们的生活只有两种，这两种总得是对立的。像世界上人有两种，一种是男人，一种是女人。不是男人便是女人，不是女人便是男人。可是"热闹"和"抒情"并不对立。"热闹"的反义词不是"抒情"，"抒情"的反义词不是"热闹"。"热闹"是一种生活现象（热闹的场面，热闹的气氛，等等）。"抒情"，是一种表现手法。一种现象，一种手法，既不对立，又不交叉，又不连接，这两个互不相干的单词，根本连不到一起，能说我们的生活，不是"热闹"便是"抒情"，不是"抒情"便是"热闹"吗？再说，在某种意义上，"热闹"也是一种"抒情"，"抒情"也可以"热闹"。所以，把童话分成"热闹"、"抒情"，说不通。

第三，童话是一种多对象多形式的文体。有的幼儿童话短短几十字，你说是"热闹"的，还是"抒情"的？有的长篇童话，章节很多，有的部分"热闹"，有的部分"抒情"，那该如何说？按说，凡文学作品，都应该是"抒情"的，童话也不例外，童话单求热闹，而不抒情，能有这样的作品吗？

第四，一个童话作家，应该有几副笔墨，这就是艺术根底，应该学会反映各种各样千奇百怪的生活。如果这个童话作家，只能反映生活中的"热闹"，只会写生活中的热闹场面、热闹气氛，这位作家光彩吗？我觉得，"热闹派"这个词，是贬义的，我认为"热闹派"这顶帽子，以不戴为好。我想，也许有人已经意识到这点，准备把"热闹派"换成"新潮派"。如果一定要成个什么派，我倒很赞成换成"新潮派"，要比"热闹派"为好。

第五，被圈在"热闹派"里的那些年轻人，我都是很熟悉的，而且都有种种往来，他们所走过来的生活经历、创作道路，我是很了解的，可以说是各个不一的。他们过去的作品，现在的作品，我都看过，可说是各不相同，各具特色的。绝不是一个"派"，可以把他们捏在一起的。更不是"热闹"这两个字，可以概括他们的作品的。这是明摆着的事实，他们的作品，没有一个人是专写"热闹"的，不少作品并不那样"热闹"。不知道为什么竟然弄出个"热闹派"来。我认为那份名单上的童话作者，没有一位，可以以"热闹"称派的。我要武断地说一句，现在热闹一阵的"热闹派"，实际上是不存在的。当然，这是我的看法，要是有人出来说："我就是'热闹派'。"或者说："某某就是热闹派。"也完全可以。因为这不是学术问题，不需要争鸣的。我要说的是，这些年轻人，是有才华的，是有前途的，如果要说"派"，我希望他们每一个人自成一"派"。现在把他们说成一个"热闹派"，非常不合适，他们过去不是一"派"，现在不是一"派"，将来更不会是一"派"。现在，他们还很年轻，才二十岁，三十岁，个别也有四十岁，四十多岁的。艺术创作还刚开始，虽然写了不少优秀作品，但更成熟的作品还在后头，来日方长，前程远大，说他们是

什么派，似乎为时还早一些。许多作家是什么派，往往是在他的晚年，创作道路快走到头了，或者在他百年以后，人们来给他论定的。我们的老童话作家，有的八九十岁了，有的逝世了，有的长期卧床了，他们写了那么些童话，对童话是大有贡献的，也没有给他们做"论定"的工作。才二三十岁的人，何必就急于立"派"呢？一个童话作家成就如何，那主要看作品影响如何。安徒生没有什么"派"，格林没有什么"派"，但世界上公认他们是童话大师。有的人才写了十来篇童话，还稚嫩得很，就来个"派"，对自己也不好。

第六，派，有两种，一种是流派，一种是帮派。当然，我们这里说的派，是流派之派。帮派就不好了，拉帮结派，"文化大革命"中这种拉帮结派的情况很多，那是一种贬义。流派，是文学上的一种流派。它是别人对一些作家客观的评定。说他们的作品，同具有某一特色，或风格相近。被称作流派的，有同时代的，相互也不认识的作家；也有不同时代，相隔许多年的作家。绝不是一批志同道合的人，大家谈得来，自愿聚在一起。这自愿组织起来的怎能算什么"派"呢？确切说，是一种文学社团。作为一个文学社团，应该也有共同的文学主张，成员为共同的文学主张的实现而写作出作品，而绝不是以年龄划线。因为文学社团是有章程，有宗旨，有目标的，只要同意主张，不论年龄、性别，都可以参加。

所以，我的意思，许多事应该从历史的宏观来看。那个"热闹派"，以不要再提为好。这是我的建议。

童话的引进

问：现代派已经悄悄进入中国的童话。你认为现代派能够在童话界立足吗？不知你对现代派童话，持什么看法，能回信说说吗？

（一位团干部来信）

世界上的事物，往往是这样。你禁止它，便接踵而来会有个风行、狂热。你任它风行、狂热。一阵风行、狂热过后，你不禁止它，它已销声匿迹，你要找也找不到它。物极必反，这是一切事物的规律。

现代派文学就是这样。那些年，现代派文学，横批竖批，说它如何如何反动、堕落，似乎是一种非常可怕的洪水猛兽、精神毒品。

近几年，"开放"定为国策，现代派文学，就像水闸把门打开，真可说以极猛之势，涌进了文坛。

中国文学立即以仿效现代派为新潮，竞相推崇。童话界的一些青年作者，不甘落后，抢先把现代派引进了童话。于是我们也有了叫"现代派童话"的作品。

其实，有的人，对现代派也不甚了了，只觉得这三个字时髦，自

己随意写一通，就往现代派这边挂靠。

殊不知，在外国，现代派也不是新东西，而且在不断变化。所谓现代派，每个时期，都有它一些代表作家和作品。他们都说他们是现代派的，但他们的主张和作品，也是各人各异的。现代派，没有一个固定的定义和范围。你说你的，他说他的。所以，现代派这顶帽子，谁都可以拿来给自己戴上。它没有正宗邪门之别，也无真实假伪区分。因此，现代派的时髦，人人可学。于是，拜倒的信徒甚多，趋附风雅的也甚多。

在童话上，那种"看不懂"的称之为现代派探索童话的作品，流行了没多少天，近来已经冷落，因为童话毕竟是给儿童看的，儿童冷淡，是无法存在下去的。

现在在童话中，叫得最多的，无非是"象征性"、"快节奏"（时间跳跃，跨度大）、"生活流"、"意识流"、"黑色幽默"、"非故事"、"非情节"，等等。

这些东西，至今可说还没有进入童话作品，还停留在口头上，名词上。

要知道，进入作品，是十分不易的事。

口头上，发言用几个现代派名词，这是极为容易的。

再说，这些所谓现代派的东西，也并非外国独有的。中国文学艺术中，有些现代派的手法，早就运用，而且还颇为盛行。

如我们的中国戏曲中，那张低矮小桌，可以象征为床、柜台、山坡、城楼、点将台……一条马鞭，挥了几挥，兜了个圈，便是骑马从家门到了京都。节奏何等明快，时空跨度多大。

中国的敦煌石窟，不少壁画，初看是单幅画，但细一琢磨，却是有故事情节的连环系列画，多么巧妙，节奏也极明快，时空跨度更大。

其实，中国的童话本身，在某种意义上来说，它就是中国现代派的一种样式，因为它是超现实的，超生活的。

目前，有些受到赞美的成人文学作品，其实就是童话，运用童话手法，只是以成人为对象，不叫童话罢了。

如小说《减少十年》，这种年龄变大变小的手法，在童话中是极为普通的。

如戏剧《潘金莲》，古今人物同时出现，对话争论，也是童话中常见的手法。

可是前者称之为"荒诞小说"，后者称之为"荒诞戏剧"，都可算是外国现代派作品。

还有中国古典小说《西游记》，中国一向称为"志怪小说"，但也有人把它挂上现代派，称为"荒诞小说"了。

我认为，有些名词，早就有了，并且已有约定俗成的丰富内涵，就不改了吧。何必一定要向外国的现代派上靠呢？

中国童话中，有许多名词，是好的，就保存它，继续运用它，不要眼下现代派时髦，把现代派的名词硬要搬进来替代它。

童话故事情节，几条线同时进行，交叉进行，这是很多的，不要去换个新名词叫"双向轨迹"、"三向轨迹"……

"构思"、"结构"，在文学上，在童话创作上，已经用了很多年，大家也很熟悉，就不要去换用"排列组合"了。

有些旧名词，不能运用了，当然可以换新的，决不要为赶时髦而换新名词。换换名词，是无助于推动童话发展的。

近年来，凡童话评论文字，我必找来一看。我发现似乎大家都立足于"新"字。文学一定要求"新"。如果我们的童话评论文字，都是陈词滥调，有什么意思呢？但是也不可为新而新。看得出，有的人非常想新，但实在新不出来，所以只新了一些名词。满篇新名词，读完却空空如也，一无所得。这种新而空的文字，近来已经泛滥，成为一种八股。这种言之无物的新空文字，再多也无益于童话。这样的新空文字，实际上也是一种陈词滥调，不足为训也。求新，非易事，那是需要一定的艺术根底，要了解生活实际和童话实际，要下一番刻苦工夫的。不是光有新的动机，就可以写出新评论来的。

以上说，我丝毫也没有贬低现代派的意思，只是说我们中国有

中国的不叫现代派的现代派。我们的童话艺术便是。

当然，我也决不反对我们的童话也要从外国的现代派吸收新东西、好东西。让外国现代派的新东西、好东西丰富我们的童话，这也是必要的。

但是，如何吸收，用之于我们的童话，还是个问题。

写作童话的作家们，我们不闭关自守，但也要独立思考，根据我们童话读者对象的要求，按童话的种种艺术规律和法则，去写作吧！

我们要在潮流中做弄潮儿。

在各种潮流中，该急流勇进的时候勇进，该急流勇退的时候勇退。

应该有这个信心，童话是在风浪颠簸中前进的。

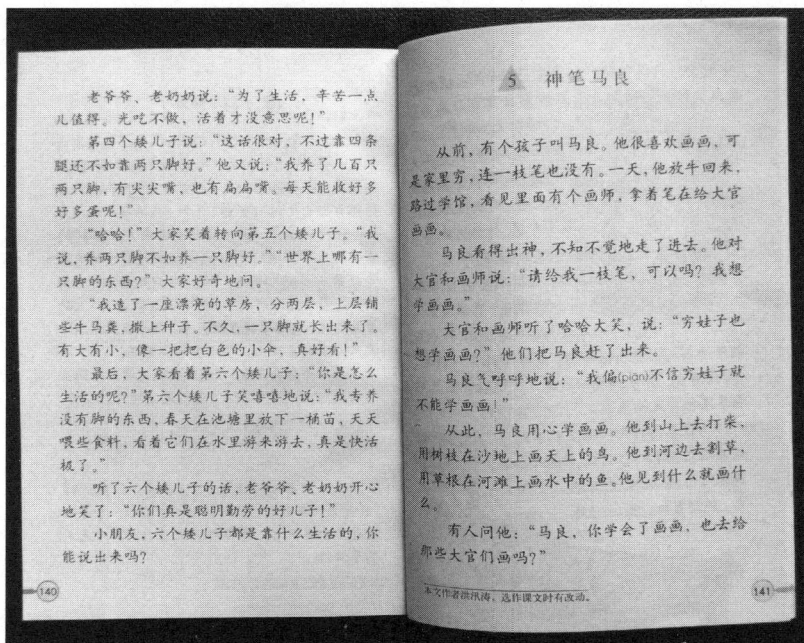

《神笔马良》收入人民教育出版社出版的小学语文课本

童 话 的 类 别

问：你是怎样写《神笔马良》的？这一作品的主题是什么？你对这篇作品，有些什么话要说？

（一位来采访的记者问）

问：《神笔马良》是童话还是民间故事？童话和民间故事的区别是什么？

（一位小学语文教师的来信）

问：童话有哪些类型？请简单介绍一下好吗？

（讲课时递上来的字条）

《神笔马良》是我早期的作品。

关于它是童话还是民间故事，从这篇作品发表以后，特别是编入小学语文课本以后，一直有许多读者来信询问，其中很大一部分是教师。于是我在上海 1979 年 12 月的《语文学习丛刊》上，发过一篇答问。这篇文章不长，特转录一下：

我以为，童话是一种题材广阔的文学样式，它可以给动植物、非生物，乃至某种精神概念，赋予生命。天地间的万物，人们头脑里的

意识，均可取作童话的题材。童话，自然可以写"从前"，可以把"从前"的人物，作为童话的主人公。正如其他的文学样式，小说、散文、诗歌、戏剧可以写从前的人物一样。

至于童话以民间传说为素材，或者在原传说上加以发展，或取其一点加以发挥，中外古今，屡见不鲜。这样的童话，在童话中有相当大的一部分。有不少著名的优秀童话，都是这样的作品。

但有一些人，往往把这种写"从前"的作品，不分情况，统说作就是"民间故事"。

民间故事，我以为，应该指那种群众集体口头创作的、在民间口头广泛流传的作品。这是要经过广大人民群众所公认的。决不能谁写了一个故事，只要是"从前"，就可以说成"民间故事"的。

童话与民间故事，不能任意画上个等号。

民间故事，包括范围很广，除了其中民间童话这部分外，其他的故事，并不完全是说给儿童听的。童话则不然，虽也有专给大家看的童话，但它主要是为儿童写作，供儿童阅读的，是儿童文学中一种独有的、特殊的样式。

至于童话与民间童话的区别，上面说过，民间童话，首先必须是民间创作、民间传诵的。

《神笔马良》中，某些情节取自民间传说，但是，民间故事中，并没有《神笔马良》这样一个故事，因此，不能说《神笔马良》就是民间故事。

这篇短文好几张报纸转载过，也收入一些语文教学参考书。

可还是不断有人来信。这说明有不少教师对童话和民间故事还分不太清楚。就是有些儿童文学工作者，有些儿童文学报刊的编辑也分不太清楚。因为我常常收到这样的一些约稿信："请你再创作一个像《神笔马良》那样的民间故事吧！"

《神笔马良》编入小学语文课本，是全国小学统一使用的教材，虽然一年年都在印，但我只知道课本里有，并没有去找来看过。最近我去一个学校，听了一位模范教师上这一课文的课。我发现课文中，有一些语病。如对赠笔的老神仙，称之为"白胡子老头儿"。"老头儿"在任何地方都是个带贬义的称呼。我查我的童话原文，均为"白胡子老人"。其实，最好还是改成"白胡子老公公"或"白胡子老爷爷"。

关于《神笔马良》的主题是什么。我认为，主题这东西，可以因人因地因时因种种条件而异。有人以为这篇作品的主题是马良勤学苦练，终于获得一支神笔。有人说是赞扬马良有志气，不怕利诱威胁，为穷人画画。有人说是受压迫者与压迫者的斗争。有人认为是说神笔只有掌握在人民手中，和人民在一起，才能发挥力量。有人认为是说笔具有威力，文化是重要的。"文化大革命"期间，有人认为《神笔马良》的主题是宣扬不劳而获。有人认为是鼓吹"一支笔"主义，有笔什么都有了，笔杆子决定一切。当然也有人认为攻击大官、皇帝，是攻击当今的"无产阶级司令部"。

一次批判会上，那位"革命领导小组"的组长，竟然命令我写出"今后不再写文章"的保证书，我一面写，心里觉得自己就是马良，那心情和笔给"大官"抢走时马良的心情一样。

我认为《神笔马良》的主题，可以是这样：这童话通过一个勤奋、正义、坚强的孩子马良，获得一支神笔，以此来造福人民，和欺压人民的大官、皇帝作斗争。

《神笔马良》中，有一句很重要的话，是马良说的："我要为穷人画画。"这在年龄大的人们中间，是很容易理解的。可是不久前我在一群孩子中间，听到一种议论。一个孩子说："干吗要给穷人画画？"一个孩子说："我是马良的话，我就要给万元户画画。"一个孩子说："穷人，为什么穷？太懒惰，不会动脑筋！"一个孩子说："有钱还要马良画画做什么，有钱就什么都会有。"……

这番话，表明孩子们的"穷富观"已起了截然的变化。

难怪那位教师，在讲的时候，把"穷人"都改为"受苦的人"了。不然，要费很多口舌，去解释为什么过去有大官和皇帝，穷人是好的，富人是坏的呢？为什么现在富好穷不好呢？

　　说明任何一篇文学作品，对于它的主题和情节的理解，是随着时间条件的转移在变化着，童话也是这样。

　　童话的类型是很多的，有的接近小说，有的接近散文，有的接近寓言……可以采用对话形式，可以采用书信形式，可以采用日记形式……有长篇，有中篇，有系列……

　　《神笔马良》可算是一种民间传说型的童话，是众多的童话类型中的一种。

　　我写的童话中，有这一类型的作品，但也并不都是这一类型的，而且绝大多数不是这一类型的。

　　一个童话作家，不能只写一种类型的童话或几种类型的童话，而应该写多种类型的童话。

　　我们的生活是多种类型的，我们的童话也应该是多种类型。

童 话 的 语 言

问：我写了好几篇拟人化童话，对拟人的动物、植物、一律用"他"，可是在发表时，编辑同志将"他"全部改成"它"了。后来，我一律写成"它"，可另一刊物的编辑又将"它"全部改为"他"。我不知道该怎么好，写童话在语言文字上，还要注意什么问题，你能给我指点指点吗？

（一位初学写童话的作者来信）

一个"拟人化"的童话，所谓"拟人"，就是把物"拟"成人来写。但这物，并不完全是人，还保留着物的本身的性能。这就是我们一再说到的"人性"和"物性"的相结合。

如果像《聊斋志异》的一些故事中，那狐狸成精，可以变成美女，既无狐臊臭，也没有尾巴，完全是一个人，并不存在狐狸的"物性"，那不是"拟人化"，我是称之为"变人化"的。"变人化"，在童话中是极少的。"变人化"，画起来，美女就是美女，书生就是书生。"拟人化"画起来，兔子还是要画成兔子的样子，不过可以直起来走路，还可以穿上人的服装。

也有人变成什么物的。如果变成物，像民间童话《望娘滩》里那个青年，他变成了一条龙。他虽然有人的思想，人的感情，要回头来看望老母亲，可他已完全是龙的样子，这种和"拟人化"反过来的"反拟人化"，没有合适的名称，只好称之为"拟物化"。

如果，像有的民间童话里，一个人干了坏事，被神仙惩罚变成了石头、土堆、猪狗之类，完全是物了，一点人的性能都没有了，这种和"变人化"倒过来的"反变人化"，该叫做"变物化"。

不论是拟人化、拟物化、变人化、变物化，都是人和物的综合物。或既是人又是物，或先物后人，或先人后物。我认为"他"、"它"都可以用。如果有别，一个具体拟人作品，大都是一开头就已拟人，如以物性为主，以用"它"为好，如以人性为主，以用"他"为好。拟物作品，大都一开头是人，然后是物，可以"他"字到底，也可以先用"他"到拟成物时改用"它"。变人化，可先"它"后"他"。变物化，可以先"他"后"它"。当然，这也要看具体作品，灵活掌握。如："他变为一条癞皮狗。它到处受到人们的讨厌。"如："他终于变成一座石像。他永远看望着海里驶过的船只。"

有的编辑爱用"他"，有的编辑爱用"它"，这种情况是有的。只要改得对，是可以改的。

当然，有的编辑，为了全书的统一，把一本短篇童话集中，拟人的"他"、"它"，逐篇统一起来，就没有必要了。

拟人化童话中，有些措辞用字，是应该注意的。

如一篇叫《森林里的宴会》，小狐狸去得太迟，熊、虎、狼、豹都吃饱走了。小狐狸一到就问："咦，他们人呢？"并且还加了一句："怎么一个人也没有？"正说着一个猎人出来了，说："人在这里呢。"小狐狸说的"人"，究竟是指猎人，还是指熊、虎、狼、豹？熊、虎、狼、豹，尽管拟人了，但是叫"人"总不好吧！并且混淆不清。有的作品，常常可以见到这种败笔，这是不可疏忽的。

拟人化童话中，有的语言文字不注意，是会破坏整篇作品的。

如："老麻雀伸出它的双手迎上去，一把将小麻雀举上了头顶。"

老麻雀怎么有"手"呢？双手是指它的双翅还是双脚？

如："苍蝇一下脸红了，心怦怦跳着，显得手足无措起来。"苍蝇怎么会脸红心跳、手足无措呢？

这一类，恐怕还不光是语言文字问题，而且牵扯到拟人物的物性问题。

写童话，措辞用字，都要慎重考虑。这是在进行一项艺术创作劳动，不能随手写来都是文章。

要是大家把写童话当作一种最容易的事，我看童话是会消亡的。经过千锤百炼不易改动的唐诗宋词，何以流行至今不衰？这是诗人们付出巨大劳动，一字一句，都经过细细斟酌推敲的缘故。

童话也是一种艺术，艺术都是严肃的，也要认真地一字一句细细斟酌推敲。

一个写童话的人，如果他的语文基本功不过关，肯定他是写不成好童话的。

请童话写作者切勿忽视语文基本功。

童话的传播

问：四年前，我写了一个中篇童话，投寄给一家出版社。他们看过后，一次一次写信来，要我修改这篇作品。大大小小，我修改了七次。可是到了今天，突然接到出版社的退稿信，说我的童话内容已经过时，无法出版，把稿寄回来了。我不明白，一个童话怎么算过时呢？出版社的这个理由，站得住吗？

（一位童话新作者的来信）

常常听人说，这篇童话"过时"了，那篇童话"过时"了。

时，时间，时代。说明一篇童话有时间性，有时代性。

过时，就是说一篇童话，事过境迁，已经显得陈旧，不适用了。

童话有两种，一种，它能够十年，几十年，甚至于百年，几百年，世世代代流传下去。如《老虎外婆》《十兄弟》《马兰花》这一类，父父，子子，孙孙，一直可以讲下去。也有一种童话，它只能在一定的短暂的时间里起作用。如讽刺某一现状的，歌颂某一事物的。如抨击"四人帮"的三雄一雌螃蟹的童话，棍子、帽子拟人化的童话，赞美人民公社、大跃进高产的童话。这一类童话，现在来看，就没有人愿意再读了。它在当时的短期内起过作用，有过影响，但已完成任务，"速朽"了。

"速朽"的童话，就是"过时"的童话。

"速朽"的童话，也是需要的，但不能说"速朽"是个方向，童话必须都是"速朽"的。

我们的童话作家，有专门写"速朽"童话的，也有陆陆续续写了不少"速朽"童话的。但大多数童话作家，不愿意写"速朽"童话。

"速朽"童话，写的时候，有的自己知道，只求一时的作用和影响。有的并不知道它会"速朽"，是自我估计不足。

"速朽"与否，决定于一个童话出来后的事和境。如果事一过境就迁，这个童话必定"速朽"无疑。

这事，这境，主要是政治之事，主要是社会之境。也就是说，这个童话，与今后的政治形势、社会环境，是不是相适应。如果不相适应，事过境迁，此一作品，即被客观所淘汰。

在我们童话历史的长河当中，就是这样。一些人在不断写作童话，新的童话源源问世，而时间、时代，一页一页在翻读着，留下一批，丢掉一批，留下一批，丢掉一批……

所以，我们的童话作家，要求自己的作品不被迅速淘汰，就必须有锐利的目光，敏捷的判别力，去研究政治，了解社会。

在童话中，也有一些被称之为"永恒的主题"。如写爱，写美，写快乐，写学习，写进步，等等。

但是，爱、美、快乐、学习、进步，等等，是一个抽象的大范畴，成诸童话，必须化抽象为具体。写怎样的爱，怎样的美，怎样的快乐，怎样的学习，怎样的进步，都是大有花样，很有讲究的。不是凡写爱、美、快乐、学习、进步，等等，都是永恒的。其中，还有一个艺术技巧，也就是质量的问题。如果你的艺术技巧很低劣，你写什么都不行。

在这一点上，童话和所有文学作品一样。有的童话，只是历史上的匆匆过客。它的问世，像一粒沙掉在水流里，激不起一丁点浪

花，曾几何时，不知这沙飘落何方，在读者中没有留下一点点影响。

我们读中国文学史也好，读世界文学史也好，记载着的作品不是太多，也不能说少，可每一时代，甚至于每年每月，匆匆而来，匆匆而去，"过路"的文学，何止千万倍。中国的唐诗宋词，恐怕可以数万计，而留至今天，大家所乐于传诵的，不过数百耳。

这里，牵涉到文学和政治的关系问题。

前些年，文学特别强调和政治的关系，说文学从属于政治，是政治的工具。童话也是这样，要突出政治，政治挂帅，为政治服务，为当前政策服务。

童话，不但被规定题材，规定主题，连人物、情节、对话，都要按规定的模式去写。

譬如，大跃进，当时是童话规定写的重大题材。歌颂它、赞美它，是规定的主题。人物不论是大人孩子，都得是工人、农民，或工农子弟。他们的立场必得是"坚定不移"的。他们的思想感情，必得"舍己为公"的。故事的安排，一定是由拥护大跃进和反对大跃进为冲突的双方去结构而成的。讲话必须是一开口就是"豪言壮语"……

这样写出来的作品，实际是一个模具里浇出来的铸件。你写和他写，都是一个样子的。

大跃进一过，谁还要看这样的一些童话呢！

这样的童话，确实很快"过时"了，"速朽"是完全应该的。

于是，童话界，又出现了一种"距离论"。什么事，都要看一看，等过段日子，稳定下来，再来写作。

其实，这还是前面说的那种童话"为政治服务"的做法。不过，它稳妥一些，要慢慢地看准再写。

当然，这种"距离论"不是没有道理，也有它的必要。你的头脑里，连想都没有想清楚，用时兴的话来说，"还没有吃透"，你怎么写出来告诉别人呢？

因为，政治每多反复。而且往往不是反复一次，而是反复多次。

譬如，传统文化问题，几多反复。历史上不说，说近年的。"文化大革命"对传统文化是"横扫一切"、"彻底砸烂"。粉碎"四人帮"以后，拨乱反正，为传统文化平了反。可是不多少日子，爆发了"知识革命"，传统文化又成为"革命"的对象，大叫大嚷要以新观念来代替传统文化的旧观念……

将来又会怎样呢？确实还得看一看。

至于有人提出"文化大革命"不要写，让一百年以后的子孙们来写。恐怕不是中国人自己写，而是让外国人来写。

我觉得也太偏颇了。我不反对"看一看"，但不是所有的题材，都要拖到以后去写。

我不反对"距离论"，但也不赞成无休止的"距离论"，这不是成为取消主义了吗？

其实，写古写今，写过去，写现在，一应可以。

大诗人李白、杜甫，留下大量诗歌作品，写的都是当时现实生活，至今盛传不衰，毫不"过时"。《水浒》《西游记》《三国演义》《红楼梦》，这些作品，写的是从前的故事，也都成了传世的经典之作。

可见，古往今来，不论写的何年何月，一应写的是"现在"。虽然作品中注明是"前朝旧事"，实际上应读作"今人新事"。

还有，和我们童话很接近的笔记小说《聊斋志异》，谈狐说鬼，地府仙山，无不涉足，恐怕全是现世人间。

我们童话，可以写从前，古时候，早年间，可以写还没有到来的2000年，3000年，4000年，或者不写明年代的年代，都是允许的。但是都要联系现在，不能是为写古而写古，不能是为写未来而写未来。

写古而论今，写未来而论今，和写今论今，应该是一样的。

不能凡写古，一律作"过时"的旧童话。凡写今的，一律是新童话。这是一种形而上学。

写古论古者有之，这样的作品，如果是童话，那是民间童话。因为民间童话除了为今天小读者直接所用之外，还有一个民俗学的问题，从中获取间接知识，了解社会历史的功用。当然，民间童话型的

创作童话，可必得要写古论今的。

写未来论未来者也有之。那是科幻小说，告诉读者未来的科学、人类、社会、儿童将如何如何。这和我们童话却是不相及的两码事了。

所以，凡童话，都有个时代性的问题。

这就是说，我们写作童话，不论写古，写今，写未来，都必须具有时代精神。

这时代精神，是童话所必须具有的。

当然，有的强一些，有的弱一些。

例如，供低幼儿童看的童话，可以弱一些。像《小马过河》，老牛说河水很浅，松鼠说河水很深，小马自己去试试，才完全知道河水的深浅程度。这童话说的是亲自参加实践的重要性。那么，它的时代精神何在呢？我认为也是有时代精神的。这就是这一作品的写作、发表和受到推荐，是在一个重视实践，要求亲自参加变革的时代里。虽然，这个时代并不能准确表达这一时代背景，是在中国，是在中华人民共和国建国初期的时间里。但是，可以说明这童话不产生于封建社会，甚至于半封建半殖民地的社会，因为那个年代，唯心主义作为正统哲学思想，统治着中国。那年代，是不可能用唯物的实践观念去教育儿童的。当然，这类低幼童话作品的时代性，是不很强烈的。

至于写给少年们看的，或者大一点年龄儿童看的童话，就应该很强调这个时代精神了。

大家熟悉的《稻草人》《大林和小林》，一看就明白，那是一个农村凋零、破产，劳动者无衣无食、民不聊生、统治者骑于人民头上作威作福、奢侈享乐，地主资本家狼狈为奸、欺压穷人的旧中国。

我在"文化大革命"结束初期，写过一个叫《一张考卷》的童话。显然，我是受到"文革"混乱中，张铁生交白卷，成为"反潮流英雄"一事的启示而写的。但是，我决不是为写张铁生而写张铁生。因为我知道，张铁生这个小丑，在人民中没有"香"过，除了他们帮派里的人之外，是决不会把这样一个不学无术，不知羞耻的人当作"英雄"的。他的下场，是可以预料的。所以，我只用了"张锡生"这个名字，意示和张铁生有那么一点关系。其他，我完全是从"交白卷"这一视角来做文章的。因为，我看到我们的社会上，不论是工厂、学校、商店、里弄，都有一批"混混儿"。他们整天无所事事，混着过日子。我以为，我们在这个社会上，每天人人都在考试，每天人人都在交一份考卷。有的人，一天里干的事很多，很有成绩，他交的是一份充实的考卷。有的人也在干工作，虽然不是太卖力，但是也还过得去，他交的是一份刚及格的考卷。有的人，一整天游游荡荡，什么事也没有做，两个半天是一天，交的是白卷。我把这些人的思想、作为，安在"张锡生"的身上。说明这一类"混混儿"，是"文革"的产物和宠儿，这是罪恶的根源。我以为，这个不用怎么"批"就倒下的张铁生，早随着"四人帮"的垮台而垮台，可能判了刑，蹲在监狱里，也可能郁郁死去，早已化成灰烬。人们再也没有去提起这个人。今天的儿童可能压根儿就没有听说过这个张铁生干过什么事，也许连他的名字也不知道。但是，张铁生交白卷有理的思想，却在许多"混混儿"的头脑中起作用。张铁生的幽灵还在某些工厂里、学校里、商店里、里弄里，某些人的生活里游荡。

果然，这个《一张考卷》的童话，近年来，我发觉还有不少学校里，孩子在故事比赛会上，拿出来讲，还没有"过时"。

社会上还有"张铁生"式人物在，这篇《一张考卷》还具有社会意义，还有它的社会性。

这类贴近生活，贴近社会，贴近政治的童话，我尝试着写过一些。如"四五"天安门事件发生，人们曾以诗来记述这一显示人民力量的斗争，我却写了一个童话《花圈雨》，以表达我当时悲愤至极的心绪。在"文革"一结束，我除了写《一张考卷》外，还写了一篇以学雷锋为背景的《半半的半个童话》（又名《胖胖》），以"文革"为背景的中篇童话《鸟语花香》，等等。我试以幻想与社会与时代结合得紧密一些，作了这一系列的探索和实践。

我觉得，早些年，我们的童话，偏重于政治和教育，后来发展到

以政治来替代童话，以教育来替代童话。童话成了政治、教育的工具。而排斥了娱乐性。童话成了耳提面命的说教和训斥。

但是，这几年，由于要纠正童话作为政治图解、教育方案这一倾向，矫枉过正，又出现了另外一种倾向。

现在，有人以"童话与政治太接近了"、"童话不是教育工具"为由，否定童话的社会性和时代性。认为童话与政治无关，童话和教育历来有矛盾，而走向娱乐唯一，趣味至上的道路。

其实，就是这些人，那时候，说童话"离政治太远了"，批童话"脱离政治"，要童话和政治合二为一。现在又一反其常，说童话"离政治太近了"，要童话"不要触及政治"。

其实，这两种说法，都是偏见。童话不能等同政治，但也不能脱离政治。

童话，和政治还是要密切相关的。

于是，现时童话界，一大批脱离现实、脱离社会、脱离时代、脱离政治、脱离生活的作品源源出现。

他们追求趣味，许多童话中，没有主题，也不讲究构思，只求笑料，充满外加的噱头。提倡什么侦破童话、推理童话、法制童话，等等。他们把童话的作用，认为就是一个"娱乐"。只要孩子读了好笑，爱看，根本不提及思想性、艺术性。有的作品索性已降低成为一种"游戏"。

这些童话，不知道是讲过去，还是讲现在。他们认为愈是没有时代性、社会性，就愈有永恒价值，就不会"过时"。

这样的童话，和孩子的生活是格格不入的。因为除了笑料，还是笑料。笑过以后，什么也没有了。有的孩子说，这样的童话，看一两个还可以，看多了，就不要看了。因为，所谓笑料，不过是那几招。

这种童话，在中国可以发表，在任何一个地方都可以发表。今天可以发表，新中国成立前的旧中国也可以发表。难道这就是"永恒"吗？

这类作品，是说不上什么时代性、社会性的。这叫做"为写童话而写童话"、"为永恒而永恒"。

这样的童话，能"永恒"吗？

有个喜欢童话的大孩子说，过去的童话，他透过作品，看到的童话作家，是一个板着脸爱训斥指责人的教师。现在的童话，他透过作品，看到的童话作家，是一个逗人发笑的马戏团里的演员。

这个比喻，我觉得虽然有点偏激，因为这不是全部。但是，却道出了前后的两种倾向。

童话不能和政治、教育重叠、等同，但也不能排斥政治和教育。

"娱乐"是要的，但不是唯一。

今天，我们的童话，还是应该强调时代性、社会性。

"过时"与否，绝不是因为童话具有时代精神、社会意义。"永恒"倒是因为童话具有时代精神、社会意义。

祝愿大家写出好童话，在小读者中永远流传。

童话的实验

问：从报上见到湘西"童话之乡"的介绍了，说你在那里搞了个童话和教育相结合的实验，这太有意思了，能详细介绍介绍吗？

（一位童话作家来信）

湘西苗族土家族的凤凰县，有一个箭道坪小学。他们发现孩子们太喜欢童话了，孩子与童话有一种天生的必然联系，童话在孩子生活中有过去所没有估量到的巨大的威力，童话教育对孩子非常适用和有效。于是，他们搞了个叫"童话引路"的童话和教育相结合的实验。这个实验，是学校自发的。后来湘西自治州的教育领导部门知道了，在这里作了各方面的调查，取得了一些科学数据资料，又在这里召开了一个有全国各地教育界专家学者参加的鉴定会，肯定了这项实验。我是在他们进行了一年以后，才插手这件事的。我觉得这项实验是教育界的，也是童话界的。是一件新事，很有意义，所以我就参加进去了。最近，我到那里去了一次，作了一些实地的考察，出席了他们的第二次研讨会。现在，这实验，已在全湘西自治州推开。我在他们州有八百名小学语文教师的集会上，议论了这项实验。

这项实验，就是在统编语文教材的基础上，在不增加语文课时的前提下，让孩子们多听童话，多说童话，多读童话，多写童话。

这个实验班的孩子，问他们看过多少童话，是说不清的。个个孩子家里，都有许多童话书。有的用箱子装着，有的用麻袋装着。他们说得出中国有哪些童话作家，外国有哪些著名的童话作家，他们都写过哪些童话。有时，他们也会对这些作家、作品，评议评议，说说他们的看法。

他们编有两册童话辅助材料，这是课堂上用的。

他们家长反映说，过去家长苦于不会讲童话，满足不了孩子听童话的要求。现在反过来了，他们不但不要家长讲，而是要家长坐着听。他们看过的童话很多，就一个一个接着讲。自己编的也不少。有的已经写出来，读给家长听。有的还没有写出来，先给家长讲。也有一面编一面讲的。

生活中的事，常常被孩子编进童话。有个邮电工人就是爱看电视里的球赛，他老伴烦得把电视机关掉。一个关，一个开，老两口吵了一大架，双方怄气不说话。他孩子编了个童话《电视机的烦恼》。其中有这样的话："一个主人要我工作，一个主人要我休息，我听谁呢？"老两口听了孩子编的童话，相视而笑，气也都消了。

那里成立了一个"小小童话作家协会"。他们开了个展览会。他们的会员每人都办一种童话报。我看见的是复印的合订本。是每个人自己手抄的。大部分是他们自己的作品。版面也很活泼，有花边，有栏目，有题花，有插图。作品有长有短，其中还有童话知识，童话名言，童话评论，童话智力竞赛，童话测试题，等等。小小童话作家协会办有两本会刊，一本叫《奇趣》，一本叫《带露的花》。要求也很高，会员们都拿最好的童话来投稿。编辑看不中，也是要退稿的。

他们"出版"的单行本则非常多，有个人集，有多人集，有很长的童话，也有系列童话。有一个中篇系列童话《罗金奇遇》，是用《西游记》的笔法写的，白话文中加上几个之乎者也，也挺有趣。这是一本很完整的"出版物"。五彩的封面、封底，书脊、书名、作者

名、出版者名都做过美工设计。里面有里衬、环衬，还有题页、版权页，还署上责任编辑的姓名（大概是他本人的化名）。我想，一个初进出版社做编辑的大学生，恐怕还不懂得这么多门道呢！

这个小小作家协会，还经常讨论会员的作品。有个会员写了一个童话，其中有钢笔吃树叶的情节，许多人说："钢笔只能喝墨水，哪能吃树叶。"有个会员写了一个童话，说拔河比赛时"绳子仿佛在说：'加油，加油！'"大家认为"仿佛说"不是童话。他们对童话的幻想、对童话的逻辑性，还挺讲究的。

这些孩子，因为"童话引路"，他们不但识字用词、读写水平提高得很快，而且也有助于品德教育和其他学科的全面发展。开始时怀疑"童话引路"会使孩子偏食，现在这种怀疑打消了。

学校是联系着许多家庭的，学校一有事，牵动了万户千家，现在那里不仅是学校里掀起了童话热，而且几乎每个家庭都吹进了童话的风。家长们要忙着到别处去为孩子买童话书，订童话的报刊。而且还得每天挤出一定的时间，全家集中听孩子讲童话。所以，这里的家长们也懂得点童话，不然他们应付不了孩子的要求。

别的穷乡僻壤，恐怕连"童话"这个名词都没有听见过的大有人在。而这里，童话已进入了人们日常的生活。不少家庭，你跨进门去，谈起童话，就有了话题。

这里有一位苗族女县长，就是这个实验的领导组长，和她一说起童话，就来劲了，对童话非常热心。

这是名副其实的"童话之乡"。

现在，"童话之乡"凤凰，正在筹备一项"金凤凰奖"，发动全国少年儿童来比赛写童话。

凤凰的"金凤凰"，正在起飞，它驮着童话，正在飞向全国各地孩子们中间。

这项实验的意义，我认为它将表明：

童话是儿童最喜爱的文学样式。它除了教育功能、陶冶功能、审美功能、增知功能、娱乐功能以外，还具有很重要的开拓幻想智力的功能。

童话应该进入学校，进入教育，进入课堂内外。过去认为童话只是一种"课外阅读"的文学作品，是不全面的。

必须提倡少年儿童听童话、说童话、读童话、写童话。作文课不可排斥童话。

童话作家要从小培养。童话要普及到每一个孩子，和教师、家长。

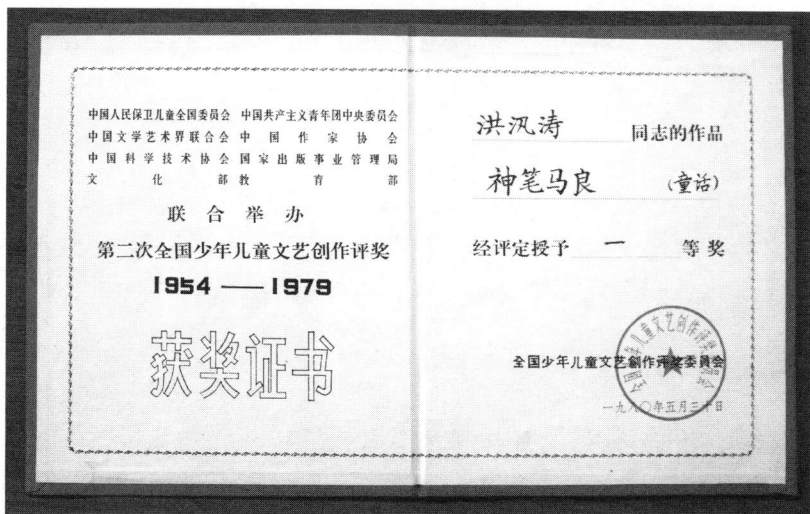

洪汛涛的童话作品《神笔马良》荣获第二次全国
少年儿童文艺创作评奖一等奖

童话的发展

　　问：你的《童话学》问世，新华社发了新闻，国内外都很瞩目，不知你有些什么想法？你以为"童话学"的发展前景如何？

（一位报社的记者提问）

　　我在 1980 年写的《童话随想》中，说了："童话，是一门科学。应该有人来写一本《童话学》。"确实，我希望有人来好好研究研究童话的历史和现状，研究研究童话作家和作品，从而整理出一套童话的系统的理论。但是几年过去了，并无反响。儿童文学界，特别是童话界的同仁们，怂恿我，说这个写《童话学》的人，非君莫属，于是我勉为其难，试着干起来了。

　　《童话学》出版，印了八千本，这是我意料以外的，想不到各界对这本书反映那样地强烈。

　　这说明童话的理论是很需要的。也说明，童话是很有发展前途的一种儿童文学样式。

　　这几年，我跑遍了大半个中国，都是讲童话学的有关部分，估计听的总有数千人。这数千人中，有的写过童话，当然其中也有一些已在童话创作上取得成就，发过不少东西，出版过集子，得过奖。但绝大多数是想写、学写的童话爱好者。

《童话学》的出版，或许能对他们起些启示的作用、参考的作用、引路的作用。

我是个童话作家，是要写童话的，我在1984年出版《洪汛涛童话新作选》的《后记》中，写过："编完这本集子，我要作小小的停歇。"不想，这一停歇，停了那些年。原来我只是想，就自己的童话创作，作一些反思，不想竟然为了整个童话作了一番回顾和检讨。

《童话学》一印出，我松了一口气。我想，我已把我要说的话，大都说了，有了这本书，以后也不用东西南北到处跑了，我要说的，都写在这书本里。

我觉得自己已完成任务，尽到一个童话作家的责任了。我该从理论研究战线上撤下，解甲归田，重操旧业，写童话了。童话的理论研究工作，应该由其他的年轻一些的同志来担当了。因为做这样的工作，不仅需要一种乐于付出，乐于奉献的精神，坚毅的意志，倔强的勇气，并且还需要敏捷的头脑、健康的体魄、充沛的精力。

我多么希望近期至少有一二位或三四位年轻人来做童话理论研究工作。可是我收到许多读者的各种来信，却一直没有收到这样的一封信：说"我很愿意做童话理论研究这项工作"。我也十分注意有关报刊，但都没有从字里行间发现这样的有志之士出现。

我觉得有一些大学的中文系，特别是师范大专院校，应该开包括童话学的儿童文学选修课，以培养儿童文学专业的教师、理论研究工作者。中等师范，包括普师、幼师、艺师，儿童文学（包括童话学）应该设专修课。因为小学教师、幼儿园老师，是必须具备儿童文学，包括童话的知识和素养。

我不是"教授"，我无法带童话学专业的研究生，但是我多么希望在我们中国的某一所大学（或师范院校），出现童话学专业的研究生。

现在国外，不少地方，已表现出对《童话学》这新学科的兴趣，正在想法翻译（在翻译上有许多难度）。可是，我们自己对于童话理

论的研究工作，何其寂寞！

物以稀为贵，这是指商品。可是在学术研究上，目前还不是这样。有的学科，大家挤在一起做重复劳动，重复外国，重复过去，重复别人，重复自己。有的学科，谁也没有问津。有人还是以为研究儿童的玩意儿，没多大意思。我们有些人，抢热门，赶时髦，目光非常短浅，搞学术哪能这样呢！

我不信，童话理论研究工作会一直寂寞下去。

社会在发展，时代在发展，儿童，明天世界的主人，他们，和他们的童话，以及相应的童话理论研究工作，一定会得到同步的发展。

我希望很快出现有志者，来到童话学这块刚被开垦的处女地上耕作。

三　童话教学评议

《童话报》刊首寄语

爱幻想,是每个儿童的权利——

给儿童以童话,让他们的幻想插上翅翼,在广袤的天地之间,尽兴翱翔。

童话,是一只快乐鸟。

它,永远在孩子们中间飞,飞到谁的身边,谁就得到快乐。

童话,儿童生活之河上的桥梁。

这桥的彼岸,也许是数学,也许是物理学、化学、医药、生物学……

我们面前的世界,我们面前的时代,一切都在发生巨大的变化。世界和时代,要求我们今天的少年儿童,必须是开拓型的,具备执著追求性格的、有拼搏进取精神的、富于创造力的新一代。

而幻想,是一切创造力的前端。它会顶着创造力,像火箭顶着宇宙飞船冲向太空一般,有着巨大的作用和威力。

对于明天社会的投资

看一个家庭是不是富起来了，看什么？我觉得，那首先看这个家庭孩子的饭碗吃些什么。因为一个家庭富起来了，首先要给孩子吃得好，花色品种多，有营养。即使最困难的时期，父母可以节衣缩食，甚至忍饥挨饿，但怎么也得要想法让自己的孩子吃饱穿暖。

如果有一对父母，自己吃好穿好，让自己的孩子缺吃少穿，这对父母就不正常了。这样的父母，世界上是有的，但是很少的。如果多的话，我们这个世界也难以发展，我们人类也难以延续了。

可是，在精神食粮上，我们某些父母，只求自己尽情满足，却不管孩子精神的饥饿。不懂得要为孩子提供充足、丰富、优质的精神食粮，这种父母，可就大有人在。

在一个文明社会里，精神文明和物质文明是并重的。所以，重视不重视孩子的精神食粮，是一个关系到文明不文明的大问题。这并不是夸大其词，而确实是如此。

儿童文学是孩子们精神食粮的一种，并且是主要的一种。孩子们吃好了，穿好了，还需要好的精神食粮。

孩子吃得不好，会影响他的发育，阻碍他成长。不提供足够和优质的精神食粮，这会对儿童的思想、性格、感情等各方面的发展，带来严重的恶果。十年"文革"中，给了孩子们一些乌七八糟的东西，造成今天一些青年人空虚、堕落，以至犯罪，难道不感到触目惊心，引以为教训吗！

儿童文学是应该重视的，这是对于明天社会的投资，这是一项最基本的精神建设，我们每一个人应该看到这一点。

《春城晚报》创办《小桔灯》儿童文学副刊，我觉得他们是有远见的，这种见地是可贵的，应该引起各界的注意，加以重视和支持。

这是我们每一个人的义务和责任。

1985 年 12 月，上海

少年儿童幻想智力的开发

要开发少年儿童的幻想智力，提倡孩子们写童话！这是时代向我们提出的要求，是社会向我们提出的要求。

我们面向的时代，是一个改革的时代。我们面向的社会，是一个改革的社会。科学在起飞，知识在发展，种种新观念在更替旧观念。我们的少年儿童工作，面临着这样一个新问题：今天我们所培养的新一代少年儿童应该是怎样的呢？

这是一个十分重要的问题，关系到我们少年儿童工作最根本的方向问题。

时代和社会，给我们做了很明确的回答：

今天所要培养的少年儿童，应该是富于幻想的具有创造力的开拓进取型的少年儿童。

而我们过去的教育，往往注重少年儿童的现实适应力，而忽视培养少年儿童的幻想创造力。热衷保守，偏废开拓。

这和我国历史长期处于封建社会相关。中国自古重实学，黜玄学。我国古代那些富于幻想的神话，多被改为实史。我国古代那些反映少年儿童幻想的童话，多被贬为异端邪说，至今几乎湮没无存。

少年儿童文学中，由幻想分子构成的童话，仍被圈置于一隅，而崇尚写实的小说故事。

少年儿童的教科书上，童话是绝无仅有、难得一见的。

最为明显，少年儿童的作文课，教师出的作文题目可说全部是写实的，诸如："我们的学校"、"尊敬的老师"、"好妈妈"、"最高兴的一天"、"难忘的一件事"、"我的日记"、"给解放军叔叔写封信"、"一次社会调查"、"春天的公园里"、"教弟弟学游泳"等。当然，这些题目应该让孩子们写，初学写作，写各人自己周围的人和自己亲身经历过的事，都是必要的。这类记叙文是应该写的。但是看成唯一的，就不对了。不能忽视另外的一面，写幻想文的一面。绝对不写幻想文，也是不当的。

少年儿童除了他周围的现实世界，还有个第二世界，天地广阔的幻想世界。少年儿童的幻想力十分丰富，是我们许多成人所不及的。为什么我们不让少年儿童们去写他们的幻想世界——童话呢？

其实，所谓幻想世界，也是现实世界，有它的客观性。因为少年儿童的幻想，不是凭空来的，而是出自于现实生活。所以，写幻想，在某种意义上说，也是写实，也是一种记叙文。

我在好几个学校调查过，找不到一个班级老师出过幻想性的题目。好多学生告诉我，他们的作文课，老师要求是写实，如果有谁写上一篇童话，是要受批评的。目下，学校里普遍的情况，是学生不会写幻想性的文章，不敢写童话。教师不了解童话，不会教童话。有位教师说，学生作文写童话，我怎么批改？怎么打分？因为他们缺乏一般的童话常识。学生作文非是绝对写实不可，成为多少年来难以改变的戒规。他们说，他们在师范学校学习时，老师都是这样教的，根本没有讲过什么童话，连儿童文学课也不开。这都是事实。教育上，轻视幻想，不全面发挥少年儿童智力特点，应是一种弊病。我们谈教育改革，就要改革这种弊病。

幻想，是科学的先导。幻想，是一切创造活动的发端。列宁说过："没有幻想，甚至连微积分也发现不了。"

一个孩子离开幻想，去谈学习，那是不可能有大成效的。少年儿童幻想智力的开发，太重要了。

童话教育，是少年儿童幻想智力开发中的一个方面，是不能忽视的一个方面。

我们一定要很好重视开发少年儿童的幻想智力，提倡童话，做童话的普及工作。

我们的辅导员要能讲童话，我们的教师要能教童话，我们的少年儿童要能读童话、写童话。童话，应该去填补少年儿童的日常生活。让家庭有童话，让学校有童话，让童话和少年儿童同在，不要分离。

因为，大家对童话的重要性还认识不足。这几年，童话作品并不多，好童话太少，童话作者队伍也太小。近年来，儿童文学虽然也培养了一些年轻的作者，但这些新人大多是写小说的，其中写童话的更是寥寥。这说明，要培养一个童话作者，是非常不容易的。写童话，不是化旦夕之功就能够奏效，需要真正的才华和深厚的根底。就这些年的童话状况，可以得出这样一个经验，要培养童话作者，得从少年儿童培养起。

所以，希望少年儿童多来写童话，希望教师们引导学生们写童话，希望家长们支持孩子们写童话。

提倡童话，开发少年儿童的幻想智力，是我们当前具有重要意义的一件迫切的事，希望能引起各界的重视。

《小伙伴》1986 年第 2 期

"金凤凰"第一次起飞

中华民族是一个富于幻想的民族。

中华民族的孩子们，拥有极其旺盛的幻想智力。

但是，中华民族历代的封建统治者，施行思想钳制，使这种活泼的、充满朝气的幻想，受到压抑，因而童话这一富于幻想的文体，得不到应有的重视和发展，它被冷落、贬低、鄙视和践踏。

封建统治者，不仅用裹脚布紧紧缠住孩子们的母亲一代的双足，还用一种无形的布，紧紧缠着孩子们的头脑，使他们的幻想力自生自灭，无法得以发挥。

孩子们的母亲一代的双足早已放开，而裹在孩子们头上的无形的布，却不被人们所发现。没有人去扯开这块布，去解放中华民族孩子们的幻想力。

随着时代的进步，科学的发达，教育的变革，越来越多的有真知灼见的人，开始认识到开发孩子们幻想智力的重要，必须把紧紧缠在孩子们头上的束缚他们幻想的布解开。

这一认识，已得到社会各界以及广大教师们、家长们的赞同和支持。于是，蕴藏于孩子们头脑里的幻想力，开始像火山一样迸发

出来了。随着孩子们幻想力的挣脱钳制，童话这一文学体裁，回到了孩子们中间。

中华民族的孩子又和童话在一起了。

饥饿的中华民族的孩子们，他们要听童话，读童话，他们需要大剂量的童话，来填充他们的生活。

孩子们不满足于大人们给他们编童话，写童话。他们自己拿起了笔，他们头脑里的幻想，随着他们的笔，通过笔尖，流到纸上，凝聚成一篇篇美好的童话作品。

为了鼓励孩子们写作童话，开发他们的幻想智力，全国40余家报刊、单位于1988年联合举办了"全国少年儿童'金凤凰'童话写作大奖赛"。全国各地报刊同时公布竞赛启事，"金凤凰"这只神鸟很快便在各地孩子们中间飞开了。

这是孩子们自己写作童话的第一次评奖，在中国是第一次，在全世界也是第一次。

全国各地的举办单位，所收到的稿件，多得难以统计。不少报刊编辑部，每天收到的稿件，邮局是用大布袋装着送去的。有一家不是太大的报社，收到的作品就有10000多篇。

全国数十万篇参赛作品，经过层层筛选，最后评出得奖作品100篇，其中小学一二年级18篇，小学三四年级31篇，小学五六年级35篇，初中一二年级16篇。

由于受种种条件的限制，我们不能说，凡好的作品都无一遗漏，肯定还有不少好作品，因为工作上的疏忽，而被湮没。尽管如此，我们也可以这样说，这100篇得奖作品，代表了当前我们中华民族孩子们童话写作的水平。

这是我们中华民族孩子们自己写的童话的一次成果大展览，是孩子们向成人们，向我们的社会和世界，呈递的一叠成绩单。

大家知道，中华民族的孩子，自己画的画，自己写的诗，都印成过精致的选本，送到了国外，有的还在国际比赛中得过奖。但是，我们的童话还没有。

现在，我们出版这些得奖童话作品，也是让看到过中华民族孩子的绘画，看到过中华民族孩子的诗歌的外国朋友们，看一看中华民族孩子们自己写的童话。

"金凤凰"已经起飞了，它的双翅大得很。孩子们，你们都跳到金凤凰的背上来吧！金凤凰将驮着你们，飞向世界，飞向明天！

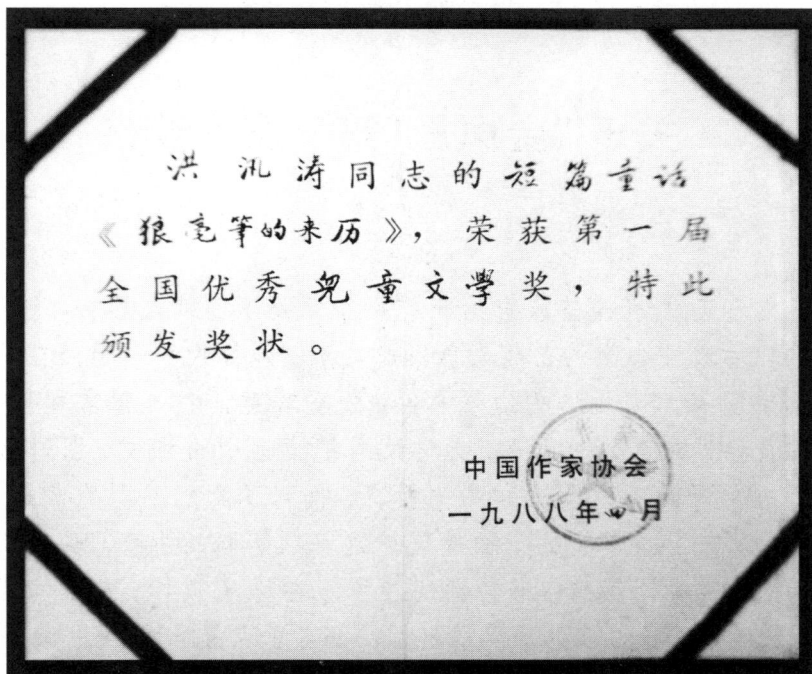

洪汛涛同志的短篇童话《狼毫笔的来历》，荣获第一届全国优秀兑童文学奖，特此颁发奖状。

中国作家协会
一九八八年　月

洪汛涛的短篇童话《狼毫笔的来历》荣获全国优秀儿童文学奖

关于"金凤凰"第一届评奖

　　湖南湘西土家族苗族自治州有一个凤凰县，凤凰县有一个箭道坪小学。箭道坪小学的苗族女教师滕昭蓉，她每天和孩子们在一起，发现学生们有无穷无尽的幻想力，十分喜欢童话。她常常和孩子们一起讲童话，编童话。后来，她尝试着把童话引进课堂，引进教学，用之于语文课的听说读写和品德教育，收到了意想不到的效果。童话教学，促进了孩子们的全面发展。这一项实验，引起了县教研室、州教科所和《湖南教育》编辑部的注意。在许多领导、专家的帮助、支持下，滕昭蓉不断实践，摸索出了一套"童话引路教学法"。

　　我国著名童话作家洪汛涛，近年致力于童话研究，曾在报刊上多次撰文呼吁重视开拓儿童少年的幻想智力，提倡普及童话教育。听说凤凰县的这项新实验后，他从上海迢迢数千里来到凤凰县实地考察，参加了鉴定会、研讨会，并作了具体的指导和帮助，还把这一项实验，列入童话学术研究项目，写出了一系列的文章。

　　"童话引路教学法"，也得到我国著名心理学家潘菽的支持和帮助，他从儿童心理学的角度加以论证和指导，并给予很高的评价。

　　这样，这项"童话引路教学法"，已成为大家所共同关注的事业，一下在湘西全州推开了。全省教师提出了"学习滕昭蓉搞教改"的口号。滕昭蓉被推选为全国劳动模范，荣获"五一劳动奖章"。

"童话引路教学法"，现在已经走向各地，在各地开花，有许多学校也相继在开展此项实验。

1987年6月27日，洪汛涛在凤凰箭道坪小学参观孩子们自己办的"小小童话作家协会"作品展览会，琳琅满目的作品，使这位老专家受到振奋。他觉得条件已经成熟，就在当天的大会上，提出设立"金凤凰"奖，举办"全国少年儿童童话写作大赛"的倡议，得到了与会的领导、专家、学者、教授、作家、编辑、记者和教师们的一致赞同。当天晚上，在凤凰县招待所，开了筹备会，宣布成立"全国少年儿童'金凤凰'童话写作大奖赛委员会"。

消息传出，全国各报刊、单位纷纷支持。筹委会决定"金凤凰"奖设于被称作"童话之乡"的凤凰县；童话大家叶圣陶、严文井、叶君健、陈伯吹、包蕾、葛翠琳为顾问；由专家组成评委会，洪汛涛任主评。

1987年11月，全国各报刊同时刊出竞赛评奖启事，这样，一个声势、规模都空前的全国性的"金凤凰"童话写作大赛，很快在各地少年儿童中产生了巨大的影响。孩子们的童话作品，雪片似地向各举办报刊、单位飞去。

1988年7月18日，洪汛涛主持"全国少年儿童金凤凰童话写作大奖赛"

这次评奖，强调文学性，所以有不少写得很好的知识童话，一概没有入选。

这次评奖，因为是评"中国孩子们写的童话"，所以也强调了民族性。有的作品，写得实在太"洋"，也没有入选。

我们在竞赛启事上，说明这次评奖，分小学低年级、中年级、高年级和初中一二年级四组。所以，凡初三或初三以上学生写的作品，不属评奖范围。但若初三学生的作品写作于初二或初一之时，加以说明，我们仍给以评选。因为孩子发表一篇作品很不容易，从寄出到刊出，往往要很久的时间。我们不能不考虑他们这些实际的客观的困难因素。

此例一开，也相应带来另外一些变化，有的孩子在启事发布之前发表的作品，要求参加评奖。我们考虑这是第一次评奖，启事发布以前发表的作品，也应该让它有均等的评选机会。所以此次获奖作品中，也有一些是启事刊出以前发表的作品。

这次评奖，原定分一等奖、二等奖、三等奖三个等次的，但有关方面的意见，认为以不分等次，一律叫"金凤凰奖"为好。经总评会讨论，同意这个意见。

其实，我们评奖不分等次，而作品本身在客观上总是存在等次的，而且等次甚为明显。有的作品，可说非常好，就是和成人写的童话作品相比，也毫不逊色。有的也很不错，可说比较好。当然也有一些只能说还可以，还拿得出去。个别比较勉强的，也不能说没有。好在我们的读者，都具有一定的判别力，读了这些作品，也可以自己分出等次来。

这些作品，汇集出版时，请主评洪汛涛担任主编，并为这一百篇作品，逐篇撰写了评语。

此次评奖，我们发现有的教师所指导的学生，寄来的作品，很有质量，而且有两篇或两篇以上的作品获奖。说明他们指导有方，对培养孩子写作童话作出了成绩。这样的教师共有滕昭蓉、姚贵风、沈熙钊、曾桃英、张荣汉、王立均六位，我们决定授以"园丁奖"。

获奖作品中，以《湖南教育》编辑部推荐来的最多。《湖南教育》

编辑部十分重视此次评奖，启事发出后，编辑同志还到学校、到孩子们中间去，发动孩子们写作童话。应征作品寄来后，还特别邀请湖南著名老作家邬朝祝审阅参赛作品。邬朝祝老马识途，很有眼力和经验，并且每篇认真细看，写出详细意见。他选出的作品，大多都具有相当的水平。因此，我们授予《湖南教育》编辑部集体和邬朝祝个人"伯乐奖"。

"伯乐奖"还颁发给湘西土家族苗族自治州教科所集体和所长佘同生个人。佘同生是一位有实际经验的教育专家，是"金凤凰"奖竞赛委员会办公室主持者。他不但带领所里的同志们，一起做评奖的事务性的工作，还做了大量的参赛作品的筛选工作，推荐了一些学校、单位和个人自荐的参赛作品，使这些孩子的作品，也有获奖的机会。

这次评奖是由凤凰县政府和湖南教育出版社提供经费和奖金、奖品的，没有他们的资助，是难以开展工作的。凤凰县的吴桂珍县长，湖南教育出版社的扈世伟同志，为评奖做了大量的工作。

1988 年 7 月 18 日，在凤凰县举行了盛大的隆重的第一届评奖授奖大会。参加大会的，有部分获奖小作者和他们的教师，凤凰县的教师、学生，各举办单位的代表，还有有关方面的领导、专家、编辑和记者。大家说，这是"百鸟朝凤"来了。凤凰的起飞，引来百鸟的翱翔和嘤鸣。这是吉祥的兆头，是兴旺发达的标志。

第一届"金凤凰"评奖，已告一个段落，第二届"金凤凰"评奖正在向我们走近。

我们祝贺"金凤凰"第一届评奖的得奖者，愿你们今后写出更多更好的童话作品，愿你们在不久的将来成为童话大家。

我们也以极大的希望，期待第二届"金凤凰"评奖能有更多的小作者出现，有更多的好童话出现。

愿广大的少年儿童们，以最大的信心，以最大的努力，去迎接"金凤凰"大赛的明天。

全国少年儿童"金凤凰"童话写作大奖赛委员会

记"金凤凰"第一届评奖授奖会

凤凰，历来是人们头脑里幻想的一种吉祥鸟。"凤凰来仪"，传说谁看到凤凰，谁就得到幸福。童话也是一种幻想的产物。孩子们和童话在一起，就得到快乐。童话也是一只吉祥鸟，它能给孩子们带来幸福。孩子们欢迎童话，和大家欢迎凤凰一样。

凤凰爱栖身于长在高冈朝阳的梧桐树上鸣叫。《诗经》上说："凤凰鸣矣，于彼高冈；梧桐生矣，于彼朝阳"。童话，出之于灵山秀水，出之于爱幻想的孩子们中间。

《诗经》上还写着："凤凰于飞，翙翙其羽，亦傅于天。"就是说，凤凰展开双翅，可以飞得很高很高。童话，则展开它幻想和夸张的双翅，飞行在宇宙天体之间。童话世界，可谓广袤矣！

传说，凤凰实际上是雄鸟凤和雌鸟凰的合称。但是，单说凤凰，一律是雌性的。童话，为少年儿童所喜爱，尤为女孩子们所喜爱。讲述童话的更多是孩子的母亲吧！童话有阳刚的，但更多是阴柔的，童话，是不是也可说是一种偏于雌性的女性文学呢？

隶属于湘西土家族苗族自治州的凤凰县，是中国两座著名的古老小城之一（另一为福建长汀县）。凤凰县城，靠沱江筑城。低矮的石头城楼，狭窄的石板街道，雕花吊脚楼沿江矗立，是这个小城的特征。由于地处边陲群山包围之中，交通不便，村众世代聚居，民间童话蕴藏量极为丰富。这里的孩子颇喜童话，他们善于讲童话，也爱写童话，凤凰县就以童话出了名，大家称之为"童话之乡"。

凤凰啊，就是童话。童话啊，就是凤凰。凤凰——童话，它们紧紧联系在一起了。

就在这凤凰县，诞生了一只"金凤凰"，它在熊熊的烈火中起飞了。

1988 年 7 月 18 日。

正是盛夏季节，在这边远的山城里，也不显得凉快。

太阳还没有出来，热浪已一阵一阵扑来。

爱早起的凤凰人，已经陆续从市场上归来，背篓里装满了新鲜的瓜果蔬菜。

一长队少先队员，穿着民族服装，队旗引路，彩旗尾后，吹着队号，敲着队鼓，抬着比磨盘还大得多的"金凤凰"奖徽，举行了游行。他们走过许多石板小路，穿过县城中心的广场，来到热闹的十字街头，从熙熙攘攘的贸易市场擦过，拐向新修的柏油马路，把奖徽送到会场，悬挂在主席台的天幕上。

全国少年儿童"金凤凰"童话写作大赛第一届评奖授奖大会，在这凤凰县最大的礼堂里举行。

这是个喜庆的日子。有人称为"百鸟朝凤日，童话得奖时"。

这千人的大会场，台上台下都坐得满满的。台上，坐着主评洪汛涛爷爷，从北京专程赶来的文化部、全国少年儿童文化艺术委员会、中国儿童文学研究会、中央人民广播电台少儿部的代表，40 余家举办单位的代表，湖南省、湘西土家族苗族自治州、凤凰县有关方面的领导，各地来的作家、教授、编辑、记者和有关部门的来宾们，坐满了三列披着洁白桌布的长桌。会场里绝大部分是孩子，还有一部分教师、家长。其中，有从各地来领取"金凤凰"奖的孩子们，陪同来的教师们，孩子的家长们，获得"园丁奖"的教师们，和获得

"伯乐奖"的同志们。

凤凰县城向来比较凉快，会场里没有装风扇。这天，挤满了千把人，两台电视摄影机，数十架照相机，水银灯、闪光灯发着强烈的热光，礼堂里的空气，似乎也有些发烫了。

大会的序幕刚刚拉开，正在宣布100位小作者的100篇童话的得奖名单，突然，话筒喑哑无声了，所有灯光闭眼不亮了。发生什么事了？台上台下可都紧张啦！

孩子们开始有一些骚动……

县里的同志赶来报告，是邻近一处木房起火，把电线烧断了。一听起火，在主席台上的县长就赶到现场，指挥消防队救火，指挥供电局修复电线去了。后来，州长也赶到现场去了。

正在进行的大会自然停下来，但是谁也没有离开。一些获奖小作者、教师，纷纷去找洪汛涛老爷爷，请他在纪念册上签名，和他一起在奖徽下拍照。也有找其他一些领导、专家、学者签名拍照的。

会场上议论纷纷。有人说："凤凰这个小县城，今天成了全国瞩目的'童话热'焦点，太炽烈了，它承受不了这高温，烧起来了。"有人说："这一场大火，为发奖会增添了紧张的、惊险的童话气氛，使会开得更有特色，更有儿童特点。"也有人说："烈火炼真金，从烈火中飞起来的凤凰，才真是金凤凰。"……

在会场里，孩子们不顾天热，一个个都好好坐在位置上，很少有人走动，更没有谁吵吵闹闹的。他们多么守纪律，多么有秩序啊！

别看会场上是那样的平静，孩子们的心里却急着呢！他们说："大火赶快熄灭吧！电线线路赶快修通吧！大会赶快继续开下去吧！"

最着急的恐怕是要在会后表演童话剧的小演员们。他们早已化妆完毕，穿着演出服装，在后台等着，急得像热锅上的小蚂蚁。可主持大会的同志通知他们，要是时间来不及，他们的节目就不演了。他们都差点哭了。他们的节目，是自己新编的，不知道排练过多少次，就是为着这天的演出啊！他们向主持人请求说："就是晚了，也请叔叔阿姨们、爷爷奶奶们，忍一忍饥饿，让我们演出吧！"这把主席台上领导们的心说软了，他们说："就是会开到两点三点，不吃中饭，也要看他们的演出。"

大火熄灭了，烧坏了三间木房，没有伤亡。很快，电路修通了。

会场上恢复了光明，孩子们欢呼着，成人们鼓着掌。他们对救火、修线路的人们表示感谢，也为大会的继续举行而高兴。仿佛是一批经历过千难万险的登山者，最终攀上了顶峰那样喜悦，仿佛是一队参加过一场浴血苦战的兵士，最终攻下了一座城堡那样兴奋。

孩子们，纯真的孩子们，他们不是为好玩来开会的，不是老师们组织他们来开会的，他们是捧着爱好童话那颗赤诚的心来开会的。多好的孩子们啊！

主席台上的老专家、老学者和首长们，他们曾经在北京人民大会堂的主席台上就座过，见过万人大会的大世面，可是今天在这偏僻的山城里，在不过千把人的大会上，他们被感动了，他们的双眼噙着泪花，发言声音也抖动了。

几位参加竞赛筹备的同志，他们经历了艰难苦辛，曾经一次次失望过，被人冷落过，嘲弄过，付出过各种各样的代价，看到这次大会的召开觉得是何等的不易！他们在孩子们面前，也哭了。

孩子们自然不可能知道，设立和筹备这次评奖，历经了多少坎坷；不可能知道，有许多人为它作出了牺牲和奉献。

今天，要办成一件事，确实太难太难了。一些事，明明很简单，但却会变得复杂，很复杂。

发奖会，在闪动的灯光中，在跳跃的掌声中，也是在到会者各种各样的感情中进行着。

一批批孩子走上主席台领奖。他们领到了印有金光闪闪奖徽的大红绸面的获奖证书，用红丝带系着的沉甸甸的奖品，连同荣誉、同学们的羡慕、教师和家长们的高兴、成人们的祝贺。孩子们压抑不住心底的快乐，他们笑了，一个个小脸蛋，像一朵朵盛开的鲜花。

授完奖，获奖的孩子们和教师代表上台发了言。他们发言都很激动，意向都一样，就是要努力争取下一届再得奖。

湘西土家族苗族自治州的龙文玉州长，在大会上讲话，热情邀请第二次授奖会仍在凤凰开，或者在州的首府吉首开。大赛委员会对州长的邀请，表示由衷的感谢。

时间已是下午二时，台上的童话剧表演还在进行，谁也没有感到饥饿和疲乏。一直等到大会执行主席宣布散会，大家才带着满足，带着兴奋的激情，依依不舍地离开。

这 1988 年 7 月 18 日的千人会，在我们中国的儿童文化史上，在中国的童话史上，都会记上一笔。因为这一天，确实成了我国儿童的一个盛大的有意义的真正的童话艺术节。

这天的会，开得很不寻常，它是一次充满童话气氛的大会，也是一个题目叫"金凤凰第一次起飞"的童话。

愿这次美好的大会，和一个美好的童话一样，永远留在孩子们和参加大会的成人们的记忆里。

会后，大家参观了箭道坪小学的"童话引路"教学改革和"小小童话作家协会"。外地来的孩子、教师、家长和代表们、来宾们，一起参观了凤凰县景观之一"奇梁洞"。这是一个刚开发的岩洞，有人把这个洞称作"一个奇妙的童话"。

好客的凤凰人，送走客人时，道一声："再见！"客人们说："我们争取下一次再来！"

凤凰是飞翔的，它飞走了，还要飞回来。"金凤凰"是凤凰县的，又是全国各族少年儿童的。

金凤凰，在孩子们中间飞翔着……

全国少年儿童"金凤凰"童话写作大奖赛委员会

"童话之乡"凤凰行

"到过张家界，从此不看山。"

这是我在张家界时，应张家界宾馆艺苑阁杜经理之邀，为张家界题的词。

我走了许多地方，去过许多名山，像张家界那样的山，如此奇特，如此集中，我没有见过。看过张家界的山，确实不想再到别处去看山了。张家界应称山之绝、山之观止。沿金鞭溪，一行数十里，真是一幅极为优美的大画卷。

湘西，何止一个张家界。整个湘西，风光旖旎，奇山怪洞，几乎无处不有。

湘西，是美丽的。湘西，是童话的。

许多人一踏上湘西这块土地，都会想起童话，不自禁地称叹："呵！多美丽，这真是一个童话的世界！"

对极了。湘西，是一个童话的世界。

湘西，是土家族苗族自治州。土家族、苗族、回族、汉族，还有其他民族，世世代代，聚居在这块美丽的土地上。你去问这里的任何一位老人，他们对每一座山，每一个洞，每一道沟，每一条水，都

可以说出许多优美、动听的童话来。

湘西，是童话的，是一个童话的世界。

不仅仅因为这里有童话般的山山水水，不仅仅因为这里蕴藏着大宗民间童话财富。

湘西，有一座并不太高、但很出名的凤凰山。这山像一只振翅起飞的凤凰。凤凰山下，有一座历史悠久的古老小县城，叫做凤凰。

这凤凰县，明山秀水，不少影片、电视片在这里拍摄。许多外地的美校学生来这里写生。凤凰县，地灵人杰。历代都出文人。现代文学大家沈从文、当代绘画大家黄永玉，都在这里出生……

这里，有一个不大的学校，叫箭道坪小学。这箭道坪小学里，有一位苗族年轻女教师，叫滕昭蓉。

滕老师能画、能写、能说，她从小十分爱童话。

她当上教师，和孩子接触，发现孩子们都非常爱童话。于是就和他们一起读童话，编童话。她渐渐发现童话给孩子们帮助太大了，童话和孩子们的关系太密切了。她慢慢摸索创造了一套"童话引路"教学法。这一实验，很快得到县里州里省里教育领导部门的注意和支持，她的实验，有了发展和提高。他们在统编教材之外，自编了一种童话补助材料，在不增加课时的前提下，让孩子们多听童话，多说童话，多读童话，多写童话。

这一项实验，进行四年了。去年曾举行过一次有国内各地专家参加的研讨会，经过科学鉴定，一致肯定了这一项实验。

今年举行了第二次研讨会，并在自治州首府吉首举行有八百名小学语文老师报名参加的讲习班，开始全州推广箭道坪小学的经验了。

我是在他们实验进行的第二年和他们联系上的。滕老师、州教科所余主任，还有箭道坪小学的孩子们，常常给我写信，我回过他们许多信，对他们的实验大致是了解的，也帮助他们出过一些主意和建议。

去年他们派人来上海邀我去凤凰参加第一届研讨会，因为我已应文化部之约去兰州讲课，所以没有去成。

今年第二次研讨会，我是非去不可了。六月下旬，我冒着酷暑，从上海千里迢迢来到这边远的凤凰山城。

到了凤凰，我就一头栽进箭道坪小学，天天和孩子们在一起了。

他们学校里，有一个"小小童话作家协会"。滕老师把协会的主席、秘书长、理事，一个个介绍给我．

起始，我以为是大人们为了引起孩子们的兴趣，搞一个有名无实的好玩的游戏而已。因为这类空名目，许多地方都有。什么"童话王国"，封了童话大王、童话军师、童话宰相……也有什么"童话迷联谊会"，其中有阿童木迷、一休迷，米老鼠迷，唐老鸭迷……

不，他们这个"小小童话作家协会"，正规得很，认真得很，是要有一定的作品才能入会的。协会的干部，都有相当的写作和组织能力，是会员们推选出来的。

一个叫田永的孩子，滕老师出了个题目，"假如我有一支神笔"，他在全班同学面前，在我们这些文学界、教育界、出版社、新闻界的大人面前，不慌不忙，边想边说，做着手势表情，可以把故事编得头头是道，使听的人钦佩、赞美不已。

可我这个可算是童话"里手"的人，并不那么信服，因为这个题目，不少报刊上都用过，有不少这一类的作品，也比较好做。我心里思忖，会不会事先有准备。

第二天，大家一商量，由我临时出题，请他们当场写作。

我出的题目是"金凤凰"，前后可以加字。我在黑板上把题目一写，教育界的专家们就认为这题目太难了，说，凤凰世界上是没有的，孩子们谁也没有看见过。

我坚持要用这题目。我认为，正因为凤凰谁也没有看见过，才好铺开幻想，才是写童话的题材。世界上没有真的凤凰，但是在孩子们的头脑里一定有，不只有，而且各个不同，形象很具体。

可我一看，站在课堂门外的滕老师，也面露难色，大概她担心孩子们会出洋相。我心里颤动了一下，也有点犹豫起来。

我一想，索性走上讲台，直率地问孩子们："同学们，如果这题目，大家觉得太难，我们就换一个题目吧！"

出乎意料的，孩子们迅速、干脆地大声回答："没有困难！"

孩子们有信心，我也有信心。

滕老师脸上泛起了放心的微笑。

而我们同行的成人们，却仍然忧心忡忡。

四十分钟过去了。许多孩子交卷了，有几个孩子提出，请求延长十分钟。我同意，因为有的人写得很长，有十来张作文纸。

我翻看了讲台上那叠交上来的作文。每一份，字都写得端端正正，标点都写在格内，顿逗分明，虽然个别字有增删涂改，因为他们都是打好腹稿，直接写上去的。我做过编辑工作，缮写得这样清楚的稿件，完全合格，编辑是欢迎的。

全部交稿，我把这叠稿子带到研讨会会场，一下，都给那些报刊的编辑拿走了。你几篇他几篇看起来。看完，便不肯示人，说要拿回去发表。结果，我反而没有看到几篇。

我看到有一篇作文，是民间故事型写法的，作者给主人公，一个爱帮助别人的少年，起了个名字叫"福来"，我觉得这名字起得就很好。凤凰是一种幻想中的吉利鸟，主人公起名福来。鸟、人的外在内涵就很平衡。没有沾染上时下童话主人公全是外国名字的流行病，而崇尚朴实的乡土味，这点上就应给他以高评分。

这一次当堂试测，使得大家都信服了。

他们还举行了一次表演会，节目有童话剧，童话联唱，童话舞蹈，童话朗诵，童话相声，一应是他们自己编写的。他们在学校大操场中央那块树林带，架起一张木屋布景，利用原有的山坡、树木、花草、岩石等自然环境，孩子们装饰成各种动物，在这里穿来穿去，童话气氛显得很是浓郁、和谐。

最使人惊讶的，是他们的"小小童话作家协会"，开了一个作品展览会。

那可真叫是"琳琅满目"了。

你想想，他们每一个会员，都办有一份童话报，有的一天要出一期，算算那该有多少！这些报，他们都装成合订本，一个报名，厚厚的一大沓。

他们的协会，办了两个协会级的刊物，一个叫《奇趣》，一个叫《带露的花》。会员们都争取把自己认为最满意的童话作品往这两个刊物上投。有的这个刊退了，那个刊用，也有的那个刊退了，这个刊用。当然也有两个刊都不用的。他们会员中"观点"也常常有分歧，有的作品也有争议。协会还编辑出版了一些作品选。选稿可说是相当严谨的。

他们办起了很多出版社，出版自己的作品。反正谁都可以办，所以只要自己认为还拿得出去的作品，都可以出版。他们出版了大量的众人集和个人集。

也还有一些系列童话，一集一集出下去。也有一些长童话的单行本，厚厚的一大本。

他们的出版物，还是挺像样的。有本叫《罗金奇遇》的中篇童话，是仿《西游记》的笔法写的。白话文中加上几个"之乎者也"。这本书，出得很漂亮，五彩的封面、环衬、里封、题页、封底，书脊，都经过精心的设计，书后也有版权，还有责任编辑的名字。

当然，这些书、报、刊，有的是油印的，有的是复印的，更多是手写的。彩色是颜料涂上去的。插图者、装帧者、责任编辑，虽会是一些陌生的名字，但估计大多数是文字作者自己的化名。有的孩子还有很多的笔名呢。

他们的作品，在省内外一些报刊上也发表了不少。他们都剪下来，贴在一本本簿册上。有的作品，还在各种评奖中，获得过各种奖。

他们也常常开会讨论作品。对一些不好的童话进行真诚的批评。有个孩子写了一篇《比本领》的童话，其中有钢笔吃树叶，蜡笔喝凉水的情节，大家就指出说："钢笔只会喝墨水，哪能吃树叶呢？""蜡笔会画画儿，怎么写成喝凉水了？"他们是很注重童话逻辑和童话物性的。看来，他们并不赞成时下流行的什么"童话逻辑突破论"、"童话物性淡化说"的。

为了祝贺他们这些小小童话作家的进步，我这个老童话作家和他们一起合影留念，并为他们写了会牌。

他们这个实验班，46名学生，所订阅的报刊竟然有296份，平均每人6份。滕老师说，他们是哪种报刊童话多，就订哪种报刊。至于要问他们看过多少童话，有多少童话藏书，那是很难说清楚的事。有个孩子在两个月里，就读了176篇童话，因为她每读一篇童话都写一张卡片。几乎每个孩子家里都有图书箱，有的用麻袋一袋一袋装着，他们收藏的童话书是很多的。

孩子们读童话、写童话，得到家长们的积极支持。大家知道，家家都有孩子，孩子一有事，就会在家庭得到反馈。学校，是牵动着千家万户的。孩子们有了童话热，也一定影响孩子家庭，出现了相应的家庭童话热。家长反映说，起先，是孩子逼着家长讲童话，有的家长苦于没有童话讲。后来，倒过来了，孩子高兴地要给家长讲童话，家长也乐于听自己孩子编的童话。至于家长到外地去，千方百计为孩子去买童话书，都是十分愿意的事。现在，家庭的种种生活，也往往成为孩子们编童话的题材来源了。有个孩子的父亲是邮电局工人，文化不高，有一次看电视，要看排球比赛，而他老伴不让他看，把电视机关掉，她一手关，他一手开，他一手开，她一手关，老两口就吵了一架。谁知他们的孩子受到启发，把这件事写进了童话，叫《电视机的麻烦》，其中有这样的话："一个主人要我休息，一个主人叫我工作。刚休息，又工作；刚工作，又休息。唉，真烦恼！"父母知道，都笑了。

在凤凰，童话不只进入学校的课堂，进入孩子们的生活，并且进入家家户户，一个个的家庭。

这里，是名副其实的"童话之乡"。

近来，凤凰的童话热，已向全州传播。滕昭蓉的童话和教育相结合的经验，正在向全州各小学推广。

湘西，是童话的，它真是一个童话的世界。

我在凤凰县逗留了五天，我看到了童话的威力。

箭道坪小学实验班的学生，他们不仅语文听说读写的水平提高了，而且由于孩子向来被约束的幻想智力得到了开发，带来了他们快速的全面的发展。

幻想力是创造力的前端。他们的大前提，就是要培育崭新的开拓、进取的一代。这是一条正路，这是一条大道，他们走对了。

我希望凤凰的这只金凤凰，能飞向全国各地区，飞到所有孩子们的中间。我在凤凰，倡议设立一个"金凤凰奖"，鼓励各地的少年儿童写童话。我希望所有的少年儿童的幻想智力，都得到最大的开发。

这一倡议，首先得到凤凰苗族女县长吴桂珍同志的赞同，她代表凤凰县表示热烈的欢迎，并愿意尽力资助。到会的专家、学者，报刊出版社的编辑记者，一致响应，共同签署了一项发起信，已寄向了全国各地。

凤凰，是人们头脑里所幻想出来的美丽的吉祥神鸟。凤凰来仪，是人们所盼望的好兆。

童话，是一种幻想所编织成的美丽的文体，孩子们最喜欢童话，谁和童话在一起，谁就得到启示和教益，快乐和幸福。

凤凰呵，就是童话。童话呵，就是凤凰。今天，凤凰成为"童话之乡"，在凤凰设立"金凤凰"少年儿童童话作文奖，是一种多么美好的童话般的巧合呵！太有意思了。

金凤凰——童话，将在童话这块美丽而有意义的土地上，拍击它五彩的双翅，腾飞而起了……

我到过许多地方的学校，我接触过数不清的爱童话的少年儿童，我读过难以计数的孩子们写的童话作品。但是，我没有看到过凤凰县孩子们那样对童话的狂热喜爱，我没有看到过凤凰县具有童话写作才能的孩子那样地集中。这是一个真正的童话之乡。

凤凰，打开我的思路，把我曾经有过的那种童话寂寞感，一扫而空。

我应一位和我同行的记者同志之邀，在他的采访本上，写下了两句话，叫：

"到过凤凰县，我始识童话。"

洪汛涛
《小溪流》1987 年第 10 期

少年儿童们，都来写童话吧!

　　编辑部转来马璇的童话《美丽的花环》，一个十岁的孩子，能写出这样的童话，我由衷高兴。近年来，常常有一些少年儿童把自己写的童话习作寄来给我看。我很有启发，将一些想法写在下面，供大家参考。

　　面前，是一个眼花缭乱、知识在"爆炸"的时代。

　　使人愈来愈意识到幻想对于建设的起飞愈来愈重要。发展少年儿童的幻想力，已成为人类进步的推动。要成为一个科学家、发明家、政治家、企业家、文学家、教授、医生、工人、农民，都离不开幻想。幻想，是任何一门科学的基石和起点。

　　作为幻想的文学样式：童话，应该成为明天的建设者：少年儿童的必修课程。

　　少年儿童们，都来写童话吧!

　　教育在改革，作文课也要改革。提倡少年儿童写真实的记叙文，写自己经历和身边的人和事，这是无可非议的，是主要的。但，不能是唯一的。

　　少年儿童富于幻想，也应该让他们在作文中去写幻想世界。幻想世界虽然是虚无缥缈的，但在少年儿童头脑中却是真实的，应该让少年儿童去写出来。

要充分运用和发展少年儿童的幻想力，让少年儿童在作文里，写自己头脑里对于客观世界的幻想。

少年儿童们，都来写童话吧！

"文革"结束后，童话以飞跃的姿态，繁荣过一阵。但近年来，似乎有些停滞。

究其原委，主要是，写童话的作者太少。

因为童话和其他文学样式相比较，有更多的特殊性。培养和扶植一个童话新人，较之培养其他文学样式的作者要难得多，无怪童话被叫做"美丽而困难的文体"。

近年来，我国儿童文学界培养和涌现了一批写小说的，写散文的，写诗的年轻作家，但写童话的年轻作家太少。

看来，童话作家得从少年儿童时期培养。童话是一种幻想体的文学样式，少年儿童是最富于幻想的，让少年儿童的幻想力，从小得到发挥，发展，至于发达。

明日的大童话家，很可能是今天就爱写童话的少年儿童。

少年儿童们，都来写童话吧！

《童话报》创刊号 1985 年 5 月 7 日

美 丽 的 花 环

马旋（回族，10 岁）

小象非非长有灰白油亮的身体，四只脚像四根有力的小肉柱，两只大扇子似的耳朵一扇一扇的，威武极了！

一天，非非出去散步，看见远处的树上开着许多红色的野樱花，它跑过去，用鼻子一卷，一大丛花便摘下来了。它把花编成了一个美丽的花环，套在鼻子上，又得意地往前走去，迎面碰上了正在扑蝴蝶的小兔灰灰和正在采花蜜的小蜜蜂红红。非非一甩鼻子，蝴蝶被吓跑了，花也被扭断了。

灰灰和红红生气地说："哼，真讨厌！"

非非摇了摇长鼻子说："瞧我多漂亮！"

灰灰长着灰白的身子，两只又长又直的耳朵，一双又红又圆的眼睛比起小象来，差远了。再说，小象还戴着花环呐。

灰灰和红红对非非说："把你的花环送给我们好吗？"

非非刁难地说："你们能把花环取下来，我就送给你们。"

灰灰和红红见非非这么骄傲很生气，心里想：哼我们一定要把花环取下来。它们认真地商量着。

非非却得意地说："哼，你们完全是在白费脑筋！"

红红忽然高兴地飞舞起来说："嗨，我有办法了。"然后，对灰灰耳语了一阵。灰灰立即转忧为喜。

灰灰指着远处对非非说："瞧，那边飞来了一只美丽的小鸟。"

非非一转头，却什么也没看见。

"哪儿有小鸟呀？"非非问。

灰灰捂着嘴，偷偷地笑了起来。

原来，趁非非一转头，红红便飞进了非非的鼻孔。

非非忽然觉得鼻子有点痒，它实在忍不住了，"啊嚏、啊嚏！"它接连打了几个喷嚏，花环猛地被喷到不远处的草地上。

灰灰跑了过去，高兴地捧起花环。

红红也从长鼻子里飞了出来。

非非惭愧地低下了头，轻声说："你们真有办法，请你们把花环拿去吧。"

但是，灰灰走到非非面前，把花环又套在非非鼻子上。

非非吃惊地说："你们怎么……"

灰灰笑着说："我们并不想要你的花环，只要你从今以后不再骄傲就行了。"

非非说："我以后再也不骄傲了，这个花环，就算我送给你们的礼物吧！"

三位小伙伴捧着这美丽的花环，都笑了。

和少年朋友们谈童话

编辑大朋友的话：

　　《儿童时代》《小主人报》将举办少年儿童童话征文比赛。本期刊有征文启事，欢迎全国爱写童话的小朋友踊跃应征。为了把这次征文搞好，本期发表了洪汛涛伯伯写的《幻想是创造的前端》，下期将发表方仁工伯伯写的《童话是作文的一种》，都是为了帮助小读者写好童话的文章。

　　少年儿童朋友们，希望你们看童话，写童话；各地有不少小朋友来信，我在回信中都这样告诉他们。

　　大家都知道，我们面前这个世界，是一个科学和技术迅速发展的世界，我们面前这个时代，是一个一切都在作巨大变革的时代。

　　世界和时代，要求我们今天的少年儿童，必须是开拓型的、具备执著追求性格的、有拼搏进取精神的、富于创造力的各种专业人才。

　　而幻想，是一切创造的前端。没有幻想，什么创造，以及所有的发明，各方面的种种成就，都是不可能的。

　　但是，许多年来，我们一向着重注意实际的适应，而忽略幻想功

能的发挥，这是长时期普遍存在的情况。

童话，是一种反映少年儿童幻想力的文学样式，也是一种推动、促进少年儿童幻想力发展的文学样式。

它是少年儿童文学当中负有特殊使命的一种样式，是少年儿童文学中重要的一部分。

可我们并没有去注意这一事实。我们的少年儿童文学偏重于写实的革命故事，传记小说，抒情散文和报告文学，而忽视那种虚构的、隶属于少年儿童第二世界——幻想世界的、通过折光反映客体事物的文学——童话。

这就和我们的时代、社会、生活要求，并不那么同步了。

我觉得，为了我们的明天，我们应该清楚、深刻地看到这一点，并迫切地看到它的重要性、紧急性。

我们所说的幻想，绝不是那种抛开生活的乱想。幻想，来自生活。比如，我们幻想飞，那是根据有天空这样一个大空间，有在空间飞的鸟类。谁也不会幻想我们在海底飞、地下飞，因为海底、地下没有空间，没有鸟类，不能飞。所以，幻想的童话，是从生活基础上发展起来的，也是一种客观存在。

当然，童话的反映现实，和故事、小说、传记、报告文学、散文，等等，是并不相同的。童话，它是用的曲笔，透过折射来反映生活的。

我曾经给童话定过一个公式，叫"真→假→真"。怎么解释呢？就是说，童话是从真的现实生活出发，通过假的虚构、夸张、变形的幻想处理，来反映真的现实生活。

前面那个"真"，是基础，不能脱离那个基础。后面那个"真"，是目的，不能没有这个目的。

关键是在当中那个"假"字上。不能没有这个"假"，不"假"就不是童话。童话的"假"要假得新奇，假得巧妙，假得合情合理。所以，童话可说就是一门"假"的艺术。

譬如叶圣陶爷爷写的《稻草人》，作家根据当时农村真实的生活，通过一个虚构的能思考有感情的假的稻草人，以它的所见所闻，来反映当时农民真实的苦难。这就是童话。如果作家不是通过假的稻草人，去写了一个真人的见闻，那就不是童话，而是小说、故事了。

这是一条从童话创作实践中概括出来的内涵规律。决不能理解成，反过来要大家按这个公式去创作。

少年儿童的头脑里，是充满幻想的，是最富有幻想力的。我们不但不能无视以至于遏制这种幻想力，而应该尽一切可能去促使这种幻想力得到发挥。

这种幻想力，是少年儿童一代聪明才智的一部分。请我们的家长、老师认识到它的珍贵。少年儿童们的幻想力，会顶着创造力，像火箭会顶着飞船冲向太空一般。

我欣喜地注意到许多地方，许多学校，许多孩子，都在学着写童话。书店许多书滞销，而童话书却是那样抢手。

我特别要提的是，在湖南湘西那块美丽的土地上，苗族土家族自治州已经有许多学校在推广童话的教学，那里正在掀起一个童话热，那些山村的孩子们却在兴致勃勃地读童话，写童话，那里将成为一个少年儿童的童话之乡。

我也高兴地看到各地的许多少年儿童报刊，在发表少年儿童自己写的童话。

现在，《儿童时代》和《小主人报》，要举办一次少年儿童写童话征文活动，我相信一定会有许许多多小朋友能写出好童话来。

我一定要一篇一篇好好地来读它，评论它。少年儿童朋友们，赶快动笔吧！

提倡幻想发展创造力

  写作，大家都知道，应该写自己熟悉的事和物。但是小朋友们所熟悉的事物，有两种。一种就是我们面前的客观世界里的事物。小朋友们可以去写我的爸爸，我的老师，我的家庭，我的故乡，可以记一天的日记，一次远足的游记，等等。小朋友们的头脑里，还有一个世界，就是幻想世界。这幻想世界是什么呢？它是生活中的种种事物，反映到小朋友们的头脑里，小朋友们的头脑里有着的那种幻想思维，把这种种事物幻想化了，就构成了一个幻想世界。譬如，小朋友们看见天上飘着团团彩云，有的会把它当成五色开屏的孔雀，有的会把它当成洒满奶油的蛋糕，有的会把它当成春天繁花缀成的花环，有的还会把它当成是仙人盖的棉被子，或者是仙人国国王的王冠，等等不一。小朋友们熟悉世界上一些自己所接触到的客观事物，也熟悉自己头脑里的幻想世界的事物。两种都是熟悉的，都应该好好地去写。

  当前，我以为小朋友们生活中，太缺乏幻想，忽视幻想了。

  任何一个小朋友，都是很爱幻想的，头脑里都有幻想世界，这种幻想，应该好好地加以发挥。幻想的发挥，就是创造的开始；一切创造，都是从幻想开始的。

幻想，是通向明天的桥梁，没有幻想，就没有科学，没有经济，没有文化，没有一切。我们面临的是一个崭新的时代，但很多知识，很多观念，正在更新。小朋友们的幻想，应该得到充分的发挥，首先是在写作上。所以，应该提倡小朋友们自己写写童话，因为童话这种写作形式主要靠幻想，它对于培养创造能力是大有好处的。

《小学生报》1986 年 9 月 26 日

洪汛涛接受孩子们采访

要培养少年儿童写童话

——著名儿童文学作家洪汛涛给《少年月刊》编辑部的信

《少年月刊》编辑部：

祝贺学生写作与小记者培训函授中心成立。这是一件好事。因为要繁荣儿童文学创作，必须让广大少年儿童从小就爱好文学创作。这对少年儿童来说，不论他们长大以后，成为一个科学家、政治家、医生、战士、工人、农民，都是很必要的。从什么角度来说，爱好文学写作，都是一种收益。

特别是近年来，我总觉得，培养一个童话作者，十分困难。我深深感到，培养童话作者，得从少年儿童开始。学校里的作文课，老师提倡学生多写写实的记叙文，这我是赞成的。但是，我觉得少年儿童时期，他们的幻想力量是十分旺盛的；如果我们不充分发挥他们的幻想力，这是非常可惜的。因之，我认为少年儿童也应该提倡他们写童话这一幻想体裁的作文。我希望你们举办的函授中心，能够注重这一点：培养少年儿童写童话，从中发现有童话写作前途的少年。不知你们以为如何？

这是我的一个建议，提供你们研究工作时参考。

编辑部的同志们又增加了函授中心这一工作，负荷是很重的，但是，这一项很有战略意义的工作，是一项向未来的投资，一定会得到各界的大力支持。

祝愿工作顺利

洪汛涛

1985 年 3 月 30 日

给小记者的信

许勇小朋友：

你喜欢童话，想写童话。这理想很好。

你问我"怎样写好童话"，这问题，我收到过不少小朋友来信，都这样问我。

其实，写童话没有什么秘诀和窍门；有门道，也是一些很普通的门道。

譬如：多观察生活，童话来之于生活。写童话，也是一种反映生活。像张天翼的《不动脑筋的故事》，他就是写了生活中那号不肯想一想，粗心大意的孩子，批评了这样的孩子。其次，是运用幻想。幻想，是童话的一种主要的手法。生活中，有不动脑筋的孩子，但不能有童话中那样粗心大意、健忘的孩子，是作家把生活夸张了，幻想化了。所以，这不是一篇小说，而是一篇童话。当然，写童话和写别的文体一样，还要有很好的文字功夫，如果你想得很好，表达不出来，或者表达得不好，也是白搭。是不是这样？

信不可能写得很长，只能告诉你这些，请原谅。

祝

进步!

洪汛涛 1985 年 12 月 20 日上海

敬爱的洪汛涛伯伯:

您好!

我是一个马上就要毕业的小学生。我很喜欢看童话、传说和神话这一类的书。我对您的童话很喜欢。我在《半半的半个童话》的简介里看到了您的相片,才知道您写的童话在国外、国内都得过奖。

就拿《有一匹小白马》来说:它写了匹小白马跟老棕马学本领,后来总跟老棕马过不去,到了冬天,要去南方。它跑在前面,不小心掉进了湖里,正好老棕马赶来救起了小白马。使它改正了错误。我们不应该学小白马,要尊敬教过自己的老师,还要有错就改,成为一个好学生。

还有《拾到一个迷路的女孩》表现了我们要诚实,不做说谎的人。还有许多童话也能表现出来。

希望您能为我们写出更好的童话来。还希望您能回信。因为我们学校开展理想活动。我很想写童话,请您讲一讲怎样写好童话,我的话就讲到这里了。

此致

敬礼!

西安市实验小学六(三)班　许　勇
写于 1985 年 10 月 11 日

鲍臻小朋友:

你的信,收到了。

你把我的名字中的一个字写错了,要知道给别人写信,把别人的名字写错,这是一件不礼貌的事。你有点粗心,是吗?这个缺点好改,就改了它吧!

你要跟"强者"比,而且"下了狠心",太好了。做好一件事,的

确一定要"下了狠心"，这"狠心"是起步点，起步落后了，往往跑起来也要落后。你的作文受到老师表扬，说明你的"狠心"下得好。

你要写一篇《比比后传》童话，你下了"狠心"没有？

当然，光有"狠心"也还是不够的，还要扎实的基本功，要想得好，表达得好，才能完成一篇好童话。对吗？祝你如愿！

洪汛涛1985年12月20日上海

敬爱的洪汛涛伯伯：

您好！

自从读了您的《棕猪比比》后，我心里十分激动。因为，过去的我，专爱跟学习差的同学竞赛。对自己的要求很低。就连跑步时，总要和体质差的同学站在一起。和强手竞争，那是我从来没有想过的事。当您把比比的形象展现在我的眼前，我一下子脸红了。晚上，我怎么也睡不着，心里想："比"的字义是竞争。要和弱者比，那自己永远是个弱者。对，应该找学习好的同学比。在各个方面成为班上的尖子。

一次，班上的智力竞赛结束后，我下狠心写了记叙竞赛的作文。可是，当我看到别人也写得很好，有些担心。可我又一想：自己不相信自己能行吗？便向老师交了上去。当老师向全班同学表扬了我，又读了我写的文章。使我第一次尝到了与强者比的甜头。

如今，我想起这些，十分感谢您点燃火炬为我引路，在实践中，我收获太大了。兴致勃勃地写了《比比后传》，让那些过去与我一样的同学，一起来看看比比的新样子。

我写的《比比后传》还存在不少问题。请您在百忙之余指正。最后，我还要说，自己不仅和班上的同学比，与学校里的同学比。我还要加倍努力，以文学上的成就和您比！

此致

祝您身体健康佳作如雨后春笋

西安实验小学六（二）班小记者　　鲍　臻

聂江波小朋友：

你好！

你的信，还有照片，我最近才看到。因为这几个月，我大部分时间不在上海。迟复了，请原谅。

你说，你想写一部"童话巨著"，这理想太好了。要成为一个童话作家，一定要从小就爱童话，多读童话。要看许多许多童话作品。先学着写些短童话，短童话写好了，再一点点写长的。也就是说，要刻苦锻炼基本功，基本功不是一天能练出来的，要花很多时间，所以还要有毅力，耐心。是这样吗？

如果做到这样，你一定会写出这部"童话巨著"的。预祝你

成功！

洪汛涛 1985 年 12 月 20 日上海

敬爱的洪汛涛伯伯：

您好！

您认识照片上的学生吗？我就是您的童话忠诚的读者，也可以说是您忠实的追随者喽！我和您相隔千里，在文化名城西安上学。实验小学六（三）班便是我的学习地方。

孩提时，我就特别喜爱听童话，因为它把人们想象中所向往的美好的事物表达出来了。我非常爱听您的童话；那时我多么渴望了解您啊！经常这样想："洪汛涛是谁？"他一定是和蔼，善良的人吧！为什么呢？因为您已在童话中无形地表现出来了。渐渐地我长大了。不但爱听您的童话，而且爱看您的童话，有一件事您大概想不到吧！

我很爱看书，有很多很多的书。所以我经常出入书店。有一次，我路过新华书店，好像有一种本能，便不由自主地走了进去。忽然，我的目光落在《洪汛涛童话新作选》这本书上。当然，我心里有一种压抑不住的兴奋劲，啊！终于找到了您！找到了我心中伟大的人！我捧着书，激动地不知如何看书才好。我翻开了第一页，因为久闻

您的大名，所以我看得很仔细。生怕漏掉半个字。看完后，我哭了，书中那曲折动人、引人入胜的情节深深地打动了我的心。同时，我也对您那精湛的写作技巧佩服得五体投地。这时我想了许多许多，特别是那篇《狼毫笔的来历》，对我的影响十分大。洪伯伯，您还记得吗？

那是一篇寓意深刻的童话。我对黄鼠狼的悲惨遭遇深感不平。它反映了一个什么问题呢？不正说明社会上存在的一些弊病吗？上级不体察民情，下级排挤知识分子，人人都生活在不真实的世界中。这些童话，教育了我，启发了我，帮助我学习语文，给了我莫大的情趣。

洪伯伯，您一定想知道我为什么这么喜爱您的童话吧！因为您的作品叫人一看就想看，一看，就仿佛有一种亲近的感觉，适合我们少年儿童的思想，也就是合我们的口味。您就像我们的大朋友，把我们所想的，所热爱的，所向往的都用语言表达出来了。我真希望您能再写一部这样的童话著作，行吗？

这部童话选表现了您热爱文学事业的心情。您和童话之间的关系多么密切啊！童话就是您，您就是童话。每每读到您的作品，我脑际里似乎无形中产生了一种想法：我长大了，一定要写一部童话巨著，然后把它再拍成电视剧，那该多伟大啊！洪伯伯您说我的愿望能实现吗？我想您肯定会说："一定会的。"是的，我要让下一代少年儿童多获取一些前所未有的知识，让华夏族的文学事业蓬勃发展。

洪伯伯，我多么想见见您啊！多么想看见您那音容笑貌啊！但我清楚地知道：只有现在刻苦奋斗，勇于思考，才能实现我的愿望。您说对吗？

洪伯伯，您能把您童年的学习与成才之路的事情告诉我吗？因为，平时虽然我喜欢写作，爱看书，但是看书，只是走马观花，而写作文时呢？又啰里啰唆，只求长篇大论，抓不住重点，您能告诉我您是如何写作的吗？希望洪伯伯在百忙之中，能抽出一些时间，看看小辈的信，另外我们这个月是理想教育月，您要是能给我回信，那再好不过了。就谈到这吧？下次信中再见！

　　祝

　　身体健康，生活愉快！

西安实验小学六（三）班小记者　聂江波

1985 年 10 月 11 日

刘伟小朋友：

　　你的信，我看到了。你说，你妈妈不让你看童话书，被妈妈骂了，还被没收了。我想妈妈是心疼你，看见你做完作业，还躺在床上看书，她怕你明天早晨起不来。大概是这样吧！

　　要是真的不让你看童话书，认为孩子不应该看童话书，那是你妈妈不对了。是不是可以这样：当你妈妈高兴的时候，你说个最好听的童话给你妈妈听，且看你妈妈愿不愿意听。我想你妈妈小时候也爱听童话，也会讲童话。一定会听得很高兴。

　　以后不会再不准你看童话书了。是吗？

　　祝你一切顺利！

洪汛涛

1985 年 12 月 20 日上海

敬爱的洪汛涛伯伯：

　　您好！

　　我很喜欢您的作品，晚上我写完作业，常常躺在床上看您的作品，有时被妈妈责骂一顿；还有时被妈妈把童话书没收了，我缠着妈妈说了一些再也不看童话书的话，妈妈才能把书给我。我看了您的童话选和有关您的介绍后，我对您加深了了解。读起您的作品来，我觉得好像走进了连绵不断的画卷。十月一日国庆节妈妈给我一元钱，我就用来买了一本童话选。回到家里，我一边看，一边分段写段意，还把写童话的要点记住。一天早晨老师让我们根据一个事物写一篇文章。我就根据我在街上发现的一只小兔写了一个童

话。在一个森林里正在举行长跑比赛。运动员有小兔、马、驴、狗、牛、羊等。比赛开始后，兔子跑在最前面，它为了把别的运动员甩得远远的，违反了比赛规定，一下子穿进小荆棘林，不小心被挂住。不一会儿马、牛、驴、羊、狗等都绕过了小荆棘林向终点跑去。小兔子非常后悔，它猛地往外一跳，荆棘刺烂了它的眼睛，把它又大又美丽的尾巴截掉了一半。所以直到现在，它的子子孙孙都是红红的眼睛，半截尾巴。您听了我介绍的这篇童话，您一定早就想到了吧。我非常喜欢看您的童话。我希望您给我写一篇童话让我参考。

祝您身体健康

西安实小六（二）班　刘　伟

大小童话家交朋友

一片桃花，一瓣心香，一份温馨。

《花瓣飞机》这个童话，是一个女孩子，用爱和美编织的。

小鸡帮猪妈妈请医生，是小鸡的爱心。

小羊给小狗买生日礼物，是小羊的爱心。

小兔替牛大叔送信，是小兔的爱心。

桃树阿姨摘下自己的花瓣，变成了飞机，送小鸡、小羊、小兔过山，是桃树阿姨的爱心。

它们的爱心，像一架架花瓣飞机那样，飞过了一座座很高很高的山。

它们的爱心，那花瓣飞机，是多么的美啊！

希望有更多的小朋友，用你们的爱心去编织美丽的童话吧！

洪汛涛

花 瓣 飞 机

小鸡、小羊、小兔来到山脚下，这山很高很高，悬崖太陡，过不去，怎么办呢？

它们急得要哭了，路边一棵桃树听见了，它问小鸡："过山干什么？"

小鸡回答说："猪妈妈病了，我过山帮它请医生。"

桃树又问小羊了："你过山干什么？"

小羊回答说："明天是小狗的生日，我过山给它买礼物。"

桃树点点头，接着问小兔："你过山干什么？"

小兔回答说："牛大叔很想念山那边的兄弟，让我给它送封信。"

桃树听了很高兴，从头上摘下一片桃花的花瓣，轻轻一吹，花瓣飘到空中，又慢慢落下，掉在它们前面的一块岩石上。

"你们快上去吧！送你们过山。"桃树笑了笑，说。

小鸡它们都很惊奇，说："这样小，怎么乘得下呢？"

桃树说："它会变大的。"

果真，花瓣变大了，愈变愈大，愈变愈大，变成一只漂亮的花瓣飞机了。

小鸡它们坐进了花瓣飞机，向桃树道谢说："桃树阿姨，谢谢你啦！"

很快，花瓣飞机就起飞了，一下子就飞过了高山。

到了山那边，小鸡给猪妈妈请了一位有名的医生，小羊给小狗买来了生日蛋糕，小兔也带回牛大叔兄弟的来信。

它们还是乘着这只花瓣飞机飞过这座很高很高的山。

它们的伙伴们都赶来迎接它们了。

那只花瓣飞机呢？自然又变回桃花的花瓣了。

上海市青浦朱家角镇
中心小学三（3）班　徐　玮

洪 汛 涛 评 析

一 根 鸡 毛

上海市青浦朱家角镇中心小学二年级（3）班　张　奕

有一只公鸡，它身上长满了毛，其中有一根毛特别美丽。这根鸡毛自以为比别的鸡毛好看，就下决心要离开它们。

有一天，这根鸡毛悄悄地离开了伙伴飞走了。飞着飞着，小狗看见了，就向它吹了几下，鸡毛得意极了，心想：我长得多美呀，小狗见了也要吹捧我。鸡毛又轻飘飘地飞了起来。老虎看见了，也向它吹了几下，鸡毛更得意了，心想：看我多美，老虎见了也要吹捧我。正当鸡毛又要轻飘飘地飞走了的时候，一大滴雨水把它送到了地面，它再也飞不起来了。

蚂蚁爬过它的身旁，没有理它，小兔走过，把它踩了一脚，鸡毛伤心极了。过了一会儿工夫，忽然它看见了公鸡，看见了伙伴在向它招手。鸡毛多么想飞到伙伴中间，再也不愿离开自己的伙伴。

可是，它粘在湿的泥土里，再也没有办法回到伙伴们中间去了。

（沈熙钊　推荐）

▲**洪汛涛评析**：一位二年级的小朋友，想到写一根小鸡毛，这可真叫是别出心裁了。他把这根小鸡毛写活了，并且合情又合理。鸡毛是轻飘飘的，会随风而飞。一根小鸡毛在空中飞，孩子们见了，谁都爱吹上几口，让它飞得更高。这都是孩子们的心理。这篇小童话，很有儿童情趣，也很有孩子的生活气息。

池塘里的小乐队
上海市青浦朱家角镇中心小学二年级（3）班　张燕苓

春天，一群小蝌蚪在池塘里快活地游来游去。突然传来一阵美妙的琴声，它们透出水面向岸边游去，只见一个小女孩坐在岸边，一边看歌谱一边拉琴。琴声深深地吸引了这群小蝌蚪。

"伙伴们，你们看这不是我们的朋友吗？"有一只小蝌蚪看见了小女孩面前的歌谱，上面有一个个音符，大声嚷着。

小蝌蚪们看了，都惊奇地说："是呀，是呀，我们的朋友怎么会跑进歌谱里去呀！"

有一只小蝌蚪高声说："伙伴们，我们也来组织一个小乐队好吗？"大家都同意了。

一会儿，它们找来许多水草，一根一根接起来，变成五根有弹性的绳子，一排整整齐齐地放在池塘里。它们学着朋友们的样子，排着不规则的队伍，开心地在绳子上跳上跳下，真是有趣极了。想不到，池塘里一下子响起了美妙的音乐声，就连拉琴的小女孩也放下了琴，静静地欣赏着这支小乐队的演奏。

（沈熙钊　推荐）

▲**洪汛涛评析**：我们常常把五线谱中的音符，说成是小蝌蚪，这篇作文的小作者，把小蝌蚪写成了水面上的活音符，这是多么美妙的幻想！水面上，五条水草，排成了五线谱，小蝌蚪们，在水草上跳绳，成为五线谱上跳跃的音符。想不到这样一来，池塘里响起了美妙的音乐。这小童话，有画面，有声音，像一首优美的小诗，写得非常好。

重视作文，办好《花朵》

——洪汛涛同志在《花朵》
编辑部座谈会上的发言（摘要）

　　作文这个东西，很重要。一般说，从事写作的人，在学校里都是喜欢作文的。我在中学念书时，作文就是全校闻名的。我上的中学，是杭州宗文中学，一下课，就往新民路的省立图书馆去看书。我是个穷学生，买不起那么多书，只好跑图书馆。我如饥似渴地读了很多新文学的作品。因为我的作文好，老师特别喜欢我。

　　作家冯雪峰，他是浙一师的，他在读书时，作文非常好，国文老师李叔同，就是弘一法师，有一次在他的一篇作文上，批了个 **120** 分，说他写得特别好。冯雪峰后来就成了我国伟大的作家。

　　所以，我说作文这东西，很重要。广西教育学院办起这个作文刊物《花朵》，是一件很有意义的事，应该得到大家的支持。

　　近来，有那么一种倾向。各地出版社都在抓作文这块肉。不少出版社出了作文选，也办起作文刊。说明，大家重视，这当然很好。

有不少少年儿童文艺报刊，在后面都要附上许多页作文。说是，这样刊物就好销。成人、作家们写的作品不叫座，靠孩子的作文卖钱，这就不正常了。我的意见是，文艺性刊物，登些少年儿童的习作是可以的，但不要搞语文教学那些东西，一个文艺刊物，夹杂一些语文教学的东西，就显得不伦不类。我认为，作文应由作文的专门性的刊物，像《花朵》这样的刊物去登嘛。

所以，我建议《花朵》编辑工作要加强，多作调查研究，提高质量，要以天下作文为己任，把这项任务很好地担当起来。

现在有不少语文教师，对作文的要求，也不是那么一致。有的教师，观点比较陈旧。他们要我去讲作文，先拿一些学生的作文来给我看。有的作文，内容空洞，但堆砌了一些美丽的辞藻，可能是从别的地方抄来的，认为很好。而有些作文，写得很朴实；有生活气息，却认为不好。所以，在作文中，提倡什么，反对什么，是大有学问的。你们《花朵》这样的刊物，就要注意这个方向性，要把少年儿童的作文引向正确的道路，要反对那种陈腐的作文腔和作文八股。

这有一个原因。我们的不少师范学院，也不开儿童文学课。前年，我在北京，有人反映，有些教师，"只知道叶永烈，不知道张天翼"。作为一个教师，连张天翼这样一位老作家的名字也不知道，怎么教学生。我觉得，每个师范大学，都应该开起儿童文学课。什么样的作文是好的，什么样的作文是不好的，在师范学院学习期间，就应该有这个常识和水平。

这也牵涉到课本问题。课本，需要不断更新才行。现在有的课本，显得比较陈旧。作品，知识，都有一个现代化的问题。朱自清的《荷塘月色》是个好作品，可以让孩子读。但不是说现代作品就是这样子的。现在语文界，分析来，分析去，老是这几篇作品，就不好。

时代在前进，知识在更新。现在来看，这些作品内容上，文字上，都比较老。

课本的确要更新。当然，课本也可以有一些成人文学作品，但主要应该是儿童文学作品。有些成人作品，写得很好，但是感情是成人的，儿童是不易理解的，就不要收进课本里去。所以课文，应尽量照顾儿童心理、儿童感情、儿童习惯为好。

总之，在语文教学方面，有许多问题，值得研究、讨论，建议广西教育学院和《花朵》编辑部，多做这方面的工作。

1990年7月，洪汛涛参加浙江南浔举办的"全国童话理论研讨会"

读要博写要勤

×× 同学：

来信收到，我就来谈谈关于读和写的问题吧！

关于读，我觉得作为一个正在学校学习的学生来说，各种各样的书都要读。不能因为兴趣，而有所偏废。读书偏废，犹如吃东西挑食，这不吃，那不吃，只吃爱吃的东西，这会导致营养不良。因为求学时代，是打基础阶段，如若基础不扎实，在上面就无法建造高层大厦。

书读得多，积累的知识也越多。读的书面广，知识面也广。

有的时候，你好像觉得这书意思不大，但有时往往却能大派用场。有的书，自己不读，好像也没有关系，但有时就因为缺乏这方面的知识，带来很大的困难。

当然，这不是说，不论什么书，只要是书，就应该拿来读。这是不可能的，因为世界上的书实在太多了；而且也还有一个必要不必要的问题。所以总要个先后，也要有选择才行。

我认为，这可以根据你的年龄、程度来定。因为年龄、程度不同，所应该获得的知识范围就不同。就是说，你应该按你的年龄、程度所必须具有的知识范围，去找能供你获得这个范围知识的书来读。然后，一点点扩大知识范围，一点点由浅及深。如同一滴墨水落在纸上，一点点向四周化大化大，一点点渗进纸去。

关于写，要是一学期中，只靠学校里，根据老师出的题目，写几篇作文，那不管你是如何认真，作文写得再好，进步不可能很大的。

写，如同我们平常说话。常常说，说起来就流利。要是一个人很长一段日子不说话，恐怕再说起话来也是很拗口的。"文革"期间，大家除了抄报纸以外，什么文章都不写，在粉碎"四人帮"后，重新拿笔写作，也觉得很困难。道理一样，就是不常写的缘故。

所以，我认为你们除了作文课一定要写好老师命题的作文之外，还得多写写。这可以请老师给你多出些题目，也可以自己出题目。

关于"作文"的一点意见

　　现在，有许多少年儿童文学报刊，非常热衷于登孩子的作文。据说作文登得越多，报刊的销售量就越增加。这样，有的报刊，几乎拿一半以上的篇幅来登作文。有的报刊，接二连三出全部是作文的专辑。一个文学报刊，登一些少年习作是可以的，但是这样连篇累牍地登作文，好吗？有人提出这样的问题：少年儿童写的作文，算不算是儿童文学作品？这问题值得我们研究。我们中国还没有对这一问题展开过讨论，在日本是有争议的，比较一致的意见是，认为儿童文学是"成年人"为少年儿童所写的文学作品，少年儿童自己写的作文则不算是儿童文学。我希望少年儿童文学报刊，不要把发表孩子们的作文当主要工作来做，这不利于儿童文学创作的繁荣。有一位作者，他写了七八年儿童文学作品，寄出去的稿件，常常被退稿，但他孩子在学校里的作文，却常常被一些报刊采用。当然，如果他孩子的作文的确写得好，而父亲的作品实在写得差，父亲退稿、儿子采用。这是完全正常的。可这位作者把稿子寄给我看了，情况并不是这样。这位作者在信上慨叹地说："现在，成人的作品，不如孩子的作文值钱！"这种现象是不正常的。

我不是说少年儿童的作文不应该发表，当然可以发表，发表也是一种鼓励，可以相互交流，共同提高。但是，我认为这工作，应该交给几个专门发表少年儿童作文的刊物去做。因为，他们对少年儿童如何写好作文有专门的研究，他们能够掌握哪一种作文应该发表，哪一种作文不应该发表，当然，这几个专登作文的刊物，应该加强调查，研究实际问题，提高刊物质量。

现在这样，大家争发作文，有点滥，对提高少年儿童写作水平是不利的。

第一，有的报刊，把对作文的要求，和对成人写的作品的要求等同起来。譬如，作文主要应该以写真人、记真事为主，作品则可以有更多的虚构。要少年儿童作文过多去讲究剪裁、概括、典型化，是太早了一些。诸如此类，放在一起很不好。

第二，孩子作文，是练习表达能力，提高文字水平，不是都要求他们写文学作品。他们长大，有的可能当作家，或者对文学有兴趣，从事业余写作；有的则要做其他的工作，各种各样的工作。他们要写的是其他样式的东西。不能一律以文学的标准去要求作文。

第三，少年儿童作文，是一种练习；练习可以发表，但发表那么多的作文，对少年儿童有什么好处呢？似乎作文只有发表才是好的，使刚练习作文的孩子热衷于投稿，也不好。作文可发，但多发就不好。

第四，发表那么多的作文，让少年儿童去读。一个孩子读了那么多作文，能提高写作水平吗？就拿提高文学修养来说，光读作文是不够的，还得读很多很多文学作品。头痛可以医头，脚痛可以医脚，一个孩子作文写不好，光要他去读作文，是提不高的。作文不好光读作文，这是功利主义，目光太短浅了，事实上是不行的。这对一些以提高孩子写作能力为目的的报刊来说，也有这个问题，不能光登些作文。光登作文，光读作文，能提高孩子的写作能力吗？

我以为，这些问题，目前都应该好好研究，请教育界的、语文界的、文学界的、报刊界的、出版界的同志们一起来讨论讨论这些

问题。

怎样才能真正有收效，真正能提高少年儿童的写作水平，这是大有学问的。

我是外行，抛砖引玉，提出一些粗浅的看法，供讨论参考。

（在一个座谈会上的发言记录摘要）

坐落于浙江省浦江县的洪汛涛纪念馆内景

关于阅读种种

人，离不开阅读。阅读，是人的生活的一部分。

阅读，各人有各人不同的阅读习惯。但，这种阅读习惯，往往是从小学时代就养成的。

我的小学时代，是在抗日战争时期。由于家境贫困，没有钱可以添购自己喜爱的书籍。我所能阅读到的书籍，来源大抵是这么几种：一种是向学校图书室借的，一种是向同学们家里借的，还有一种是到书店里去翻书。向学校借的书，或向同学们借的书，因为书少，要借的人多，是必须在最短的限期内归还的。一个孩子到书店里去翻书，随时要遭到店主的呵斥和驱逐，必须很快一翻就把书归还到书架上去。

这样，我看书很少有选择的余地，只能有什么就看什么，并且得学会很快一阅而过。不少书，我是一目十行，跳跃着看的。当然，其中的重要处，我也放慢速度细看，如果还不明白，也有回过头来再看一次的。

有些重要的书，包括课本等，我是一定要读的。阅，可以知道个大概。读，则是一字一句，必得丝毫不苟。读过一遍两遍，方能深刻地记住。

当然，阅和读在许多时候是交替的。一本书，这部分一阅而过，

那部分发声朗读；或先一阅而过后发生朗读，自然，阅和读也不能机械地分开。阅，也有粗阅、细阅；读，也有默读、朗读……

我至今还保持小学时代养成的阅读习惯。一些只消知道大概的书，我就很快翻阅过，只要求在脑子里留下一个粗浅的印象。但一些重要的书，我还是要关起门来逐字逐句地朗读。而且有的不是读一遍，要读许多遍，以求深刻地理解。

我在写作时，也是这样。我每写好一篇作品，总是先阅上几遍，看看大致可好，要增加些什么，要删去些什么；而后，又读它几遍，边读边修改，一直改到自己不能再改为止。

现在，小朋友们阅读的条件，跟过去不好比了。

今年我到湘西边远的山城凤凰去看那里的"童话引路"的教改实验。那个实验班，孩子们家里几乎都有图书箱。其中有个孩子，两个月里就读了176篇童话。并且她每读一篇童话，就做一张卡片。他们班里46名同学，所订的报刊竟然有296份，平均每人订36份。这真是个可观的大数目。

现在全国有那么多的少年儿童报刊，一册册书，一张张报纸，一本本刊物，呈现在大家的面前。这就有一个选择的问题，究竟要看哪一些，不看哪一些，先看哪一些，后看哪一些，要大家做很好的安排。这些必须阅读的书籍报刊，也还得分出轻重缓急，安排好时间去阅读。何者粗阅，何者细阅，何者默读，何者朗读，也还有个方向问题。

阅读，是为了取得学问。但如何阅读，本身就是一门学问。

现在，吉林省为全国的小学生们办的这份《小学生阅读报》，我想，就是为了指导大家怎样去更好地阅读吧！

希望大家能在《小学生阅读报》这位好老师的指导下，好好去阅读，一定会获得阅读最大的收效。

我预祝大家！

1987年11月，上海

《小学生阅读报》1988年3月25日

怎样为孩子选购图书

淑芬同志：

　　信收到。你问怎样为孩子选购图书？我的看法是这样：

　　首先你要看看，这本书是不是适合你孩子目前的阅读程度。这不只是文字上的深浅，其他内容等各方面也都有讲究。不知你注意没有，许多儿童读物的最后一页，我们称之为"版权页"上，有括号分别注明"幼"、"低"、"中"、"高"、"初中"字样，这就是告诉你，这本书是给什么程度的孩子看。自然，这不是绝对的，因为同年龄同年级孩子的阅读能力并不划一，所以还得看孩子的实际情况。当然，孩子的实际情况，也并不是说要孩子对这本书中的每一个字都认识，对书中的每一个细节都完全理解。孩子读了一本书，他有一些地方不明白，多提出几个"为什么"来，这是很正常的，是好事。

　　其次，要有针对性。孩子缺什么，就买什么书。比如孩子不注意卫生，可以买一本《爱清洁的小白兔》；孩子爱说谎话，可以买一本《诚实的王小明》。但是，我们要看到，孩子读书，不能要求他"立竿见影"，因为书的功效，是潜移默化的。书的作用，有德、智、体、美的教育，不能偏一。给儿童看的书，选的面要广一些。

孩子有时吵着要买这本书，有时吵着要买那本书，当然我们买书要考虑孩子的兴趣。如果孩子不爱看，你把书买回来，也是白搭，浪费钱。可是，我们也不能完全根据孩子的喜好去买书。比如有的家长说，孩子不爱看用国画画的儿童读物。如果我们因此就不让孩子看国画画的儿童读物了，恐怕也不好。

我们为孩子选书，要注意质量。今天，我们出版社都是国家的，出立意不好的书是极少极少的。但质量不高的、较差的书，却也不少。也有一些儿童读物东编西抄，粗制滥造，或者艺术上比较拙劣、平庸。如果，我们光从有噱头的书名，或者漂亮的封面去着眼，是很容易上当的。

还有，要加以注意的，不少书店里，将连环画册和儿童读物放在一起。有的人，以为连环画册就是儿童读物，给儿童买书就是买连环画册。现在大家把连环画册叫成"小人书"了。其实，连环画册是一种通俗读物，有很大一部分是给成人看的，这部分中有一些是可以给孩子看的，有一些是不适宜给儿童看的。所以，一定要好好选择才是。

　　祝
合家快乐！

洪汛涛

1981 年 7 月 10 日

《少年儿童书讯》1981 年 7 月 25 日

要学点儿童文学

——给一个即将做母亲的女同志的信

小兰：

去年草长莺飞的春天，我参加了你们在上海举行的婚礼。你记得吗？我在第二天你们小家庭的家宴上，提出过希望你们学点儿童文学。

你们不以为然，似乎搞儿童文学，是我们这些专业儿童文学工作者的事，你和永明都是学理工的，和儿童文学并无关系。

转眼过去一年多了，听上海的来人说，你很快要有孩子了。我远在北京，不能去向你们当面道贺，只能写这封信。不过，除了表达我的祝贺之意外，还得提提要学点儿童文学这个问题。

我想，凡是做父母的，都爱自己的孩子，也都希望自己的孩子将来是一个有远大抱负、有高尚情操、有良好气质、有文化素养的人。但孩子是不是能够这样，这跟从小的教育很有关系。

父母，是孩子最早的教师。一个孩子将来成为什么样的人，很

重要的是取决于孩子阶段所受的是什么样的教育。

而文学，对一个孩子来说，是非常好的教育手段。在国外的不少国家中，是非常注意这点的，许多父母，给孩子从小就讲述安徒生的童话，朗读普希金的诗歌等世界名著，而且让孩子复述和背诵。

通过这些文学作品，不但可以提高他们的语言水平，丰富他们的知识，更重要的，是通过这些作品，来培育他们的情操、气质，使他们获得种种教益。

可是，今天，我们有些父母，不但不会讲述和背诵这些文学名著；很多父母，连哄孩子入睡的摇篮曲都不会。

当然，这归咎于林彪和"四人帮"之流，前些年，把这些东西，都一概当成"四旧"、"毒草"，批掉了。

儿童多么需要琅琅上口的儿歌，可是有的父母一句也哼不出来。儿童需要游戏歌，需要绕口令，需要猜谜语，需要听笑话……

儿童们的要求是很多的，父母要是腹中空空，你拿什么去满足孩子的需要呢？

随着孩子年龄的增长，他们要听民间故事，要听童话，父母对儿童文学一无所知，只好临时抱佛脚，借本书，看一段，讲一段，现买现卖，孩子能有那样的耐心吗？

孩子再长大一些，慢慢自己能看书了，那就要父母给他去买书，你知道应该介绍些什么书给他看最合适呢？

有的父母，对于孩子要吃什么，百依百顺，样样都满足孩子。对于孩子精神上的需求，他们却一点不给，而让孩子长期处于"饥饿"状态。

有的父母，特别注意孩子的营养。鸡蛋、牛奶、鱼肝油、钙片，唯恐孩子不吃，拼命往孩子嘴里塞；可是孩子的精神"营养"，却什么也没有给。

他们吝啬钱吗？绝不是。而是他们不懂得什么叫精神"饥饿"。他们只认为肚皮要填饱，肚皮不饱，是要饿瘦的，要饿死人的。殊不知，精神饥饿，也是要饿"瘦"的，也是要饿"死"人的。

不少从小精神饥饿的人，长大了，往往缺乏美好理想，没有远大抱负，变得怯弱、无能、平庸、愚昧、不动脑筋，不求上进；更严重一些，不文明、野蛮，相继而来。

我见过，有的父母有时也给孩子买几本小画书，但他们的目的，只是用小画书哄孩子，把孩子"关"在家里，避免孩子出去惹祸。这样的父母，往往不是用文学书籍来教育儿童，有时还会买来一些不适合儿童阅读的书，反而贻害了孩子。

所以，我认为，一个做父母的，要是不懂得一点儿童文学，他就不懂得如何去培育自己的孩子。范围大一点来说，做父母的都应该关心儿童文学，那是为了教育和培养我们的下一代；范围小一点来说，是为了自己的孩子健康成长。

你就要做妈妈了，而永明又不在你身边，那你的担子更重了。因此，我还是再次建议你，学点儿童文学。我写这封信的目的就是这个。

不知现在你的意见怎样，欢迎你来信谈谈。要是需要我帮助你做些什么，也请尽管来信。

祝你快乐！

洪汛涛

写童话日记

——洪汛涛的一封信

编者的话　老作家洪汛涛是我国著名的童话作家。他写的童话作品，先后在国内外十多次获奖。其中著名的童话《神笔马良》，曾被改编为动画片，受到广大孩子们的喜爱。他不但擅长写童话，而且还提倡小学生们写童话日记。他期望童话进入日记，用童话来促进日记的创新与发展。

浙江省金华市将军路小学副校长施民贵，积极指导孩子们写童话日记，并初步取得成效。施民贵同志把指导小学生写童话日记当作一项实验，一项教改，一项科研，虚心地向老作家请教，得到洪老的热情支持与鼓励。

这里发表的《写童话日记》一文，是老作家洪汛涛写给施民贵副校长复信中有关"写童话日记"的部分摘录。在这封信中，老作家对写童话日记的目的方法等，谈出了个人的见解，颇为精辟。我们认为，童话是按照儿童的心理特点和需要，通过丰富的想象、幻想、夸张、拟人等手法，来塑造形象，反映现实生活，对儿童进行教育的作品。其特点是故事生动，形象鲜明，语言浅显，幻想与现实结合，人物与动植物结合。孩子们练写童话日记，是符合儿童的心理特征的。童话日记能丰富孩子们的想象力，提高他们的认识水平和观察力，激发他们的生活热情。正如老作家谈的那样，希望老师们把指导小学生写童话日记，当作一项实验，一项教改，一项科研，去执著地努力求索，发展，提高。希望各地小学的语文老师，在提倡学生们写童话日记上，能做出新的成绩来。

你们学校在提倡写童话日记，这非常好。

我在南浔"首届全国童话夏令营"上说，大家可以写写童话日记。目的是为了提高他们的童话写作能力，开发他们的幻想智商。

写童话日记，是一种很好的童话作文的练习，可以说，童话有不少是日记型的。

我国童话大师叶圣陶先生的《稻草人》，大家都读过吧！我看，也是一个稻草人的日记，写了他一天一晚所见所闻，身边所发生的许多事情。

另一位童话大师张天翼先生的《不动脑筋的故事》，也是大家所熟悉的。我看，这更是赵大化这个有名有姓孩子的日记。

如果要写篇文章，可以举很多例子。

我写的那个《狼毫笔的来历》童话，也是黄鼠狼的一天天的日记。我是怎样写出黄鼠狼日记来的呢？可以告诉大家，我有这方面的生活经历。我小的时候，捕捉过黄鼠狼，长大了我爱用黄鼠狼的毛制作的笔写字。我也有黄鼠狼当时所处的、自然是人的环境，我有过黄鼠狼那样的遭遇。

我们提倡学生写童话日记，要引导他们多多观察生活，分析生活。

我曾经在《童话艺术思考》（山西希望出版社出版）那本书里说过："儿童对面前的这个世界，是用他们许多奇特的想法去理解的。"在儿童的视野里，宇宙间的万物，都有生命和性格。它们按自己的

习惯生活着，对世界上的一切，表达着自己的意见。提倡学生写童话日记，就是这个意思。

可以让学生写写自己家的小猫、小狗、小羊、小鸡的日记；写写野外小河、石桥、汽船、木筏的日记；写写校园中青草、红花、蜜蜂、蝴蝶的日记；写写课堂里的黑板、粉笔、椅子、桌子的日记；写写自己身上的耳朵、手指、鼻子、臂膀的日记……

自然，在写日记中，会出现种种问题，那就要请教老师去引导和纠正。譬如，有人写猪的日记，写成：我是猪，我的皮可以剥下来制皮鞋，我的肉可以剁下来制成各种菜肴，味道鲜美。这就不好了。如此等。

台湾屏东有个学校，有位教师，他自己写童话，也培养孩子们写童话日记。还印出过一本学生们写的童话日记的选集呢！他们送了我一本，写得挺不错的。这个学校，许多学生在一些童话比赛中得了奖。

提倡学生写童话，湘西凤凰箭道坪小学已积累了许多很好的经验，他们有个"小小童话作家协会"，上海青浦朱家角小学也有个"'小作家角'童话文学社"，我都去参观过。许多学生能写童话，写了许多童话，出版了书，在海内外的许多报刊上都介绍转载了。

他们都把这实验，当成一项科研，一项教改，在执著地努力求索，发展，提高。我希望各地学校，在提倡学生们写童话日记上，能做出成绩来。

洪汛涛谈日记

　　我在上小学三年级时，就开始写日记。我觉得写日记好处很多。我的班主任老师知道了，就鼓励我，希望我坚持下去；并在我的日记本上写上"开卷有益，勤笔勉思"八个字。我天天记自己的想法，自己所做的事。这样，我每星期两节的作文课，一点也不害怕。老师出任何题目，我都能从自己的日记本上找出题材，而且写得很详细，很具体，常常受到老师的表扬。我的外祖父，是位读书人，读过很多书，许多孔孟的书，他随口能背出来。他常常给我讲述孔孟修身之道，多次要我学孔子的学生曾子，每日"三省吾身"，要我每天临睡前，将一天所做的事，好好再想一遍。（现在，雷锋说的"过电影"，就是这个意思吧！）所以，外祖父见我写日记，很赞成，要我一定坚持天天记，不间断，同时，要经常拿出来自己看看，想想。所以，我一直坚持写日记。

　　稍稍长大，便是八年战乱，日寇占领了我的家乡，我负笈到没有沦陷的偏远的山脚找学校继续求学，经常要给在家乡的母亲和弟妹们写信，他们很挂心我生活的一切，我的日记又和书信结合了，我向他们报告，我在想什么，在做什么，让他们放心。

　　我从小就爱好文学，我在家乡上学时，或在外地漂泊时，我爱听故事，把听来的故事，记下来，逐日记，这样，成年累月就记录了不少。这些故事，不只是锻炼了我的笔力，并且许多成为我后来一些作品的素材。其中有的故事，我因为记过一次，印象很深，所以没来写作时，一些故事，包括其中的一些人物，或一些细节，会突然主动从我的脑际跳出来，写进作品里。

　　由于我们这一代，青少年的黄金时期，大都处于动乱中，八年抗日战争，三年解放战争，新中国成立后，政治运动又一个接一个，日记散佚殆尽。最令人伤心的是"文革"时期，随便可以"抄家"，日记可以成为"定罪"依据，许多人因日记罹祸，有的人为日记失去宝贵的生命。我珍藏了一生的一大沓日记本，被"抄走"的抄走，被"勒令上缴"的上缴，自己在"大难"临近之时，也毁去了不少，如今我所有日记已荡然无存，十分心痛。好在这样的时代，已经完全过去，不会再来。伤痕渐渐平复，我又开始记日记了。

　　失去的岁月，我正在写一部《我和童话》的回忆文字。记述我消逝的往事。这也说是倒回去写的日记吧！

　　我觉得，作为一个人，生活着，学习着，工作着，都是在写一部自己的历史。一个光明正大的人，写着光明正大的日记。一个心术不正的人，写着卑鄙可耻的日记。虽然他自己不愿意去记载损人利己的事，我想他周围人的心里会记下他的日记。人，应该记日记。所以，我也很希望大家做一个光明正大的人，希望大家记日记。

　　写日记，对一个文学作家来说，太重要了。上面我已说过一些。我认为，一部好的作品，写好一个人，那往往可说是这个人的一段或一生的日记。有的是自己的日记，经过一定的艺术润色，或者就是代别人、自己所熟悉的人写日记。一个作家的功底，可说就是写日记的功底。

　　不久前，我已写完一部长篇系列童话《神笔马良传》，交由河南的海燕出版社出版，我想大家很快就能看到。这部作品，其中有许多细节，故事，都是我的日记里曾经记录过的，听来的故事。整个故事，有头有尾，我也是按马良的思想、行为的发展，写下他的日记。这部《神笔马良传》也可以说就是一部神笔马良的日记。我想，你们以后看了我的这个长篇，会同意我的这个说法的。将来，如果你们踏上文学写作道路的话，会想起我的这番话的。

当然，一个科学工作者，一个政治工作者，写日记，何尝不重要，太重要了。我想，这些就让科学家、政治家他们来说吧！

一句话，希望青少年们都来写日记！

1993年10月31日，洪汛涛应邀出席马来西亚儿童文学研讨会，在大会上作报告

谈 童 话 阅 读

　　童话，是属于孩子的，是属于孩子所独有的。孩子们都喜爱读童话。

　　有所学校，在几个班级作过调查。不爱童话的孩子是"零"。

　　我也到一些学校去看过，在图书室里，被翻得书皮破旧、出借次数最多的书本，往往是童话。

　　童话是什么？我认为童话应该是："一种以幻想、夸张、拟人为表现特征的儿童文学样式。"（《童话学》）

　　其实夸张和拟人都可以包含在幻想中。幻想是童话的核心。

　　说幻想也好，说幻想、夸张、拟人也好，都来源于生活。

　　中国童话名作《稻草人》（叶圣陶著）塑造了一个童话人物稻草人。一般生活中稻草做的人，能思维、有情感、能看见周围事物、能听懂人们说的话吗？不能。但童话中的稻草人就能做到，这是童话的拟人的幻想手法。但是，童话通过稻草人所反映的社会现象，却是真的，实实在在有。像这一稻草人那样正直、富有同情心、对眼前不平等的社会表示强烈愤慨的人，也是真的，实实在在有。童话名作《宝葫芦的秘密》（张天翼著）也是如此。天底下有那样要什么就得到什么的宝葫芦吗？绝不可能有，永远不会有。但是，像王葆那样想不通过自己的努力，就能够获得自己想要获得的东西，这样的孩子是有的。

所以说：童话，是"真→假→真"，以真实的生活为依据，从真实的生活出发，通过幻想、夸张、拟人的童话处理，来反映和表现真实的生活。

一个好童话，要能正确地反映生活，就是说，一个好童话应该有强烈的时代气息，很好地表现社会。

并且，在反映生活的同时，还应该让读者得到某种启示，或感悟到某种道理。

或者，包括通过童话的阅读，让读者从中领略到一种美的感受，一种健康向上的身心的愉悦。

总之，一个好童话必须给读者以教益。

要是一部作品宣扬暴力、野蛮、丑恶、腐朽、堕落、庸俗等，那绝不是一个好童话。

当然，如若一部作品，你怎么也读不懂，或者是作者故弄玄虚，或者是表达不清；如若一部作品，读来平铺直叙，毫无趣味；如若一部作品，想到哪里，谈到哪里，胡编乱造，颠三倒四；那就不是好童话。一个好童话，应该有它强烈的吸引人的艺术魅力。

我们爱读童话，自然要选择那些好作品，摒弃那些太差的作品。我们要有鉴别力。我认为，在阅读这些作品的同时，也可以写写读后感，对这些作品加以评论和分析，谈谈自己的看法。这对提高自己欣赏水平是大有好处的。

所以，阅读，应该有个"学以致用"的问题。读童话，也不例外。阅读要投入，要认真，从中汲取营养。但还是要用，如果阅读而不用，等于白阅读。

我们从童话的阅读中，获得精神的熏陶，情操的陶冶，素质修养的提高，知识的丰富充实等。这就是童话阅读的正确态度和方法。

致用，也有个读和写的问题。爱童话的小朋友，在阅读童话的

同时，是不是也可以自己拿起笔来写写童话呢？现在，自己动笔写童话的孩子愈来愈多了。上海市实验学校曾有几个班级的小朋友自己将童话编成剧本自己来演出。青浦朱家角中心小学的孩子们也成立了"小作家角"，自己来写童话。虹口区临平路小学，出版了自己编写的一期期《小童话报》。他们的做法很值得推广和学习。

　　童话是我们的好朋友，陪伴着你成长和进步！

谈办特色学校

××同志：

　　信收到了。听说上海师资培训中心历届的小学校长班，成立了联谊会，祝贺你们！

　　目前，小学界正在提出如何和国际接轨、传统接轨，如何建立有本身特色的学校，诸多问题，这是我们国家改革开放的新形势，必然要提出的问题。

　　我多次撰文提倡学校中加强童话教学，开展少年儿童幻想智商。我参加过湖南湘西为首的"童话引路"教革实验研讨会，进行过实地调查，深深觉得他们的路子走得对。我写过论述文章，在报刊上介绍过他们。在上海青浦朱家角镇中心小学，也试办过这类名称为"童话先导"的实验活动，我也去参加过他们的研讨会。由此，我倡议举办过由全国四十余家报刊参加的"全国少年儿童'金凤凰'童话写作大赛"，后来出版了《中国孩子写的童话·金凤凰》一书。这些我在美国的《世界日报》，新加坡的《联合早报》，台湾的《民生报》《全国儿童杂志》《国语日报》都介绍过，近来在台湾普遍提倡孩子写童话，在台湾的儿童报刊上，已有孩子写童话的专刊。我最近已将台湾统

编的小学国语课本收集齐全，想从教材中了解台湾学校中的童话教学，并和我们大陆统编语文教材，就童话课程，作一个比较和研究。

这就是我在做的工作的一部分。希望得到你们教育界的同志们，特别是小学校长们的帮助。自然，如果有哪位校长和哪个学校，愿意就童话教学作研究，作实验，欢迎和我联系，我们一起来推进和完成这项工作。

请代向你们联谊会的所有的校长同志问好！也可以将我的这些想法告诉大家。愿大家在各自的努力下，发挥各学校的特长，将各学校办成各有特色的学校，在改革开放的大潮中，各呈异彩。

此致
敬礼。

洪汛涛
1993 年 7 月 20 日

"童话引路"在海外

——著名儿童文学作家洪汛涛答问录

我省湘西土家、苗族自治州特级教师滕昭蓉的"童话引路"教学实验，1991 年曾获省教育教学科研成果一等奖，并在全省重点推广。最近笔者从著名童话作家洪汛涛处获悉："童话引路"已走到了海外。对此，我们特写信请洪老就如下问题作答：

问：听说您最近访问了马来西亚，可以详细谈谈吗？

答：去年 10 月中旬，我应马来西亚华人教师总会和儿童文学界的邀请去讲学，在吉隆坡、麻坡、居銮各讲了一场。马来西亚方面的主持单位和听众都很热情，此行我也了解了不少情况，实际上是一个文化交流互通的活动。

问：您这次讲学的主要内容是什么呢？

答：我讲的内容，是他们出的题目，但都是要我讲童话写作。讲学中我向他们介绍了一些中国孩子童话写作的情况。

问：他们对中国童话教学和写作反映如何？

洪汛涛（中）与"童话引路"实验班老师滕昭蓉（右）在一起

答：我在介绍时自然要讲到"童话引路"，还有《中国孩子写的童话·金凤凰》那本书，和那次"全国少年儿童'金凤凰'童话写作大赛"，还有《金凤凰童话报》。谁知马来西亚的听众中，有不少人对"童话引路"教学很熟悉，也买到过湖南教育出版社出的《金凤凰》那本书，有带来请我签名的。我出示那份《金凤凰童话报》，他们却没有见到过，感到十分新鲜。我又作了详细介绍，听众纷纷向我要报，我只带去一份，他们便借去复印，说各学校要学着办。

问：想不到马来西亚对我国童话事业还有所了解，他们是如何知道"童话引路"的呢？

答：事后，我问起邀请单位主持人，马来西亚华教界为何对"童话引路"这么熟悉、有兴趣。他说，马来西亚一份大报《新通报》上发过关于介绍中国"童话引路"的文章，和我写的那些关于"童话引路"的介绍文章，有人买到辽宁出版社出版、由我作序的滕昭蓉的那本《童话引路》的书。"金凤凰"评奖和作品集早都在美国的《世界日报》和台湾的十多家报纸有介绍，他们很熟悉。目前，马来西亚也有学校在作"童话引路"实验。听华文教育界的一位负责人说，他们认同儿童写作童话、开发儿童幻想智商的重要性，已计划在明年举行一次"全国华教学校儿童写作童话大赛"。你看，我国的"童话引路"在海外的知名度和影响力还不小呢！

童话和科幻故事区别在哪里

我写了一些作品，自己认为是童话，可老师说我写的是科幻故事。难道童话幻想和科学幻想有什么不同吗？

湖南读者　杨小城

杨小城小朋友：

童话的幻想，是文学幻想。文学幻想和科学幻想是不相同的。譬如，嫦娥吃了一种灵药，悠悠忽忽飘上天去，这是文学幻想。稻草人能够有思想有感情，这是文学幻想。如果让科学博士用新技术造了个稻草人，能走路、说话，那是科学幻想。区别在于前者是假的，是不能实现的，后者是真的，是可以实现的，至少也是作了可以实现的科学解释的。有位小朋友写道："我希望我爸爸的手在打我的时候，变得很小很小，打在我身上一点也不疼。"这是文学幻想，因为爸爸的手变小是不可能的。还有位小朋友写道："我希望有一种裤子，有弹性，爸爸打我屁股的时候，我一点不疼。"这种裤子是可以做成的，这就是科学幻想了。希望大家多想想，多分析分析，这两者之间是能够区别的。

应该有多副笔墨

这是许多年前的事了。我卧病在床，收到一位小学生的信，附来一篇他写的作文。这是常常有的事，一个儿童文学作家经常收到孩子们寄来的作文。有的希望帮助修改，有的要求推荐发表，要求大致相同。

这位小学生的来信和作文的内容，是关于语文课本中我写的那篇《神笔马良》"是童话还是神话"的问题。上海课本有 H 版和 S 版两种。在 H 版六年级语文课本中有两篇课文：《谈谈神话》《谈谈童话》。《谈谈童话》中，明白地说："洪汛涛的《神笔马良》"是"童话"。而 S 版同是六年级语文课本，在一篇题为《我要画什么……》的文章中却以和 H 版绝对相反的口气，说《神笔马良》"那是神话！"

这位小学生，没有对《神笔马良》是童话还是神话发表他的意见，却直截了当地提出了一个问题：小学生的教科书中，是不是可以唱对台戏？作为学生可不可以向教科书的主编先生提出异议？我觉得这位小学生提的问题是重要的。

我也不想对这一常识的本身说什么话。这不是本文的目的。况且我在《童话学》《童话艺术思考》这些书中，都说了童话和神话的区别。并且 H 版上的两篇文章中也作了很明白正确的阐述。这是绝大多数孩子和他们的老师、一般家长所应知悉的常识。

这位小学生好就好在能够以事实为依据，大胆提出异议。由此我想：我们小学生的作文，应该有抒发感情的，应该有记叙事件的，应该有刻画人物的，也应该有对周围发生的事物的说理文字，议论文字。小学生的命题作文，不局限于我的父母，我的老师同学，我的左邻右舍，以及那些山山水水的游记，花草虫鱼的散文……可以提倡面向学校、家庭、社会生活，剖析事态，或作种种评说。像这位小学生那样，从两种教科书版本的对比上，就某一事实向教科书主编提出异议。我认为现在大家在提倡"新概念作文"，让孩子来写写议论体的杂文，也是应该提倡的一种"概念"吧！作文和素质教育的结合，这也是一个方面吧！

小学生作文，应该有多副笔墨。

走进美的世界

——《中华美优秀作文精粹》总序

　　我们疆域辽阔的中华大地，有着壮丽的河山丰富的物产，她是很美的。

　　我们古老淳朴的中华民族，有着5000年光辉灿烂的文明史，她是很美的。

　　我们地处全国各地的家乡，有着各自独特奇丽的风光，她是很美的。

　　我们遍布天南海北的学校，有着各自育才的斐然成就，她是很美的。

　　美，就在你眼前，你看得见吗？

　　美，就在你耳边，你听得见吗？

　　美，就在你身旁，你摸得着吗？

　　美，就在你心中，你知得道吗？

　　一个不善于看见美的儿童，他不应该是聪明的儿童。

一个不善于听见美的娃娃，他不应该是机灵的娃娃。

一个不善于捕捉美的孩子，他不应该是杰出的孩子。

一个不善于思索美的学生，他不应该是优秀的学生。

从这个意义上讲，"中华美"全国少儿作文赛（也包括书画赛）是一项重要的工作，一项光荣的任务，一项艰巨的工程，一项伟大的事业；她的重要，是在于对少年儿童进行爱国主义教育；她的光荣，是在于她对少年儿童进行智育、美育尤其是德育教育的极好形式；她的艰巨，是在于她要普遍提高成千上万的中小学生的写作水平；她的伟大，是在于她旨在培养跨世纪的一代社会主义新人。

一切富有远见卓识的学校领导和老师，应该充分认识到这一点，积极组织你们的学生参加"中华美"作文大赛，这实际上是对辛勤的园丁们进行语文教学和美术教学的最好辅助。

我浏览"中华美"作文赛的征稿通知，宗旨十分明确："歌颂美好的世界，歌颂可爱的万物，歌颂祖国大好河山，歌颂中华民族灿烂的文化，歌颂哺育我们成长的家乡，歌颂美丽的校园，歌颂幸福的家庭，歌颂我们身边一切可爱美好的东西，弘扬爱国主义精神和民族文化，激发少年儿童们的创作热情，鼓励、发展艺术新人，繁荣和发展少儿文艺事业。"他们的征稿内容包括"祖国山水、家乡美景、江河湖海、人物动物、怪思异想、千奇万谜、轶闻趣事、风土人情等"。换句话说，就是什么内容都可以写，就看你写得好不好了！

他们的评奖面放得很宽，所有参赛者都可以获奖，这种"重在鼓励"的做法，令人赞赏。不管怎么谈，鼓励学生写一篇比较好的作文的意义是深远的，总比支持他打一次电子游戏好得多。

他们把入选集的可能性放得很大，好的、比较好的、较好的作文都有入选集子的机会。这是不是说，他们的集子就一定粗制滥造了。好在他们把大赛的着眼点放在请作家亲笔为少年儿童修改作文并使之得以发表上，参赛者的水平大多有限，但作家的写作水平一般都高，底子较差的作文一经作家"画龙点睛"，就会出现好的效果。凡属写作者，一般都有这样的体会，他们写作水平的提高，一般都与自

己某篇文章经人修改后顿有所悟，尔后才有大的提高。而最重要的还在于，假若这篇文章再经正式发表，称之为他的"处女作"，其意义自然就非同凡响了。"中华美"大赛的组织者就瞅准了这一点，他们要提前几年、十几年发表成千上万的中小学生的处女作，真可谓甘露滋润禾苗，机会难得，千载难逢。

我认识大赛的主要组织者袁银波同志，他是一位卓有成就的富有创见的作家尤其是儿童文学作家。他虽然文化程度不高（仅是"文革"时期的农中毕业生），但至今已著书 20 余部，在各类报刊、出版社刊文 700 余万字，其中有 4 部长篇小说和十几部儿童文学集以及其他各种形式的文学作品集，这一切，都不是从天上掉下来的，而是他一本本看书一字字爬格写出来的。他原本可以一心写作以求个人功成名就，但他是个"不安分"的人，是个儿童文学事业家，所以他创意并发起了"中华美"大赛。继成功地举办了"中华美"书画赛后，又举办"中华美"作文赛，一心培养成千上万的小艺术家、小作家，这不能不是一个壮举。

协助袁银波编辑《中华美作文精粹》第一卷的主编周海峰我也熟悉，我早在 1983 年在西安由文化部举办的全国儿童文学讲习班讲课时就认识了他。他早年从教，多年从事儿童文学创作，在全国各类报刊发表以儿童文学为主的各类文学作品 100 多万字。他为《精粹》第一卷的编辑出版付出了很大的精力和时间，这是很值得赞赏的。

也可能有人会说："现在都到啥年头了，高科技，快节奏，电视一扭出来图，电脑一按出来字，电话一拿就通话，画可以不画，字可以不学，信可以不写……"其实，这便大错而特错了。一个没知识，没文化，不懂艺术和写作的人，是一定要落后于我们这个时代，最终成为被淘汰的人。一切在学生阶段轻视语文基础知识训练的人，他最终都必须饱尝因自己不慎轻视而带来的可悲的后果，必将为自己的轻视付出惨重的代价，除非他以后不想成为有用之才。

也可能有人会说："我怎么就捕捉不到一些美的东西呢？现在

社会风气不够好，腐败分子屡见不鲜，环境污染严重等，这能叫美吗？"须知，我们处在一个大变革的时代，一切善良的、美好的、正确的东西最终必将战胜邪恶的、丑陋的、错误的东西。不管什么时候，美总是主流，丑总是支流，否则社会就不会进步，科学就不会发展，人类就不会前进，只有以敏锐的目光观察社会和生活的人，才能善于捕捉美的东西，抒写美的东西，弘扬美的东西。

看重她吧，看重"中华美"，她是促人成才的阶梯！

看准她吧，看准"中华美"，她是培花育苗的园地！

关心她吧，关心"中华美"，她是关心自己的未来！

支持她吧，支持"中华美"，她是支持我们的事业！

1998 年仲春于上海

做一个精神文明的孩子

——在一次"少年宫"集会上的讲话

什么是精神文明呢？

有个小朋友说："我不和别人打架，也不说脏话，我该算做到精神文明了吧！"

当然，打架、说脏话，确是精神不文明的表现，确是不好的。但精神文明，只是不打架，不说脏话吗？

精神文明，范围很广，内容很多。也不是一下子能说完的。不过，我想，主要的，是不是可以从下列三方面来说呢？

第一，要有远大的理想。

我们做任何一件事，都要先有一个"志"字。有"志"则事竟成。做人也一样，要有个"志"。这个"志"，就是理想。

今天，我们不仅要有理想，而且还应该有远大的理想。

听说有的小朋友，一天一天糊里糊涂过日子。家长叫我上学，我背了书包只好去。学校里老师上课，愿听就听，不愿听思想就开小差。放学铃一响，忙着回家。晚上马马虎虎做了作业，就看电视，电视看完了睡觉。他们还认为这样已经很不错了！

听说有的小朋友，一门心思等父母退休后顶替。他觉得学习和不学习一个样，反正一到年龄，就去父母单位报到。

他们，对于自己应该做个怎样的人，将来如何为祖国、社会的建设出一份力，从来都没有去想过。

这样的小朋友，他们的精神则不文明。我们今天的小朋友，就是明天祖国的建设者，是国家未来的主人翁。国家建设得好不好，要靠你们如何去工作。所以，你们一定应该有这样的志向，这样的抱负，这样远大的理想才行。

第二，要有高尚的品德。

我们每个人都生活在一个集体之中，我们应该时时考虑我们这个集体，处处想到这个集体中的许多许多人。不能老是只为自己，一切为自己打算。更不能为了自己得利而有损别人。譬如，进校门大家都排着队，只有你一股劲往里冲，这像话吗！譬如，你开电视机，把音量开得很响，你不想想邻居是不是在睡觉，或者在做需要安静的工作；学校里粉得雪白的墙壁，你拿木炭或泥块在上面乱写乱画；在公园里，你看见好看的花木，就任意把它采摘下来，带回家去。这样，事事为自己打算，缺乏公德，思想境界很低下。我们要讲精神文明，不但不应该做这种缺乏公德的事，还应该发扬为公的精神。我们要尊重别人、关心别人、帮助别人，像雷锋叔叔那样助人为乐，关心别人比关心自己为重，为公不惜做出一切牺牲。一个精神文明的人，必须是这样的有高尚道德的人。

第三，要有良好的习惯。

我们每个人，都有习惯。久而久之，习惯成自然，往往自己不那么注意。有习惯，并不坏，但是，我们不能有不良习惯。诸如，有的小朋友爱随地丢果壳，边走边吃东西；有的小朋友爱常常往地上吐口水，过一会，吐一口；有的小朋友爱把手伸在嘴巴里啃指甲，或者伸到鼻子里挖鼻屎；有的小朋友打牌赌钱；有的小朋友学抽香烟。

这些都是不良习惯，都应该改掉。我们提倡精神文明，还应该从小养成良好的习惯。像有的小朋友，从小爱读诗歌，有的小朋友从小爱拉琴；有的小朋友从小爱书法，还有的小朋友爱体育、绘画、航模、刺绣、集邮、养小动物等。这些习惯，可以增加智慧，锻炼体魄，陶冶性情，丰富生活。不良的习惯，许多是从小就养成的。一个从小爱发脾气、骂人打架的孩子，长大了往往是个鲁莽、粗野的人。当然，良好的习惯，也可以从小养成，一个从小懂礼貌尊敬长辈的孩子，长大了往往是个明智、讲理的人。如果小时候，养成不良习惯，年深月久，积习就难改了。如果小时候，养成优良习惯，往往以后就能一直坚持下来，成为一个精神文明的人。

小朋友，我想，你一定很愿意做一个精神文明的孩子。文明的对立面，是野蛮。一个野蛮的孩子，该多不好啊！

我想，你一定会成为一个精神文明的孩子。愿你努力！祝你成功！

《快乐鸟》序言

在上海东北角，一条很普通的老式街道上，有一个远近闻名的"童话学校"。

这个学校，校舍简陋，貌不惊人，但他们却做出了喜人的成绩。

他们在学校中开展"童话教学"的科研实验。让童话进入了课堂，让孩子们听童话、读童话、看童话、写童话。通过"童话教学"，使得孩子们增加了各门学习的兴趣和自觉性，使孩子们头脑里的幻想智商得到进一步的开发和正确的引导，使孩子们的性情得到陶冶和素质修养得到提高。在德智体美全面发展的基础上，造就一代新人。

这个学校，成立了一个童话社，开展了各种童话活动，他们写出了许多许多童话。他们自己办墙报，出刊物，很投入，很认真。现在，又印出了这样一本颇具模样的作品集。

我没有读过他们的全部作品，不能说出他们这些作品是如何的优异，或者还有什么缺点和不足，但是我要说他们的这种向上的、执著的、富于创造的改革精神，一步一个脚印，脚踏实地的态度，是难能可贵的。

这成绩，是他们自己干出来的。是校长，带领老师们，和全校的

同学们共同努力的结果。

这里面，有上级部门、新老领导的多方指导，家长们和社会各界的种种支持。大家都为之倾注了不少的心血，寄予了最大的希望。

一个人，一个集体，做一件什么事，还是容易的，但要长年累月，坚持不懈为一个目标而默默努力着，是大难的。他们这个学校可贵的"童话教学"已经坚持四年多了，但他们说这才是个开头，跨的步子还太小，他们还要向前作更大的努力。

这是他们童话社的第一本集子，我们拭目等待看到他们的第二本集子，第三本集子……不断地问世。

我在介绍这个"童话学校"的同时，也希望我们上海，我们中国各地，这样的具有特色的"童话学校"多起来。

现在介绍的这个"童话学校"，大家都知道，它是——上海市虹口区临平路小学。

1998 年之春，上海

雨后天晴　彩虹横空（代序）

胥口，在太湖东面的口子上。湖光山色，风景如画，是个美丽的古镇。它，隶属于苏州地区的吴县。"上有天堂，下有苏杭"，苏州地区一些著名的旅游胜地，诸如：光福寺、香雪海、灵岩山、枫桥、木椟、杏春桥、七子山、东山、西山，都在它的邻边。胥口恰好位于这些风景区的中心点。

水秀山明，地灵人杰。胥口中心小学是个很有成就的学校。

学校里，建有儿童时代社的一个记者站。学生们常常给《儿童时代》写稿。儿童时代社的编辑们常常去学校为学生们作辅导。这个学校爱好文学、爱好写作的同学很多。文学写作，已成为一种风气，成为胥口中心小学的一大特色。

那年，上海作家协会儿童文学委员会曾组织儿童文学作家们在胥口举行过一次创作讨论会，我和一些作家们去过这所学校，和老师、同学们有过广泛的接触、了解和交流。

这所学校很重视人文教学，特别是学生们的写作。这里的学生，似乎倍有文学的天赋，他们写出了许多优美的"作文"。当时，大家都读到过一些，给大家留下甚是深刻的印象。

近日，儿童时代社编辑王薇同志受他们学校的委托，送来了他们学校学生们一大沓"作文"。并告诉我，上海的百家出版社将出版一本他们学校的顾维新、徐善荣老师主编的优秀作文选本——《雨后彩虹》，要我写一篇序文。我知道，各地有许多学校印刷过一本本学生作文选，但由出版社正式出版一个学校的作文选本，我没有见过，似乎这是第一次。这也足以说明胥口中心小学已经创造和具备了各方面种种条件，开好了这个头。真是难能可贵。

这些"作文"，多是学生们写自己经历的真实的生活，出现或发生在他们自己身边的人和事，他们所想的、所接触的、所感受的生活中的一切。是一篇篇很好读的小散文。因为序文限在千字，不可能逐篇一一去作评析了，只能说说我总的感觉，那就是他们能从生活中去捕捉"美"，抓住一个"美"字。这并不是一件容易的事。

江南是美的，太湖是美的，胥口中心小学学生们的"作文"是美的。

我看见一场蒙蒙的细雨过后，太阳从云隙露出脸来，水波潋滟、雾气氤氲的太湖湖面上，升起一座七彩的由人间通向"天堂"的长虹。湖边的大地上，一色油绿油绿的幼苗，吐着新芽嫩叶，在矫健地成长。

这就是胥口中心小学的学生们和他们所写的一篇篇优秀的"作文"，也就是百家出版社出版的《雨后彩虹》。

在这本作品集出版的同时，愿胥口中心小学接连不断有下一本再下一本作品集的面世。

21世纪第一春写于上海乐村

祝愿（代序）

去年夏天，我和《少年报》的编辑同志，一起去佘山参加一个小学生的夏令营。在营地见到了浦东新区龚路镇中心小学的顾老师，和他们学校一部分孩子们。

龚路，我到过。那还是"文革"前，是坐小火车去的。当然，那时的龚路，是个古老的可以说是荒凉的农村小镇。

顾老师向我介绍了龚路近年来的变化和发展。龚路已是浦东新开发区的一个要镇，因为浦东新区，已是全国人民和世界人民所关心和瞩目的新视点。

龚路的教育事业得到了蓬勃发展，龚路镇中心小学为建设事业培育着一批又一批有用的人才。

龚路镇中心小学是个有特色的学校，我在一些报刊上见到过介绍。知道他们从1994年就成立有一个"蓓蕾文社"，顾老师是他们这个文社的指导教师。他恳切要我能再次去龚路，到他们学校看看。

我至今还没有去，非常地抱歉。

顾老师已经委托《少年报》的同仁，将他们文学社小社员们所写的作品送来了。他们准备编印一本叫《小荷初露》的集子，要我为这

些作品，写点什么，作为这集子的序文。

在这两百来篇作品里，故事、散文、童话、科幻、诗歌，都有。真像是一个"小荷初露"的荷池，一池都是荷莹、荷叶，粉红和翠绿相间，叫人目不暇接。

这两百篇作品，在全国全市全区性的比赛中曾获得过各种奖励的占到几近一半，在各地各种报刊上公开发表和被推荐的就有一半以上。这多么了不起！

这些作品，富有生活气息。他们写的是自己身边发生的事，或者是自己头脑里想象的将要发生的某些事。作品中的人物，就是自己家里的人，或者就是左邻右舍，学校的同学，伙伴们，以及常常见到的人。这些事，这些人，都是孩子自己所最熟悉的。他们写得自然、朴素，有真情实感。确实，我们小学生的作文，最忌那号"八股腔"空洞无物、统篇套话；还有那种"文艺腔"，矫揉造作，是一些美丽辞藻的堆砌。所以，我赞美这些孩子们的作品。他们是正路子，方向对头。

就一个文学社团来说，当然可以培养出一批文学写作人才，极有可能在将来某几位会成为专业作家。虽然我们也这样说，文学社并不是要把社员都造就成为大作家，但应该肯定说任何一个孩子不论将来从事何种职业，不论在何种岗位上发展，从小获得很好的文学素养，和一定的写作能力，都可以受益终生，这是非常需要的。我祝愿龚路镇中心小学的蓓蕾文学社能愈办愈兴旺，有更多的同学参加，有更多的好文章出世。

愿"小荷"早日绽开，开出一池火般艳丽的荷花来。

"小荷才露尖尖角"是诗人杨万里的诗句，杨万里还有诗曰："接天莲叶无穷碧，映日荷花别样红。"应是蓓蕾文学社明日的写照。

当然，龚路镇中心小学的文学社办得如此红火，不仅仅是师生们的努力，还应该归功于学校和教育部门的领导，没有他们的支持，是做不成这件大事的，他们具有远大目光和卓越见地。

今年九月，是龚路镇中心小学校庆，他们要邀我一定去看看。

我想，我应该去的，我会去的。

今年是新世纪的第一年，浦东新区的新龚路，龚路镇中心小学一定以新面貌、蓓蕾文学社一定以新成绩，来迎接这喜庆的一天。

这篇短文，是我衷心的祝贺！

2000 年 2 月 22 日

浦江孩子写童话赞

一

要开发少年儿童的幻想智商，提倡孩子写童话——这是时代的需要，社会的需要。

我们面临的时代是改革的时代，面临的社会是改革的社会。科学在起飞，知识在扩展，观念在更新。今天，我们所要培养的少年儿童，应该是富于幻想的、具有创造力的、开拓进取型的少年儿童。

自古以来，我们的教育，一向侧重于少年儿童的适应力，而忽视少年儿童的幻想力。热衷实际保守，偏废开拓进取。

我国历史长期处于封建社会。向来尚实学，黜玄学。我国古时那些富于幻想的神话，多被改为实史。我国古时那些反映少年儿童幻想的童话，并没有引起人们的重视。少年儿童文学中，由幻想构成的童话，常被局置一隅。少年儿童的课本中，童话甚是稀罕。作文课上，很少有让孩子写童话的。

任何一个少年儿童，除了他周围的现实世界，还有一个更广阔的幻想世界。少年儿童的幻想世界丰富而多彩。为什么不能让少年儿童也去写写他们的幻想世界呢？所谓幻想世界，并非凭空而来，它出之于现实生活。写幻想，也可说是写实。童话也可说是记叙文的一种。

幻想，它是科学的先导。幻想，是一切创造力的发端。有一句名言说："没有幻想，甚至连微积分也发现不了。"足见，少年儿童幻想智商的开发是何等的重要。

提倡孩子写童话，开发少年儿童的幻想智商，是我们当前具有重要意义的一件事。

浙江省浦江县浦阳镇中心小学的校领导和老师们，很有见地，将这一项目列入教改和科研计划，在学校中推行童话教学的实验。得到各级领导部门的大力支持和全体师生的悉心投入，现在已取得一定的成绩。

在两年前，师生们组织了一个"马良文学社"，开始写作童话，最近给我寄来孩子们写的许多作品。

这些年，我都在倡导孩子自己写童话，曾主持了中央人民广播电台少儿部等四十多家单位、报刊、出版社合办的"全国少年儿童'金凤凰'童话写作大赛"，也参加了湘西凤凰箭道坪小学的"童话引路"实验，等等。现在，我看到浦江孩子们在写童话，我赞成他们将这些作品编印成书，和各地的小朋友交流。我希望浦江少年儿童的童话愈写愈进步，浦阳镇中心小学的童话教学经验得到推广。

近年我去海外讲学，我都在当地报刊和电台等传播媒介上，倡导少年儿童写童话，反响很是强烈。现在各地写童话的孩子愈来愈多。我高兴地看到浦江的学校，在开展童话教学，提倡孩子写童话，重视他们的幻想智商的开拓，与全国各地同步，与世界各地接轨。

这是一本小书，但蕴藏着希望。愿有更多的孩子拿起笔来写童话，愿有更多的学校和家庭，将开拓少年儿童的幻想智商放到应有的重视位置上。

我们的时代，我们的社会，应有更多更多的富于幻想的、具有创造力的、开拓进取精神的新一代。

我们很快要跨过这个世纪的门槛，进入了崭新的 21 世纪。今天的少年儿童，应都是新世纪中的佼佼者、创造者。

明天的世界将会是怎样的，那就要看我们今天的少年儿童怎样。

愿我们共同努力，去争取最美好的明天。

1995 年 8 月，上海

二

五年前，浦江县浦阳镇第一小学（那时是浦阳镇中心小学）建校校庆 90 周年的时候，曾经印出了一本《我们都有一支神笔》（浦江孩子的童话），"马良文学社"的小社员们的童话作品选。

我为这本童话作品集写过一个序言："浦江孩子写童话赞"。

桌上的日历已换了第六本，迎来了新世纪 2000 年，浦阳镇小学 95 周年校庆的前夕，他们编写了第二本《我们都有一支神笔》。

他们的"马良文学社"，成立已经许多年了，他们小作者的作品，在各地的报刊上不断露面，收入种种集子，在一次次评奖中，屡屡获奖，为各界所瞩目。一些传媒上常看到评论和介绍文字，可说已经名声在外。

这学校是县里一所综合性的小学，开展童话教学是这个学校的特色，童话教学给学校的素质教育和学生的全面发展，带来了一体的进步，这项实验是成功的。

这第一本集子，第二本集子，印在那里的作品，是最好的证明。这不但在数量上，并且在质量上很明显大大跨前了一步。

现在各地写童话的孩子多起来了，学校印出的作品集子也多起来了，这是个好现象，因为大家看到了，开发和引导孩子幻想智商，对于人才的培养，文化、科学建设的发展，具有重要的战略意义。

愿浦阳镇第一小学的童话教学能更上一层楼，马良文学社在出版第三本《我们都有一支神笔》，更出色，更精彩，永远处于领先的地位。

也期待各地有更多的学校，老师和同学能加入童话教学实验的行列，共同前进。

这是我为浦阳镇第一小学马良文学社印出的第二本《我们都有一支神笔》写的序，题目请允许我再用"浦江孩子写童话赞"。

2000 年 8 月，上海

洪汛涛回到母校——浙江省浦江县浦阳中心小学

《我们都是马良》序

一

中华民族是一个富于幻想的民族。

中华民族的孩子们，拥有极其旺盛的幻想智力。但是中华民族历史上的封建统治者，历来施行思想禁锢，使这种活泼的、充满朝气的幻想，受到压制，因而童话这一富于幻想的文体，得不到应有的重视和发展。

随着时代的进步，科学的发达，教育的变革，越来越多的有真知灼见的人士，开始认识到开发孩子们幻想智力的重要性。

世界和时代，要求我们今天的少年儿童，必须是开拓型的、具备执著追求性格的、有拼搏进取精神的、富于创造力的新一代。

而幻想，是一切创造力的前端。我们必须积极地去开发它。

幻想力，是少年儿童一代才智的一部分，它是很珍贵的。人们的幻想力，得到开发，它会顶着创造力，像火箭顶着宇宙飞船冲向太空一样，有着巨大的作用和威力。

我们的孩子，未来的建设者，如若是一个囿于守旧、怯于开拓的平庸者，就无法承担起民族和国家振兴的重任了。

所以，我认为杭州游泳巷小学的领导和师生们，是很有见地的，他们在学校中开展童话教学，作为教育的改革和科研的一项目标，办起了"马良童话社"，鼓励和指导学生们读童话，写童话。

他们提倡孩子们读童话、写童话，旨在开发孩子们的幻想智力，培育他们进取的、求索的、创造的全面发展的新一代。

游泳巷小学的这一做法得到杭州市区教育部门各级领导的重视和关注，他们已经开展了一系列的工作和活动。

现在又将孩子们自己写作的童话近六十篇，编辑成集。

这是本薄薄的小书，但是他们学校师生们努力的一份心血和汗滴。

不要小看这本小书，它显示着我国教育改革、发展的一个方向。

童话，是孩子们最喜爱读的一种文体，很快也会成为孩子们最爱写作的文体。

游泳巷小学的孩子们，从神笔马良的手中接过了神笔，他们每一个孩子都有一支神笔，他们人人是马良，将来这些"马良"们，会用他们手上的"神笔"，为社会，为人民，为世界，为人类，画出最美好的最幸福的建设和生活。

童话的发展，幻想力的开拓，是人类和世界文明进步的标志和阶梯。

我预祝大家取得最大的成功。

1996 年 5 月 4 日，上海

二

在世界地图上，无法标出我们中国的西湖，但在世界人民的心目中都有这个童话一样美丽的西湖，它使多少人向往。

在中国的西湖之畔，有一个游泳巷小学，却也十分出名。

游泳巷小学的出名，由于它开展了童话教学，办起了"马良童话社"，学校里的许多孩子们，自己拿起笔来，写出一篇又一篇童话来。这些中国孩子自己写的童话，在全国各地的报刊上陆陆续续发表了，他们自己也出版了一本又一本集子。他们的作品，被介绍到了海外，受到海外人们的瞩目和关注，特别是少年儿童朋友的欢迎和钦慕。

游泳巷小学的童话教学，是在他们上级领导部门大力支持和有关专家的指导下进行的。他们的目标是"创特色学校，造世纪人才"，他们的做法是"从素质教育着眼，从开发学生智力入手"，在全校师生的努力下，取得了出色的优异的成绩。

游泳巷小学"马良童话社"的作品集第一本出版时，我为它写了序，这次编印的是第二本。从第一本到第二本出版，其中所选收作品不仅数量上大有增加，主要在作品质量上大有提高。特别本集增加了指导老师的点评，不论是对阅读者和作者本人都是很有帮助的。

我祝贺也祝愿游泳巷小学"马良童话社"不断取得长足进展。

西湖是童话的，游泳巷小学也是童话的。西湖是中国版图上一颗璀璨的明珠，游泳巷小学也会是中国教育事业上的一颗闪光的明珠。

1997 年 10 月，上海

三

浙江省杭州市下城区游泳巷小学最近举办了一次盛大的童话节。我去杭州参加了他们种种有趣的活动。

我一跨进这座用飞翔的蝴蝶风筝叠起来的学校大门，一股童话气息便迎面扑来。童话教学，是这个学校最主要的教学改革和科研项目。枯燥的知识，通过童话的形式就变得愉快。

这所学校还成立了"马良童话社"。同学们读童话、评童话、讲童话、写童话，极大地丰富了大家的课余生活。

他们常常走出去，到风景区，到动、植物园，揣摩一石一木，一鸟一兽的种种特征，结合自己，结合社会，采撷童话素材，寻找真、善、美，编写童话作品。

有一个三年级孩子，个子小小的，我见他写的一篇童话，说一个孩子在竹园里打盹时，将帽子戴在旁边的竹笋上，一觉醒来，便拿不下帽子，因为竹笋长高了。这篇童话非常有趣。

学校的领导对我说：这样重视童话的目的，是想通过童话培育全面发展的、具有开拓进取精神的、富有幻想力创造力的新一代。

他们学校里四（1）班有个不幸的女同学，双脚和右手都瘫痪了，吃饭、上厕所都不能自理。"马良童话社"的同学们发扬马良"助人为乐"的精神，把照顾她的工作包下来，并以马良那种"刻苦学习"的精神去鼓舞这位同学，希望她能"站"起来。他们以童话育人，师生间充满了爱，因而学校被评为"爱心学校"。

游泳巷小学从事童话教学实验有几个年头了，"马良童话社"五个字还是已故童话老作家陈伯吹爷爷题写的。我担任他们的顾问，曾两次去他们学校和同学们见面。

游泳巷小学的孩子们最爱说："我们都有一支神笔，我们都是马良"。游泳巷小学有人将它叫作"马良小学"。

杭州游泳巷小学已是童话学校的实验基地，这是一所"童话学校"。

附　录

大师精神永励后人

洪　运

　　洪汛涛先生是 20 世纪中国一位享有盛名的童话作家，又是一位深孚众望的童话理论家。

　　洪汛涛先生，1928 年生于浙江浦江。他的童年是在贫困和战乱中度过的。自幼喜好绘画、篆刻、书法，尤其热爱文学，喜欢搜集民间文学和民间美术作品，以后又在乡村学校任教多年。这都为他后来的文学创作奠定了坚实的基础。他奉行的信条是"作家＝作品＋作品＋作品……而不是其他"。他以"儿孙应有儿孙福、乐为儿孙作马牛"为座右铭，希望上一代人多为下一代人着想，希望人类一代比一代进步、幸福……他是带着这些主张，勤勤恳恳、废寝忘食地为孩子们写作的。

童 话 创 作

　　洪汛涛先生有扎实的民间文学和古文学功底，有丰富的人生和社会阅历。他在童话创作上，推崇童话的民族化和童话的现代化相结合，他的众多的优秀童话作品是他理论的身体力行的实践。他的童话富有爱国、爱民的忧患意识，读他的童话必须和写作的时代、社会背景联系起来，和他个人的生活经历联系起来。他的童话有歌颂的，也有规诫的；有快乐的，也有悲愤的。他的童话，反映了人民的心声，是时代、社会的主旋律。他的童话，主要写人物，他笔下的人物都栩栩如生。他的童话既有深度，又饱含哲理，善于以小说大、以物说人、以古说今、以旧说新。他的童话代表作《神笔马良》曾获得过国家级的大奖，受到世界各地评论界的推崇和赞誉。如果说《神笔马良》更多的是浪漫主义的话，那么《狼毫笔的来历》则更侧重于现实主义，它要用笔去揭露虚伪世界，去刻画真实世界。新加坡的《联合早报》介绍他称："洪汛涛的名字足以和安徒生、格林等排列在一起"，"人们尊称他为'童话大师'"。

理 论 研 究

　　洪汛涛先生在写作童话的同时，还进行童话研究、创办童话刊物、选编童话丛书。他担任过文化部"儿童文学讲习班"讲师，曾任上海作家协会第四届至第六届理事（1984—2001），儿童文学委员会委员，中国儿童文学研究会常务理事。他曾参加主持全国和地方评奖工作，倡议举行一次次童话理论研讨会，他替许多童话作者出书写过序文介绍，为建设童话理论、扶植童话新人、繁荣童话创作、振兴童话事业做出了积极的贡献。他著书立说，写过不少颇有见地的理论文章。他这些笔记式的理论文字，用的是散文诗的形式，文笔很是优美，在给人们艺术享受的同时，也启发人们思考，却没有惯见

的那种理论架势。他的理论立论大胆，针对实际，夹叙夹议，十分好读，开一代理论研究明白、晓畅之风，为以后的童话研究开辟了一条崭新的道路。1986 年，洪汛涛经过"面壁三年"，苦读、苦写，三易其稿，一部 41 万字的理论巨著《童话学》终于完成，由安徽少年儿童出版社出版。1989 年台湾富春文化事业公司出版了台湾版《童话学》。《童话学》在全国儿童文学理论评奖中获优秀专著奖，为我国童话理论的研究作出了卓越的贡献。

童 话 教 育

洪汛涛先生对各种有益于孩子思想品德和写作水平的活动都是大力支持的，他不辞辛劳，跑遍了大半个中国。他曾写过一系列的文章，提倡开发和引导少年儿童的幻想力，并在全国各地的学校中首推"童话引路"教育工作，提倡孩子自己写童话，让童话进入课堂，进入他们的学习和家庭生活中，这项活动至今还在许多学校坚持深入开展，也引起教育界的普遍好评。1988 年，由洪汛涛倡议，中央人民广播电台等 40 多家新闻出版单位联合举办了首届"全国少年儿童金凤凰童话写作大奖赛"，他任主评，为 100 篇获奖作品逐篇撰写评语，以《中国孩子写的童话·金凤凰》的书名出版。这本书初印 1800 册一售而空，随后又多次加印，共印 37100 册，这是一个很了不起的奇迹。

神 笔 马 良

20 世纪 50 年代，洪汛涛先生创作的《神笔马良》是一篇具有丰富内涵和民族风格的童话作品。2009 年，中国作家协会和《中华读书报》联合，首次全面总结新中国 60 年儿童文学成果，推荐 60 部经典书目，《神笔马良》榜上有名。《神笔马良》这一作品的成功，在于作者创造了"马良"，创造了"神笔"，创造了"马良"和"神笔"的完美结合。马良运用神笔，神笔帮助马良，去完成人民的理想事业，具有高境界思想和独特的艺术品位。由洪汛涛先生根据《神笔马良》编剧的电影《神笔》先后荣获五个国际大奖，国内获文化部编剧一等金质奖章，是新中国第一部参加国际电影比赛的儿童片，也是百年中国电影在国际上获奖最多的影片之一。当年，茅盾和夏衍都赞许过他的这一作品。中国作协儿童文学委员会副主任、北京师范大学教授王泉根指出："在世界童话的参天树林中，高耸着洪汛涛创作的《神笔马良》。百年现代中国儿童文学真能让人们记住的，为广大少年儿童难以忘怀的艺术形象并不是太多，但其中就有手握神笔的少年马良。马良已成为激扬民族文化精神的一个童话典型，《神笔马良》已成为中国童话走向世界的一个标志。"洪汛涛先生在"神笔马良"铜像落成典礼上说："我一生没有给世界和人民留下什么财富，只给大家留下了一个'神笔马良'。"一个作家努力了一生，能够留下一个形象，这已经是很难得的事。何况"神笔马良"这个形象已为广大人民、一代代的孩子所承认，成为世人所熟知的中国童话明星。

博　学　多　才

在儿童文学作家中，洪汛涛先生被誉为博学多才的多面手，他不仅是杰出的童话作家和童话理论家，也是一位颇具成就的诗人、小说家、散文家、剧作家、杂文家、编辑家，同时又是一位热心的文学活动家和组织家。他在儿童文学各个领域建树颇丰，已出版《神笔马良》《狼毫笔的来历》等专集共百余种，五百余万字，其中一些作品被译成多种文字，有的编入课文，有的在国内外多次获奖。洪汛涛的低幼童话《三个运动员》由少年儿童出版社 1959 年出版。后来，他又将此童话改写成电影剧本《大奖章》，由上海电影制片厂于 1960 年摄制，成为中国第一部儿童立体电影。洪汛涛写作于 1981 年的朗诵诗《愿你也有一支神笔》最先发于上海《少年报》，后经中央人民广播电台、上海人民广播电台分别同时配乐朗诵，向全世界

广播，受到了听众的热烈欢迎和高度好评，曾获第二届上海儿童文学园丁奖"优秀作品奖"，中国少年儿童出版社出版了单行本。

两 岸 交 流

改革开放后，洪汛涛先生敢为人先，率先打开了大陆与台湾地区文学界交流之门，1989 年促成了台湾第一个作家代表团访问大陆。1994 年他和大陆作家首访台湾，与台湾文学界面对面深入探讨有关创作和理论上的问题。他是海峡两岸文学界交流的架桥人。为了表彰洪汛涛的突出贡献，台湾杨唤奖第一届评奖赠予他"特殊贡献奖"。同时，洪汛涛也做了大量的世界华文文学的开拓和建设性工作。他于 1990 年 5 月在长沙筹办召开了首届世界华文儿童文学笔会，并主编出版了 50 多万字的《世界华文儿童文学》丛刊，将全世界华文作家的优秀作品汇集成书，这在出版界还是第一次。洪汛涛做的这两件开创先河的工作，在历史上写下了浓墨重彩的一笔。

心 底 的 爱

洪汛涛先生是一位重乡情、重友情、爱孩子、爱朋友的典型的中国知识分子，他一生都热爱着养育自己的故土和生活在这片土地上的人民。他在评奖和编书时，一大批默默无闻的作者都受到他的关爱，如《小马过河》作者彭文席。洪汛涛在主持全国评奖时，独具慧眼，在成千上万的作品中，挖掘出《小马过河》一文，力荐其为一等奖，并特意找到浙江作协领导，叮嘱说："彭文席，你们要好好培养。"彭文席，从一个原本名不见经传的乡村代课教师逐渐成为优秀的儿童文学作者，《小马过河》也被收入课文。像这样受到洪汛涛关注和培养的作者不胜枚举。他把《神笔马良》全部稿酬捐献给家乡，也把《神笔马良》铜像永远留在家乡塔山公园。洪汛涛是位极重情义的人，对于前辈作家尤为敬重。他在《童话学》书中专门介绍前辈作家叶圣陶、张天翼、严文井、陈伯吹、贺宜、金近、包蕾在童话创作上披荆斩棘、勇于创新的功绩，并对每一位作家都从历史角度和艺术特点上给予恰切而崇高评价。他在主持"第二次全国少儿文艺创作评奖"中提议为这些老文学家授予荣誉奖，以表达对他们在文艺园地辛勤耕耘的崇高敬意。1980 年 5 月 28 日，在授奖大会召开前两天，洪汛涛在《光明日报》上发表了题为《永远感谢他们》的短文，深切缅怀和追思去世的老作家的人品、文品。他在文中动情写道："我们将不会忘记那些为少年儿童们贡献过自己力量，为少年儿童们留下了好作品而已经去世了的作家们的。他们将永远激励我们这些生者，更好地、更多地为亿万少年儿童创作精神食粮。"

总之，洪汛涛先生这些重要的建树和卓越的贡献，使他无愧为文学界的一位童话大师，也无愧于他致力于儿童事业的那颗挚诚奉献的童心。他为祖国、为人民留下了彪炳史册的文学成就和弥足珍贵的精神财富。全国人大常委、教科文卫委员会副主任委员，中国作协党组书记、副主席金炳华曾对洪汛涛给予"以人品立身，品德高尚。以作品说话，是文学大家"的高度评价。

逝去的大师，永远的童话，大师精神永励后人！

（本文作者为洪汛涛之孙）

后　记

从国家战略高度认识和发展童话教育

《童话大师洪汛涛论童话教育》（上、下册），是洪汛涛先生不同时期有关童话教育理论著作的精选本。

洪汛涛先生是一位富有创造力的童话作家，也是一位有造诣的童话理论家。他从事于童话教育的开拓，著书立说，写过不少很有见地的理论文字，呼吁重视开发和引导少年儿童的幻想智力。他不辞辛劳，跑遍了大半个中国，走进学校，走进课堂，指导一些学校从"童话阅读"基础普及工作开始做起，一步一个脚印，发展到"童话引路"、"童话先导"的教改科研项目上来，提倡孩子自己写童话，让童话进入课堂，进入他们的学习和家庭生活，为实现"童话育人"的目标而不懈努力。他长期对口指导学校就有湖南湘西凤凰县箭道坪小学、浙江浦阳镇一小、杭州游泳巷小学、上海市实验学校、上海市朱家角中心小学、上海市龚路镇中心小学、上海市临平路小学、苏州胥口中心小学、苏北靖海小学、合肥望江路小学、北京景山学校海口分校等。洪汛涛先生提倡的童话教育是以时代和社会的发展为轴心，以学生成长和发展为核心，在教学内涵和童话外延上紧密结合，开发少儿的幻想智力，把他们培育成适应社会和未来发展，具有发展潜质和可持续发展的新人，总的一句话：童话教育、育人为本。回顾童话教育这不平凡的三十年，我们看见许许多多关心儿童的作家、老师……无论身处城市还是乡村，长年累月，他们都在用不同的方式，不同的声音，在不同的地方，在每一位学生的心中，播撒下童话的种子。他们执笔为耕，在童话教育的广阔天地中辛勤耕耘，终于成就了今日的好天好地，硕果累累。童话教育在实践中不断完善和丰满，为培养合格的接班人，为中国的童话事业发展作出了不可估量的作用，受到了社会各界的好评。

但是，童话教育实践中一些难题尚未攻克也是不容回避的现实，有些是需要整合学校、家庭、社会各方力量，汇聚集体智慧才能攻克的。例如，童话教育如何坚持深入持久开展下去？如何根据学生基础的不同进行分层指导？个别家长对学生自主阅读调控力培养不重视等问题。我们老师不懂童话知识，不了解童话作家和作品，怎么来提高孩子童话阅读和写作水平？怎样来开发孩子幻想智力，培养学生创新能力？我们童话教育发展了，童话教育的理论也要同步发展。童话教育，也是一门科学，应该有人来写一本专业的童话教育指导书。今天，上海教育出版社用最快的速度、最好的质量出版这套大气厚重、装帧精美、内容丰富、史料翔实的《童话大师洪汛涛论童话教育》（上、下册）。这是有见识的出版人的一个善举，也是有魄力的出版社的一个壮举，对促进童话教育繁荣、积累、发展无疑是有积极而深远的意义。我们要向上教社及为本书出版和发行付出辛勤劳动的每一位同志致谢！还要特别感谢王泉根、姚荣金两位先生，本书顺利出版，他们功不可没。

要创建一流的国家就必须有一流的人才，而一流的人才来自于一流的教育。少年儿童阶段更是人才培养的关键阶段和开发幻想力的最关键一步。如果今天对童话教育重视不够，若干年后，就有可

能给个人、家庭和社会造成严重的后果，付出沉重的代价。我们应从国家战略高度来认识和发展童话教育，把它提高到应有的地位上来。

本书作者洪汛涛先生当过教员，做过编辑，是一位专门从事童话创作和研究的大家。他熟悉童话，熟悉教育，熟悉孩子。他曾多次参加主持全国和地方少儿文艺创作评奖工作，和许多童话作家均有交往，掌握着详细的资料，对他们的文学生涯非常熟悉，读过他们的作品，评价其作品更是如数家珍。他先叙其生平事迹，再评其主要作品，集中展示了作家们的才华和个性、哲思与理念、激情与感悟、精神与人格。他的评论，采用紧扣文章的方法，细细评述，恰当引述原文。而且，洪汛涛本人就是一位杰出的童话大家，用童话家独特的眼光去评析童话作家，那就更有深刻的认识。他完整周详地介绍童话作家的人品、文品、作品，更有助于读者对原著欣赏力的提高。他以丰富的童话创作经验和"童话引路"实践经验及童话理论研究的独到见解，写成了此书。本书全面系统地阐说童话教育诸问题，普及童话的基础知识，从教育角度和艺术特点上详细介绍和点评了童话作家及其作品（这些童话作家的作品，许多都是编入教材的）。

这是一本师生共读、家校合用、富有实用价值的多对象、多作用、多功效的童话教育的工具书。学校可以直接应用于教学，教师可以直接应用于课堂。孩子阅读后可以促进和提高自己的阅读和写作水平。孩子的家长也能看看这本书，了解童话知识，指导孩子阅读。本书的出版，可以说是中国童话界、教育界的一件大事。

要实现中国梦，关键在少年。"少年智则国智，少年强则国强，少年进步则国进步"，少年是祖国的未来，民族的希望。洪汛涛指出："今天所要培养的少年儿童，应该是富于幻想的具有创造力的开拓进取型的少年儿童。"少年儿童缺少幻想力，也肯定做不成中国梦。洪汛涛还说："幻想，是科学的先导。幻想，是一切创造活动的发端。"所以"我们一定要很好重视开发少年儿童的幻想智力，提倡童话，做童话的普及工作"。

习近平总书记要求我们："讲好中国故事，传播好中国声音。"这也是我们每一位老师义不容辞的责任。老师不但自己要知道童话知识、童话作家、童话作品，而且要引导学生爱上童话。因为童话对于广大少年儿童来说，的确是一种不可缺少的教育要素，影响到他们一生的成长。中小学作为打基础的学习阶段，并不能满足于学校教授的知识，更需要通过"讲好中国故事"来获取大量课外的阅读知识，为将来"传播好中国声音"打下扎实的基础。

本书有三点需要补充说明：

一、洪汛涛先生非常谦逊，在《童话学》书中论及了许多位童话作家的作品，却没有提及自己。1986年《童话学》出版时，安徽少年儿童出版社责编就指出：这显然是一个欠缺，是一个遗憾。这次《童话大师洪汛涛论童话教育》出版，下册中特意增加了评论家晓石、石彦所增写的《洪汛涛和他的童话》中的有关文章。洪汛涛创作的童话《神笔马良》编入教材，在世界儿童文学史上几乎创造了一个"神话"，国内家喻户晓，人人皆知；国际广泛赞誉，名至实归。为了了解作品创作经过，方便教学，特意在本书下册增加"童话《神笔马良》"有关内容。

二、"童话艺术思考"这25篇短文，涉及童话界所敏感的、所关心的、所有兴味的许多问题。这些问题，大部分是《童话学》中所没有写进去的，有的是无法写进去的，有的是后来作者才想到的，有的《童话学》中虽曾提及，但过于简略，本书中作了详细的阐述。

三、本书收录了洪汛涛不同时期为他人写的序文、书评以及与读者的通信。由于这些文字收集于不同的报刊或图书，有些无法考证具体写于什么时间，所以有部分的序文、书评和通信没能标明时间。

让我们满怀信心投身全面深化教育改革的时代洪流，以童话教育鼓起梦想的风帆，让中国梦驶向更灿烂的明天！

洪画千

（本文作者为洪汛涛先生之子）

2013 年 11 月 25 日

357